Der Weg zum erfolgreichen Redner

Der Weg zum erfolgreichen Redner

von
Berndt Zuschlag

Verlag für Angewandte Psychologie
Göttingen

Berndt Zuschlag, Dipl.-Psych., Dr. phil., geb 1942 in Dresden, Abitur in Kassel, studierte Psychologie an den Universitäten Marburg und Lausanne. Promotion 1977 an der Universität Hamburg. Lehraufträge an verschiedenen Hochschulen. 1969–1981 in Hannover Verkehrspsychologe im Medizinisch-Psychologischen Institut (MPI), seit 1981 Ausbildungsleiter und Leiter des Instituts für Berufliche Bildung (IBB) des TÜV Hannover/Sachsen-Anhalt e. V., Aufbau der TÜV-AKADEMIE. Außerdem Klinischer Psychologe/Psychotherapeut (BDP), Verhaltenstherapeut sowie Arbeits-, Betriebs- und Organisationspsychologe (BDP). Seit 1980 gleichzeitig freiberuflich Geschäftsführer des Instituts für Angewandte Psychologie (I.A.P.) mit integrierter psychologischer Praxis.

Umschlagfoto: „Redner im Speakers Corner in London“,
Bilderdienst Süddeutscher Verlag

Satz: SATZSPIEGEL, Göttingen

Druck und buchbinderische Verarbeitung: Dieterichsche Universitätsbuchdruckerei
W. Fr. Kaestner GmbH & Co. KG, D-37124 Göttingen-Rosdorf

Printed in Germany

ISBN 3-87844-090-1

INHALTSÜBERSICHT

VORWORT

Dieses Buch habe ich nicht für versierte Redner geschrieben, sondern vor allem für unerfahrene Anfänger, die anderweitig noch keine passende Einführung zum Einstieg in eine erfolgreiche Redner-Karriere gefunden haben.

Die Ausführungen richten sich also nicht an rhetorische Koryphäen auf dem Gipfel ihres Erfolges, sondern an Menschen, die noch auf dem Weg zum erfolgreichen Redner sind.

Wer schon viele Jahre Erfahrung als Redner bei verschiedensten Gelegenheiten mitbringt (z. B. als Politiker, Lehrer, Professor, Funktionär, Führungskraft), wer schon die einschlägige Fachliteratur über Vortragstechnik, Rhetorik, Kommunikation etc. studiert und diverse Redner-Trainings absolviert hat, für den ist dieses Buch überflüssig. Entweder ist er dann schon so perfekt, daß keine Korrektur an seinen Reden mehr nötig bzw. möglich ist, oder er hat bereits die Grenzen seiner rednerischen Fähigkeiten erreicht, so daß weitere Informationen oder Übungen keinerlei Fortschritte mehr zuwege bringen würden.

Jeder, dem dieses Buch in die Hände fällt, sollte sich daher rechtzeitig überlegen, ob er es tatsächlich lesen muß oder ob er seine Zeit nicht nützlicher verbringen könnte.

Wer also weiterliest, der kann das entweder tun, weil er sich gern zu einem erfolgreichen Redner entwickeln möchte und dafür einige Anregungen erwartet. Oder er liest einfach aus Neugier weiter und fragt sich, ob er eventuell sogar als Experte mit eigener umfangreicher Rednererfahrung diesem Buch noch etwas entnehmen könnte, das er überraschenderweise noch nicht wußte oder zumindest bisher nicht aus der hier dargestellten Perspektive gesehen hat.

Ich selbst habe im Laufe der Jahre zunächst als Schüler in der Schule, dann als Student in Universitäts-Hörsälen, später selbst als Trainer in Seminaren über Vortragstechnik, aber natürlich auch als interessierter Zuhörer bei Tagungen oder Kongressen und nicht zuletzt als täglicher Rundfunk- und Fernseh-Konsument zahlreiche Redner von unterschiedlicher Ausbildung, Qualifikation und Außenwirkung gesehen und gehört. Bisweilen habe ich exzellente Darbietungen erlebt, aber hin und wieder auch schwache Leistungen und sogar peinliche Flops.

Dabei habe ich mich zunehmend gefragt, weshalb manche Redner so erfolgreich sind und andere trotz allen Bemühens und der wiederholten Teilnahme an Rhetorik-Trainings überhaupt nicht.

Vielleicht liegt es häufig daran, daß für den Gesamteindruck und den Erfolg tatsächlich wesentliche Einzelaspekte in ihren Auswirkungen zu wenig beachtet und im Einzelfall fatalerweise unterschätzt werden. So kann die Wirkung eines exzellenten Vortrags verlorengehen, wenn die Zuhörer unbequem sitzen, wenn es zieht oder wenn der Saal überheizt ist, wenn plötzlich der Overheadprojektor mitten im Vortrag seinen Geist aufgibt und kein Ersatz zur Stelle ist oder wenn der Redner zu krächzen anfängt und kein Glas Wasser bereitsteht, um die ausgedörrte Kehle zu befeuchten.

Deshalb habe ich hier nicht nur den Redner und seine Rede- bzw. Vortragstechnik behandelt, sondern versucht, auch die Rahmenbedingungen ins Blickfeld des Lesers zu rücken. Auch auf den ersten Blick trivial erscheinende Details können für den Rede-Erfolg bzw. -Mißerfolg entscheidend sein. Das merkt der Redner aber oft erst dann, wenn es zu spät ist.

Ein Redner wird sich umso weniger in seiner Entfaltung und Wirkung beeinträchtigt fühlen, je besser er sich vorbereitet hat und je komfortabler und störungsfreier der Gesamtablauf organisiert ist. Die Vortragsleistung eines Redners und der situative Gesamtkomfort bilden letztlich eine Einheit und lassen im Erleben des Redners wie auch des Auditoriums schließlich den positiven oder negativen Eindruck vom so gestalteten „Gesamtkunstwerk“ entstehen.

Wem es also um ein optimales Gesamtkunstwerk bei seiner Rede geht, der wird vielleicht daran interessiert sein, nicht alle Fehler erst einmal selbst zu machen, die andere Redner bereits in Schwierigkeiten gebracht haben, sondern er wird gern schon prophylaktisch aus deren Fehlern lernen. In diesem Buch habe ich daher meine zahlreichen Beobachtungen und eigenen praktischen Erfahrungen zusammengetragen und thematisch geordnet, so daß es – mit etwas Glück – bei konsequentem Befolgen der Hinweise gelingen könnte, den Zuhörern künftig zumindest einige der besonders langweiligen, nichtssagenden oder sonstwie nervenden Reden zu ersparen.

Bei den thematischen Schwerpunkten habe ich vor allem an Menschen gedacht, die nicht nur **Jubiläumsansprachen** und **Fachvorträge** halten müssen, sondern deren berufliche und private Verpflichtungen **Reden bei sehr unterschiedlichen Anlässen und Gelegenheiten** umfassen:

- Redner treten **beruflich** bei Tagungen und Kongressen mit **Fachreferaten** auf;
- bei Konferenzen und in Sitzungen nehmen sie zu Grundsatzfragen Stellung oder halten **Referate** über aktuelle Entwicklungen;
- Führungskräfte und Funktionäre leiten Sitzungen nach einer vorgegebenen Tagesordnung und geben eine **Einführung** in die Tagesordnungspunkte;
- bei manchen Berufsgruppen (z. B. Dozenten, Lehrer, Pfarrer, Vertreter, Politiker) gehören Reden in Form von **Vorlesungen, Lehrgesprächen, Predigten**, **Verkaufsvorträgen**, **Wahlreden** oder **Regierungserklärungen** usw. zum beruflichen Alltag;
- **Statements** (Stellungnahmen, Erklärungen) werden beispielsweise bei Interviews und in Pressekonferenzen abgegeben;
- im **privaten** Rahmen sind **Ansprachen** u. a. bei Geburtstagsfeiern, Konfirmationen und Hochzeiten zu halten;
- (Vereins-)Funktionäre halten **Reden** bei der Ehrung von Vereinsmitgliedern (z. B. für Sieger im Sport oder für Jubilare).

Aus der Perspektive der Kommunikation sind die grundlegenden Anforderungen an Redner in solchen Situationen prinzipiell gleich. Allerdings verlangen die unterschiedlichen Anlässe, Zielsetzungen und Rahmenbedingungen vom Redner, daß er sich mit Fingerspitzengefühl und Sachverstand jeweils auf die spezifischen Besonderheiten der Situation flexibel einstellt.

Da kaum ein Autor es allen Lesern recht machen kann, werden wohl auch manche Leser/innen in diesem Buch einiges vermissen und anderes für entbehrlich halten oder anders beurteilen als ich. Ihre Anregungen werde ich daher gern aufnehmen und bei der nächsten Auflage dieses Buches berücksichtigen.

So wird beispielsweise derjenige, der dieses Buch fortlaufend liest, teilweise redundante Informationen vor allem in den Kapiteln 3, 5 und 7 sowie in den textergänzenden Check-Listen finden.

Diese Redundanz ergibt sich aus meiner Absicht, dem Leser beim Aufsuchen bestimmter Themenschwerpunkte nach dem Inhaltsverzeichnis bzw. dem Index alle relevanten Aspekte des thematischen Zusammenhangs im jeweiligen Kapitel zur Verfügung zu stellen, ohne daß er sich anhand von Querverweisen erst in anderen Kapiteln zusätzlich orientieren müßte. Er soll dort gegebenenfalls problemlos Handlungshinweise entnehmen können, ohne dafür noch einmal die in anderen Sachzusammenhängen dargestellten Einzelaspekte suchen und in anderen Kapiteln nachlesen zu müssen.

Wer allerdings die vordergründig redundanten Passagen etwas genauer betrachtet, der wird entdecken, daß es sich dabei nicht um bloße Textdoubletten handelt, sondern um Leitthemen, die mit didaktischer Absicht die jeweiligen Sachverhalte aus unterschiedlichen Perspektiven betrachten und wechselnde Facetten akzentuieren.

Eine gewisse Sensibilität möchte ich den Lesern mit meinen hintersinnigen Bemerkungen, Versen und Bildwerken abverlangen. Ich tue dies mit der Überzeugung, daß diese Auflockerung Sie nicht nur amüsieren wird, sondern auch dem Verständnis der Sachkapitel zugute kommt.

Nun möchte ich es jedoch nicht versäumen, mich an dieser Stelle erst einmal sehr herzlich bei meinen Lehrmeistern zu bedanken. Ich denke dabei vor allem an die zahlreichen Redner aus diversen Lebensbereichen, deren Darbietungen von unterschiedlicher Qualität im Laufe der Jahre zu meinem Erfahrungsschatz und somit natürlich auch zu diesem Buch ganz wesentlich beigetragen haben.

Dank schulde ich auch Herrn H.G. Kaps für die kritische Durchsicht des Manuskripts mit wertvollen Anregungen sowie dem Verlag für Angewandte Psychologie, der durch die Publikation dieses Buches mit dazu beitragen will, daß zumindest seine Leser uns künftig nicht (mehr) mit ermüdenden Tiraden langweilen, sondern durch rednerische Kunstwerke erfreuen werden.

Und dabei wünsche ich Ihnen schon jetzt viel Erfolg!

Berndt Zuschlag — Hannover 1993

1 DIE NOTWENDIGKEIT, REDEN ZU HALTEN

1.1 Sprachliche Äußerungsformen eines Redners

Wie schon im Vorwort erwähnt, kann jeder von uns im Berufs- wie auch im Privatleben bei ganz unterschiedlichen Anlässen vorhersehbar oder auch unerwartet in die Lage kommen, eine Rede halten zu müssen oder zu wollen.

Deshalb habe ich diesem Buch auch den Titel gegeben: **„Der Weg zum erfolgreichen Redner“.**

Es scheint mir naheliegend, hier erst einmal zu klären, was wir unter „Redner“ und „eine Rede halten“ verstehen wollen.

Dabei können uns vielleicht sprachwissenschaftliche Definitionsversuche, deren Resultate wir verkürzt auch im Konversationslexikon präsentiert bekommen, erste Ansatzpunkte geben. So lesen wir beispielsweise in Meyers großem Taschenlexikon (1992) zum Stichwort „Rede“:

*„**Rede**, Ansprache, mündl. Darlegung von Gedanken vor einem Publikum über ein bestimmtes Thema oder Arbeitsgebiet. Die R. ist im gesellschaftl. und polit. Bereich von großer Bed., z.B. als polit. R., Gerichts-R., Laudatio, Predigt.*

◆ (Reimrede) mittelhochdt. Bez. für kürzere lehrhafte Reimpaardichtungen; unterschieden werden Minne-R., geistl. R., didakt. R., Ehrenrede.

◆ in der Sprachwissenschaft: 1. die Wiedergabeform einer Aussage bzw. Äußerung und zwar als direkte Rede, indirekte Rede, auktoriale R. (die unmittelbare Wendung eines fiktiven Erzählers an den Leser), erlebte Rede; 2. Übersetzung von frz. Parole zur Bez. des konkreten Sprechakts im Ggs. zum abstrakten Sprachsystem (Langue); 3. jeder mündl. bzw. schriftl. Text überhaupt; 4. die höchste Einheit oder Ebene der Sprache, der Groß- oder Makrokontext.“

Ich tendiere daher ebenfalls dazu, den Begriff „Rede“ und „Redner“ bei den folgenden Ausführungen nicht zu eng zu fassen und sowohl diese Begriffe als auch die anderen sprachlichen Äußerungsformen von Rednern aus der alltäglichen Erfahrung heraus pragmatisch mit Inhalt zu füllen.

Ansatzpunkte für die begriffliche Konkretisierung enthält die folgende Tabelle:

Tab. 1 Pragmatische Begriffsbestimmungen

Rede	Ausführliche Abhandlung eines bestimmten Themas vor einem (meist) größeren Auditorium. Sie kombiniert normalerweise Elemente des Vortrags (Sachinformation) mit Elementen der Ansprache (Appell an Emotionen und Aktionsbereitschaft der Zuhörer); z. B.: • Rede des Bundespräsidenten zum Tag der Deutschen Einheit; • Laudatio anläßlich der Verleihung des Nobel-Preises; • Rede bei der Verabschiedung eines Abiturientenjahrgangs in der Aula der Schule; • Fest-Rede zum 100jährigen Bestehen eines Unternehmens.
Ansprache	Im Vergleich mit einer Rede eine verhältnismäßig kurze Darstellung oder Würdigung einer Person bzw. eines Ereignisses vor einem meistens kleineren und für diesen speziellen Anlaß eingeladenen Personenkreis; z. B.: • Ansprache einer Führungskraft (z. B. des Abteilungsleiters) bei der Pensionierung eines Mitarbeiters; • Ansprache an die Hinterbliebenen und Trauergäste am Grab eines Verstorbenen; Ansprache eines Familienmitglieds (z. B. des Vaters) bei einer Geburtstagsfeier (z. B. anläßlich der Volljährigkeit eines Kindes); • Ansprache des erzürnten Lehrers in der Schulklasse an die Schüler/innen, die zu spät zum Unterricht gekommen sind oder die ihre Hausaufgaben nicht gemacht haben.
Statement	Relativ kurze (öffentliche) Erklärung zu einem aktuellen Problem, Vorhaben oder Ereignis. Das Statement gibt der Sprecher freiwillig ab (z. B. in einer von ihm selbst einberufenen Pressekonferenz), oder er beantwortet (oft gezwungenermaßen) die ihm unvermutet von Journalisten bzw. Reportern gestellten Fragen; z. B.: • Erklärung des Regierungssprechers auf der Bundespressekonferenz; • Stellungnahme im Fernseh-Interview aus aktuellem Anlaß (z. B. in einer Nachrichtensendung); • Erklärung eines Mitarbeiters, Schülers, Studenten, Vereinsfunktionärs etc. beim Vorwurf eines Versäumnisses bzw. einer Fehlhandlung.
Vortrag	Beim Fachvortrag (auch in der Form eines Referates oder einer Vorlesung) wird von einem Experten mehr oder weniger ausführlich ein Sachthema vor einem meist größeren Auditorium dargestellt und erörtert; z. B.: • Fachvortrag auf einem Ärztekongreß; • Dia-Vortrag als Abendveranstaltung in der Volkshochschule über eine Südpolreise; • Erstattung des Geschäftsberichts auf der Jahreshauptversammlung einer Institution; • Referat eines Schülers über ein vom Lehrer vorgegebenes Thema vor der Schulklasse oder eines Studenten im Seminar einer Hochschule vor Kommilitonen; • Vorlesung eines Hochschul-Dozenten vor Studenten.
Referat	Mündlich vorgetragene Abhandlung über ein bestimmtes Thema. (Meyers großes Taschenlexikon, Bd. 18, 1992, S. 134). Meist vor Fachleuten vorgetragene und sorgfältig ausgearbeitete, auch Untersuchungsergebnisse zusammenfassende Abhandlung über ein bestimmtes Thema. Beispiele: wissenschaftliches oder politisches Referat (n. Duden, Bd. 5, 1980).

Fortsetzung Tab. 1

Lehrgespräch	Form des Unterrichts, bei der ein festliegendes Unterrichtsziel in einem vom Lehrer geführten Wechselgespräch mit dem Schüler angestrebt wird. Im freien Unterrichtsgespräch bestimmen die Schüler weitgehend Thema und Gesprächsführung, im gebundenen Unterrichtsgespräch wird von einem vorgegebenen Thema ohne Festlegung von Ziel und Methode des Gesprächs ausgegangen (n. Brockhaus Bd. 7, 1979).
Vorlesung	Regelmäßige, ein- oder mehrsemestrige Lehrveranstaltung an Hochschulen (Kolleg) (n. Brockhaus Bd. 12, 1981).
Predigt	(lat.: praedicare „öffentlich bekanntmachen"). In christlichen Kirchen: die Verkündigung und Auslegung des Wortes Gottes und der Kirchenlehre. In der katholischen Kirche Teil der Liturgie, in den evangelischen Kirchen oft im Mittelpunkt des Gottesdienstes (Predigt-Gottesdienst). Die Predigt will bekehren und ist daher wesentliches Element der Mission (n. Brockhaus Bd. 9, 1980). Predigen: etwas eindringlich ans Herz legen, anempfehlen, jemanden zu etwas immer wieder ermahnen, auffordern; etwas nachdrücklich in belehrendem Ton sagen (n. Duden Bd. 5, 1980).

Dabei sind die Übergänge von einer Form der Äußerung zu einer anderen durchaus fließend, wie z. B. bei Referat, Fachvortrag, Vorlesung. Entscheidend ist deshalb letztlich nicht die Bezeichnung, sondern der Inhalt und die rednerische Ausführung.

Allerdings kann die Deklaration als Vorlesung, als Statement oder als Predigt etc. doch insofern von Bedeutung sein, als diese dem Zuhörer schon von vornherein einige wichtige Hinweise darauf gibt, was er im konkreten Fall grundsätzlich zu erwarten hat.

So wird er bei einem Statement (einer kurzen Erklärung oder Stellungnahme zu einer Einzelfrage) mit Kürze rechnen (etwa mit 1 bis 5 Minuten) und sich bei einer Vorlesung in der Hochschule auf 45 Minuten einstellen. Bei der Ankündigung eines Vortrags oder einer Rede kann er je nach Anlaß und Umständen von vornherein einen Zeitraum von etwa 20 Minuten (Festrede) bis zu mehreren Stunden (Parteitagsreden und Regierungserklärungen in manchen Ländern) in Betracht ziehen.

Im übrigen wird er bei einem Vortrag (z. B. einem Seminar-Referat) vor allem eine sachliche Information und die weitgehend emotionsfreie Darlegung und Erörterung von Tatsachen erwarten. Demgegenüber dürfte sich andererseits die Erwartung der Zuhörer bei einer Laudatio, bei der die Lebensleistung eines Jubilars gewürdigt werden soll, von vornherein auch auf emotionale Bewegung, auf humorige Anspielungen und besondere rhetorische Highlights ausrichten.

Diese terminologische Problematik wollen wir hier nicht weiter vertiefen, sondern uns im nächsten Kapitel den wichtigeren Aspekten zuwenden: Rede-Anlässen, -Formen und -Zielsetzungen:

1.2 Rede-Anlässe, -Formen und -Zielsetzungen

Je nach Anlaß für eine Rede wird sich der Redner vernünftigerweise auf diesen einstellen, seiner Rede ein angemessenes Ziel setzen und sich dementsprechend für die dazu passende Rede-Form entscheiden.

Einige Beispiele zeigt die folgende Tabelle:

Tab. 2 Rede-Anlässe, -Formen und -Zielsetzungen

	Rede-Anlaß	Redner	Form	Zielsetzung
besonderer Anlaß	**Jubiläum**	ranghöhere Persönlichkeit, Vorgesetzter, Familienoberhaupt	Festrede, Festvortrag, Festansprache, Laudatio	Würdigung einer Person oder eines Ereignisses
	Familienfeier	Familien-oberhaupt, Pfarrer	Tischrede, Festansprache, Trauerrede	Glückwunsch zum Geburtstag, zur Hochzeit etc.; Trostansprache an Hinterbliebene
politisch, weltanschaulich	**Wahlkampf**	Parteivor-sitzender, Wahlkandidat, Minister	Wahlaufruf, politische Kampfrede	Aufruf der Wähler und Versuch der Begeisterung für ein politisches Ziel
	Kirchgang	Pfarrer, Priester, Papst, Prediger	Predigt	Erbauung, Ermahnung Ermunterung der Gläubigen, Missionierung
beruflich, geschäftlich	**Verkaufs-verhandlung**	Vertreter	Werberede, Verkaufsvortrag	Käufer für einen Artikel gewinnen
	Vorstands-sitzung (Verein, AG, GmbH etc.)	Vorstands-vorsitzender oder -mitglied	Rede, Referat, Bericht	Erstattung des Geschäftsberichts, Darstellung eines Projekts, Erläuterung des Finanzierungsplans
	Betriebs-versammlung	Vorsitzender des Betriebsrats, Betriebsleiter	Tätigkeits-bericht, Stellung-nahme, Sachvortrag	Darstellung der Betriebsratstätigkeit, Erläuterung der Geschäftspolitik
	Gerichts-verhandlung	Richter, Staatsanwalt, Verteidiger, Gutachter	Sachbericht, Anklage, Verteidigungsrede, Urteilsverkündung	Sachverhalt resümieren, Anklage erheben für die Verurteilung des Angeklagten, Verteidigung zur Verhinderung bzw. Milderung der Verurteilung

Fortsetzung Tab. 2

Aus-, Fort- und Weiterbildung	**Schulausbildung**	Lehrer, Schüler	Lehrvortrag, Referat, Lehrgespräch	Darstellung bzw. Erarbeitung eines Lernstoffes
	Studium	Dozent, Professor, Student	Vorlesung, Referat, Fachvortrag, Seminarvortrag	Ausbildung von Studenten und fachliche Vorbereitung auf das Examen; Darstellung eines Themas im Seminarvortrag
	Kongreß, Tagung	Experte, Wissenschaftler. Verbandsvertreter, Honoratioren	Fachvortrag, Festvortrag, Sammelreferat, Grußworte	Information über neue Erkenntnisse, Resümierung des Sachstandes, Begrüßung der Teilnehmer
	Schulungsveranstaltungen	Lehrer, Trainer, Dozent, Instruktor	Referat, Vortrag, Lehrgespräch, Demonstration	Kenntnisse und Fertigkeiten für eine bestimmte Berufstätigkeit vermitteln

Wie schon erwähnt, bestimmt der Vortrags-Anlaß bereits weitgehend die Rede-Form, wobei diese aber zu der jeweiligen Zielsetzung des Redners passen sollte, um beim Zuhörer keine gefühlsmäßigen Diskrepanzen hervorzurufen.

Diskrepanzen könnten beispielsweise dann entstehen, wenn ein Fachvortrag sich nicht als seriöse und sachliche Information darstellt, sondern sich als reißerischer Werbevortrag für ein Verkaufsobjekt entpuppt.

Andererseits wären gemütsbewegte Trauergäste sicher überrascht, wenn der Grabredner nicht gefühlvoll den Lebensweg des Verstorbenen schilderte, sondern einen Aufruf zur Mitgliedschaft in einer besonderen Interessengemeinschaft startete. Ein derartiger Aufruf könnte allerdings durchaus dann den Beifall der Trauernden finden, wenn der Verstorbene z. B. das Opfer eines politisch motivierten Mordanschlages ist und nun gerade aus diesem Anlaß heraus für die kämpferische Vertretung der Gruppeninteressen aufgerufen wird.

Bei politischen Wahlkampfreden wollen Politiker durch engagierten Einsatz rhetorischer Ausdrucksmittel Verstand und Gefühl der Zuhörer gleichermaßen für den Redner, seine Partei und deren politisches Programm gewinnen.

Demgegenüber wird sich ein Hochschulprofessor mit einem informativen Sachvortrag vor allem auf die verständliche Darstellung von unter Umständen sehr komplizierten Sachverhalten konzentrieren und keine besonderen Anstrengungen machen, um bei den Zuhörern Emotionen zu wecken.

Durch entsprechende Anlässe können Redner auch mit dem Problem konfrontiert werden, freiwillig eine Rede zu halten oder dies aus persönlichem bzw. beruflichem Pflichtgefühl oder sogar gezwungenermaßen zu tun. Einige Beispiele zeigt die folgende Tabelle:

Tab. 3 Freiwillige oder unfreiwillige Vortrags-Gelegenheiten

- **Freiwilig wahrgenommene Vortrags-Gelegenheiten**
  - Einen Lichtbildervortrag vor Freunden, Bekannten, Verwandten halten (z. B. über eine interessante Urlaubsreise).
  - Einen Fachvortrag für die Mitgliederversammlung eines Vereins übernehmen.
  - Sich freiwillig als Referent bei einer Tagung oder einem Kongreß anmelden.
  - Einen Vortrag im Rundfunk oder im Fernsehen halten, weil man ein interessantes Thema oder sich selbst der Öffentlichkeit präsentieren möchte.

- **Unfreiwillig zu übernehmende Vortrags-Pflichten**
  - Aufgrund einer Einladung den Festvortrag auf einer Tagung halten.
  - Die Antrittsvorlesung im Rahmen eines Habilitationsverfahrens halten.
  - Vorlesungen in einer Hochschule halten.
  - Lehrvorträge im Schulunterricht halten.
  - Als Vereinsvorsitzender den Jahresbericht/Rechenschaftsbericht abgeben.
  - Bei einem Jubiläum (ggf. sogar seinem eigenen) eine Ansprache halten (d. h. einen Vortrag über den Lebensweg und die persönliche Bedeutung).
  - Im Bundestag, Landtag, Stadtrat, Bezirksrat etc. über ein aktuelles Thema ein Referat halten.
  - Als Berufsredner (Pfarrer, Priester) eine Rede über einen Verstorbenen halten.
  - Einen Verkaufsvortrag halten, um Käufer für ein Produkt zu gewinnen.

Insbesondere die Überzeugungskraft einer Rede kann dadurch beeinflußt werden, ob ein Redner sich mit einem Thema freiwillig und aus eigenem Interesse engagiert befaßt oder ob er sich einer Redeverpflichtung nur gezwungenermaßen und mit innerem Widerwillen unterzieht.

Am Beispiel von Vorträgen wird in Tabelle 3 gezeigt, daß es sehr unterschiedliche Gelegenheiten gibt, Vorträge freiwillig zu übernehmen oder aber auch geradezu gezwungenermaßen mit der Berufstätigkeit verbundene Vortragspflichten zu erfüllen.

Für die meisten Menschen gibt es im Laufe ihres Lebens zahlreiche Anlässe, bei denen sie sich Reden anderer anhören oder wo sie selbst eine Rede bzw. eine Ansprache halten, wo sie zu aktuellen Ereignissen ein Statement abzugeben oder während ihrer Ausbildung und im Berufsleben Vorträge und Referate zu halten haben.

In Tabelle 4 sind dazu einige Beispiele zusammengestellt:

Tab. 4 Anlässe für Reden

- **Familienfeste**
  - Taufe
  - Konfirmation, Kommunion, Firmung
  - Verlobung, Hochzeit
  - Geburtstage
    (Kindergeburtstag, 18., 20.,..., 50., 60., 65., 70., 80., 90. oder gar 100. Geburtstag)
  - Beerdigung

- **Schulbesuch**
  - Einschulung
  - Schulfest
  - Schulentlassung

- **Studium**
  - Vorlesungen
  - Seminar-Referate

- **Einschnitte im Berufsleben**
  - Begrüßung und Einführung eines neuen Mitarbeiters
  - Übernahme einer neuen Position
    (z. B. Abteilungsleiter, Wechsel in der Niederlassungsleitung oder in der Geschäftsführung)
  - Beförderung
  - Dienst-Jubiläum
  - Pensionierung

- **Berufstätigkeit verschiedener Berufsgruppen**
  - Gerichtsverhandlungen
  - Gottesdienste
  - Werbeveranstaltungen für Produkte
  - Moderation in Rundfunk und Fernsehen
  - Konferenzen

- **Aus-, Fort- und Weiterbildung**
  - Unterricht in Schulen, Hochschulen und Akademien
  - Vortragsveranstaltungen (kulturell, politisch)
  - Tagungen, Kongresse
  - Fach-Seminare

- **Jubiläen, Ehrungen**
  - Dienst-Jubiläen (25, 40 Jahre)
  - Geschäfts-/Betriebs-Jubiläen (1, 10, 25, 50, 100 ... Jahre)
  - Vereins-Jubiläen
  - Ehrung wegen besonderer Verdienste
  - Ordensverleihung
  - Preisverleihung

Fortsetzung Tab. 4

- **Feste**
  - Weihnachten
  - Silvester
  - Karneval (Büttenreden)
  - Eröffnung des Opernballs
  - Jahresfeste von Institutionen
  - Betriebsfeste
  - Vereinsfeste (z. B. Schützenfest, Siegesfeier im Sportverein, Feuerwehrfest)
  - Einweihungen (öffentliche Gebäude, Privathäuser, Richtfeste)
  - Schiffstaufen
- **Messen, Ausstellungen**
  - Fachmessen (z. B. Industrie, EDV, Leder, Geflügel)
  - Landes-, Bundesgartenschau
  - Luftfahrtschau
  - Sonderschauen in Museen
  - Kunstausstellungen
- **Aktuelle Ereignisse**
  - Katastrophen
  - Wahlversammlungen
  - Parteitage
  - Eröffnung einer Legislaturperiode
  - Kriegserklärung

Wie oben bereits erwähnt, wird die Form einer Rede aber nicht nur durch den jeweiligen Anlaß bestimmt, sondern auch durch die damit eng zusammenhängenden Zielsetzungen des Redners.

Damit sich jedoch der Redner mit seinem Thema nicht verzettelt und damit seine Rede auch ihren eigentlichen Zweck nicht verfehlt, sollte er sich von vornherein klar machen, welche **Ziele** er mit seinem Vortrag verfolgt und inwieweit diese mit den Erwartungen des Auditoriums in Einklang stehen.

Er sollte sich daher selbstkritisch vor allem die in der folgenden Tabelle formulierten Fragen stellen:

Tab. 5 Redner-Ziele

- Welche Ziele gibt mir möglicherweise der konkrete Anlaß bereits vor?
- Will ich die Zuhörer sachlich und neutral über einen bestimmten Sachverhalt informieren, oder will ich vor allem ihre Gefühle ansprechen?
- Welche Sachinhalte will ich ggf. vermitteln, und wie ausführlich soll das geschehen?
- Will ich Menschen in ein ihnen bisher weitgehend unbekanntes Thema einführen oder Experten mit umfangreichen Vorkenntnissen sachkundig über neuere Forschungsergebnisse und Erkenntnisse informieren?

Fortsetzung Tab. 5

- Muß ich einen Bericht erstatten oder ein Gutachten vortragen und dabei penibel darauf bedacht sein, möglichst keine unnötigen Angriffsflächen zu bieten?
- Welche Sachinformationen bzw. neuen Erkenntnisse sollen die Zuhörer mitnehmen, zu welchen Aktivitäten möchte ich sie ggf. motivieren?
- Geht es mir vor allem um die Sache, oder geht es mir vor allem um mich selbst, um meine Selbstdarstellung?
- Welche persönlichen Ziele verfolge ich mit meiner Rede?
- Will ich das Auditorium informieren, zu Aktivitäten motivieren oder angenehm (z.B. geistreich, witzig) unterhalten?
- Will ich mich mit der Rede (so knapp wie möglich) nur einer lästigen Pflicht entledigen, oder rede ich aus eigenem Interesse freiwillig und engagiert?

Sie werden diese Liste von möglichen Zielsetzungen wahrscheinlich leicht durch hier noch nicht genannte, andere Aspekte erweitern und im einzelnen präzisieren können. Vermutlich ist Ihnen aber bereits jetzt bewußt geworden, welche besondere Bedeutung einer konkreten und klar ins Auge gefaßten Zielsetzung bei jeder Rede zukommt.

Denn erst die exakte Zielsetzung ermöglicht dem Redner die konsequente Zielverfolgung und letztlich dann – bei etwas Glück und Geschick – auch das Erreichen des angesteuerten Ziels. Sie gelangen dadurch vom anlaßbezogenen Ausgangspunkt an Hand der wesentlichen Leitgedanken wie an einem roten Faden durch das gesamte Thema zuverlässig zu Ihrem intendierten Ziel hin (s. dazu auch Kap. 3.1.2, 4.1, 4.5.3.4).

1.3 Selbstkritische Prüfung der Notwendigkeit

Kaum jemand wird angesichts der in den Tabellen 3 und 4 aufgeführten Beispiele ernsthaft und grundsätzlich die Notwendigkeit von Reden bezweifeln.

Kritiker nehmen daher weniger Anstoß an der Tatsache, daß überhaupt Reden gehalten werden, sondern eher daran, daß deren Inhalte häufig in keinem vernünftigen Verhältnis zu ihrer Länge stehen. Unmut oder Langeweile lösen solche Reden aus, die sich endlos hinziehen mit Ausführungen, die ein Redner mit etwas Durchblick ohne Schaden für die Sache und die Zuhörer gut und gern auf die Hälfte der Zeit oder gar noch weniger reduzieren könnte.

Ärger verursachen auch Redner, bei denen der Zuhörer auf Grund einschlägiger Erfahrungen schon von vornherein annehmen muß, daß die Rede oder das Statement keineswegs zur Erhellung des Sachverhaltes dienen wird, sondern vor allem seiner vorsätzlichen Verschleierung. Dadurch wird ihm nicht nur wertvolle Zeit gestohlen, er ärgert sich mit Recht auch noch darüber, daß der Redner ihn offenbar für so dumm hält, als könne er das peinliche Manöver nicht durchschauen.

Jeder Redner sollte deshalb die Intelligenz „des kleinen Mannes" (Wer ist das überhaupt?!) in diesem Punkt nicht unterschätzen und nicht naiverweise (und nicht selten zu seinem eigenen Schaden!) einfach darauf vertrauen, daß er jeden für dumm verkaufen kann.

Diese Gefahr wird leider nicht von jedem Redner rechtzeitig gesehen und beachtet. Vor jeder Rede sollte er sich deshalb – gegebenenfalls unter Berücksichtigung der Denkanstöße von Abbildung 1 – erst einmal selbstkritisch und ehrlich die Frage stellen:

Muß ich
- bei dieser Gelegenheit
- vor diesem Zuhörerkreis
- zu diesem Zeitpunkt
- an diesem Ort
- über dieses Thema
- in dieser Länge

eine Rede halten?

Er wird feststellen: Häufig muß er nicht – jedenfalls nicht so!

Das Ablaufdiagramm (Abb. 1) kann noch unentschiedenen, aber selbstkritischen Rednern vielleicht bei der Entscheidung helfen, wirklich unötige Reden nicht zu halten.

Wahrscheinlich kennen Sie auch Leute, die bei jeder passenden – und das heißt oft eher „unpassenden" – Gelegenheit das Wort ergreifen. Das nervt. Aber sie merken es nicht. Und wenn sie bereits eine höhere Stufe auf der gesellschaftlichen Leiter erklommen – oder aufgrund von Familientraditionen bzw. speziellen persönlichen Beziehungen „geerbt" – haben, dann traut sich auch meistens niemand mehr, sie darauf aufmerksam zu machen.

Manche Redner gestalten ihre Rednertätigkeit nicht nur beängstigend selbstbewußt, sondern geradezu zwangsneurotisch: überall müssen sie „ihren Senf dazugeben".

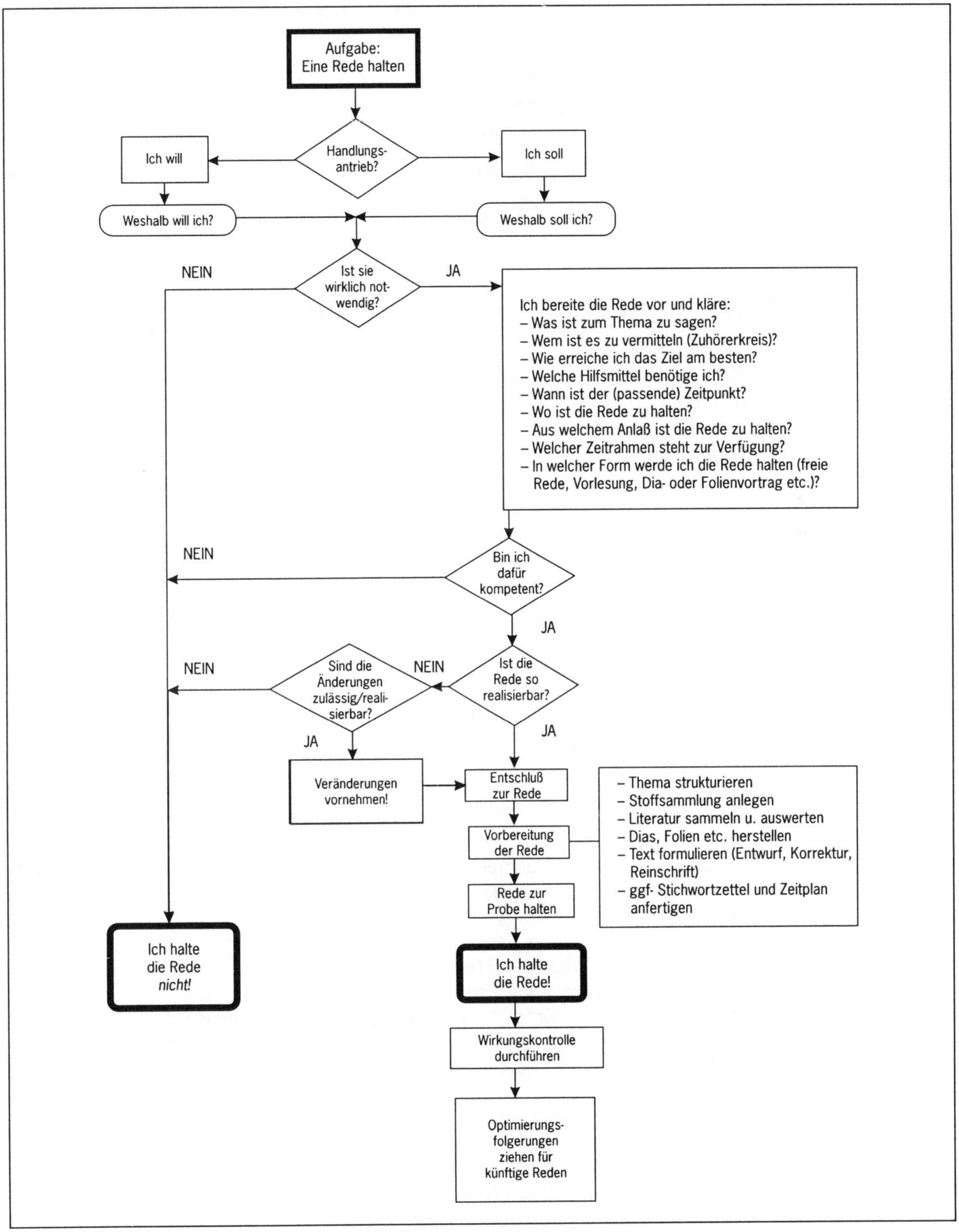

Abb. 1 Die Notwendigkeit, eine Rede zu halten

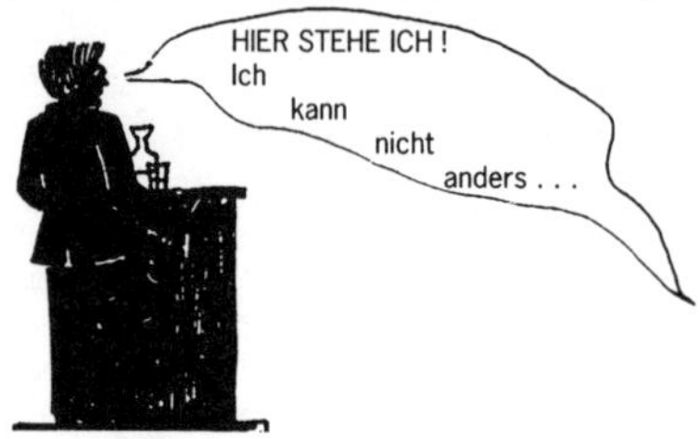

1.4 Gründe gegen das Halten einer Rede

Ich habe hier ein paar mir wichtig erscheinende Gründe zusammengestellt, die Sie (hoffentlich!) vom Halten unnützer Reden abhalten werden. Sie sollten auf jeden Fall gar nicht erst anfangen, wenn ein Grund oder sogar mehrere der in der folgenden Tabelle angeführten Gründe dagegen sprechen:

Tab. 6 Gründe gegen das Halten einer Rede

Reden Sie nicht,

- wenn Sie mit an Sicherheit grenzender Wahrscheinlichkeit annehmen können, daß das Thema die Zuhörer nicht (sonderlich) interessieren wird;
- wenn Sie bei selbstkritischer Prüfung feststellen müssen, daß Sie das Thema fachlich nicht zufriedenstellend bewältigen werden, da Ihnen dafür wichtige Kenntnisse oder Informationen fehlen;
- wenn Sie dem Publikum als Redner/Vortragender nicht genehm sind und es Ihnen auch durch Ihre Ausführungen vorhersehbar nicht gelingen wird, Zuhörbereitschaft zu wecken;
- wenn Sie vor einem Publikum sprechen sollen, das Sie von vornherein aus ideologischen Gründen ablehnt und Ihnen die Kompetenz für die Behandlung des betreffenden Themas abspricht;
- wenn Sie an einem Termin reden/vortragen sollen, den Sie nur schwer oder nicht pünktlich einhalten können;
- wenn der Veranstalter die erforderlichen Rahmenbedingungen nicht gewährleisten kann (z. B. Mikrophon- und Lautsprecheranlage in großen Räumen, Overhead-Projektor für Folienpräsentation, kein störungsfreier Vortragsraum (z. B. Baulärm));
- wenn Sie mit Ihren Thesen nur als Kuriosum vorgeführt und lächerlich gemacht werden sollen;
- wenn Sie Probleme mit der vorgeschriebenen Fremdsprache haben, in der Sie den Vortrag halten sollen, und wenn nicht ggf. eine ausreichende Simultanübersetzung gewährleistet ist;
- wenn Sie sich aus fachlichen oder persönlichen Gründen (z. B. mangelhafte Beherrschung der Fremdsprache) einer anschließenden Diskussion nicht gewachsen fühlen;
- wenn Ihre spontane Rede den geplanten Ablauf einer Vortragsveranstaltung thematisch oder zeitlich stören würde;
- wenn Sie aus dem Stegreif reden sollen, ohne das Thema wirklich zu beherrschen, und wenn Sie fürchten müssen, Ihre Inkompetenz öffentlich darzustellen;
- wenn Sie von den Zuhörern als Person abgelehnt werden (weil z. B. Ihre Integrität in einer bestimmten Sache bezweifelt wird, weil z. B. ein Ermittlungsverfahren gegen Sie läuft oder weil Ihre Unabhängigkeit und Objektivität begründet in Zweifel gezogen wird);
- wenn Sie sich durch die gestellte Aufgabe überfordert fühlen (z. B. fehlender Sachverstand; mangelhafte theatralische und humoristische Begabung für einen Faschingsvortrag).

Nun könnten Sie vielleicht glauben, es sei unter diesen Umständen am besten, Sie würden gar nichts sagen, einfach auf solche möglicherweise nervtötenden oder todlangweiligen Reden und Vorträge verzichten. Der Gedanke ist zwar interessant und altruistisch, aber in letzter Konsequenz auch sehr gefährlich. Wenn **Sie** nämlich aus lauter Pietät den Mund halten, können Sie keineswegs darauf vertrauen, daß dann nicht ein **anderer** Schwätzer, der weniger rücksichtsvoll ist, das Wort ergreift und nun seinerseits Sie und alle Anwesenden mit seinen Tiraden überfällt.

Um solchem Schicksal zuvorzukommen, treffen manche dann doch nach Abwägung der Vor- und Nachteile letzlich die zweifelhafte Entscheidung, lieber selbst zu reden und andere zu strapazieren, als anderen das Feld zu überlassen und selbst zu leiden.

Sie kennen vermutlich auch die provokative und leicht vulgäre rhetorische Frage, die manchmal ein verzweifelter Lehrer in der Schule seinen Schülern an den Kopf wirft, wenn seine Lehrtätigkeit nach seiner Meinung nicht die richtige Resonanz findet:

„Muß ich denn wirklich meine Perlen vor die Säue werfen?!"

Muß er wirklich? Der Lehrer in der Regel schon, weil er andernfalls seinen Gehaltsanspruch verlieren würde. Aber Sie haben das möglicherweise gar nicht nötig – zumindest dann nicht, wenn Sie selbst darüber entscheiden können, ob Sie reden wollen oder nicht. Und das dürfte in der Regel dann der Fall sein, wenn sich Thema und Termin für eine Rede oder für einen Vortrag nicht gewissermaßen zwangsläufig aus Ihren dienstlichen Pflichten ergeben, sondern wenn jemand bloß höflich bei Ihnen anfragt, ob Sie die Aufgabe übernehmen wollen – freiwillig.

In solchen Fällen orientieren sich erfahrene Redner mit langer Lebenserfahrung bei ihrer Entscheidung an der Erkenntnis:

Wer nichts sagt,
blamiert sich nicht
durch unsinnige oder überflüssige Ausführungen,
und er langweilt oder nervt auch keine Zuhörer.

Aber entgehen Sie damit wirklich dem Dilemma?

1.5 Welche Fragen stellen sich Redner bei der Vorbereitung einer Rede?

Wie bereitet man eine Rede vor?

Einige wesentliche Fragen bezüglich der grundsätzlichen Zielsetzung von Reden sind schon im Kapitel 1.2 – insbesondere in Verbindung mit Tab. 5 – angesprochen worden.

Die folgende Check-Liste enthält dazu ergänzend weitere wichtige Fragen, die sich Redner stellen (können), wenn sie sich aus eigenem Antrieb entschließen, eine Rede zu halten, oder wenn sie dazu aufgefordert werden und mit den Vorbereitungen beginnen wollen:

Tab. 7 Fragen des Redners vor einer Rede

1. Fragen zur Veranstaltung:

- Wer ist der **Veranstalter**?
  - Kenne ich ihn?
  - Ist er seriös?
  - Will bzw. kann oder darf ich bei ihm auftreten?
- Welcher **Veranstaltungsort** ist vorgesehen?
  - Wo findet die Veranstaltung statt (Ort, Raum)?
  - Wie finde (komme) ich rechtzeitig dorthin?
- Auf welchen Veranstaltungs-**Termin** und auf welche -**Zeit** habe ich mich einzustellen?
  - An welchem Tag soll ich reden?
  - Zu welcher Uhrzeit soll ich sprechen?
  - Wieviel Redezeit werde ich haben?
- In welches **Veranstaltungsprogramm** ist mein Vortrag eingebunden?
  - Bin ich erster, mittlerer, letzter Redner?
  - Welche Redner kommen mit welchen Themen vor und nach mir?
  - Wird mich der Veranstalter/Moderator vorstellen?
  - Wer übernimmt die Moderation und die Diskussionsleitung?
  - Ist eine Diskussion nach dem Vortrag vorgesehen?
  - Sind Fragen während meines Vortrags zugelassen?
  - Sind Störungen aus dem Auditorium zu erwarten, weil das Thema oder meine Person dies herausfordern?
- Welche **Raumtechnik** ist vorhanden?
  - Steht ein Rednerpult (höhenverstellbar, mit Beleuchtung) zu Verfügung?
  - Sind Mikrofon und Lautsprecher vorhanden?
  - Gibt es einen Dia- und einen Overhead-Projektor?
  - Befindet sich ggf. ein Video-Recorder mit Monitor oder ein eventuell benötigter Filmprojektor im Saal?
  - Kann der Vortragsraum für die Projektion von Dias oder Filmen ausreichend verdunkelt werden?
  - Ist die Raumbeleuchtung dimmbar, um den Kontrast der mit dem Overhead-Projektor projizierten Abbildungen zu verbessern?
- Vor welchem **Zuhörerkreis** werde ich sprechen?
  - Welche Zuhörer sind eingeladen?

Fortsetzung Tab. 7

- Welchen Kenntnisstand haben sie?
- Auf welchen Vorkenntnissen und Erfahrungen der Zuhörer kann ich aufbauen?
- Mit welchen Erwartungen kommen sie?
- Wie viele Zuhörer werden erwartet?
- Handelt es sich um eine (nach ihren Interessen, Vorkenntnissen, Erwartungen, Befürchtungen etc.) homogene oder heterogene Zuhörergruppe?
- Sind rivalisierende Gruppen im Auditorium zu erwarten?
- Mit welchen Vorurteilen, Ressentiments der Zuhörer muß ich rechnen?
- Sprechen und verstehen die Zuhörer alle Deutsch, oder muß ich auf mögliche Sprachprobleme eines internationalen Publikums Rücksicht nehmen?

2. Fragen zum Vortrag:

- Über welches **Thema** werde ich sprechen?
  - Wie soll mein Thema heißen?
  - Welches Redeziel setze ich mir oder ist mir vorgegeben?
  - Welche Botschaft sollen die Zuhörer mitnehmen?
- Wie werde ich das Thema **rhetorisch** aufbauen und behandeln?
  - Wie fange ich an?
  - Welche Schwerpunkte werde ich im Hauptteil behandeln?
  - Mit welchem Resümee, mit welchem Aufruf werde ich die Rede abschließen?
  - Wie wecke ich das Interesse der Zuhörer und erzeuge Spannung?
  - Soll ich einen ernsten Ton anschlagen oder die Rede mit Humor würzen?
  - Ist ein umgangssprachliches Niveau angemessen, oder erwarten hier Experten fachgerechte Diktionen?
- Welche **Veranschaulichungs-Hilfen** werde ich geben?
  - Welche Abbildungen kann ich mit Folien bzw. Dias als Verständnishilfe projizieren?
  - Welche Abbildungen, Tabellen oder Textstellen sollte ich den Zuhörern schon vor Beginn des Vortrags bzw. im Anschluß als Verständnis- bzw. Gedächtnishilfe aushändigen?
  - Kann ich eine Wandtafel für Skizzen oder zum Anschreiben wichtiger Begriffe (z. B. im Seminar) benutzen?
  - Habe ich Filme (z. B. Video-Filme) zur Untermauerung meiner Ausführungen parat?
  - Kann ich einige Sachverhalte für die Zuschauer durch Modelle oder (z. B. im Seminar) durch praktische Übungen verdeutlichen?

3. Fragen zur Stoffsammlung und Gliederung:

- Welche **Aspekte des Themas** sind zu behandeln?
  - Mit welchen Fachkollegen könnte ich über das Thema sprechen?
- Welche **Unterlagen** besitze ich bereits, die Aspekte dieses Themas betreffen (in meiner Hausbibliothek, in meiner Dia- oder Foliensammlung)?
  - Habe ich schon einmal über dieses oder ein ähnliches Thema gesprochen, so daß ich darauf zurückgreifen kann?
  - Welche Informationen und Materialien lassen sich leicht von Freunden, Bekannten, Kollegen beschaffen?
  - Welche sonstigen Quellen kann ich zusätzlich erschließen (z. B. Stadt- oder Universitätsbibliotheken, Verbände, Archive, Filmstellen etc.)?
  - Welche Mitarbeiter kann ich an der Stoffsammlung beteiligen?

Fortsetzung Tab. 7

- Wie kann ich das Gesamt-Thema zweckmäßig **gliedern** und die verschiedenen relevanten Aspekte angemessen unterbringen?

4. Fragen zur Manuskript-Gestaltung:

- Welche Art von Manuskript will ich erstellen (z. B. vollständig ausformulierte Textfassung, Stichwort-Manuskript, gegliederte Folienfolge oder Dia-Reihe ohne vorformulierte Texte)?
- Wieviel Zeit steht mir für die Manuskripterstellung zur Verfügung?
- Welchen Umfang darf mein Manuskript im Hinblick auf die verfügbare Redezeit haben?
- Wer schreibt mein Manuskript, wer fertigt Folien oder Dias rechtzeitig und in guter Qualität an?
- Wem kann ich das Manuskript zur Korrekturdurchsicht geben?
- Wie muß ich mein Manuskript überarbeiten, daß aus dem hölzern und schriftdeutsch klingenden Text eine rhetorisch überzeugende Rede wird?
- Wie bereite ich das Manuskript zweckmäßig für meine Rede so auf, daß ich mich – auch bei freien Exkursen und spontanen Formulierungen – wieder gut in den Text hineinfinde (z. B. markante Gliederung, farbige Markierung von Leitbegriffen im Text, Randmarkierungen, Notierung von geplanten Redepausen)?
- Wie schaffe ich im Manuskript die Verbindung zu meinen Folien, Dias etc. (z. B. durch entsprechende Hinweise am Textrand)?
- Wie gewährleiste ich die gute Lesbarkeit des Textes (z. B. durch Benutzung einer Schrift mit großen Schrifttypen „Leseschrift")?

5. Fragen zum Vortrag mit oder ohne Generalprobe:

- Kann ich den Vortrag, den ich schon wiederholt gehalten habe, ohne weitere Vorbereitung erneut halten?
- Sollte ich den Vortrag einmal zur Probe halten, um die Sprechbarkeit des Textes und den Zeitbedarf insgesamt zu überprüfen?
- Ist es erforderlich oder zumindest wegen der kritischen Thematik zweckmäßig, die Rede zunächst von einem oder einigen kritischen „Gutachtern" überprüfen zu lassen?

6. Fragen zur Diskussion:

- Ist im Anschluß an meine Rede/meinen Vortrag eine Diskussion geplant?
- Wer wird diese Diskussion leiten? Kenne ich den Diskussionsleiter?
- In welchen Punkten sollte ich mich vorher mit dem Diskussionsleiter abstimmen?
- Dürfen bzw. werden die Zuhörer meinen Vortrag eventuell durch Fragen unterbrechen oder sogar einzelne Punkte sofort diskutieren wollen?
- Will ich derartige Unterbrechungen zulassen, oder muß ich das von vornherein zu unterbinden versuchen?
- Muß ich in der Diskussion mit Fragen in englischer, französischer, spanischer oder in anderen Sprachen rechnen? In welcher Sprache muß/kann ich darauf antworten? Müssen gegebenenfalls Dolmetscher zur Verfügung stehen?
- Welche Fragen sind in der Diskussion zu erwarten, und wie werde ich sie beantworten können?
- Besitze ich genügend Reserve-Material, Randwissen und Erfahrung, um solche Fragen überzeugend beantworten zu können?

Es lohnt sich und kommt sowohl der Qualität einer Rede als auch dem Ansehen des Redners zugute, wenn er sich diese Fragen vor jedem Vortrag ernsthaft stellt und sachgerecht zu beantworten versucht.

Manche unangenehme Überraschung kann er sich dadurch ersparen, weil er bereits auf ärgerliche Vorkommnisse eingestellt ist und ihnen – wohl vorbereitet – zu begegnen weiß. Durch geeignete Vorkehrungen kann er möglichen Schwierigkeiten erfolgreich vorbeugen (z. B. einen eigenen Overhead-Projektor im Kofferraum seines Kraftfahrzeugs mitnehmen, falls der Veranstalter keinen beschafft hat, der vorhandene defekt ist oder sonstwie unbrauchbar erscheint).

Wer gern Fehler macht, der sollte sich wenigstens anständig darauf vorbereiten!

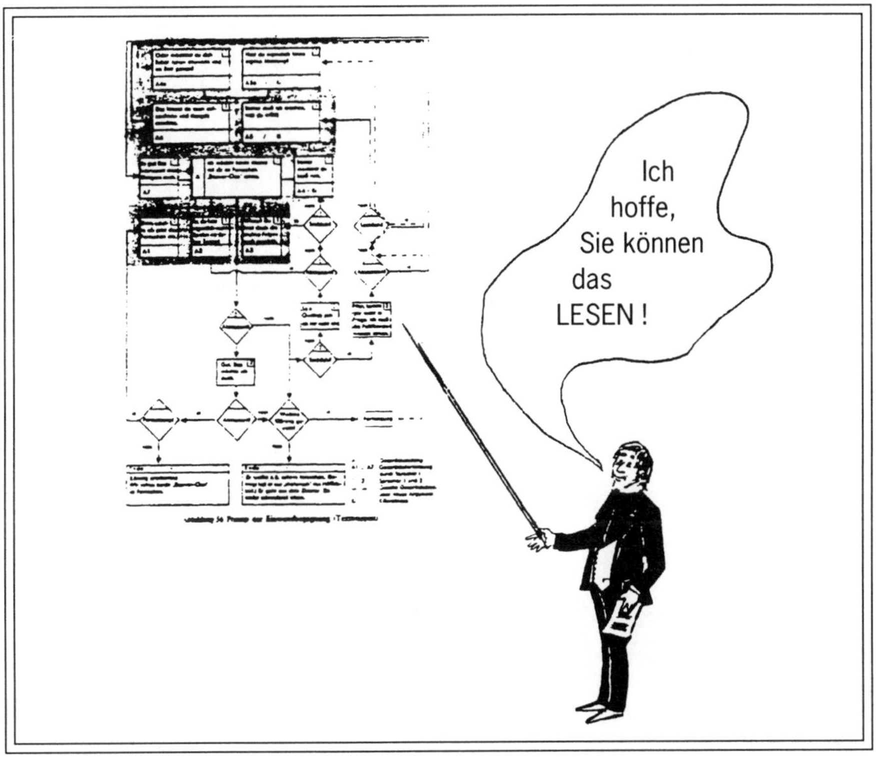

2 WIE FUNKTIONIERT KOMMUNIKATION?

Wer mit anderen Menschen kommuniziert, tut das meistens intuitiv und zwar so, wie er es von seinem Elternhaus gewohnt ist und wie er es dann später in der Schule noch etwas systematischer beigebracht bekommen hat.

Aber wie funktioniert eigentlich einwandfreie Kommunikation, und wodurch kann es zu Kommunikations-Problemen kommen?

2.1 Komponenten von Kommunikations-Prozessen

Im BROCKHAUS (1979) werden relativ kurz und verständlich die wesentlichen Aspekte der Kommunikation beschrieben:

Tab. 8 Kommunikation

„Kommunikation (lat.); Austausch, Verständigung, Übermittlung und Vermittlung von Wissen; i. w. S. alle Prozesse der Übertragung von →Nachrichten oder Informationen durch Zeichen aller Art unter Lebewesen (Menschen, Tiere, Pflanzen) und/oder techn. Einrichtungen (Maschinen) durch techn., biolog., psych., soziale u. a. Informationsvermittlungssysteme.

Zum Kommunikationsprozeß gehören im wesentlichen 3 Elemente:

– ein Sender	*(Kommunikator)*
– eine Nachricht	*(Mitteilung, Aussage)*
– und ein Empfänger	*(Rezipient, Adressat).*

Dieser Prozeß umfaßt die zwischenmenschliche Kommunikation (direkte Kommunikation von Angesicht zu Angesicht mittels Sprache, Mimik, Ausdruck usw. als Verständigungsmittel ebenso wie die Informationsübertragung mittels techn. Nachrichtensysteme (indirekte Kommunikation, z. B. durch Massenkommunikation, →Telekommunikation, wobei 3 Voraussetzungen erfüllt sein müssen, damit Kommunikation im Sinn einer Verständigung zustande kommt:

1. *Die zu vermittelnden Gedanken oder Absichten des Kommunikators müssen in ein kommunizierbares Zeichensystem umgewandelt werden (z. B. Schrift, in der Nachrichtentechnik →Codierung, in der Datenverarbeitung →Code).*
2. *Die Zeichen müssen in physikal. Signale transformiert und mittels techn. Medien (z. B. Rundfunk, Fernsehen, Telefon übertragen werden.*
3. *Der Adressat muß die empfangenen Zeichen deuten und durch Interpretation die ihm vermittelte Bedeutung erschließen (Decodierung).*

Je mehr Übereinstimmung im Zeichenvorrat zwischen Kommunikator und Rezipient herrscht, desto größer ist die Verständigungsmöglichkeit durch Kommunikation. Die theoretische Erforschung des Kommunikationsprozesses liefert die →Informationstheorie."

Diesen Kommunikationsprozeß kann man – nicht zuletzt im Hinblick auf das beim Vortrag ablaufende Geschehen – (nach LANGER et al. 1974) folgendermaßen veranschaulichen (ZUSCHLAG 1992 unter Einbeziehung der Codierungs-Überlegungen von NITSCHKE 1992):

Sender-Empfänger-Modell

Sachinhalt	Darstellung von Sachverhalten (z. B.: „die Ampel zeigt rot“)
Selbstoffenbarung	Gewollte Selbstdarstellung oder unfreiwillige Selbstenthüllung des „Senders“ der Information (z. B.: „der Sender verfügt über beachtlichen Sachverstand“ oder „der Sender ist müde“ oder „der Sender spricht deutsch“).
Beziehung	Aus der Information geht hervor, wie der Sender zum Empfänger steht, was er von ihm hält (z. B.: „Bevormundung eines Heranwachsenden durch den Vater“ oder „fachliche Autorität des Professors gegenüber den Studenten“).
Appell	Nachrichten haben meistens den Zweck oder die Wirkung, auf andere Einfluß zu nehmen (z. B.: „Ich möchte Dein Buch haben.“ oder „Ich brauche dringend einen Gesprächspartner für meine persönlichen Probleme.“ oder „Bitte glauben Sie mir, was ich in meinem Vortrag sage!“).
Codierung	Der Sender codiert seine Gedanken bzw. „das innere Bild“ durch Umwandlung in Sprache (d. h. in Worte, Begriffe, Sätze). Der englische Sender codiert in englische Sprache, der französische in französische Sprache, der chinesische in chinesische Sprache etc.
De-Codierung	Der Empfänger der Information de-codiert, indem er die deutschen, englischen, französischen, chinesischen etc. Worte, Begriffe, Sätze in sein eigenes Sprachsystem transformiert und dabei zugleich die Sprache wieder denkend in „innere Bilder“ umsetzt.
Rückmeldung	Der Sender erhält über den Erfolg der Sendeaktivität vom Empfänger Rückmeldungen. In diesem Sinn ist auch eine Nicht-Reaktion des Empfängers eine Rückmeldung. Sie kann z. B. besagen, daß dieser die Information nicht empfangen hat (etwa weil er taub ist) oder daß er nicht darauf reagieren will.

Abb. 2 Wie funktioniert Kommunikation zwischen Sender und Empfänger einer Information?

Das Sender-Empfänger-Modell impliziert die Tatsache, daß dem Sender bei jedem aktiven Kommunikationsvorgang die schwere Aufgabe der sachgerechten Codierung obliegt.

Ähnlich, wie Platon die in jedem Menschen vorhandenen Abbilder als subjektive Wahrnehmungen der objektiven Urbilder unterscheidet, so können wir bei unserem heutigen Verständnis von Kommunikation von „inneren Bildern" (d. h. in unserem Gehirn gespeicherten Gedächtnisinhalten) ausgehen (z. B. der Vorstellung von einem Auto) und dann verfolgen, wie dieser Vorstellungsinhalt in Sprache umgesetzt – und das heißt: codiert – wird (z. B. durch die Begriffe Personenkraftwagen, car, voiture).

Der Empfänger einer solchen Information in einem Kommunikationsprozeß muß diese codierte Information dann erst wieder entschlüsseln, also de-codieren. Er empfängt z. B. den Begriff „voiture", übersetzt diesen in das eigene Sprachsystem mit „Kraftfahrzeug" und entwickelt vor seinem geistigen Auge ein Bild davon – z. B. das von einem schwarzen Cadillac, wie er ihn aus amerikanischen Gangster-Filmen kennt.

Der Vorgang der Codierung/De-Codierung verläuft analog dem technischen Verfahren, wie wir es vom täglichen Telefonieren kennen:

Die Sprache des Anrufers (z. B. das Wort „Pkw") wird in Form mechanischer Schwingungen in den Telefonhörer gebracht, dort in elektrische Impulse umgesetzt (d. h. codiert) und dann beim Angerufenen, dem Empfänger der Information wieder de-codiert, indem die elektrischen Impulse in mechanische Schwingungen zurückverwandelt werden. Diese werden dann im Gehörapparat des Innenohres wieder in elektrochemische Impulse weiterverwandelt und erzeugen schließlich in den Gehirnzellen entsprechende Wahrnehmungen – bei unserem Beispiel etwa das Bild von einer weißen Mercedes-Limousine.

2.2 Kommunikations-Fehler

Sowohl beim Prozeß der Codierung als auch bei der De-Codierung können Fehler unterlaufen, wie z. B. in Abbildung 3 dargestellt.

Offenbar besteht die Kommunikationsabsicht des Senders, dem Empfänger die Information „Lieferwagen" zu geben (Sequenz 1).

Er begeht allerdings bei diesem Beispiel den Codierungs-Fehler (s. Sequenz 2), daß er sich zwar selbst einen „Lieferwagen" vorstellt, aber bei der Codierung die Information in „Sattelzug" verfälscht, die dann auch korrekt – vom Empfänger de-codiert – genau so bei diesem ankommt.

Bei der Sequenz 3 codiert und übermittelt zwar der Sender seine Information „Lieferwagen" korrekt; aber der Empfänger de-codiert die Information in zweierlei Hinsicht falsch: er macht aus dem „Lieferwagen" einen „Sattelzug", und außerdem fährt dieser in seiner Vorstellung noch in die falsche Fahrtrichtung.

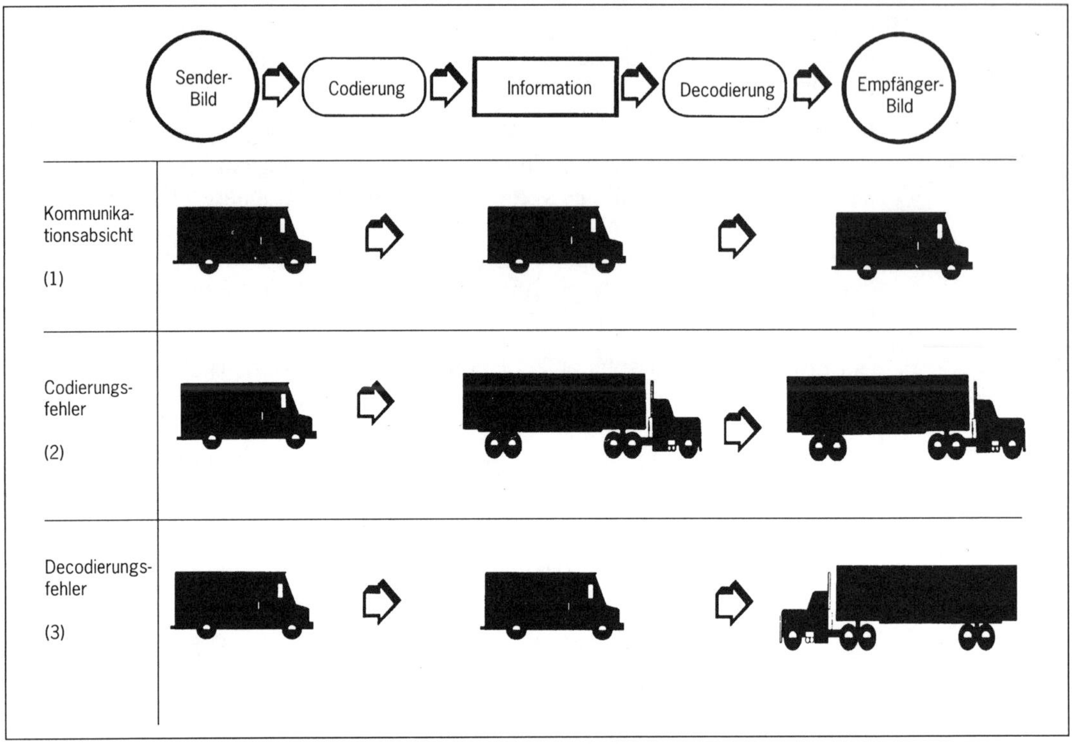

Abb. 3 Fehler beim Codieren/De-Codieren von Informationen

In der folgenden Tabelle sind einige weitere Fehler-Möglichkeiten bei der Codierung/De-Codierung von Informationen zusammengestellt:

Tab. 9 Fehler-Möglichkeiten bei der Codierung/De-Codierung von Informationen (Beispiele)

FEHLERMÖGLICHKEITEN

- **Bei der Codierung:**
  - Der Sender hat keine klare Vorstellung von dem, was er sagen will und wählt deshalb einen unzutreffenden sprachlichen Begriff dafür (z. B. „Personenfahrzeug" im Sinne von „Omnibus" wird zu „Pkw Volkswagen").
  - Der Sender hat ein klares Bild vor seinem geistigen Auge, wählt aber einen sprachlichen Begriff, der das Bild unvollständig beschreibt (z. B. „VW-Golf", in der Vorstellung des Senders ein rotes Auto mit Breitreifen, Zusatzscheinwerfern und Autotelefon in gepflegtem Zustand, wird bei der De-Codierung durch den Empfänger fälschlicherweise zu einem rostigen, gelben „VW-Golf" mit schadhafter Normalbereifung, kaputten Standardscheinwerfern und ohne Autotelefon).
  - Der Sender hat ein klares Bild vor seinem geistigen Auge, wählt aber einen Begriff, der eigentlich ein ganz anderes Objekt beschreibt (z. B. „sein Gartenschloß" für eine idyllisch gelegene und gepflegte Gartenlaube läßt vor dem geistigen Auge des Empfängers das Bild vom „Schloß Versailles" entstehen, das wesentlich mehr umfaßt als eine Gartenlaube).

Fortsetzung Tab. 9

- Der Sender hat ein klares Bild vor seinem geistigen Auge, er verspricht sich aber irrtümlich (z. B. sieht er vor seinem geistigen Auge als Fortbewegungsmittel ein „Fahrrad", wählt aber irrtümlich den Begriff „Motorrad").
- Der Sender hat ein klares Bild vor seinem geistigen Auge, witzelt aber mit einem Begriff, der aus einer Metasprache oder von einem Insider-Jargon stammt und erwartet vom Empfänger, daß dieser ihn richtig versteht (z. B. „Frau Meier ist toll!" im Sinne von „attraktiv" wird entschlüsselt als „Frau Meier ist verrückt").

- **Bei der De-Codierung:**
  - Der Empfänger empfängt eine klare und eindeutige Information, kann sie aber nicht korrekt entschlüsseln (z. B. bei bestimmten Erkrankungen des Gehirns, wenn die Verbindung zwischen dem Wahrnehmungsorgan (z. B. Auge, Ohr) und den entsprechenden Hirnzentren gestört ist, wo die Umsetzung in Vorstellungen erfolgt).
  - Der Empfänger empfängt eine klare und eindeutige Information, verbindet aber mit dem Begriff einen anderen Inhalt (z. B. „Schloß" im Sinne von „Türschloß" wird de-codiert als fürstliche Wohnanlage, wie etwa „Schloß Nymphenburg").
  - Eine richtige Information trifft beim Empfänger auf in dessen Gedächtnis bereits falsch abgespeicherte Inhalte; er trifft in diesem Fall beim De-Codieren zwar formal die richtige Zuordnung, kommt aber auf der Basis des früheren Lernfehlers trotzdem zu einem falschen Ergebnis (z. B. er hat falsch gelernt, daß ein „Dilettant" jemand ist, der bei einem Duell sekundiert, der aber eigentlich ein „Sekundant" ist).
  - Der Empfänger der Information interpretiert das Wahrgenommene beim De-Codieren aufgrund eines Vorurteils falsch (z. B. interpretiert er ein freundliches Lächeln fälschlicherweise als hämische Aggression).

Diese Beispiele sollen zeigen, daß es sich lohnt, der korrekten Codierung eigener Informationen ebenso große Aufmerksamkeit zu widmen wie der De-Codierung der von anderen empfangenen Informationen. Gibt es schwerwiegende oder häufige Probleme bei der Kommunikation zwischen zwei Gesprächspartnern oder zwischen Gruppen, dann ist ein Fortschritt in der Sache jedenfalls dann nicht zu erreichen, wenn das Problem gar nicht im Bereich der Tatsachenfeststellungen und der logischen Verknüpfung besteht, sondern in Fehlern bei der Codierung/De-Codierung durch die Beteiligten.

2.3 Kommunikationselemente

Vergleichbar der zwischenmenschlichen Kommunikation (oder derjenigen zwischen Menschen mit Tieren) mit Hilfe von Sprache, Mimik, Gestik und Körpersprache (s. dazu Kapitel 5.3.2) sind die Codierungen/De-Codierungen bei Rundfunk- oder Fernsehsendungen, beim Morsen, beim Funken etc.

Bei diesem Modell treten einige wesentliche Komponenten des Kommunikationsprozesses nicht bzw. nicht sichtbar in Erscheinung: die **ästhetische** und die **emotionale Qualität** sowie die **Art** bzw. die **Form der Information**.

Kommunikation lebt zu einem beträchtlichen Teil von der Ästhetik. Künstler (z. B. Maler, Bildhauer, Architekten, Schriftsteller, Dichter, Komponisten, Musiker, Meisterköche, Couturiers) benutzen zur Übermittlung ihrer Informationen ein „Kunstwerk", das – in eigener Art ästhetisch gestaltet – gerade dadurch die Informationsempfänger (d. h. die Betrachter der Kunstwerke, die man ansehen, lesen, hören, riechen oder schmecken kann) anrührt.

„Ich sage es jemandem durch die Blume" bedeutet bekanntlich, daß ich z. B. eine aus meiner Sicht unangenehme Information durch Einbeziehung der (optischen und olfaktorischen) ästhetischen Qualitäten einer Blume (z. B. einer duftenden Rose) für den bedauernswerten Empfänger leichter genießbar zu machen versuche.

Stimmen die ästhetischen Wertvorstellungen von Sender und Empfänger überein, kann dies die Akzeptanz der übermittelten Information durch den Empfänger erleichtern. Diskrepante Wertvorstellungen können andererseits dazu führen, daß beim Empfänger gerade die vom ihm bemerkte Dissonanz besonders gut in seinem Gedächtnis haftet.

Auch ästhetische Qualitäten können beim Empfänger Stimmungen hervorrufen. So kann z. B. ein spektakulärer Sonnenauf- oder -untergang positive Emotionen wecken, während andererseits die Darstellung unästhetischer Objekte (z. B. ein Haufen Hundekot, eine von einem Auto plattgefahrene Katze, ein Bericht über scheußliche Folterungen) abstoßend wirken und stark negative Emotionen hervorrufen kann, wie etwa Unlust, Abneigung, Widerwillen, Ekel oder gar Haß- und Rachegefühle.

Derartige negative Gefühle können sowohl einen unauslöschlichen Eindruck vermitteln und bis zum Lebensende im Gedächtnis bleiben, aber sie können auch wegen ihrer besonderen Scheußlichkeit unter Umständen sehr schnell verdrängt und ins Unbewußte abgeschoben werden.

Redner sollten daher sorgfältig auch auf mögliche unerwünschte Nebenwirkungen ihrer Worte achten – und in dieser Hinsicht fragwürdige Diktionen lieber vorsorglich ersetzen.

Betrachten wir das geschriebene oder – in unserem Zusammenhang von zentraler Bedeutung – das gesprochene Wort, dann können wir die **Verbalisierung** der Sender-Information als eine von mehreren möglichen Kommunikations-Arten (d. h. neben Bildern, Musikstücken etc.) betrachten.

Auch hinsichtlich der Art und Weise der Verbalisierung kann man wiederum differenzieren zwischen unterschiedlichen Formen: z. B. beim geschriebenen Wort verschiedene Formen von Gedichten (Sonett, Ballade, Ode etc.), die Roman-Form, die Form einer Anekdote, eines Essays, einer Novelle, aber auch einer Zeitungsnotiz, eines Leitartikels oder eines Fachbuches. Und genau durch die Verwendung solcher unterschiedlicher Formen, in die er seine Informatioen kleidet, versucht der Sender beim Empfänger ganz bestimmte Wirkungen zu erzielen.

Die Reden des Freundlichen sind Honigseim,
trösten die Seele
und erfrischen die Gebeine.
(Bibel: Spr. 16, 24)

Ganz ähnlich, wie beim geschriebenen Wort, ist es verständlicherweise auch beim gesprochenen. Die verschiedenen, in Tab. 2 aufgeführten sprachlichen Äußerungsformen sind Ausdruck dieser Tatsache. Durch Einkleidung meiner verbalen Information in die Form einer Begrüßungsansprache, einer Grabrede, einer Osterpredigt, eines wissenschaftlichen Fachvortrags, eines Sammelreferats, eines Statements für eine Life-Sendung im Rundfunk oder im Fernsehen ziele ich als Redner anlaß- und situationsgemäß auf eine ganz bestimmte Wirkung bei meinen Zuhörern ab.

In diesen Gestaltungsmöglichkeiten liegen die Chancen für den Erfolg, aber auch die Gefahren für das Scheitern des Redners.

2.4 Das Wichtigste bei der Kommunikation

Deshalb sollte sich kein Redner vor der Beantwortung der entscheidenden Frage drücken:

Was ist letztlich das Wichtigste und Entscheidende an der KOMMUNIKATION und damit natürlich auch an der REDE?

Das Wichtigste
ist die absolut zuverlässige, eindeutige und vollständige Übertragung
der vom Sender **beabsichtigten** Information an den Empfänger.

Richtig sind daher beispielsweise die folgenden Komunikationen – gemessen an ihren Ergebnissen:

Der Sender sagt:	Der Empfänger versteht:
A	A
a	a
Ich komme um 10.00 Uhr.	Er kommt um 10.00 Uhr.
Wir treffen uns am Hauptbahnhof.	Wir treffen uns am Hauptbahnhof.
Autofahren ist gefährlich.	Autofahren ist gefährlich.

Problematisch wären demnach die folgenden Kommunikationen, da sie zu falschen Ergebnissen führen:

Der Sender sagt:	Der Empfänger versteht:
A	a
a	A
Ich komme um 10.00 Uhr.	Er würde gern um 10.00 Uhr kommen.
Wir treffen uns am Hauptbahnhof.	Wir treffen uns am Bahnhof. (Problem: An welchem? Es gibt nämlich mehrere.)
Autofahren ist gefährlich.	Er hat Angst beim Autofahren.

Die Wirkung einer nicht einwandfreien Kommunikation kann man übrigens leicht prüfen und erkennen, wenn man – wie dies gelegentlich in dem reizvollen Gesellschaftsspiel „Stille Post" geschieht – die Kommunikation mit demselben Inhalt mehrere aufeinanderfolgende Kommunikationsstufen durchlaufen läßt. In diesem Fall wird dann der Empfänger der Information wieder zum Sender usw.

Wir stellen hier einmal den korrekten Kommunikationsprozeß bei der „stillen Post" dem üblicherweise zu beobachtenden nicht korrekten Ablauf gegenüber, wenn z. B. die Information vom ersten Sender ausgegeben wird:

„Der Herr Bundeskanzler, eine gewichtige Persönlichkeit, sagte zur Parlamentspräsidentin, sie sehe sehr gefällig aus mit ihrer schlanken Erscheinung, und er selbst wolle auch abnehmen."

Tab. 10 Veränderung der Kommunikationsinhalte durch „Stille Post"

	Korrekte Kommunikation	„Stille Post"
Sender 1	AAAAA	AAAAA
Sender 2	AAAAA	AAAAa
Sender 3	AAAAA	AAaAa
Sender 3	AAAAA	AAaBa
Sender 4	AAAAA	AbaBc
Sender 5	AAAAA	abacB
Sender 6	AAAAA	aCacbB
Sender 7	AAAAA	BCacBb
Sender 8	AAAAA	CBaBcb
Sender 9	AAAAA	CBaBcd
Sender 10	AAAAA	BaCDcx

Als Ergebnis eines solchen unkorrekten Kommunikationsprozesses könnte mit der „stillen Post" beim letzten Empfänger dann unverhofft statt AAAAA die Information BaCDcx eintreffen:

> „Ein Herr kanzelte schlankweg die fette Präsidentin ab, sie solle nicht so scheinheilig sein und gefälligst erst einmal abnehmen!"

Dabei können die Fehler sowohl auf seiten des Senders begangen werden – wenn er sich nicht klar und eindeutig ausdrückt – als auch auf seiten des Empfängers der Information – wenn dieser nämlich nicht genau zuhört oder das Gehörte kritiklos im Rahmen seiner bestehenden Vorurteile aufnimmt und dementsprechend umdeutet.

2.5 Reden als Monolog oder als Dialog

Solche Probleme der Kommunikation treten unabhängig davon auf, ob der Redner einen Monolog hält oder sich – z. B. in der Diskussion – auf einen Dialog einläßt. Der Unterschied besteht vor allem darin, daß er beim echten Monolog nur Fehler als Sender machen kann, während er beim Dialog einmal die Rolle des Senders hat und dann wieder die des Empfängers und somit Fehler in beiden Rollen begehen kann.

Vom Ansatz her sind Vorträge und Reden Monologe. Der Redner redet, und die Zuhörer hören zu. Ein echter Dialog kommt hier nicht zustande. Solche Monolog-Formen der Kommunikation finden sich in den verschiedensten Lebenssituationen (ZUSCHLAG 1988), wie z. B. bei den im Kapitel 1.2 (Tab. 2) zusammengestellten Rede-Anlässen.

Beim **Vortrag**, dem **Referat** und der **Vorlesung** steht im Vordergrund mehr der fachliche Inhalt, den der Redner den Zuhörern übermitteln will. Es besteht ein Informationsgefälle vom Redner zu den Zuhörern, aber nicht umgekehrt.

Ähnlich ist es bei **Reden**, **Ansprachen** und **Predigten**, wo allerdings neben den möglichen sachlichen Inhalten vom Redner auch in hohem Maße emotionale Anregungen gegeben werden.

Beim **Bericht** schließlich ist der Monologcharakter so ausgeprägt, daß dieser oftmals schon gar nicht mehr vorgetragen, sondern nur noch gedruckt verteilt wird, so daß der ursprüngliche „Zuhörer" dadurch jetzt zum „Leser" wird.

Obwohl es sich beim Vortrag formal um einen Monolog handelt, erreicht dieser doch erst dann seine Höchstform, wenn er sich zum Dialog zwischen dem Redner und seinen Zuhörern entwickelt.

Wie ist das zu erreichen?

Kommunikation vollzieht sich nicht nur mit Hilfe gesprochener Worte, sondern umfaßt in hohem Maße auch den mimischen Ausdruck, die Gestik und Körpersprache (weitere Ausführungen dazu im Kapitel 5.3.2) insgesamt – und zwar nicht nur beim Redner, sondern auch bei den Zuhörern.

Wer aufmerksam, gespannt und konzentriert zuhört, drückt dies ungewollt in seiner Körperhaltung aus und beeinflußt durch diese Körpersprache, d. h. durch die beim Redner ankommenden optischen Signale, dessen Vortragsgestaltung. Gewinnt dieser aus zustimmendem Nicken den Eindruck guter Akzeptanz seiner Ausführungen bei dem Auditorium, wird er z. B. mutiger zu weitergehenden Thesen fortschreiten als bei der Wahrnehmung von Ablehnung und Widerstand gegen das Gesagte.

Der expliziten sprachlichen Reaktion der Zuhörer, durch die bei echten Dialogen (z. B. bei Diskussionen, Unterrichtsgesprächen in Schulen und Seminaren, Talkshows) der Gedankenaustausch zustande kommt, bedarf es in diesem Falle nicht.

Geradezu spektakulär kann ein Dialog ohne sprachliche Rückmeldung bei Konzerten werden. Wer hat nicht schon die schaukelnden, zuckenden, schunkelnden Körper der Musik-Fans in Konzerthallen oder bei Freilichtkonzerten im Stadion oder auf der Wiese beobachtet?! Das innerlich (und äußerlich!) mitgehende Publikum stimuliert die Sängerin/den Sänger/die Musik-Band durch die in Körperbewegung umgesetzten Emotionen zu musikalischen Höchstleistungen.

Auch beim Kabarett entsteht ein Dialog zwischen dem Kabarettisten und seinem Publikum, wenn dieses z. B. mit prustendem Gelächter oder auch nur mit leichtem Schmunzeln auf die elaborierten Pointen reagiert. Viele Kabarettisten laufen gerade dann zur Höchstform auf, wenn sie auf ihr Publikum, das auch „zwischen den Zeilen liest", spontan reagieren können.

Ähnliche Erfolge erzielen Komiker. So erinnere ich mich an eine Vorstellung von Heinz Erhardt in Hannover, bei der er selbst nach einer Pointe auf offener Bühne zu kichern anfing. Er kommentierte das ungewöhnliche Ereignis dann nach dem Abklingen seines eigenen Heiterkeitsausbruchs kurz mit der Bemerkung: „Das war heute neu."

Wer als Vortragender diese Kunst beherrscht, auf sein Publikum einzugehen und es mitzureißen, der wird sich (und die Zuhörer) nicht bloß als Referent durch sein Thema quälen. Er wird vielmehr als wahrer Künstler der Rhetorik sein Publikum begeistern. Niemand wird sich langweilen, alle werden interessiert und begeistert zuhören – und im Endeffekt dann auch das, was sie empfangsbereit und konzentriert aufgenommen haben, nicht so schnell wieder vergessen, sondern in bester Erinnerung behalten.

Ein solcher Vortrag hat nicht nur einen hohen Unterhaltungs-, sondern auch einen beträchtlichen Behaltenswert!

Vielleicht werden Sie nun fragen:

Wie kann ich meinen üblichen, langweiligen Monolog denn nun weiterentwickeln zu einem interessanten und mitreißenden Rede-Dialog?

Charakteristisch am Monolog ist, daß sich der Sprecher vorwiegend auf sich selbst, seinen Text und seine persönliche Wirkung konzentriert. Er will auf jeden Fall einen guten Eindruck machen. Und deshalb konzentriert er sich zu wenig auf die Bedürfnisse seiner Zuhörer. Vor ihm sitzt gewissermaßen eine amorphe Masse von Menschen, denen er etwas präsentiert.

Er spricht zu dieser mehr oder weniger heterogen zusammengesetzten Menschenmasse, möchte alle zufriedenstellen, bleibt deshalb unter Umständen thematisch an der Oberfläche (er möchte niemanden unter- oder überfordern) und erhält zu wenig konkret vortragsbezogene Resonanz von den Zuhörern.

Beim flüchtigen Blick in das Auditorium ist kaum die unmittelbare Wirkung der Worte des Redners zu erkennen. Allenfalls hört er Geraune, Gelächter, oder – in Extremfällen – muß er sich die Reste fauler Tomaten oder Eier vom Anzug oder aus den Haaren entfernen.

Ich empfehle daher den Teilnehmern an meinen Referenten-Trainings, sich bei ihrem Vortrags-Monolog einmal übungshalber auf die einfachste Form eines normalen Dialogs zu konzentrieren:

Der Redner
sollte sich nur auf einen einzigen Zuhörer konzentrieren,
diesen ansehen
und ihm ganz persönlich das erzählen,
was er eigentlich (allen Zuhörern) sagen will.

Das ist dann im Prinzip ein Gespräch, wie es der Sohn mit der Mutter oder dem Vater bzw. wie es auch ein Chef mit seinem Mitarbeiter führt. Dabei geht der Sprecher, wie in einem ganz normalen Dialog, möglichst persönlich auf sein Gegenüber ein – d. h. er entnimmt dessen Mimik, Gestik und Körpersprache möglichst viele Informationen darüber,

- ob seine Worte verstanden werden,
- ob der Zuhörer dem Gesagten zustimmt oder dieses ablehnt,
- ob und zu welchen Emotionen er eventuell angeregt wird (d. h. Anzeichen von Freude oder Ärger),
- ob der Gedanke dem Zuhörer neu ist oder ihn langweilt.

Durch diese Konzentration auf einen einzigen Zuhörer erreicht der Redner, daß er nicht mehr länger zu einer abstrakten Menschenmasse spricht, sondern zu einem Individuum mit wahrnehmbaren persönlichen Eigenschaften: es hat kurze Haare, lächelt, trägt ein buntes Hemd, nickt zustimmend usw.

Nahezu automatisch wandelt sich der ansonsten unpersönliche, abstrakt-sterile Monolog zu einem lebhaften und angeregten Zwiegespräch – mit der einzigen Einschränkung, daß der Gesprächspartner sich mehr non-verbal (d. h. nichtsprachlich, nämlich durch mimische, gestische und körpersprachliche Reaktionen) am Dialog beteiligt als durch sprachliche Stellungnahmen zu den Ausführungen des Vortragenden.

Manchmal sind derartige psychologische Tricks und Kniffe sehr hilfreich, um sich schwierige soziale Interaktionen zu erleichtern und die Wirkung der eigenen Aktion zu optimieren. Gerade die viel bewunderten, besonders eloquenten Redner und Vortrags-Genies erreichen ihre herausragende Wirkung vor allem dadurch, daß sie unbewußt oder als Folge konsequenten Trainings solche Verhaltenshilfen nach Bedarf sinnvoll nutzen.

3 WELCHE ANFORDERUNGEN WERDEN AN REDNER GESTELLT?

An einen Redner werden Anforderungen gestellt:

- durch ihn selbst
- durch die Zuhörer
- durch die Sache, über die er zu sprechen hat
- durch den Anlaß des Vortrags bzw. der Rede

3.1 Welche Anforderungen stellt der Redner an sich selbst?

3.1.1 Das Selbstbild des Redners

Wer irgendwo als Redner oder Vortragender auftritt, stellt erfahrungsgemäß zunächst bestimmte Anforderungen an sich selbst. Er hat sich aus unmittelbaren persönlichen Erfahrungen mit Rednern oder aus der Beobachtung von Menschen, die im Fernsehen, bei öffentlichen Kundgebungen, im Sportverein, bei Parteiversammlungen Reden, Ansprachen oder Vorträge halten bzw. bei Interviews Statements abgeben, ein Bild von einem „richtigen“ Redner gemacht.

Einem als **positiv** empfundenen Vorbild wird er dann mit hoher Wahrscheinlichkeit bei der Gestaltung eigener Reden und Vorträge nahezukommen versuchen.

Was er bei anderen Rednern hingegen als **negativ**, unangenehm, langweilig oder sonstwie störend empfindet, wird er selbst als Redner oder Vortragender zu vermeiden versuchen.

Er möchte ja schließlich bei seinen Zuhörern einen positiven und keinen niederschmetternd schlechten Eindruck machen.

Das jeweils aktuelle Selbstbild eines Redners ergibt sich demnach aus seiner Vorbildorientierung, aber natürlich auch aus den Erfahrungen, die er bereits mit sich selbst als Redner gemacht hat. Und die waren nicht immer gut. Manches hat den Redner schon an sich selbst gestört (s. Tab. 11):

Tab. 11 Was den Redner an sich selbst stören kann

Einen Redner kann stören:

- daß er keine laute Stimme hat, daher in großen Räumen schwer verständlich ist und meistens eine Lautsprecheranlage benötigt
- daß er sehr selbstunsicher ist, z. B. Sprachhemmungen hat (stottert)
- daß er nicht sprachgewandt ist, sondern eher etwas holprig vorträgt
- daß er im freien Vortrag ungeübt und auf das Ablesen seines Manuskriptes angewiesen ist
- daß er leicht den „Faden verliert" und dann nervös wird
- daß er vor jedem Vortrag immer furchtbar aufgeregt und nervös ist, weil er fürchtet, von den Zuhörern nicht akzeptiert zu werden oder in der Diskussion unangenehmen Fragen ausgesetzt zu sein
- daß er eigentlich gar nicht in ausreichendem Maße über das Fachwissen verfügt, das sein Vortragsthema erfordert (kein ausreichendes Basis- und Breitenwissen; Kenntnisse nicht auf dem neuesten Stand)
- daß er Kopfschmerzen hat, übermüdet ist oder sich sonstwie körperlich nicht wohlfühlt oder furchtbar schwitzt
- daß er schwere häusliche Sorgen hat, sich deshalb beim Vortrag nur schlecht konzentrieren kann und am liebsten gar nicht reden würde
- daß er sich der Aufgabe, den Vortrag in einer Fremdsprache zu halten (englisch, französisch, spanisch etc.), nicht gewachsen fühlt
- daß er beim Vortragstempo Rücksicht nehmen muß auf Simultanübersetzer und dadurch aus dem gewohnten Sprechrhythmus gerät
- daß die Simultanübersetzung seines Vortrags ihm das wortgenaue Verlesen seines beim Übersetzer bereits hinterlegten Manuskripts vorschreibt und keinen Freiraum mehr läßt für spontane Reaktionen und Exkurse
- wenn er keine Zeit oder Gelegenheit hat, die relevante Raumtechnik vor seinem Vortrag auf Funktionstüchtigkeit zu prüfen (z. B. Ein-/Ausschalten des Overhead-Projektors, Diaprojektors, Beleuchtung/Verdunkelung; ggf. das Vorhandensein von Zeigestock, Kreide, Boardmarkern kontrollieren)
- daß er als Redner zu selten Gelegenheit zu einem Vortrag hat und deshalb ziemlich ungeübt, unsicher und nervös ist
- daß er klein ist und hinter Rednerpulten verschwindet bzw. sich auf eine Fußbank stellen muß
- daß er keine attraktive und imposante Erscheinung ist (z. B. klein, häßlich, dickbäuchig oder lang und spindeldürr, Glatze, kurzsichtiger Brillenträger)
- daß er keine bekannte Persönlichkeit ist, sondern sich erst Ansehen verschaffen muß
- daß ihm die rhetorische Begabung fehlt, Zuhörer mitzureißen.

Solche Probleme können das Entstehen von Redeangst bewirken, bei Rednern Minderwertigkeitsgefühle hervorrufen und sie neurotisieren. Aber sie können andererseits den Redner auch zu verstärkten Anstrengungen motivieren, um diese Mängel zu beseitigen. Genau aus diesem Grund habe ich sie hier zusammengestellt und vor allem im Kapitel 6 entsprechende Hinweise gegeben.

Waren die Erfahrungen, die der Redner schon mit sich selbst gemacht hat, jedoch gut, dann kann das nicht nur sein Selbstwertgefühl steigern, sondern geradezu eine Leidenschaft für öffentliche Auftritte hervorrufen, bei denen der Redner nun alle Welt bei Veranstaltungen, Tagungen, Kongressen und Fernsehsendungen an dieser Gottesgabe teilhaben lassen möchte.

Bisweilen stellen indessen feine Beobachter fest, daß das positive Selbstbild des Redners keineswegs auch mit seinen objektiven Leistungen übereinstimmt.

Die Erkenntnis:

„Wem Gott ein Amt gibt, dem gibt er auch den Verstand.“

bewahrheitet sich leider in der Praxis oftmals nicht. Vergleichbar ist die Beziehung zwischen Amt und Redekunst.

Dabei bleibt dann oft als einziger Trost die Tatsache, daß der Betroffene selbst die von ihm verursachte Peinlichkeit gar nicht bemerkt. Er wird vermutlich auch diese Ausführungen über ihn ausschließlich auf andere Redner beziehen und uns allen insofern auch künftig als kabarettistische Einlage bei ansonsten anstrengenden und z. T. leider auch bisweilen langweiligen Vortragsveranstaltungen (z. B. als Kongreß-Clown) erhalten bleiben. Deshalb wollen wir ihm an dieser Stelle einmal ausdrücklich dafür danken, daß er in geradezu rührend selbstloser Weise oft ganz unerwartet eine solche Heiterkeit in unser Dasein trägt.

Hatte der Redner jedoch Probleme mit sich selbst, den Zuhörern, dem Thema – dann wird er womöglich nach selbstkritischer Reflexion seine Redekunst auf der Schulnotenskala nur bei befriedigend (3), ausreichend (4) oder gar mangelhaft (5) bzw. ungenügend (6) einordnen. Vielleicht entwickelt sich dann aus einer solchen berechtigt selbstkritischen Einsicht heraus sogar eine Abneigung, überhaupt Reden oder Vorträge zu halten. Auch ihm kann sein potentielles Publikum für solche Zurückhaltung dankbar sein.

Eine solche Zurückhaltung ist natürlich für „geborene“ und von daher besonders begnadete Redner völlig unnötig. Sie sollten keineswegs ihr Licht unter den Scheffel stellen, sondern ein möglichst breites Publikum an ihren rhetorischen Highlights teilhaben lassen:

„Ich habe schon immer ein breit gelagertes Interesse für alle politischen Themen gezeigt. Gott hat mir allerdings nicht die Sachkompetenz für alle Fragen der Politik mit auf den Weg gegeben."

„Ich bin ein verhinderter Bauer."

„Das blanke Ich muß wieder in dem Wir des Volkes aufgehen."

„Jetzt ist die Stunde der Wahrheit, aber auch die Chance der Vernunft für unser Land, und das muß jedem in unserem Lande gesagt werden."

„In der Politik sind oft die Argumente der Moral die vorgegebenen Argumente ... Das hängt mit der Erbsünde zusammen."

„... wer dann noch dazu klatscht ..., der, meine Damen und Herren, zerschneidet das Handtuch der Gemeinsamkeit unter deutschen Demokraten."

„Es ist notwendig, dem Vaterland Maß und Mitte zurückzugeben."

„... wie ich selbst geworden bin, aus der Hoffnung der vielen, auf deren Schulter ich stehe."

„Wir müssen nach dem 3. Oktober einen nüchternen Kassensturz machen."

„Der Holzhammer ist nicht das Instrument, das ich in meinem Gepäck mit mir führe."

„Mein stärkstes Kapital ist, daß die Leute von mir, ohne hinzugucken, einen Gebrauchtwagen kaufen."

„Ich bin keiner von denen, die sich – ich sage es einmal drastisch – in die Tasche lügen."

„Der Atem der Geschichte weht länger als die Amtszeit eines Parlaments."

„Wir vertrauen auf die eigene Kraft für einen neuen Anfang aus der geschichtlichen Mitte unseres Volkes."

„Wir wissen, daß das, was heute ist, daß die Basis, der Grund, auf dem wir heute stehen, geschichtlich bedingt ist."

„Wir müssen ja sagen zum deutschen Volk, zu seiner Geschichte, zu seiner Zukunft."

„Nur wer die Geschichte kennt, kann daraus lernen. Aus der geschichtlichen Erfahrung wissen wir um die Notwendigkeit von Tugenden: Nächstenliebe, Mitmenschlichkeit, Treue, Fleiß, Selbstdisziplin, Ehrlichkeit."

„Wenn man deutsche Kulturgeschichte studieren will zum Beispiel, dann geht man am besten auf den Heidelberger Bergfriedhof, der ja traumhaft über Heidelberg liegt."

Es ist eben manchmal schon ein Kreuz !

3.1.2 Die Zielsetzungen des Redners

Ist sich der Redner über seine eigenen Zielsetzungen im klaren (s. dazu auch Kapitel 1, 4.1, 4.5.3.4 und 4.5.8), dann wird er sie wesentlich konsequenter und erfolgreicher verfolgen und realisieren können. Wer keine klare Zielsetzung hat, fängt leicht an zu „schwafeln". Es fehlt die Prägnanz in der Darstellung, der „rote Faden", der den Zuhörer sicher vom Ausgangspunkt der Rede über Höhen und durch Tiefen der Darstellung logisch einleuchtend und nachvollziehbar zu den vom Redner gezogenen Schlußfolgerungen führt.

Solche Zielsetzungen können sowohl der Selbstdarstellung des Redners dienen als auch der ernsthaften Erörterung einer wichtigen Sachthematik. Versierte Redner vermögen sogar beide Arten von Zielsetzungen geschickt und ohne die Zuhörer dabei unnötig zu strapazieren, miteinander zu verknüpfen.

3.1.2.1 Persönliche Zielsetzungen

Nicht nur im privaten Kreis fallen uns von Zeit zu Zeit Redner-Aufgaben zu, deren Bewältigung oder Nichtbewältigung unser Ansehen im Familien- und Freundeskreis fördern oder mindern kann. Vielmehr kann gerade und vor allem im Berufsleben die Qualität einer Rede existentiell bedeutsam für Menschen werden.

Denn bisweilen werden Menschen, wenn sie sich z. B. um eine Stelle bewerben, aufgefordert, einen Vortrag über ein bestimmtes Thema zu halten. Dabei ist das Thema für die Zuhörer, die bestimmte Qualifikationen des Bewerbers prüfen wollen, selbst oftmals nur von untergeordneter Bedeutung. Der Vortrag dient nämlich im wesentlichen dazu, den Redner in seinem Denk-, Sprech-, Vortrags- und Interaktionsstil (z. B. auch hinsichtlich seiner geistigen Beweglichkeit und der Prägnanz der Formulierung seiner Gedanken bei Diskussionen) genauer kennenzulernen.

Der Redner verfolgt natürlich auch seinerseits mit seinem Vortrag ganz persönliche Ziele:

Er möchte vor allem einen guten Eindruck machen, die Erwartungen der Zuhörer (Welche Ziele haben diese Führungskräfte und Personalfachleute überhaupt?) zufriedenstellend erfüllen, um durch deren positive Beurteilung die Stelle, um die er sich beworben hat, zu bekommen.

Auch im Rahmen von Verkaufsverhandlungen müssen oft Vorträge gehalten werden. Der Verkäufer konzentriert sich dabei nicht ausschließlich auf die sachgerechte Präsentation des von ihm vertriebenen Produktes. Er präsentiert auch sich selbst, denn er möchte den Käufern als kompetenter, ehrlicher und zuverlässiger Geschäftspartner erscheinen (s. dazu das Sender-Empfänger-Modell: Abbildung 2, im Kapitel 2.1).

Wenn ein Redner mit seiner Rede oder seinem Vortrag persönliche Zielsetzungen verfolgt, dann sollte er Form und Inhalt bei seiner Präsentation darauf abstimmen.

Solche Redner-Ziele sollten auch die Zuhörer bei der Rezeption und Bewertung der Gesamtdarbietung des Redners im Hinblick auf ihre eigenen Zielsetzungen sach- und selbstkritisch beachten, um nicht unnötigen und gelegentlich auch für sie selbst gefährlichen Mißdeutungen zum Opfer zu fallen.

So könnte das Publikum bei einem nicht eindeutig identifizierbaren Verkaufsvortrag naiverweise annehmen, der Redner gebe nützliche Sachinformationen (z. B. über gesunde Ernährung), während es ihm tatsächlich nur darum geht, für den Kauf eines von ihm vertriebenen Nahrungsmittels zu werben. Vielleicht redet auch nur ein neurotischer Selbstdarsteller, ohne daß es ihm auf den Inhalt seiner Rede überhaupt ankommt – er will einfach nur im Rampenlicht stehen, und die Rede oder der Vortrag ist das Mittel dazu.

Tab. 12 Mögliche persönliche Zielsetzungen des Redners

Der Redner will:
- die eigene Fachkompetenz herausstellen
- sich als vertrauenswürdigen Partner empfehlen
- ein Gefühl von Sympathie vermitteln und erregen
- eigene Mängel vertuschen und überspielen
- Seriosität darstellen oder gegebenenfalls vortäuschen
- sich gegenüber anderen Fachleuten profilieren
- Vertrauen wecken, damit die Zuhörer seinen Empfehlungen folgen

3.1.2.2 Sachbezogene Zielsetzungen

In der Mehrzahl der Fälle dürfte es einem Redner jedoch nicht ausschließlich oder auch nur vorwiegend um persönliche Ziele gehen, wenn er einen Vortrag oder eine Rede hält. Vielmehr steht normalerweise ein Sachthema im Mittelpunkt:

- Eine Gruppe von Zuhörern soll über einen bestimmten Sachverhalt informiert werden (z.B. in einem Lichtbildervortrag über Lawinengefahren für Skiläufer in den Alpen);
- der Vortragende will sie für etwas begeistern (z.B. für die Beteiligung an Umweltschutzmaßnahmen im eigenen Wohnbereich);
- ein Politiker appelliert an die Mitbürger, die Altbausanierung in ihrem Stadtteil zu unterstützen.

Für den Redner ist es dabei wichtig, daß er sein Thema bzw. sein Anliegen so abhandelt, daß die Zuhörer das, was er ihnen sagen will, auch dieser Absicht entsprechend genau und vollständig verstehen. Dementsprechend muß er seinen Vortrag bzw. seine Rede fachlich gründlich vorbereiten (z.B. übersichtliche Gliederung und „roter Faden", Präsentations-Folien, Diapositive, Video-Film, Demonstrations-Modell zur Veranschaulichung der Inhalte) und auch didaktische Überlegungen anstellen, um seine Darstellung nach Inhalt, Umfang und Niveau auf die Erwartungen und das Auffassungsvermögen der Zuhörer abzustimmen.

3.1.3 Was stört den Redner an seinem Vortrag bzw. an der Vortragssituation?

In meinen Referenten-Trainings habe ich die Teilnehmer nach störenden Gegebenheiten bei Reden und Vorträgen befragt und diese Teilnehmeräußerungen hier nach folgenden Aspekten geordnet:

- Was stört Redner an sich selbst – als Person?
- Was stört Redner an ihren eigenen Vorträgen?
- Was stört Redner an ihren Zuhörern?
- Was stört Redner an Diskussionsleitern bzw. Moderatoren?

Was den Redner an sich selbst als Person stören kann, wurde bereits im Kapitel 3.1.1 (Tab. 11) im Zusammenhang mit dem positiven oder negativen Selbstbild eines Redners behandelt.

Die anderen Aspekte werden in den folgenden Tabellen (13–16) ins Blickfeld gerückt.

Durch diese Beispiele möchte ich Ihnen keine erschöpfende Übersicht über alle Eventualitäten geben, sondern Sie vielmehr anregen, sie zur selbstkritischen Analyse Ihrer eigenen Rede- und Vortragstätigkeit zu nutzen. Sie können sich dann künftig leichter auf solche kritischen Situationen einstellen und kreativ situationsangemessene Lösungen entwickeln, ohne schon bei der ersten Überraschung sogleich in Panik zu geraten.

Wer schon einmal einen Vortrag gehalten hat, wird vermutlich festgestellt haben, daß dabei nicht alles zu seiner vollen Zufriedenheit abgelaufen ist. Was hat er als störend empfunden?

Tab. 13 Was den Redner an seinem eigenen Vortrag stören kann

Einen Redner kann stören:

- daß er das Thema nicht selbst festlegen konnte, weil es ihm vom Vorgesetzten (oder vom Veranstalter, Kunden etc.) aufgezwungen wurde
- daß für die Vorbereitung des Vortrags keine ausreichende Vorbereitungszeit zur Verfügung stand
- daß von diesem einen Vortrag persönlich oder beruflich sehr viel für ihn abhängt (z. B. Anstellung, Habilitation, Wiederwahl als Abgeordneter oder als Präsident, Vertragsabschluß mit finanzkräftigem Geschäftspartner)
- daß seinem Vortrag eine systematische und übersichtliche Gliederung fehlt
- daß ihm kein klarer logischer Aufbau mit einem „roten Faden" gelungen ist
- daß er sein Vortragsmanuskript (oder die Folien, Dias) vergessen hat und nun ohne diese Hilfsmittel und Anschauungsmaterialien vortragen muß
- daß er keine Möglichkeit hatte, Folien, Diapositive etc. in professioneller Qualität erstellen zu lassen (zu teuer, Zeitraum zu kurz)
- daß das Thema für die verfügbare Zeit viel zu umfangreich vorgegeben worden ist
- daß sein Vortragsmanuskript (wieder) viel zu umfangreich ist, er in Zeitnot geraten wird, einerseits die vorgegebene Redezeit ohnehin wieder überschreiten wird, aber trotzdem gleichzeitig aus dem Stegreif wesentlich kürzen muß

Fortsetzung Tab. 13

- daß sein Thema weder neu ist noch von ihm zumindest mit interessanten neuen Aspekten dargestellt werden kann
- daß er das Thema auftragsgemäß aus einer Perspektive darstellen muß, die seiner wahren persönlichen Meinung nicht entspricht
- daß er nicht weiß, wie er seinen Vortrag interessant und „packend" gestalten könnte
- daß ihm keine einprägsamen Beispiele aus der Praxis zur Verfügung stehen, um die Ausführungen zu veranschaulichen
- daß er leicht „den Faden verliert", „ins Schwimmen" kommt und danach nur mühsam wieder zum Thema zurückfindet
- daß es ihm bei Reaktionen auf Zuhörerfragen und ggf. Zwischenrufen an Schlagfertigkeit mangelt
- daß er bei Provokationen leicht außer Fassung gerät
- daß er vertretungsweise das Manuskript eines unvorhersehbar ausgefallenen anderen Referenten vortragen soll, obwohl er gar nicht richtig im Thema zu Hause ist, oder dessen Behandlung des Themas sogar seiner eigenen Auffassung in wesentlichen Punkten zuwiderläuft.

Die Übersicht zeigt, daß die meisten Störungen nicht grundsätzlich unvermeidbar sind, sondern vom Redner durchaus bewältigt werden können. Das wird ihm allerdings leichter fallen, wenn er die Möglichkeit der verschiedenen Störungen zumindest schon kennt, wenn er mit ihrem Auftreten rechnet und wenn er seine eigenen Reaktionen dementsprechend vorausschauend plant und dann gegebenenfalls auch ohne Zögern realisiert.

Was für den Vortrag gilt, gilt prinzipiell auch für den Rahmen, in dem der Vortrag stattfindet:

Tab. 14 Was den Redner an der Vortragssituation stören kann

Einen Redner kann stören:

- daß der Vorredner die Zeit überzogen hat und daß er selbst erst verspätet anfangen kann
- daß der Vortragsraum für den aktuellen Zweck ungeeignet ist (zu groß, zu klein, zu laut durch Verkehrs- oder Baulärm)
- daß der Redner keinen (geeigneten) Tisch hat, auf dem er seine Sachen ablegen kann (und keinen Stuhl, um sich zu setzen, wenn er im Sitzen vortragen will)
- daß kein (passendes) Rednerpult zur Verfügung steht
- daß kein Overhead-Projektor vorhanden ist bzw. daß der vorhandene nicht funktioniert (z. B. Lampe kaputt)
- daß es keine Möglichkeiten für praktische Übungen gibt, um die Vortragsinhalte praxisnäher zu vermitteln
- daß der Overhead-Projektor laute Brummgeräusche von sich gibt oder mit seinem Kühlgebläse die wohlgeordneten Unterlagen vom Tisch fegt
- daß der Vortragsraum nicht ausreichend verdunkelbar ist und daß man daher die Dias nicht richtig sehen kann
- daß im Vortragsraum keine Uhr zur Erleichterung der Kontrolle der Vortragszeit sichtbar aufgehängt ist
- daß er sich nicht rechtzeitig ausreichend mit der Funktion der technischen Hilfsmittel vertraut machen konnte (z. B. Einschaltung des Overhead-Projektors, Fernsteuerung der Dia- oder Film-Projektion, Verdunkelung, Bewegung elektrisch gesteuerter Tafeln, Ein-/Ausschaltung des Mikrofons und Lautstärkeregelung, Bedienung einer Videoanlage)

Fortsetzung Tab. 14

- daß der Kongreß-Vortrag in der Vortragsreihe falsch plaziert worden ist
- daß er die Interessenrichtung oder das Niveau (d. h. zu viele oder zu wenig Vorkenntnisse) der Zuhörer falsch eingeschätzt hat.

Auch hier kann der Redner schon selbst mancher Unannehmlichkeit vorbeugen, indem er sich rechtzeitig am Veranstaltungsort über die Gegebenheiten orientiert und notfalls den Veranstalter auf bestehende Probleme aufmerksam macht (s. auch Kapitel 6.4).

Gerade bei der Gestaltung der Vortragssituation, bei der Ausstattung von Schulungs-, Tagungs-, Kongreß- und Seminarräumen können aber auch die Veranstalter bzw. die Bereitsteller solcher Räume selbst (dazu gehören auch Tagungshotels) viel zur Bequemlichkeit der Referenten und der Zuhörer beitragen. Es gibt heutzutage einen professionellen Standard, der zum Wohle aller Beteiligten und der Sache eingehalten werden sollte und durch den das erforderliche positive Arbeitsklima wesentlich mitgestaltet werden kann.

Tab. 15 Was den Redner an den Zuhörern stören kann

Einen Redner kann stören:
- daß er keine ausreichenden Informationen über seine Zuhörer hat (z. B. Bildungsniveau und Vorkenntnisse, inhaltliche Erwartungen, Nationalitäten, politische/weltanschauliche Einstellungen)
- daß einige Zuhörer zu spät kommen, zwischendurch den Raum verlassen oder vorzeitig weggehen
- daß er offenbar vor dem falschen Publikum spricht; die Zuhörer waren eigentlich zu einem anderen Kongreßvortrag gekommen, der für diesen Zeitpunkt im Programm stand
- daß sich die Zuhörer nicht für dieses Thema interessieren, sondern nur gezwungenermaßen hier zuhören (z. B. Schüler in einem bestimmten Unterrichtsfach; auf den prominenten Hauptredner wartende Zuhörer, wenn vorher noch ein anderer Redner auftritt)
- daß die Zuhörer sich miteinander unterhalten, dem Vortrag nicht konzentriert zuhören und dadurch den Redner stören
- daß die Zuhörer einen gelangweilten und uninteressierten Eindruck machen (z. B. in irgendwelchen Unterlagen blättern, Zeitung lesen)
- daß Zuhörer hämisch lachen
- daß Zuhörer unqualifizierte Zwischenrufe machen oder provozierende Zwischenfragen stellen
- daß zu wenig bzw. zu viele Zuhörer im Saal sind
- daß die Zuhörer trotz Gelegenheit zur Diskussion stumm bleiben und keine Fragen stellen.

Oftmals kann sich der Redner seine Zuhörer nicht aussuchen. Dann kann er trotzdem seine Nerven schonen und gleichzeitig sein persönliches Prestige mehren, wenn er nicht rigide auf unrealistischen Vorerwartungen beharrt, sondern sich flexibel auf das nun tatsächlich vorhandene Publikum einstellt, um dieses mit Sachverstand und Charme zu gewinnen und gut zu unterhalten.

Gerade in solchen unvorhergesehenen Situationen können Redner auch neue Erfahrungen und damit zugleich Entwicklungsfortschritte machen, die dann ihren künftigen Auftritten zugute kommen. Schon deshalb empfiehlt es sich nach meiner Auffassung nicht, sich nur immer ein „pflegeleichtes" Auditorium auszusuchen, sondern sich auch der Herausforderung eines kritischen Publikums mit konträren Auffassungen zu stellen.

Tab. 16 Was den Redner am Diskussionsleiter (Moderator) stören kann

Einen Redner kann stören:
- daß dieser seinen Namen nicht kennt oder falsch ausspricht
- daß dieser nicht weiß, von welcher Institution der Vortragende kommt
- daß dieser den Vortragenden nicht oder mit falschen Informationen vorstellt
- daß dieser nicht auf die Einhaltung der Vortragszeit durch den Vorredner geachtet hat
- daß dieser die Zuhörer nicht wieder rechtzeitig aus der Pause zurückgerufen hat und daß deshalb jetzt Zeit fehlt
- daß dieser statt der Vorstellung des Redners selbst ein kleines Referat als Einleitung hält und dem Redner damit wichtige Inhalte vorwegnimmt oder Pointen verdirbt
- daß dieser unbeholfen ist und mit Störungen aus dem Plenum nicht fertig wird
- daß dieser ihn nicht rechtzeitig über das Ende der Vortragszeit informiert
- daß dieser unsensibel den Vortrag an unpassender Stelle unterbricht oder abbricht
- daß dieser am Ende selbst eine Art Korreferat hält, statt den Zuhörern Gelegenheit zum Fragen zu geben
- daß dieser selbst die an den Vortragenden gerichteten Zuhörerfragen beantwortet, statt sie durch diesen beantworten zu lassen
- daß dieser den Vortrag des Redners selbst ungefragt kritisiert, statt die Zuhörer zur Diskussion aufzufordern.

Rechtzeitige exakte Abstimmung mit dem Moderator bzw. Diskussionsleiter kann dem Redner manchen Ärger ersparen. Erweist sich dieser jedoch als unerfahren oder wenig flexibel, neige ich dazu, dessen Aufgaben, soweit sie für mich relevant sind, notfalls selbst zu übernehmen, um mich von ihm verursachten Peinlichkeiten gar nicht erst auszusetzen. So stelle ich mich z.B. selbst vor, kündige mein Thema an und eröffne und leite nach Abschluß des Vortrags in solchen Fällen auch selbst die Diskussion.

Zusammenfassend möchte ich im Hinblick auf die Tabellen 13–16 festhalten, daß Redner sich von vornherein eine Menge Probleme und Ärger ersparen können, wenn sie sich diese aufgezeigten Problemmöglichkeiten vor Augen führen und rechtzeitig prophylaktisch Gegenmaßnahmen vorbereiten.

Der Redner dürfte dann wenigstens durch einige der hier angeführten störenden Elemente nicht mehr überrascht werden und nicht mehr in Panik geraten, weil er damit bereits während der Vortrags-Vorbereitung gerechnet hatte.

Natürlich kann er die dadurch gewonnenen Erkenntnisse auch zum Anlaß nehmen, sich selbst und die Rahmenbedingungen des Vortrags bzw. seiner Rede nach Möglichkeit zu optimieren.

Dazu können ihm auch die folgenden Überlegungen einige zweckdienliche Ansatzpunkte geben.

3.2 Welche Anforderungen stellen die Zuhörer, und was stört sie möglicherweise am Redner?

Während wir im Kapitel 3.1 der Frage nachgegangen sind, welche Anforderungen der **Redner** an sich selbst stellt und was ihn eventuell an sich selbst, an den eigenen Vorträgen, den Zuhörern oder den Diskussionsleitern bzw. Moderatoren stören kann, wechseln wir jetzt die Perspektive und fragen:

Welche Erwartungen haben **Zuhörer**, und was kann sie stören
- an (anderen) Rednern,
- an der Vortragstechnik von (anderen) Rednern,
- an der Darstellung der Thematik,
- am mangelhaften Einsatz von Mitteln zur Veranschaulichung?

3.2.1 Erwartungen und Anforderungen der Zuhörer

Weshalb sich jemand – je nach den Umständen – das Vergnügen gönnt oder der Strapaze aussetzt, sich die Ausführungen eines Redners anzuhören, hängt von verschiedenen Bedingungen ab:

Tab. 17 Weshalb hören sich Menschen Vorträge an?

- Viele Menschen hören sich Vorträge an, um Kenntnisse auf einem bestimmten Fachgebiet zu erwerben, bereits vorhandene Kenntnisse zu aktualisieren oder zu erweitern.
- Man kann sich auch einen Vortrag eines Konkurrenten anhören, um „Munition zu sammeln" gegen ihn selbst oder gegen das von ihm vertretene Unternehmen bzw. Produkt. Mancher studiert so auch seinen politischen Gegner, um erfolgreicher dessen politisches Programm zu unterlaufen oder es gezielt in das eigene Programm zu integrieren.
- Vielleicht besucht jemand einen Vortrag nur deshalb, weil er dazu „abkommandiert" worden ist, am Thema selbst oder dem Redner aber kein Interesse hat.
- Manche Menschen gehen zu Vortragsveranstaltungen nicht, weil sie am Thema oder am Redner interessiert sind, sondern weil sie das „Bad in der Menge der Versammelten" genießen wollen.
- Mancher nutzt Vortragsveranstaltungen mit Diskussion auch gern zur Selbstdarstellung, indem er auf jeden Fall irgendwelche Fragen stellt oder eigene (z. T. völlig überflüssige oder sogar sachfremde) persönliche Stellungnahmen abgibt.
- Andere reisen von Vortrag zu Vortrag, um die Redner zu attackieren (z. B. engagierte Mitglieder von Bürgerinitiativen) und/oder um aus existentieller Betroffenheit heraus befürchtete negative Entwicklungen zu verhindern.

Dementsprechend sind auch die Erwartungen im Auditorium unterschiedlich.

Da ein Redner fast immer mit derart unterschiedlichen Einstellungen und Erwartungen seiner Zuhörer rechnen muß, sollte er sich – soweit das möglich ist – schon rechtzeitig möglichst gründlich über diese zu informieren versuchen und sich flexibel auf sie einstellen.

Einige exemplarische Aspekte dazu sind in der folgenden Tabelle zusammengestellt:

Tab. 18 Mögliche Erwartungen von Zuhörern

Der Zuhörer erwartet vom Redner:
- daß er die durch die Vortragsankündigung beim Zuhörer geweckten Erwartungen erfüllt
- daß er klar und deutlich, d. h. für den Zuhörer gut verständlich spricht
- daß er ausgeruht, konzentriert und nicht nervös/hektisch/gehetzt auftritt und vorträgt
- daß er die Bedienung der technischen Hilfsmittel (z. B. Overhead-/Dia-Projektor, Video-Recorder, Raumverdunkelung) beherrscht oder durch einen kompetenten Assistenten davon entlastet ist
- daß er sich an den vorgegebenen Zeitrahmen hält
- daß das Vortragsthema so gewählt ist, daß es sachgerecht in der verfügbaren Zeit behandelt werden kann
- daß er fachkompetent für das Thema und gut vorbereitet ist
- daß seine Ausführungen den aktuellen Stand der Erkenntnis auf dem betreffenden Fachgebiet wiedergeben
- daß er das Thema sachlich korrekt darstellt und die Zuhörer nicht absichtlich falsch informiert
- daß er sich nicht als arroganter Besserwisser gebärdet, sondern die Zuhörer mit ihren Vorkenntnissen und eigenen fachlichen/politischen/weltanschaulichen Positionen ernst nimmt
- daß für den Zuhörer erkennbar wird, wo gesicherte Fakten berichtet werden und wo er Annahmen macht, Vermutungen anstellt, Hypothesen entwickelt oder gar spekulative Prognosen abgibt
- daß er sich für die Zuhörer verständlich ausdrückt und diese nicht gezwungen sind zu erraten, was er gemeint haben könnte
- daß er seine verbalen Ausführungen gegebenenfalls durch Abbildungen etc. veranschaulicht, um das Verstehen und Behalten zu erleichtern
- daß er den Zuhörern genügend Zeit gibt, um sich in projizierte Abbildungen hineinzudenken und sie zu verstehen
- daß er den Zuhörer fachlich nicht unter-/überfordert und ihn dadurch langweilt oder überstrapaziert, sondern daß er seinen Vortrag interessant und anregend gestaltet
- daß er das Zuhören und Verstehen durch überschaubare Gliederung des Vortrags, logischen Aufbau mit erkennbarem „roten Faden" erleichtert
- daß seine Ausführungen für die Zuhörer verwertbar sind (z. B. konkreter Bezug zu deren Praxis am Arbeitsplatz, bei ihrer Freizeitaktivität etc.)
- daß er diskussionsbereit ist (d. h. Verständnisfragen bereitwillig beantwortet und sich mit kritischen oder weiterführenden Überlegungen der Zuhörer sachlich auseinandersetzt)
- daß er bei Lehrveranstaltungen Unterlagen erhält, die ihn vom aufwendigen Mitschreiben entlasten
- daß bei längerdauernden Vortragsveranstaltungen angemessene Pausen eingeplant und eingehalten werden.

Wer diese Erwartungen seiner Zuhörer enttäuscht, muß mit mangelnder Akzeptanz seiner Person als Redner und zugleich mit Kritik an seinen inhaltlichen Ausführungen rechnen.

Kennt ein Redner solche Erwartungen seiner Zuhörer nicht und beachtet er sie deshalb auch nicht, wird er oftmals überrascht sein von der mangelnden Resonanz, die er selbst und sein Vortrag beim Auditorium findet. Er kann sich das „Unverständnis" oder die „Undankbarkeit" oder die „Renitenz und Aggressivität" dann nicht erklären.

In Ermangelung besserer Einsichten wird er mit großer Wahrscheinlichkeit dieselben Fehler dann auch in Zukunft bei weiteren Vorträgen erneut begehen. Davor könnte ihn natürlich die Lektüre dieses Buches in Verbindung mit daraus gezogenen Konsequenzen für seine Einstellung zu bestimmten Problemen und für die sachgerechte Änderung seines eigenen Verhaltens bewahren. Die Erfolgsaussichten können auf diese Weise wesentlich verbessert werden, denn:

Wer aus seinen Fehlern lernt,
kann dadurch etwas weniger dumm werden.
Voraussetzung dafür: Intelligenz !

Bitte lachen Sie nicht. Das ist keineswegs selbstverständlich. Ich kenne nämlich einige dieser Mitmenschen persönlich, die zwar immer wieder begeistert aus ihren Fehlern – und daran besteht kein Mangel – lernen; aber sie lernen dabei keineswegs immer Richtiges oder auch nur Vernünftiges. Trotzdem sind sie mit sich selbst zufrieden und glücklich.

Man könnte an ihnen verzweifeln, aber ihr Selbstbewußtsein muß man einfach bewundern!

3.2.2 Was stört Zuhörer an Rednern und ihren Vorträgen?

Zu Beginn meiner Referenten-Trainings habe ich mehrfach bei den Teilnehmern Umfragen darüber durchgeführt, was diese bisher an anderen Referenten und ihren Vorträgen gestört hat, wenn sie selbst als Zuhörer im Saal gesessen haben. Ich gehe davon aus, daß das, was mich an anderen stört, mit hoher Wahrscheinlichkeit auch andere an mir selbst stören wird. Daher empfehle ich den Referenten eine konsequente Selbstkontrolle auf der Grundlage solcher Erfahrungen und Erkenntnisse.

**Optimieren Sie Ihre Rednerqualifikation
und die Qualität Ihrer Vorträge dadurch,
daß Sie nach Möglichkeit all das vermeiden,
was Sie schon einmal bei anderen
Referenten bzw. Rednern
als störend empfunden haben!**

Dabei nehmen Zuhörer keineswegs nur Anstoß an der Art und Weise des Vortrags – d. h. der Vortragstechnik – oder am Inhalt eines Vortrags. Ich erinnere mich z. B. an den Vorwurf eines Zuhörers, der Referent sei nicht ordentlich gekleidet gewesen: er habe im Pullover vorgetragen; bei einer solchen Gelegenheit hätte man von einem Redner jedoch erwarten können, daß er eine Kravatte und ein ordentliches Jackett trage.

Zum Eindruck, den der Zuhörer vom Redner gewinnt, gehört in diesem Zusammenhang auch der körperliche Pflegezustand und natürlich die ordentliche/unordentliche, modische/altertümliche, gepflegte/ungepflegte Frisur des Redners bzw. der Rednerin. Auch durch Haarbändigungskämpfe auf offener Bühne können sich Zuhörer von dem sie eigentlich interessierenden Vortragsthema abgelenkt fühlen. „Eine Glatze wäre besser als gar keine Haare", könnte manchem Zuhörer durch den Kopf gehen, wenn er die dilettantischen Verschönerungsbemühungen eines Redners durchschaut, die dieser mit Hilfe eines schlecht sitzenden Toupets unternommen hat.

Entscheidend ist in solchen Fällen offenbar nicht allein, ob sich der Redner in seiner Garderobe und mit seiner Frisur wohlfühlt und welche Empfindungen er mit seiner Garderobe verbindet, sondern auch die durch seine Garderobe bei seinen Zuhörern entstehenden (positiven oder negativen) Eindrücke können sich auf den Grad der ihm entgegengebrachten Sympathie und sogar auf die fachliche Bewertung seines Vortrags auswirken.

Ich habe es vielfach erlebt, daß exzellente Fachleute in legerer Kleidung fundierte Ausführungen vor einem fachkundigen Auditorium machten, aber dort nicht die erhoffte Akzeptanz fanden. Möglicherweise hatten die Zuhörer aus dem Freizeitlook der Garderobe auf mangelnde Seriosität und Qualität des Fachbeitrags geschlossen und dabei fälschlicherweise – und das meistens unbewußt! – unterstellt, der Vortrag sei nicht gründlich vorbereitet und werde nur mal eben so nebenbei vorgetragen – gewissermaßen freizeitmäßig und brauche deshalb nicht ganz ernst genommen zu werden.

Andererseits gelingt es immer wieder schwachen Rednern, durch gezielte Abstimmung ihrer Garderobe und der Art und Weise ihres Auftretens auf den Anlaß – in diesem Fall zu Unrecht – beim Auditorium den Eindruck von größter Wichtigkeit und höchster fachlicher Kompetenz ihrer – weitgehend trivialen – Ausführungen zu erwecken.

Von Kabarettisten, Alleinunterhaltern und Humoristen wird bisweilen die penibel gestaltete Diskrepanz zwischen Anlaß und Outfit dazu benutzt, um beim Publikum regelrechte Heiterkeitsstürme hervorzurufen. Aber auch im normalen Alltag führen derartige Diskrepanzen zu Problemen: Träte z. B. ein Grabredner bei der Beerdigung in Bermudashorts auf, wirkte das lächerlich und in diesem Fall sogar peinlich. Erschiene ein Bauherr hingegen zur Richtfest-Ansprache im Frack auf der Baustelle, würde dies nicht minder deplaziert wirken.

Mit bestimmten Vortrags-Situationen bzw. Rede-Anlässen verbinden Zuhörer ganz bestimmte Erwartungen. Werden diese nicht erfüllt, entstehen leicht Irritationen, Kritik und gegebenenfalls sogar Aggressionen gegen den Redner. Wer das vermeiden will, sollte sich rechtzeitig auch mit seiner Garderobe und der Art und Weise seines Auftretens – wozu auch Mimik, Gestik und Körpersprache gehören – situationsgerecht auf die Erwartungen seines Auditoriums einstellen.

Es gibt darüber hinaus weitere Gegebenheiten, an denen Zuhörer schon Anstoß nehmen können lange bevor der Redner auch nur den Mund geöffnet und seinen ersten Satz ausgesprochen hat:

Tab. 19 Anstößiges

- Wenn die Zuhörer wissen, daß der Redner Mitglied in einer von ihnen abgelehnten oder angefeindeten sozialen Gruppe ist (z. B. politischer Partei, fremder Religionsgemeinsschaft, Gewerkschaft, Arbeitgeberverband, Kriminalpolizei, Ausländer).
- Wenn der Redner in einer Betriebs- oder Amtshierarchie nach Überzeugung der Zuhörer nicht die für gerade diese Rede bzw. diesen Vortrag vor diesem Auditorium richtige Position hat. Erwartet man z. B. den Minister, wäre ein Ministerialrat, auch wenn er fachkompetenter wäre als der Minister, im Hinblick auf Repräsentations- und Prestige-Aspekte des Veranstalters unter Umständen eine ärgerliche Fehlbesetzung.
- Entpuppt sich der erwartete Redner überraschend als Frau, kann dies bei Auditorien, in denen das Auftreten von Frauen in der Öffentlichkeit kritisch betrachtet wird, den Erfolg auch einer hervorragenden Rede gefährden oder sogar verhindern.

Deshalb empfiehlt es sich in allen Fällen, sich sowohl als Veranstalter als auch in der Rolle des Redners über die Rahmenbedingungen eines Vortrags und über die wahrscheinlichen Erwartungen des Auditoriums rechtzeitig zu orientieren, um gegebenenfalls noch die erforderlichen Vorkehrungen treffen zu können – oder notfalls einen Auftritt rechtzeitig abzusagen.

In den folgenden Tabellen sind die Ergebnisse meiner zu dieser Thematik bei Seminarteilnehmern und anderen Auditorien durchgeführten Umfragen sowie meine eigenen Beobachtungen zusammengestellt. Und zwar zunächst einige von Zuhörern bei (anderen) Referenten festgestellte Mängel der Vortragstechnik:

Tab. 20 Was mich an der Vortragstechnik anderer Referenten gestört hat bzw. stört

- Der Redner steht bei schlechter Saalbeleuchtung im Dunkeln, deshalb ist er selbst, seine Mimik, Gestik und Körpersprache nicht zu erkennen
- der Redner stellt sich nicht vor (bzw. wird vom Moderator nicht vorgestellt)
- der Redner nennt sein Vortragsthema nicht noch einmal ausdrücklich, da er es bei den Zuhörern als bekannt voraussetzt
- zum Anlaß der Rede/des Vortrags unpassendes Auftreten (z. B. Garderobe, Mimik, Gestik) monotones Verlesen eines Vortrags-Manuskripts
- der Redner verhaspelt sich wiederholt beim Ablesen seines Manuskripts (er findet die Fortsetzung seines Textes nach einer Kunstpause nicht, liest dieselbe Passage doppelt oder liest an einer falschen Stelle weiter)
- zu schnelles oder gar hastiges Vorlesen eines Manuskripts
- überlange Sprechpausen zwischen Wörtern oder Sätzen, so daß man Angst bekommt, daß der Redner hängenbleibt
- wenn der Redner den „roten Faden" verliert, deshalb stockt, hilflos stammelt oder gar in Panik gerät
- er spricht mit falscher Lautstärke (zu laut, zu leise)
- er garniert seine Rede mit zahlreichen Verlegenheitslauten und Füllwörtern (z. B. ääh, woll, nicht wahr, gelle)
- sehr umständliche Ausdrucksweise (d. h. grammatisch komplizierte oder sogar falsche Satzkonstruktionen, mangelnde Prägnanz des Ausdrucks, falsche Wortwahl, Verwendung unpräziser Begriffe)
- er benutzt Fremdwörter, deren tatsächliche Bedeutung er offensichtlich nicht kennt, im falschen Zusammenhang

Fortsetzung Tab. 20

- er spricht geläufige Fremdwörter falsch aus
- er verwendet zahlreiche unnötige Fremdwörter, um sich und seinem Vortrag den Anschein von besonderer Kompetenz zu geben
- Überheblichkeit und übertriebene Selbstdarstellung des Redners inadäquate Mimik, Gestik, Sprechweise (z. B. hektisch, exaltiert, widersprüchlich zum Vortragsinhalt bzw. zum freudigen/traurigen Anlaß einer Rede); Mimik und Gestik entgleiten in Richtung auf Self-performance (d. h. der Inhalt wird nebensächlich)
- undeutliche Aussprache
- zu starke mundartliche Sprachprägung, wenn dadurch das Verständnis behindert oder dem Zuhörer (insbesondere auch Ausländern) sehr hohe Konzentration abverlangt wird
- er überfordert die Zuhörer durch Insider-Jargon und Abkürzungen
- wenn der Redner offensichtlich unlesbare Folien projiziert (d. h. zu viel und zu kleiner Text auf einer Folie) und trotzdem bemerkt: „Ich hoffe, Sie können das lesen!"
- wenn sich der Redner nicht an die Zeitvorgabe hält, also die für seinen Beitrag eingeplante Vortragszeit erheblich überschreitet und dadurch sich selbst, die Zuhörer, den Moderator und die wartenden, nachfolgenden Redner nervt
- der Redner erwähnt, seine Zeit sei leider abgelaufen, genehmigt sich aber trotzdem frech selbst weitere 5–10 Minuten oder spricht einfach kommentarlos weiter (was unter Umständen für alle peinliche, drastische Eingriffe des Moderators erforderlich macht)
- er ignoriert die dezenten Zeithinweise des Moderators und provoziert diesen dadurch zu immer deutlicheren Signalen und Eingriffen
- kein Blickkontakt zu den Zuhörern (blickt z. B. an die Saaldecke oder klebt mit den Augen am Manuskript)
- Scherze und Anspielungen, die niemand von den Anwesenden versteht.

Offensichtlich kann bereits ungeschicktes Auftreten und Verhalten eines Redners eine unerwünschte Voreingenommenheit beim Auditorium herrvorrufen oder eine schon vorhandene unnötigerweise noch verstärken. Deshalb sollten Redner ihre Auftritte sorgfältig planen, auf Anlaß und Publikum angemessen abstimmen.

Die richtige Präsentation des Themas ist ein weiterer neuralgischer Punkt. Eine problematische Formulierung kann schon zu Mißverständnissen oder inneren Widerständen bei den Zuhörern führen, noch bevor der Redner überhaupt mit seinen inhaltlichen Ausführungen begonnen hat. Gerade diese stellen dann allerdings die höchsten Anforderungen an ihn:

Tab. 21 Was mich an der Darstellung der Thematik stört

- Der Redner macht den Eindruck, er habe sein Thema schlecht vorbereitet (mancher Redner fängt zum Ärger der Zuhörer gleich mit einem entsprechenden Geständnis an);
- aber auch ohne derartige Erklärungen registrieren Zuhörer in solchen Fällen zunehmend verärgert z. B. das Fehlen eines Manuskripts oder zumindest eines vorbereiteten Stichwortzettels mit Gliederung, von Teilnehmerunterlagen, Vortragsfolien oder Dias
- keine Übersicht wegen unzureichender Gliederung oder weil eine vorhandene Gliederung beim Vortrag nicht eingehalten wird
- fehlende Schwerpunkte, keine deutliche Unterscheidung zwischen Wesentlichem und Unwesentlichem

Fortsetzung Tab. 21

- Abweichen vom Hauptthema, zu langes Aufhalten bei nebensächlichen Exkursen
- dem Vortrag fehlt der „rote Faden", weil nicht aufeinander abgestimmte Teile aus anderen Vorträgen des Redners nur mosaikartig aneinandergereiht worden sind
- „Thema verfehlt" – der Referent behandelt nicht das im Programm angekündigte, sondern ein anderes bzw. zumindest ein von der Ankündigung stark abweichendes Thema
- der Inhalt ist uninteressant und spannungslos zusammengestellt; er langweilt in dieser Form die Zuhörer
- das Thema wird durch zahlreiche unnötige „Fachtermini" hochstilisiert und soll offenbar einen ansonsten schwachen Redner oder Beitrag von daher aufwerten
- der Inhalt des Vortrags entspricht fachlich nicht dem aktuellen Stand der Wissenschaft
- die Ausführungen des Vortragenden sind nachweisbar sachlich falsch
- das Thema wird zu theoretisch behandelt, ohne daß man verwertbare Hinweise für die praktische Anwendung im eigenen Arbeitsbereich erhält
- der Redner vermischt in seinen Ausführungen gesicherte Tatsachen, Meinungen, Vermutungen, fragwürdige Annahmen oder sogar bloße Spekulationen so miteinander, daß der Zuhörer sich überhaupt kein klares Bild mehr von der objektiven Sachlage machen kann
- er verwendet festgelegte Begriffe kommentarlos mit selbsterfundenen neuen Bedeutungen und verwirrt dadurch die Zuhörer
- der Referent beherrscht das Thema nicht; insbesondere bei der Diskussion zeigt sich, daß er über zu wenig Randwissen verfügt und konkreten Fragen ausweicht
- das Thema wird zu breit „ausgewalzt"; es hätte wesentlich kürzer und prägnanter dargestellt werden können
- durch den Vortrag von Trivialitäten fühlen sich die Zuhörer veralbert
- der Redner zieht Schlußfolgerungen, die durch die präsentierten Fakten nicht begründbar sind.

Das Anhören eines Vortrags sollte für das Auditorium nicht in geistige und konzentrative Schwerstarbeit ausarten, sondern diesem durch Verwendung sachdienlicher Anschauungsmittel (z. B. mit Hilfe von Dias, Präsentationsfolien) den Prozeß der Informationsaufnahme, -verarbeitung und -speicherung im Gedächtnis erleichtern. Außerdem bereitet das Ansehen instruktiver und gut wahrnehmbarer Abbildungen oft mehr Vergnügen als die Dauerkonzentration auf eine wenig anschauliche Vorlesung.

In wiefern kann die Wirkung eines Vortrags durch mangelhafte Veranschaulichung der Inhalte beeinträchtigt werden? Einige Hinweise dazu enthält die folgende Tabelle 22:

Tab. 22 Mangelhafter Einsatz von Mitteln zur Veranschaulichung

- Reiner Textvortrag ohne irgendwelche Veranschaulichung durch Folien, Dias, Filme, Modelle, Tafelzeichnungen, ggf. auch Flip-Chart, Pin-Wände (Metaplan-Technik)
- auf Folien gezogene Abbildungen sind schwer lesbar oder schwer verständlich (z. B. schlechte Kopie, unzureichende Beschriftung, zu kurze Darbietungszeit, zu kleine Schrift, zu viel Text auf einer Folie)
- von Originalvorlagen sind ohne weitere Aufbereitung einfach Kopien auf Folie gezogen worden; sie enthalten daher viele überflüssige und für den Vortrag irrelevante Details
- der Referent hantiert hektisch mit seinen Folien und findet die benötigten nicht oder nur mit Mühe
- Folien, Dias werden nicht rechtzeitig gewechselt; sie passen dann nicht mehr zum verbalisierten Inhalt

Fortsetzung Tab. 22

- beim Übereinanderlegen verschiedener Folien fehlen zuverlässige Marken für die korrekte Positionierung – deshalb verrutschen die Bilder
- der Redner verwechselt Folien, projiziert Abbildungen oder Tabellen, die nicht zum vorgetragenen Text passen
- er legt Folien auf, ohne das weiße Hintergrundpapier vorher zu entfernen oder die seitlichen Folienklappen umzulegen
- Dias werden falsch projiziert (z. B. auf dem Kopf stehend, seitenverkehrt, in der falschen Reihenfolge)
- durch falsche Standortwahl verdeckt der Redner ganz oder teilweise die Bildprojektion
- Unsicherheit bei der sachgerechten Bedienung von Medien (z. B. Projektoren, Video-Anlage; er kann den Overhead-Projektor nicht einschalten bzw. die Bildschärfe nicht regulieren)
- der Overhead-Projektor mit langer Anlaufzeit wird so spät eingeschaltet, daß die zum Vortrag aufgelegte Folie erst mit irritierender Verspätung langsam auf der Projektionsfläche hervortritt
- der Redner bemerkt nicht, daß die Bildschärfe beim Projektor nicht richtig eingestellt ist
- die projizierte Abbildung steht schräg auf der Leinwand oder geht mit wichtigen Details über den Rand hinaus, weil sie auf dem Projektor nicht exakt positioniert ist
- ein Zeigestock bzw. elektrischer Zeiger fehlt oder wird nicht sachgerecht benutzt

3.3 Welche Anforderungen werden durch die Sache (das Thema) an den Redner bzw. den Vortragenden gestellt?

Jedes Thema ist eine Herausforderung für den Redner!

Weltbekannte Schauspieler berichten, daß sie vor jedem Bühnenauftritt Lampenfieber haben. Warum? Jeder Auftritt ist eine neue Herausforderung, der sie sich stellen. Sie erarbeiten sich jedes Mal für ihr Publikum, das gerade heute erwartungsfroh im Saal sitzt, ihre Rolle neu. Wer seine Rolle nur noch routinemäßig „abspult“, wird langweilig.

Auch der Redner wird langweilig und spannungslos, wenn er sein Vortragsthema nicht im Hinblick auf die konkreten Erwartungen seines jeweiligen Auditoriums erarbeitet und dementsprechend präsentiert.

Die Erarbeitung eines Themas vollzieht sich in einem Spannungsfeld:

Redner:	**Thema:**	**Auditorium:**
Was will ich den Zuhörern über das Thema mitteilen?	WAS BEINHALTET DAS THEMA?	Was möchte das Auditorium über das Thema hören?

Abb. 4 Spannungsfeld Redner-Thema-Auditorium

Was hat der Redner dabei konkret zu tun?

Einige wichtige Anforderungen sind in der folgenden Tabelle aufgelistet:

Tab. 23 Vom Thema grundsätzlich an den Redner gestellte Anforderungen

- Das Thema exakt formulieren und gegen andere Themen bzw. Themenbereiche abgrenzen
- das Thema sachgerecht gliedern und dabei die relevanten Einzelaspekte herausstellen
- Stoffsammlung (ggf. nach Brainstorming-Technik) anlegen, um möglichst alle zum Thema gehörigen relevanten Aspekte zu erfassen
- durch Literaturstudium den bisherigen Kenntnisstand überprüfen und ggf. ergänzen
- Gliederung und Stoffsammlung gegeneinander abgleichen (d. h. ggf. weitere Kapitel in die Gliederung einfügen bzw. unwesentliche Inhalte aus der Stoffsammlung eliminieren)
- den einzelnen Punkten der Gliederung aus der Stoffsammlung die dazu gehörenden Stichworte zuordnen und ggf. weitere neu hinzukommende Informationen sinnvoll einfügen
- sich mit dem Thema geistig auseinandersetzen und dabei die neu gewonnenen Informationen mit der bisherigen Erfahrung und den bereits vorhandenen Kenntnissen abstimmen
- einen Textentwurf des Vortrags anfertigen, korrigieren und in Reinschrift bringen
- ggf. Folien, Diaposisitve, Video-Aufnahmen etc. zur Veranschaulichung der Vortragsinhalte vorbereiten.

Neben diesen allgemeinen Anforderungen stellen Vortragsthemen je nach inhaltlichem Schwerpunkt weitere Anforderungen an den Redner. Ein bedrohlicher Inhalt (z. B. „Die Verwendung der FCKW und das Entstehen von Ozonlöchern"; „Die Gefahr des Verhungerns in der Dritten Welt") verlangt nach einer ernsthaften, seriösen Darstellung. Spricht der Redner demgegenüber über ein eher erfreuliches oder lustiges Thema (z. B. „Die Bedeutung des Humors für das seelische Wohlbefinden"; „Die deutsche Zirkus-Tradition"), wird er sich nicht nur mit der Diktion, sondern auch mit der Mimik und Gestik auf diese Thematik einstellen, um die Zuhörer in eine heitere Stimmung zu versetzen.

Zieht man in Betracht, daß verschiedene Menschen unterschiedliche Temperamente haben, ist zu berücksichtigen, daß nicht jeder für jedes Thema der bestgeeignete Redner ist. Eine derartige „Ungeeignetheit" im Sinne von Indisponiertheit kann sich auch zeitweilig ergeben, wenn z. B. ein „lustiger Vogel" durch einen Trauerfall in der Familie, durch sonstige familiäre oder persönliche Sorgen in ein Stimmungstief geraten ist. Man wird ihn dann nicht gerade zu einem heiteren Vortrag verpflichten.

Manche Redner gehen allerdings zu Unrecht davon aus, daß ein ernsthaftes Thema auch unter allen Umständen eine todernste Behandlung erfordere oder daß ein erfreuliches Thema sowohl beim Redner als auch beim Publikum rasende Heiterkeit erzeugen müsse.

„Todernst“ oder „bierernst“ verstehe ich hier im Sinne von „langweilig“, „monoton“, „spannungslos“ und „ohne mitreißende Höhepunkte“. Selbst eine Beerdigungsrede kann spannend sein, wenn der Redner das bewegte Leben eines/einer Verstorbenen noch einmal Revue passieren läßt.

Andererseits kann auch ein frohes Ereignis, wie z. B. der Jahreswechsel, der mit Tanzfesten, Unterhaltungs-Galas, mit Sekt und Böllerschüssen gefeiert wird, bei der Silvester-Ansprache durch nachdenkliche Reminiszenzen und Ausblicke gewürdigt werden.

3.4 Welche Anforderungen werden durch den Anlaß zur Rede bzw. zum Vortrag an den Redner gestellt?

Der Anlaß für einen Vortrag ist nicht unabhängig von dem zu behandelnden Thema.

Der Anlaß (z. B. der Tätigkeitsbericht des Vorsitzenden eines Sportvereins auf der Mitgliederversammlung) kann bereits das Thema determinieren. Andererseits ist, aus der Perspektive des Themas betrachtet, dieses wiederum auf den jeweiligen Anlaß zugeschnitten.

In welche peinlichen Situationen ein Redner geraten kann, wenn er bei einem bestimmten Anlaß das falsche Thema behandelt, erleben wir gelegentlich bei Vielrednern. Sie sind wegen ihrer zahlreichen Vortragsverpflichtungen oft gar nicht mehr in der Lage, ihre Reden selbst ausarbeiten zu können. Dazu fehlt ihnen die Zeit und – für die zahlreichen unterschiedlichen Anlässe, zu denen z. B. ein Politiker zu sprechen hat – auch häufig der Sachverstand.

Vielredner lassen sich ihre Vorträge bzw. Reden durch „Ghostwriter“ ausarbeiten. Für den ersten Anlaß des Tages, die Ansprache beim Arbeitsfrühstück mit einem ausländischen Besucher, steckt das Manuskript dann in der linken oberen Jackentasche. Für den nächsten Anlaß, die Eröffnung einer Sitzung mit einer ausländischen Delegation, befindet sich der Text in der oberen Innentasche rechts usw. Greift dann der Redner aufgeregt, zerstreut oder aus anderen Gründen fehlorientiert in die falsche Tasche und liest im Bewußtsein seiner amtsgewaltigen Unfehlbarkeit einfach flott drauflos, kann es passieren, daß er die für den aktuellen Anlaß falsche Rede verliest.

Eine große Begabung in dieser Hinsicht soll der frühere Bundespräsident Heinrich Lübcke besessen haben. Aber auch der Bundeskanzler Kohl hat schon Silvester die Ansprache vom Vorjahr erneut verlesen – nicht durch eigenes Versehen, sondern im Fernsehen nur deshalb, weil der Redakteur die Aufzeichnungen verwechselt und versehentlich erneut die Ansprache vom Vorjahr abgespielt hatte. Er hat sie wohl einfach nicht voneinander unterscheiden können.

3.5 Didaktisches und methodisches Geschick des Redners

Wenn ein Redner Inhalte zutreffend darstellt, wenn er laut und deutlich spricht und wenn auch ansonsten keine die Zuhörer störenden mimisch-gestischen Absonderlichkeiten den Vortrag beeinträchtigen, kann er dennoch didaktisch und/oder methodisch mangelhaft sein. In solchen Fällen fragen sich dann oftmals die Zuhörer, nachdem der Redner seine Ausführungen beendet hat, was er ihnen eigentlich hat sagen wollen.

Die Didaktik (d. h. die Wissenschaft vom Unterricht bzw. vom Unterrichten) liefert die Grundlagen für die Entwicklung angemessener Unterrichtskonzepte im Sinne einer Theorie der Bildungsinhalte, ihrer Struktur und Auswahl sowie ggf. der Organisation innerhalb eines Lehrkanons (GUDJONS et al. 1981; BROCKHAUS 1984). Die Abstimmung von Lehrinhalten, Bildungszielen und Lehrmethoden steht insbesondere im Blickpunkt der Curriculum-Forschung.

Durch sachgerechte Organisation des gesamten Lehr- bzw. Lernprozesses – der sich selbstverständlich nicht nur im Unterricht, sondern in vergleichbarer Weise natürlich auch bei einem Fachvortrag vollzieht – sollen die dabei ablaufenden Kommunikationsprozesse (vgl. Kap. 2) optimiert werden. Der Zuhörer soll als Lernender sachkundig seinen Vorkenntnissen, seinem Auffassungsvermögen und seiner Interessenlage entsprechend zum Verständnis des vom Redner zu vermittelnden Lernstoffs geführt werden.

3.6 Sachkompetenz des Vortragenden

Bisweilen erleben wir Redner – z. B. manche Politiker im Fernsehen –, die zwar mit beachtlicher Eloquenz Thesen oder politische Programme vertreten, deren Ausführungen man aber auch bei bescheidenen eigenen Sachkenntnissen unschwer entnehmen kann, daß hier fundierte Sachkenntnis des Redners fehlt.

Hat der Redner keine ausreichende Sachkompetenz, wird er nur in seltenen Fällen seine Zuhörer von der Richtigkeit seiner Thesen oder Programme überzeugen können. Überzeugt fühlen sich in der Regel lediglich die eigenen Anhänger, die aber eigentlich gar nicht mehr überzeugt zu werden brauchen, weil sie sich ohnehin meistens nur wonnevoll an den bereits selbst vertretenen Auffassungen und Meinungen berauschen wollen, wenn sie durch einen mehr oder weniger rhetorisch versierten Parteifreund neu serviert werden.

Sachkompetenz des Redners für das behandelte Thema ist jedoch normalerweise eine wesentliche Voraussetzung für die Akzeptanz der Ausführungen durch den an der Sache interessierten Zuhörer. Dieser will sich zumindest erst einmal auf die vom Redner berichteten Fakten verlassen können, bevor er deren Bewertung durch den Redner nachzuvollziehen versucht und diese gegebenenfalls sogar zu übernehmen bereit ist. Er wird jedoch seine Meinungen, seine

Einstellungen oder gar sein Verhalten kaum im Sinne der vom Redner intendierten Richtung verändern, wenn ihm schon die Ausgangsdaten, die Grundlagen, die Fakten zweifelhaft erscheinen.

Deshalb:

Auch beim Vortrag
die Macht des Faktischen
nicht unterschätzen!

Diese eherne Redner-Regel gilt für alle:
für Lehrer und Professoren,
für Festredner und Journalisten,
für Rechnungsprüfer, Minister und Bundeskanzler ...
und
– wenn mich nicht alles täuscht –
sogar für **Sie**!

Der Redner stehet in der Pflicht,
doch genüget er ihr nicht,
ist es ganz schnell aus
– sein Licht!

Und glaubest Du's auch nicht:
statt zum Redner wirst zum Wicht!

4 DIE KONZEPTION

Wer ohne Konzept einfach so drauflos redet, der wird kaum eine gute Rede halten.

Dabei ist es durchaus nicht erforderlich, in allen Fällen ein Konzept schriftlich auszuarbeiten und gegebenenfalls sogar mehrfach zu überarbeiten und zu korrigieren. Mancher erfahrene Redner hat auch ohne schriftliche Unterlagen sein Konzept im Kopf. Aber seine aus der Sicht von Außenstehenden als beeindruckend und geradezu genial erscheindende Vortragskunst beruht in der Regel nicht auf zufälligen Augenblickseinfällen, sondern ist vielmehr das Ergebnis umfangreicher Berufs- und Vortragserfahrung sowie oftmals zeit- und arbeitsaufwendiger Recherchen (POENICKE & WODKE-REPPLINGER 1977).

Für Anfänger bzw. für Redner mit wenig Vortragserfahrung, aber durchaus auch für Routiniers empfiehlt es sich, vor jedem neuen Vortrag (wieder) fachliche und didaktische Überlegungen über eine möglichst erfolgversprechende aktuelle Vortrags-Konzeption anzustellen und dabei detailliert die folgenden Aspekte zu berücksichtigen:

4.1 Die Zielsetzung

Welche Zielsetzung soll verfolgt werden?

- Welche Zielsetzung(en) verfolge ich selbst als Redner?
- Welche Zielsetzung(en) haben die Zuhörer?
  Haben alle Zuhörer dieselbe(n) Zielsetzung(en), oder gibt es unterschiedliche Zielsetzungen einzelner Zuhörer oder Zuhörergruppen?
- Welche Ziele verfolgt der Veranstalter?
  Decken sich dessen Zielvorstellungen mit meinen und denen der Zuhörer?
  Oder sind Diskrepanzen und dadurch Konflikte zu erwarten?

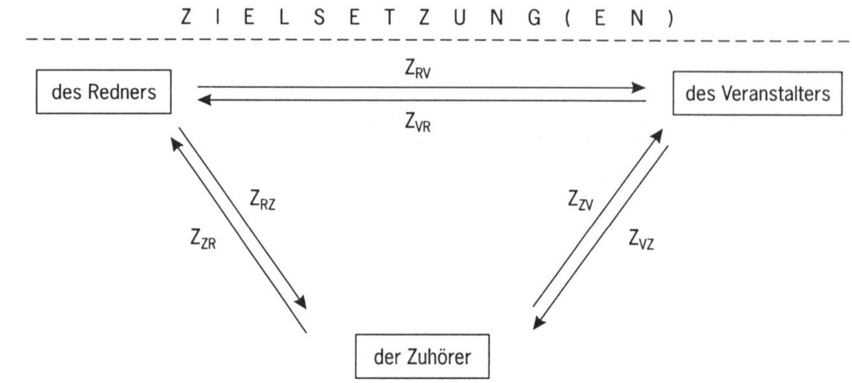

Z_{RV}	Zielsetzung(en) des Redners bezüglich des Veranstalters
Z_{VR}	Zielsetzung(en) des Veranstalters bezüglich des Redners
Z_{RZ}	Zielsetzung(en) des Redners bezüglich der Zuhörer
Z_{ZR}	Zielsetzung(en) der Zuhörer bezüglich des Redners
Z_{ZV}	Zielsetzung(en) der Zuhörer bezüglich des Veranstalters
Z_{VZ}	Zielsetzung(en) des Veranstalters bezüglich der Zuhörer

Abb. 5 Zielsetzungen von Redner, Veranstalter, Zuhörer

Miteinander vereinbare Zielsetzungen der Beteiligten – Redner, Zuhörer, Veranstalter – sind eine wichtige Voraussetzung für den Erfolg.

In der Abbildung haben wir den Fall angenommen, daß die Zielsetzungen aller Beteiligten miteinander in Beziehung stehen. Verfolgen jedoch die Beteiligten jeweils nicht nur ein Ziel, sondern mehrere, dann entsteht ein nur noch schwer oder gar nicht mehr überschaubares Netzwerk, in dem einzelne Zielsetzungen kompatibel sein können, während andere in irgendeiner Weise ganz oder teilweise in andere Richtungen gehen und den Erfolg der Rede oder des Vortrags (infolge von Desinteresse, aufkeimender Aggression etc.) gefährden können.

Tabelle 24 zeigt den Versuch, die komplexen Beziehungen zwischen den Zielen eines Redners und seiner Zuhörer sowie dem Veranstalter zu veranschaulichen.

So kann beispielsweise ein Redner-Ziel (R 01.2: „vor Lawinengefahr warnen") übereinstimmen mit dem Interesse aller Zuhörer (Z 01.2: „sich vor Lawinen schützen"). Aber möglicherweise haben einzelne Zuhörer auch andere Ziele (Z 01.3: „sich zur Entspannung einen Lichtbildervortrag über Lawinen ansehen" oder Z 01.4: „die Zeit mit dem Partner/der Partnerin verbringen, der/die diesen Vortrag hören will" etc.). Es kann außerdem mit dem Ziel des Auftraggebers kompatibel sein (A 01.2: „die Wintersportler vor Lawinen schützen") oder sich bloß als Mittel zum Zweck entpuppen (A 01.3: „durch den Vortrag über Lawinen Geld verdienen" bzw. A 01.4: „die Gäste durch den Vortrag vom augenblicklichen Regenwetter ablenken").

Tab. 24 Netzwerk von unterschiedlichen Zielsetzungen der Beteiligten

Zielsetzungen von:

Auftraggeber (A)	Redner (R)	Zuhörer (Z_1-Z_n)
Ziel A 01	Ziel R 01	Ziel Z 01
A 01.1	R 01.1	Z 01.1
A 01.2	R 01.2	Z 01.2
A 01.i	R 01.i	Z 01.i
A 01.n	R 01.n	Z 01.n
A 02	R 02	Z 02
A 02.1	R 02.1	Z 02.1
A 03	R 03	Z 03
usw.	usw.	usw.

Da in dieser Matrix jedes R-Ziel mit kompatiblen und inkompatiblen Z- und/oder A-Zielen zusammentreffen kann, ist nach der allgemeinen Lebenserfahrung nicht zu erwarten, daß die Redner-Ziele immer mit allen Zielsetzungen der Zuhörer und Auftraggeber identisch sind.

Daraus resultiert wohl auch die Erkenntnis manches leidgeprüften Zeitgenossen:

Was auch immer man tut,
man kann es nie allen recht machen!

Der Redner erreicht indessen ein Optimum, wenn es ihm gelingt, für die erfolgreiche Behandlung seines Themas eine möglichst große Teilmenge aus der Gesamtmenge der gerade bei den Beteiligten aktuellen Zielsetzungen zu erkennen und die daraus resultierenden Erwartungen zu erfüllen.

Am Beispiel eines Informationsvortrages, den der örtliche Reiseleiter im Auftrag eines Touristik-Unternehmens vor gerade neu am Ort eingetroffenen Urlaubern zu halten hat, sollen deshalb die möglichen unterschiedlichen Vortrags-Zielsetzungen der Beteiligten (d. h. des Reiseveranstalters, örtlichen Reiseleiters, der Urlauber) noch einmal etwas ausführlicher verdeutlicht werden:

Tab. 25 Beispiel: unterschiedliche Vortrags-Zielsetzungen

Reiseveranstalter	Örtlicher Reiseleiter	Urlauber in der Informationsveranstaltung
• Er möchte sein Angebot zusätzlicher Tagesausflüge bekanntmachen. • Er möchte zusätzliches Geld mit den relativ teuren Tagesausflügen verdienen. • Er möchte die Arbeitskraft des örtlichen Reiseleiters optimal nutzen durch dessen Einsatz als Verkäufer für zusätzliche Ausflüge. • Er möchte den Urlaubern durch Information über interessante Ausflüge etwas bieten, da der Urlaubsort selbst wenig abwechslungsreich ist.	• Er will sich des lästigen Auftrages des Reiseveranstalters „mit Anstand" entledigen. • Er will eventuelle Zusatzfragen der Urlauber vermeiden, um die Informationsveranstaltung rechtzeitig zum Dienstschluß beenden zu können. • Er will zusätzliche Tagesausflüge verkaufen, weil er dafür Provision bekommt. • Er hält den Vortrag verärgert, weil er eigentlich frei hätte und unerwartet für einen Kollegen einspringen mußte. • Er möchte auf Fragen nach örtlichen Gegebenheiten nicht im Detail eingehen müssen, weil er hier noch neu ist und sich am Ort nicht genau auskennt. • Er hält einen „Paradevortrag", weil er eine neue Mitarbeiterin einarbeiten soll und dabei einen guten Eindruck machen möchte.	Urlaubergruppe 1: Diese Urlauber sind zum ersten Mal hier. • Sie möchten gern möglichst viel über die örtlichen Gegebenheiten, über Land und Leute erfahren. • Sie sind an Informationen über Ausflüge in die Umgebung interessiert, weil sie kein Auto dabei haben und doch etwas herumkommen möchten. • Sie möchten Informationen über gemeinsame Ausflüge, um dort Mitreisende zwanglos näher kennen zu lernen. • Die Kinder interessieren sich mehr für Informationen über Discos, Sport- und Freizeitaktivitäten als für Ausflüge. Urlaubergruppe 2: Diese Urlauber waren schön öfters hier, sie kennen den Ort und die Umgebung bereits. • Sie wissen schon Bescheid, wollen deshalb nicht erneut über Altbekanntes informiert werden, sondern über aktuelle Entwicklungen am Ort. • Eine junge Frau möchte endlich den attraktiven Reiseleiter persönlich kennenlernen, sein Vortrag interessiert sie nur am Rande. • Die Urlauber kennen die Reiseleiter-Informationen bereits von früheren Aufenthalten; sie möchten eigentlich nur den Cocktail abholen und dabei sehen, ob interessante neue Urlauber eingetroffen sind. Urlaubergruppe 3: Chronisch Unzufriedene. • Der Vortrag stößt auf Ablehnung, weil Vorträge von ihnen generell als langweilig empfunden werden. • Die Urlauber haben schließlich auch den Begrüßungs-Cocktail mit der Reisepauschale bezahlt; sie wollen nichts verschenken und nehmen den Vortrag deshalb als notwendiges Übel in Kauf. • Sie sind verärgert über die „Geldschneiderei", durch die den Urlaubern noch mehr Geld aus der Tasche gezogen werden soll. • Die Kinder langweilen sich. Nur auf Anordnung der Eltern sind sie mitgekommen; eigentlich hätten sie lieber sofort an den Strand gehen wollen.

Aus dem Beispiel wird deutlich, wie z. B. Urlauber-Erwartungen in einem Einführungsvortrag enttäuscht werden können.

Die Urlauber hatten bei einem Touristikunternehmen eine Pauschalreise gebucht und wollten bei der Ankunft am Urlaubsort beim Begrüßungscocktail darüber informiert werden, welche Freizeitmöglichkeiten es am Ort gibt, in welchen Restaurants man gut und preiswert essen kann, wie man in den 14 Urlaubstagen den Segelschein erwerben kann und wo die ruhigsten und saubersten Strände liegen.

Der örtliche Reiseleiter läßt aber diese Themen aus und erzählt vorzugsweise über organisierte Tages- oder Mehrtagesausflüge zu Fuß, mit Bussen oder Schiffen (weil sein Arbeitgeber von ihm den Verkauf dieser Zusatzangebote verlangt). Aus der Perspektive der Urlauber ist das Thema des Informationsvortrags verfehlt. Sie haben zwar einen Cocktail genossen, aber ihr vorrangiger Wissensdurst ist ungestillt geblieben. Sie sind frustriert.

Das Beispiel zeigt außerdem, daß in einer solchen Gruppe im Extremfall jeder einzelne Zuhörer eine ganz spezifische Erwartung bezüglich des Vortrags haben kann. Wenn der Redner dann seinen „Standardvortrag" hält, ist die Wahrscheinlichkeit groß, daß er an den Interessen seiner Zuhörer – oder doch zumindest einer größeren Anzahl von ihnen – vorbeiredet. Für alle diese, deren Erwartungen er damit nicht erfüllt, hat er dann gewissermaßen „das Thema verfehlt"!

Das kann für ihn und für die von ihm vertretene Sache ausgesprochen negative Konsequenzen haben: Die Leute verlassen den Saal, beschweren sich über ihn, buchen keine der von ihm angebotenen Tagesausflüge oder reisen künftig mit einer anderen Reisegesellschaft.

Die negativen Auswirkungen der Beurteilung „Thema verfehlt!" sind den meisten von uns noch aus der Schulzeit bekannt, wo auch mit größtem Eifer angefertigte Deutsch-Aufsätze bisweilen überraschenderweise auf Mißbilligung des Fachlehrers stießen und eine dementsprechend deprimierende Bewertung zur Folge hatten. Durch Wiederholungsfälle konnte dadurch sogar in Verbindung mit anderen Fehlleistungen die Versetzung gefährdet werden.

Wie konnte in der Schule ein solches Malheur geschehen?

Ganz einfach: Der Lehrer hatte z. B. die Aufgabe gestellt, Rodins Überlegungen nachzuempfinden, die ihn bei der Gestaltung der Plastik „Die Bürger von Calais" bewegt haben könnten.

Dann konnte es vorkommen, daß abweichend davon ein Schüler ganz ausführlich die einzelnen Figuren der Plastik beschrieb, während ein anderer die historischen Ereignisse referierte, denen Rodin mit seiner Plastik ein Denkmal gesetzt hatte. Beide Schüler hatten dadurch natürlich das Thema verfehlt.

Um aus verfehlten Themen resultierende Unannehmlichkeiten zu vermeiden, ist es deshalb auch für Redner wichtig, jeweils die thematische Interessenlage der Zuhörer richtig einzuschätzen, sie notfalls sogar durch Vorabinformation oder deren gezieltes Befragen zu „erforschen". Das erhöht zumindest die Wahrscheinlichkeit, daß er dann die richtigen Themen trifft oder daß er die Zuhörer wenigstens noch diplomatisch auf das für sie unerwartete Thema einstimmen und dafür die Akzeptanz verbessern kann.

4.2 Der Zuhörerkreis

Was ist ein Redner ohne Zuhörer?!

Ein Redner ohne Zuhörer ist wie ein Schlüssel ohne Schloß.

Bestenfalls jemand, der Selbstgespräche führt. – Das kann zwar für einen introvertierten Menschen auch ganz unterhaltsam sein, es entspricht aber erfahrungsgemäß nicht der tatsächlichen Zielsetzung der meisten Redner. Zuhörer sind gewissermaßen das zwangsläufige Pendant zum Redner.

Und dennoch tun es manche Redner – sie reden ohne Rücksicht auf ihre Zuhörer. Sie führen Selbstgespräche, Monologe – mitten in vollbesetzten Vortragssälen, in Schulklassen und Universitätshörsälen, in vor die Nase gehaltene Reportermikrofone, bei Jubiläen, Geburtstagsfeiern und wo sie sonst noch als Redner aufzutreten pflegen.

Warum machen sie das?

Dafür gibt es je nach Rednerpersönlichkeit, Rede-Anlaß und -Umständen und natürlich auch abhängig vom Publikum sehr unterschiedliche Gründe:

Tab. 26 Gründe für Vernachlässigung des Auditoriums

- Manche Redner konzentrieren sich so sehr auf ihr Thema, daß sie dabei alles um sich herum vergessen – auch ihre Zuhörer.
- Einige Redner fühlen sich durch ihr Thema so weit überfordert, daß sie ihre ganze Konzentration darauf verwenden, einigermaßen passabel über die Runden zu kommen.
- Bisweilen erscheinen Redner/innen so mit Frisur, Make-up und Garderobe gestylt zum Solo-Auftritt vor ihrem Publikum, daß die Rede und ihr Inhalt weit hinter den eher vordergründigen Impressionen

Fortsetzung Tab. 26

einer solchen Personality-Show zurückbleibt. Ihre Selbstverliebtheit benötigt dann eigentlich gar kein Publikum für den sachlichen Inhalt des Vortrags, sondern eher für den Auftritt als solchen.
- Manche Redner haben schlichtweg Angst vor der geistigen Überlegenheit des Auditoriums. Sie fühlen sich ihm nicht gewachsen und meiden daher den Blickkontakt. Sie fürchten, daß die Rede unverhofft in einem fürchterlichen Fiasko enden könnte – insbesondere, wenn sie sich darauf einlassen würden, dem Auditorium Gelegenheit zu geben, Fragen zum Vortragsinhalt zu stellen.
- Die Angst der Politiker und anderer Persönlichkeiten des öffentlichen Lebens ist teilweise mittelbar oder sogar unmittelbar erfahrungsbedingt.
Sie fürchten Attentate, wie sie auf die früheren amerikanischen Präsidenten J. F. Kennedy und R. Reagan, auf Papst Johannes Paul II, den deutschen Innenminister W. Schäuble, den Ministerpräsidenten O. Lafontaine etc. verübt worden sind.
Deshalb lassen sie sich sogar von Bodyguards, durch Panzerglasscheiben in ihren Fahrzeugen oder durch geradezu mittelalterlich anmutende Polizei-Schutzschilde abschirmen, ohne doch letztlich Attentaten zuverlässig entgehen zu können.
- Viele Autodidakten haben einfach nirgends gelernt, wie man richtig mit seinen Mitmenschen – d. h. auch mit seinen Zuhörern – kommuniziert. Darunter leiden eben nicht nur Familien-, Berufs- und Vereinsleben, sondern auch öffentliche Rednerauftritte.

Wenn es auch bisweilen ziemlich ekliges Publikum gibt, so ist es doch meistens eher aufgeschlossen für das Thema, das der Redner behandeln will. Außerdem erscheinen viele Menschen gerade deshalb zu einem Vortrag, weil sie den angekündigten Redner und seine persönliche Auffassung hören wollen.

Wenn die Zuhörer freiwillig kommen, ist die Situation für den Redner meistens günstiger, als wenn er ein Publikum vor sich hat, dem er mit seiner Meinung überraschend und unvorhergesehen präsentiert wird – wie dies z. B. bei Rundfunk- oder Fernseh-Interviews geschieht.

Im übrigen wird einem Redner, wenn er Erfolg haben will, kaum mehr übrig bleiben, als sich möglichst interessengerecht auf das jeweilige Publikum und dessen Erwartungen einzustellen.

Dies gelingt erfahrungsgemäß schlechter bei heterogenen als bei homogenen Zuhörergruppen, wie man sie beispielsweise in Universitätshörsälen, in Schulklassen, bei Fachkongressen, bei Kirchentagen, bei Vereinssitzungen vorfindet.

Schwieriger gestaltet sich die Rednertätigkeit dagegen häufig bei sehr heterogenen Zuhörergruppen. Diese findet man z. B. bei politischen Kundgebungen, bei Hearings vor konträren Interessenvertretern (z. B. Hearing beim Bau eines Kernkraftwerks, zur Einrichtung einer Mülldeponie; bei Parlamentsdebatten).

Auf welche Personen-Charakteristiken sollte der Redner bei seinen Zuhörern achten, um sich rechtzeitig persönlich, fachlich und hinsichtlich des angemessenen Niveaus auf diese einstellen zu können?

Einige Anhaltspunkte dazu enthält die folgende Tabelle:

Tab. 27 Charakteristika von Zuhörern

Altersunterschiede
- Kinder
- Heranwachsende
- Erwachsene (junge, im mittleren Alter, ältere bis 65 Jahre)
- Alte Menschen

Geschlechtsunterschiede
- männlich/weiblich

Bildungsunterschiede
- mangelhafte Schulbildung (Sonderschüler, Analphabeten)
- durchschnittliche Schulbildung
- höhere Schulbildung
- akademische Ausbildung

Unterschiedliche Interessenlage (politisch, weltanschaulich, religiös)
- Mitglieder bestimmter politischer Parteien
- Mitglieder bestimmter Vereine (z. B. Sportvereine) und Verbände (z. B. Berufsverband, Automobilclub)
- Genießer, Asketen, Radikale, Soziale, Lügner/Betrüger oder Wahrheitsfanatiker, Karrieristen, Laissez-faire-Typen etc.

Unterschiedliche Berufsgruppen (branchenspezifische Differenzierung)
- ungelernte Hilfsarbeiter
- (Fach)Arbeiter
- Handwerker
- Angestellte, Beamte
- Freiberufler (z. B. Ärzte, Rechtsanwälte, Architekten, Ingenieure)
- Unternehmer (z. B. Kleingewerbe, Handel, Industrie, Landwirtschaft)

Einkommensunterschiede (Jahreseinkommen der Familie)
- Sozialhilfeempfänger
- Menschen mit geringem Einkommen (bis 30.000 DM)
- Menschen mit durchschnittlichem Einkommen (30.000–80.000 DM)
- Menschen mit höherem Einkommen (80.000–300.000 DM)
- Großverdiener (über 300.000 DM)

Besitzverhältnisse (Grundstücke, Häuser/Eigentumswohnungen, Wertpapiere, Firmen)
- ohne nennenswerten Besitz (bis 20.000 DM)
- bescheidener Besitz (20.000–100.000 DM)
- durchschnittlicher Besitz (100.000–1.000.000 DM)
- bedeutender Besitz (über 1.000.000 DM)

Gesellschaftliche Stellung
- Arbeitnehmer/Arbeitgeber
- Herausragende Funktion (Abteilungsleiter, Geschäftsführer, Präsident etc.)
- bekannte Persönlichkeit des öffentlichen Lebens
- Flüchtling, Asylsuchender

Nationalität
- Deutscher
- Ausländer aus Europa
- Ausländer von anderen Kontinenten

Gesundheitszustand
- gesund
- behindert
- krank, aber arbeits- bzw. berufsfähig
- arbeits- bzw. berufsunfähig krank
- von einer tödlichen Krankheit befallen.

Vermutlich werden Ihnen noch andere Merkmale einfallen, die für die Einschätzung von Mitmenschen durch einen Redner bedeutsam sein können. Vielleicht werden Sie aber auch den Kopf schütteln über diese Aufstellung, da Sie bei Ihren Redneraktivitäten darauf nicht zu achten pflegen oder weil Sie die Überzeugung haben, jeder erfahrene Redner stelle sich gewissermaßen automatisch richtig auf sein Auditorium ein.

Wenn Sie das denken, bewundere ich Ihren Optimismus. Ich selbst habe in dieser Hinsicht nämlich schon ganz andere – erschreckende – Erfahrungen gemacht.

Kommunikations-Probleme mit den Zuhörern können sich insbesondere dort leicht ergeben, wo der Redner seiner Herkunft nach aus einem ganz anderen familiären, beruflichen, sozialen und Vermögensrahmen kommt als sein Publikum. Er wird dann nämlich in vielen Fällen mit seinen eigenen verinnerlichten Wert-Maßstäben oder einem ganz anderen individuellen, intellektuellen Anspruchsniveau an die Probleme herangehen als seine Zuhörer, die in einem anderen Rahmen von Herkunft, Bildung, Vermögen, beruflicher Erfahrung etc. groß geworden sind.

Wer in einem Obdachlosenasyl aufgewachsen ist und keine oder allenfalls eine Haupt- oder Sonderschule besucht hat, macht dabei andere Lebenserfahrungen als jemand, der in einem herrschaftlichen Haus oder gar in einem Schloß mit Dienern, Chauffeuren, Gärtnern etc. aufgewachsen ist und der seine Schulbildung in einem renommierten Internat erworben hat.

Mißverständnisse, Über- oder Unterforderungen des Publikums sind dann gewissermaßen vorprogrammiert.

Deshalb sollten insbesondere Redner ohne ausreichende Redner-Erfahrung und erfahrene Redner, die häufiger „schlecht ankommen“ bei ihren Zuhörern, die in der Diskussion oft Mißverständnisse aufklären müssen oder die sogar aus irgendwelchen Gründen attackiert oder nicht wieder eingeladen werden, einmal darüber nachdenken, wo die Ursachen dafür liegen.

Vielleicht darin, daß sie sich nicht ausreichend auf ihr jeweiliges Publikum, auf seine herkunfts- und gruppentypischen Erwartungen und Verständnismöglichkeiten eingestellt haben?

4.3 Die Erarbeitung eines überzeugenden Konzepts

Hat der Redner keine klare Zielsetzung, dann wird er auch kaum ein überzeugendes Konzept entwickeln können. Weiß er aber, was er sagen will, dann folgt – gewissermaßen als Fleißarbeit – mit Aussicht auf Erfolg die Erarbeitung eines übersichtlich gegliederten und unter Berücksichtigung der wesentlichen Sachaspekte zweckmäßig strukturierten Konzepts. Die Arbeitsanleitung von BEELICH & SCHWEDE (1979) kann dabei hilfreich sein.

4.3.1 Konzept-Struktur

Zur Vorbereitung meiner eigenen Reden und Vorträge benutze ich gern ein vorstrukturiertes Arbeitsblatt. In Tabelle 28 findet sich dazu ein konkretes Beispiel, das die Strukturierung eines meiner Kongreßvorträge zeigt.

Damit ist bereits der grundsätzliche Aufbau eines Vortrags bzw. einer Rede fixiert.

Der Redner legt sein Thema fest, formuliert zur Präzisierung gegebenenfalls einen Untertitel, er gliedert den Vortrag in eine die Aufmerksamkeit der Zuhörer konzentrierende Einleitung, einen die wesentlichen Erkenntnisse bzw. Informationen präsentierenden Hauptteil und ein überzeugendes Resümee als Schluß.

Neben den Hauptstichworten der einzelnen Abschnitte – dem „roten Faden“ – fixiert er als weitere Gedächtnisstütze Nebenstichworte, deren Ausführung er je nach verfügbarer Zeit ad hoc kürzen oder strecken kann.

Außerdem kann er im Vortragskonzept den voraussichtlichen Zeitbedarf für die einzelnen Abschnitte vermerken, die Präsentation von Diapositiven, Vortrags-Folien etc. notieren und sich sachdienliche Ergänzungen für die Diskussion und eine Abschlußbemerkung vorbereiten.

Dieser vorläufige und zunächst noch sehr allgemeine Rahmen kann dann in einzelnen systematischen Arbeitsschritten inhaltlich aufgefüllt und im Hinblick auf die Gesamtaufgabe „Vortrag“ von der Vorklärung von Einzelfragen bis hin zur redaktionellen Ausfeilung des „fertigen“ Manuskripts fortlaufend optimiert werden (s. dazu auch die Checkliste von FRANKEN & SCHADE 1992).

Wenn sich der Redner in der letzten Spalte des Formulars „Vortragskonzept“ jeweils für den betreffenden Abschnitt (Einleitung, Hauptteil, Schluß) vernünftige Teile der für den Gesamtvortrag geplanten Zeit einträgt, kann er zuverlässig Reden und Vorträge von beliebiger Länge planen. Auch für die Behandlung von Unterabschnitten (z. B.: 1., 2. bzw. 3. Abschnitt des Hauptteils) kann er sachgerecht und vernünftig den Zeitrahmen planen und im Formular fixieren.

Damit schafft er sich auch für frei gehaltene Reden und Vorträge in Form dieser vortragsbegleitenden Stichwortliste gerade bei längeren Ausführungen eine Möglichkeit der jederzeit zuverlässigen Zeitüberwachung. Dementsprechend

Tab. 28 Vortragskonzept

1 THEMA Motivation zum Umweltschutz			**TERMIN, ORT** 20.11.1992, Hannover	
2 UNTERTITEL Ein Konzept zur Einstellungs- und Verhaltensanalyse			**ZEIT** 10.00 – 10.45 Uhr	
Ablauf	**Hauptstichwort**	**Nebenstichwort**	**Bemerkungen**	**Zeit**
3 EINLEITUNG	Umweltschutzverstöße trotz ausreichender Information	(1) Notwendigkeit von Umweltschutz (2) Information allein ist unzureichend (3) Systematische Ursachenanalyse erforderlich	Folie 1	(5 Min.) 10.00 – 10.05 Uhr
4 HAUPTTEIL	(1) Darstellung des Handlungsmodells: Mögliche Ursachen von Fehlverhalten	(1) Nicht-Wissen (2) Nicht-Können (3) Nicht-Wollen (4) Nicht-Müssen (5) Nicht-Dürfen (6) Gesamtmodell	Folie 2	(10 Min.) 10.05 – 10.15 Uhr
	(2) Anwenderfehler	(1) Fehler bei der Ursachen-/Motiv-Analyse (2) Maßnahmen-Fehler	Folie 3	(5 Min.) 10.15 – 10.20 Uhr
	(3) Grenzen der Motivierbarkeit	– prinzipielle Hindernisse – Hindernisse durch konkrete Umstände – Hindernisse in der unsachgemäß angesetzten Motivationsmaßnahme selbst	Folie 4	(5 Min.) 10.20 – 10.25 Uhr
5 SCHLUSS	Nutzen des Handlungsmodells für die Praxis	(8 Punkte)	Folie 5	(5 Min.) 10.25 – 10.30 Uhr
6 DISKUSSION	Diskussionsbereitschaft erklären	– Einzelaspekte der Ursachenanalyse vertiefen – Die konsequente Ableitung von Maßnahmen aus der Ursachenanalyse verdeutlichen	Folie 6	(13 Min.) 10.30 – 10.43 Uhr
7 ABSCHLUSS	Moderator leitet über zum nächsten Vortrag	– Dank an Referenten und Diskutanten – Ankündigung des nächsten Vortrags		(2 Min.) 10.43 – 10.45 Uhr

kann er auch noch während des Vortrags bei Überschreitung der geplanten Zeitabschnitte Nebenstichworte im nächsten Abschnitt weglassen. Bleibt ihm jedoch noch Zeit, kann er bisher ausgelassene Nebenstichworte noch zusätzlich behandeln oder aber sich bei der Abhandlung des nächstfolgenden Themenbereichs etwas mehr Zeit lassen.

4.3.2 Themenstellung

Das Vortragsthema kann sich der Redner entweder selbst stellen, oder ein Auftraggeber gibt ihm ein Thema vor. In beiden Fällen sollte er sich selbstkritisch fragen, ob er diesem Thema fachlich gewachsen ist.

Zuhörer sind vor allem dann verärgert, wenn sie nach der Vortragsankündigung erwarten konnten, Ausführungen eines fachkompetenten Redners geboten zu bekommen, dann aber feststellen müssen, daß dieser gar kein Fachmann auf diesem speziellen Gebiet ist oder daß sich ein grundsätzlich anerkannter Experte auf seinen Vortrag in diesem Fall nicht oder nicht ausreichend vorbereitet hat.

Leichter sieht man es einem „Anfänger“ nach, wenn er etwas aufgeregt ist und sich deshalb gelegentlich etwas verhaspelt. Entscheidend ist dabei das Gefühl des Auditoriums, daß der Redner über den erforderlichen Sachverstand verfugt, daß er sich gründlich auf sein Thema vorbereitet hat und daß er sich Mühe gibt, die Erwartungen seiner Zuhörerschaft zu erfüllen.

Deshalb sollte der Redner sein Thema so wählen, daß er es zufriedenstellend behandeln kann. Er sollte dabei das Thema (die „Überschrift“) so präzise formulieren, daß die dann folgenden inhaltlichen Ausführungen auch im vollen Umfang darunter subsumiert werden können. Andernfalls riskiert er die Beurteilung: „Thema verfehlt!“ (s. Kapitel 4.1).

Darf der Redner sein Thema nicht selbst formulieren, sondern muß sich auf die Vorgaben eines Auftraggebers bzw. Veranstalters einlassen, ist besondere Sorgfalt geboten.

Auf jeden Fall sollte der Redner **abklären**:

Tab. 29 Selbstkritische Fragen des Redners

- Bin ich dem Thema so, wie ich es verstehe, fachlich gewachsen?
- Hat der Auftraggeber das Thema tatsächlich so gemeint, wie ich es verstanden habe? (Gegebenenfalls durch präzise Rückfragen klären.)
- In welchen thematischen Rahmen möchte der Auftraggeber meinen Vortrag (z. B. bei einem Kongreß) einordnen? (Gegebenenfalls abklären, welche inhaltlichen Schwerpunkte die anderen Referenten dieser Vortragsreihe behandeln werden, um doppelte Darstellung derselben Inhalte oder thematische Lücken zu vermeiden.)
- Sollte ich dem Auftraggeber ein anderes Thema vorschlagen, dem ich mich eher gewachsen fühle, dessen Vorbereitung mir weniger Arbeit verursachen wird oder das nach meiner fachlichen Überzeugung besser in die Vortragssequenz passen würde?

Falls keine befriedigende Lösung erreicht werden kann, wird der Redner in den meisten Fällen besser vom Vortrag Abstand nehmen. Er erspart sich dann eine mögliche Blamage, dem Veranstalter einen Flop und dem Auditorium je nach Sachlage Langeweile, Verärgerung oder den Einsatz von Wurfgeschossen (Eiern, Tomaten, Farbbeuteln etc.).

Ist dein Vortrag dir mißraten,
ziehe deinen Kopf schnell ein,
denn dein geliebtes Publikum
wirft gleich mit Eiern und Tomaten
und manchmal auch mit einem Stein.

Und das,
das ist dann gar nicht fein.
Ich nenne eher es:
gemein!

4.3.3 Materialsammlung

Hat sich ein Redner schließlich trotz anfänglicher Bedenken und eventuell nach Präzisierung seines Themas bzw. nach passender Umformulierung des ursprünglichen Themas entschlossen, den Vortrag zu halten, wird er in der Regel mit der Materialsammlung beginnen. Verfügt er bereits über ausreichendes Material und verzichtet er daher auf die mögliche Komplettierung durch weitere Recherchen, dann kann er sich der Stoffauswahl (s. Kapitel 4.3.4) zuwenden.

Die in Tabelle 30 zusammengestellten Leitfragen für eine systematische Materialsammlung können hilfreich für eine ökonomische und sachgerechte Vortragsvorbereitung sein.

Wo der Redner bei der Vorbereitung seines Vortrags nach Informationsmaterial suchen sollte, hängt im wesentlichen von dem jeweiligen Anlaß ab:

Tab. 30 Leitfragen für die Materialsammlung für einen Vortrag

- Welche Informationen benötige ich?
- Wo finde ich die (wesentlichen) Hauptinformationen?
- Wo finde ich gegebenenfalls ergänzende weitere Informationen?
- Wo finde ich diese Informationen am schnellsten?
- Welchen Stellenwert hat die einzelne Information innerhalb meines Vortrags bzw. meiner Rede?
- Sind die verfügbaren Quellen ausgeschöpft?
- Welche weiteren Quellen könnten Material liefern, auf das ich jedoch wegen allzu schwerer Zugänglichkeit dieser Quellen oder aus Zeitmangel verzichten muß, deren Vorhandensein mir aber zumindest bekannt sein sollte?
- Welche Informationslücken entstehen durch Nichtausschöpfung aller mir bekannten Quellen, und welche Konsequenzen ergeben sich daraus für die Qualität meines Vortrags (Frage: Kann ich ihn trotzdem halten, weil die vorhandenen Informationen bereits ausreichen?)?
- Wie gliedere und ordne ich das gesammelte Material am zweckmäßigsten?
- Ist das gesammelte Material wirklich signifikant für mein Vortragsthema, oder muß ich noch Überflüssiges eliminieren?
- Ist das gesammelte Material zitierfähig (z. B. nicht als vertraulich gekennzeichnet) und daher verwertbar?
- Reicht die Qualität der Unterlagen (z. B. Abbildungen, Diagramme) aus, um davon gegebenenfalls Folien oder Diapositive für die Projektion herstellen zu können?

So wird der Chef in einem Unternehmen, wenn ein Jubilar zu ehren oder ein Mitarbeiter zu verabschieden ist, erst einmal auf die Personalakte zurückgreifen. Dort findet er alle relevanten Lebensdaten und den innerbetrieblichen Werdegang kontinuierlich dokumentiert. Ergänzend dazu kann er Vorgesetzte und Mitarbeiter des Betroffenen und nicht zuletzt auch diesen selbst danach fragen, welche Ereignisse und Begebenheiten geeignet erscheinen, bei dem gegebenen Anlaß noch einmal dem Gratulanten-Auditorium ins Gedächtnis gerufen zu werden.

Steht eine Trauerrede anläßlich einer Beerdigung an, wird der Pfarrer bzw. Priester oder ein bestellter Grabredner nach Möglichkeit ein Gespräch mit den Hinterbliebenen führen. Er wird dabei einige Lebensdaten, vielleicht Hobbies, Vereinszugehörigkeiten, besondere Wünsche und Vorlieben des/der Verstorbenen erfragen und diese Informationen dann zu einer passenden Trauer-Ansprache aufbereiten und diese später während der Trauerfeier vortragen.

Wird jedoch eine bekannte Persönlichkeit des öffentlichen Lebens zu Grabe getragen, ist der Vorbereitungsaufwand meistens beträchtlich größer. Der Redner weiß meistens schon vorher, daß Reporter seine Ansprache mitschreiben, auf Ton- oder Videoband mitschneiden werden. Der Redner wird sich deshalb – soweit er es nicht ohnehin schon gut kennt – mit dem Lebenswerk des/der Verstorbenen vertraut machen (Karriereentwicklung, herausragende Leistungen in Politik, Wirtschaft, Kunst, Kultur, Sport, Wissenschaft etc.). Darüber existiert in der Regel umfangreiches Informationsmaterial in Zeitungen, Büchern, Bildaufzeichnungen, Kommentaren, die in den einschlägigen Archiven eingesehen, ausgeliehen oder als Kopie bestellt werden können.

Mancher Viel-Redner verfaßt seine Texte gar nicht mehr selbst – der mit der Vorbereitung und Ausarbeitung verbundene Aufwand würde ihn zeitlich und fachlich überfordern –, sondern überläßt diese Arbeit sogenannten Ghost-writern (s. a. Kap. 4.5.2.4).

Sie verfassen Reden auf Bestellung. Der Redner begnügt sich dann häufig mit dem bloßen Verlesen des von fremder Hand vorbereiteten Textes. Anspruchsvollere Redner lesen den Text zumindest vor dem eigentlichen Rede-Auftritt noch einmal durch, um sich gedanklich und rhetorisch ein wenig auf Inhalte und Formulierungen einzustellen. Bei dieser Gelegenheit überarbeiten sie oftmals auch gleich den vorbereiteten Text, indem sie Begriffe präzisieren, Überflüssiges streichen oder ihnen selbst besonders wichtig erscheinende weitere Gedanken hinzufügen.

Fachvorträge, wie sie von Experten auf Kongressen und Tagungen gehalten werden, erfordern ebenfalls beträchtlichen Aufwand. Die Materialsammlung erstellt ein Wissenschaftler oftmals selbst oder gemeinsam mit einer Gruppe qualifizierter Mitarbeiter oder Studenten. Vielfach ist ein Fachvortrag dann das Ergebnis einer langen Reihe von experimentellen Einzeluntersuchungen, die im Rahmen eines Gesamtprojekts durchgeführt wurden. Beispiele dafür sind etwa Darstellungen der neuesten Erkenntnisse in der Aids-Forschung, in der Organ-Transplantation, über die Immissionsbelastung einer bestimmten Region, über Ursachen des Waldsterbens etc.

Gerade bei solchen Fachvorträgen erwartet das oftmals selbst fachkundige Auditorium auch die Einordnung der neuen Ergebnisse oder Hypothesen in den bereits vorhandenen wissenschaftlichen Forschungsrahmen. Der Vortragende wird daher rechtzeitig die einschlägigen Fachzeitschriften und die neuere Fachliteratur sowie Forschungsberichte aus Institutionen mit gleichartigen Forschungszielen heranziehen, um die eigenen Resultate angemessen in den bereits erarbeiteten Erkenntnisstand des Fachgebietes einordnen und gegebenenfalls weiterführende Schlußfolgerungen ziehen zu können.

Die ausreichende Vorbereitung auf ein vor Reporter-Mikrofonen oder laufenden Fernseh-Kameras abzugebendes Statement zu einem aktuellen Ereignis ist oft gar nicht möglich. Bei solchen Gelegenheiten ist ausreichender eigener Sachverstand des Angesprochenen und Schlagfertigkeit von großem Nutzen. Wem diese Begabungen fehlen, der gerät leicht ins „Schwafeln“. Er/sie findet dann möglicherweise, er/sie habe sich „elegant“ aus der Affäre gezogen, merkt dabei jedoch nicht, daß die Zuhörer den Auftritt als personifizierte Inkompetenz bewerten und dementsprechend belustigt oder verärgert darauf reagieren.

Eine günstigere Ausgangssituation ergibt sich, wenn der Redner in einer vorbereiteten Pressekonferenz Stellung nimmt. Dann kann er vorher Unterlagen zusammenstellen (lassen), sein Statement schriftlich vorbereiten (lassen) und notfalls – bei besonders heiklen Anlässen, wenn es gewissermaßen auf jedes Wort ankommt – den gesamten Text ohne zusätzliche eigene Kommentierung aus dem Stegreif bloß verlesen.

Für Diskussionen, die vielfach im Anschluß an einen Fachvortrag eingeplant sind und die sich meistens auch an ein Statement auf einer Pressekonferenz anschließen, halten versierte Redner gern ergänzendes Informationsmaterial bereit. Damit können sie entweder auf bereits erwartete Fragen kompetent reagieren oder aber heiklen Fragen leichter ausweichen. Mit Hilfe von aus der Tasche gezogenen weiteren Informationen gelingt es ihnen dann mit etwas Geschick oftmals ganz gut, zu einem für sie weniger brisanten Alternativ- oder Randthema überzuwechseln.

4.3.4 Stoffauswahl

Auch wenn der Redner bei der Materialsammlung schon eine Vorauswahl trifft und diese nicht wahllos nach dem Brainstorming-Prinzip anlegt, wo zunächst erst einmal alles aufgenommen wird, was ihm ein- oder in die Hände fällt, am Ende wird er doch auch aus dem bereits vorselegierten Material eine Materialreduktion vornehmen müssen.

Eine solche Stoffauswahl darf sich vielfach nicht allein an sachlich-inhaltlichen Gründen orientieren, sie muß vielmehr auch den vorgegebenen Zeitrahmen berücksichtigen.

Damit kämpft vermutlich jeder Redner anfangs und – oft trotz jahrelanger Übung und Erfahrung – auch später immer wieder. Man hat viel zu viel interessantes Material zur Verfügung. Man überblickt die sehr vielfältige Problematik mit einer fast endlosen Menge wichtiger Details, die „unbedingt" dargestellt werden müßten.

Aber die Redezeit ist begrenzt (3 Minuten (Statement), 15 Minuten (Ansprache), 20–30 Minuten (Predigt), 45 Minuten (Vorlesung), 1 Stunde (Festvortrag), 2 Stunden, 8 Stunden, 5 Tage (z. B. beim Seminar)).

Wenn man ein Thema in einem Buch „erschöpfend" auf 500 Seiten behandeln kann – in welcher Zeit kann man dasselbe Thema in einem Vortrag abhandeln?

Man rechnet, daß ein Redner mit normalem Sprechtempo ca. 3 Minuten für das Verlesen einer mit Schreibmaschine geschriebenen Textseite benötigt. Hochgerechnet auf eine Stunde wären das 20 Seiten. Für das 500-Seiten-Buch würde man demzufolge 25 Stunden Lesezeit benötigen.

Wem diese Zeit für sein Thema nicht zur Verfügung steht, der muß eine Stoffauswahl treffen, die dem Thema schwerpunktmäßig oder exemplarisch gerecht wird, die für die erwarteten Zuhörer interessant ist – und die natürlich in den vorgegebenen Zeitrahmen paßt.

Gerade die sachgerechte Stoffauswahl stellt an jeden Redner hohe Anforderungen. Dabei machen Redner leicht den Fehler, am Ende immer noch zu wenig zu streichen und wegzulassen. Es bleibt dann zu viel Stoff übrig, und Redner pressen ihn dann je nach Routine und Temperament in die Vortragszeit hinein, indem sie entweder mit doppelter Geschwindigkeit sprechen oder indem sie einfach rücksichtslos das vorgegebene Zeitlimit – zu Lasten von nachfolgenden Rednern – überschreiten.

Mancher Redner respektiert jedoch den Zeitrahmen und beschränkt deshalb von vornherein seinen Textumfang konsequent auf genau × mal 3 Minuten. Er übersieht dabei aber, daß er dazu neigt, den Text nicht nur zu verlesen, sondern diesen an einigen Stellen zusätzlich mit Augenblickseinfällen und Exkursen anzureichern. Das kostet Zeit! Im übrigen vergessen Redner auch leicht, daß die Präsentation von Informationen mit Hilfe von Vortragsfolien oder Diapositiven ebenfalls Zeit beansprucht. Das muß bei der Stoffauswahl und -menge berücksichtigt werden.

Diese Menge ...
welch ein Graus!

Was nehm' ich rein ...
was werf' ich raus ?

4.4 Das Manuskript

Manuskripte sind heutzutage meistens nicht mehr handgeschrieben, was der Begriff „Manuskript“ (lat.: manus = die Hand; scribere = schreiben) vielleicht vermuten lassen könnte. Sie werden durchweg auf einer Schreibmaschine oder – noch moderner – auf einem PC (Personal Computer) erstellt.

Insbesondere die Manuskripterstellung mit dem PC bietet beträchtliche Vorteile gegenüber den traditionellen Schreibverfahren. Der Text wird gespeichert, er läßt sich leicht korrigieren oder verändern. Außerdem lassen sich die Texte nach Wünschen des Vortragenden graphisch zweckentsprechend gestalten. Tabellenrahmen, Fettdruck, Verwendung verschiedener Schriftarten und -größen, unterschiedliche Zeilenabstände, Einrückungen, Seitenumbruch etc. sind – zumindest nach etwas Übung – problemlos realisierbar.

Auf dem Laser-Drucker lassen sich zudem gute Druckvorlagen erstellen, die man der Druckerei für die eventuell im Anschluß an den Vortrag geplante Textpublikation übergeben kann und von denen man auf handelsüblichen Kopiergeräten auch schwarz-weiße oder farbige Präsentations-Folien erstellen kann.

Jeder Vortrag sollte übersichtlich gegliedert werden, und diese Gliederung sollte sich im Manuskript und seiner Gestaltung klar widerspiegeln.

Die klare Gliederung (s. dazu Kapitel 4.5.2)

- erleichtert dem Redner bereits in der Vorbereitungsphase die Erarbeitung des Vortrags;
- sie ermöglicht ihm während des Vortrags die schnelle Orientierung im Text;
- und sie hilft dem Zuhörer, der gedanklichen Logik des Redners zu folgen.

Dabei kann auch die Strukturierung von Texten und Inhalten durch Bildung von optischen Absätzen mit Spiegelstrichen bzw. Markierungspunkten, wie wir sie beim letzten Absatz verwendet haben, nützlich sein.

Auch einrahmen kann man solche Textabschnitte oder Tabellen, um sie gegen den fortlaufenden Text abzugrenzen und optisch hervorzuheben.

Man kann Unterpunkte eines fortlaufenden Textes auch numerieren. Das empfiehlt sich besonders dann, wenn man später auf einzelne Punkte zurückkommen möchte – denn numerierte Gedanken (1., 2., 3.,...) sind leichter konkret zu zitieren als nur durch Spiegelstriche abgetrennte (Notlösung: 1. Spiegelstrich, 2. Spiegelstrich, ..., 35. Spiegelstrich!).

Aber suchen und finden Sie erst einmal bei einer solchen Art der Spiegelstrich-Zitierung in einer umfangreichen Tabelle den Text, der sich nach Angabe des Redners hinter dem 27. Spiegelstrich befinden soll!

Bei der Manuskriptgestaltung empfiehlt es sich außerdem, Absätze nicht zu lang werden zu lassen. Das Auge des vorlesenden Redners findet leichter Orientierungspunkte an Absatzanfängen und -enden als mitten in einem über eine oder mehrere Seiten fortlaufend geschriebenen Text. Im übrigen sind Textabsätze auch ein formales Mittel für den Redner, seine Gedanken klar und übersichtlich zu ordnen.

Beachten sollte der Redner bei der Erstellung und auch beim Verlesen eines Manuskripts, daß zwischen gesprochener und geschriebener Sprache Unterschiede bestehen. Man merkt dies beim gesprochenen Wort – also bei einer Rede, bei einem Vortrag –, wenn es „papierdeutsch“ klingt. Umgekehrt verhält es sich beim geschriebenen Rede-Text: Manche Passage wird dann vom Leser als „zu salopp“ formuliert bzw. „zu journalistisch“ oder „zu wenig wissenschaftlich“ empfunden.

Deshalb sollte bei der Formulierung eines Redetextes darauf geachtet werden, daß er – geschrieben – auch vorlesbar ist. Problematisch wird die Manuskripterstellung besonders dann, wenn der Text nach dem Vortrag gedruckt veröffentlicht werden soll. Er hat dann nämlich gleichzeitig sowohl den Anforderungen zu genügen, die an die Schriftsprache gestellt werden, als auch denjenigen des gesprochenen Wortes.

Der Redner könnte sich beispielsweise in diesem Fall ein vom schriftlichen Text abweichendes zusätzliches Redemanuskript erstellen, das seinen Sprechgewohnheiten (Satzlänge, Sprechpausen, Wortwahl, grammatischen Satzkonstruktionen) besser entspricht. Das würde aber erhebliche zusätzliche Arbeit erfordern und wäre z. B. dann gar nicht möglich, wenn es exakt auf das tatsächlich Ausgesprochene (z. B. bei Politiker-Statements) ankommt.

Zweckmäßigerweise wird ein Redner in solcher Situation einen Mittelweg wählen. Er wird den Text der Schriftsprache gemäß formulieren, dabei aber darauf achten, daß „papierdeutsche" Redewendungen und umständliche grammatische Satzkonstruktionen zumindest so weit vermieden werden, daß der Text für ihn vorlesbar bleibt.

Nach der Fertigstellung des Manuskripts kann die konsequente kritische Durchsicht anhand von Kontrollfragen abschließend noch vorhandene Mängel aufdecken und Anlaß für deren Beseitigung geben:

Tab. 31 Kontrollfragen zur Manuskripterstellung

- Welche Ergebnisse sollen aus den eigenen Untersuchungen und aus der durchgearbeiteten Literatur in den Vortrag übernommen werden?
- Ist die Gliederung sachgerecht?
- Sind die Überschriften logisch, klar und knapp formuliert?
- Was fehlt noch, um dem Thema gerecht zu werden?
- Sind alle Haupt- und Nebenpunkte sachgerecht und verständlich abgehandelt worden?
- Können die Aussagen noch inhaltlich-fachlich oder begrifflich präzisiert werden?
- Sind alle zum Verständnis notwendigen Angaben gemacht?
- Ist der Inhalt ausreichend optisch veranschaulicht (z. B. durch Bilder, Diagramme, Tabellen)?
- Ist das Problem mit seinen relevanten Aspekten wirklich sachgerecht dargestellt und gegebenenfalls gelöst?
- Ist die erarbeitete bzw. vorgeschlagene Lösung überzeugend, oder wären andere Lösungen zweckmäßiger?
- Stehen Aufwand und Aussagekraft in vertretbarem Verhältnis zueinander?
- Wird der Zuhörer logisch und konsequent mit einem „roten Faden" durch die Überlegungen des Redners geführt?
- Ist die Gesamtdarstellung widerspruchsfrei und in sich schlüssig?
- Sind alle Begriffe und Definitionen sachgerecht und eindeutig?
- Sind die Formulierungen hinreichend kurz und prägnant?
- Ist das Manuskript vollständig korrigiert (enthält es z. B. keine Tipp-Fehler mehr)?

Hast du dich vertippt?
Verbesser's Manuskript!

Ist die Logik lächerlich,
dann streich den Unsinn energisch!

4.5 Der Aufbau

Daß man ein Wohn- oder Geschäftshaus sorgfältig planen und dann von den Grundmauern bis zum Dach systematisch aufbauen muß, das leuchtet jedermann ein. Aber wenn dieselben Leute eine Rede halten sollen, dann machen sie das oft genug ohne ausreichende Vorbereitung und Planung – einfach so aus dem Stegreif.

Wie geht das?

Manchmal geht's,
manchmal geht's schief!

4.5.1 Sinn und Zweck eines wohlüberlegten Rede-Aufbaues

Je länger die Rede bzw. der Vortrag, desto mehr Aufwand erfordert in der Regel der Aufbau. Aber auch eine sehr kurze Ansprache kann viel Vorbereitung und Konzentration erfordern, wenn nämlich mit ganz wenigen Sätzen Wesentliches in der richtigen Reihenfolge in einen Spannungsbogen eingeordnet werden soll.

So soll J. W. v. Goethe einmal dem Sinn nach geschrieben haben: *„Ich muß Dir heute einen langen Brief schreiben, denn für einen kurzen habe ich leider keine Zeit."*

Einen Sachverhalt oder gar eine Empfindung kurz, klar und prägnant auszudrücken, ist für die meisten Menschen viel schwieriger als die lockere Aneinanderreihung von Gedanken. Erscheint ein wichtiger Aspekt noch nicht hinreichend erfaßt, wird einfach noch eine Ergänzung angefügt – und gegebenenfalls noch eine weitere. So verlängert sich der Text oft unnötig.

Wollte man aber allein deshalb oder wegen einer solchen „Betriebsblindheit" auf jede Art vom Aufsätzen, Büchern (wo sich natürlich auch solche Probleme ergeben) sowie von Vorträgen und Reden verzichten, wäre vernünftige Kommunikation bald kaum noch möglich. Denn den meisten Menschen fehlt die Zeit, die Konzentration und der Wille zu einer derartigen konsequenten Komprimierung ihrer Gedanken.

Allerdings könnte andererseits die zwanghafte Beschränkung auf das Wesentliche – nämlich das Unumgängliche – sogar zu psychopathologischen Absonderlichkeiten mit geradezu autistischen Zügen führen. Der Betroffene würde sich am Ende vollständig in Schweigen hüllen, weil ihm nichts (mehr) wichtig genug erschiene, um es überhaupt noch auszusprechen.

Auch erleichtert ein gewisses Maß an Redundanz das Verständnis. Für das Nachvollziehen der Überlegungen anderer benötigen wir Zeit. Ein Gedanke, der von einem Redner formuliert und ausgesprochen worden ist, muß nicht allein deshalb vom Zuhörer auch schon (richtig) verstanden und geistig verarbeitet worden sein. So sind Sprechpausen, die von manchem Redner eingestreuten und bisweilen geradezu enervierenden Pausen-Füller (äh, öh etc.), aber auch redundante Formulierungen oder inhaltliche Darstellungsvarianten nicht grundsätzlich überflüssig und nur nutzlose Zeitvergeudung, sondern gerade aus der hier ins Auge gefaßten Perspektive nützliche Verständnishilfen.

Jeder Redner sollte seinem eigenen Ansehen und der Aufnahmefähigkeit seiner Zuhörer zuliebe – auch bei Zeitknappheit – einige Grundregeln für den Aufbau und die Gestaltung seiner Rede berücksichtigen, auf die die folgenden Abschnitte insbesondere im Hinblick auf die Konzeption von **Reden**, **Ansprachen** und **(Fach-)Vorträgen** näher eingehen.

Für **Statements** sind demgegenüber einige spezielle Hinweise angebracht:

Statements werden häufig aus aktuellem Anlaß zu einer strittigen Frage (z. B. „Soll Bonn oder Berlin künftig Regierungssitz sein?") oder zu einem besonderen Ereignis (z. B. „Bedrohung der Bevölkerung durch den Ausbruch des Ätna", „Attentat auf Minister") abgegeben.

Da solche Statements in der Regel durch Journalisten notiert oder maschinell aufgezeichnet werden, um sie dann in einem Print-Medium (z. B. Tageszeitung, Extrablatt, Wochenzeitschrift), im Rundfunk oder Fernsehen zu veröffentlichen, sollte der Redner sich – soweit dies im Einzelfall überhaupt möglich ist – zunächst über folgende Einzelheiten zu informieren versuchen:

Tab. 32 Fragen zum Statement

- Wer ist der Reporter?
- In welchem Medium soll mein Statement publiziert werden?
- In welchem Rahmen erfolgt die Publikation (Name der Sendung)?
- Für welchen Leser-, Hörer-, Zuschauerkreis wird mein Statement produziert?
- Welche Vorkenntnisse bzw. Vorinformationen haben die Leser, Hörer, Zuschauer?
- Wird das Statement life gesendet, oder sind ggf. Korrekturen oder Wiederholungen zur Optimierung möglich?
- Wird mein Statement original und ungekürzt veröffentlicht, oder welche Veränderungen bzw. Kürzungen wird der Journalist eventuell noch vornehmen?
- In wiefern könnte dadurch der eigentliche Inhalt meines Statements verfälscht werden, und wie kann ich dem vorbeugen?
- Wieviel Zeit steht für mein Statement zur Verfügung?
- Wird der Reporter eventuell kritische Fragen an mein Statement anschließen? Welche?

Je besser ein Redner über diese Sachverhalte informiert ist, desto größer sind seine Chancen, daß sein Statement kein Flop wird. Wird ihm ein Statement unvorbereitet und unerwartet abverlangt, muß er sich vorwiegend auf seine bereits vorhandenen Kenntnisse stützen und auf seine Geistesgegenwart verlassen.

Prinzipiell sollte er jedoch ein paar wichtige Grundsätze bei der Abgabe von Statements beachten:

Tab. 33 Grundsätze für Statements

- Wegen der sehr beschränkten Zeit auf die Anrede, Begrüßung, Dankesworte etc. verzichten und auch die Ausgangsfrage nicht wiederholen, sondern **sofort zur Sache kommen**.
- Nicht gedrechselt, verschnörkelt oder exaltiert, sondern **möglichst natürlich sprechen**. Sich – soweit möglich – gründlich vorbereiten, aber keinen auswendig gelernten Text vortragen, sondern prägnant frei formulieren.
- **Den vorgegebenen Zeitrahmen einhalten**, damit nicht wichtige Informationen am Ende abgeschnitten werden oder das Statement vom Reporter unkontrolliert gekürzt wird.

Im übrigen sollten auch bei Statements die für Reden, Ansprachen und Vorträge geltenden Grundregeln beachtet und die dafür – hier und in der Fachliteratur oder in Seminaren und Trainings gegebenen Hinweise befolgt werden.

Auch Statements sollten deshalb vom angesprochenen Redner vor allem als gute Gelegenheit aufgefaßt werden, das Publikum richtig und überzeugend über den jeweiligen Sachverhalt zu informieren und nicht freudig mißbraucht werden zu gezielter Falschinformation oder Verschleierung.

4.5.2 Inhaltliche Gliederung

Meine Rede-Gliederung hängt ganz entscheidend davon ab, **was** ich dem Auditorium sagen will – also von der „Message".

4.5.2.1 Die Message

Sobald das Thema einer Rede feststeht, sollte sich der Redner über die Zielsetzung(en) klar werden (s. Kapitel 3.1.2) und sich deshalb fragen:

Was sollen die Zuhörer mit nach Hause nehmen?
Was ist die **Message**, die Botschaft meiner Rede?

Dementsprechend ist die Rede aufzubauen und zu gliedern.

Bei der rhetorischen Ausgestaltung und Übermittlung seiner Message (z. B.: „Ohne Umweltschutz kein Überleben!") kann der Redner durchaus unterschiedliche Wege gehen:

Tab. 34 Die Message

1. Setzt er sie – z. B. als Postulat – an den Anfang seiner Einleitung, kann sie sich programmatisch und wie ein roter Faden durch die gesamte Rede ziehen.
2. Als zwangsläufige Aufgabenstellung aus den einleitenden Tatsachen dargestellt und am Ende der Einleitung plaziert, gewinnt sie die Bedeutung eines Exposés für den nun folgenden Hauptteil.
3. Wird sie als Eröffnung des Hauptteils akzentuiert, gewinnt sie eine besondere programmatische Bedeutung für die weiteren Ausführungen.
4. Am Ende des Hauptteils resümiert die Message die inhaltlichen Ausführungen und ermöglicht gegebenenfalls noch Akzentverschiebungen oder sogar eine gewisse Relativierung im Schlußwort.
5. Wird die Message jedoch gewissermaßen als Conclusio einer in der Einleitung vorbereiteten und im Hauptteil detailliert abgehandelten inhaltsschweren Problemanalyse unter die Zuhörer geschleudert, endet der Vortrag mit diesem Höhepunkt und wird von daher seine Zukunftswirkung entfalten.

Empfehlenswert ist es, sich vor allem die wesentlichen Gedanken und Argumentationsschwerpunkte (gegebenenfalls ergänzt durch Daten und Fakten als Fundament) bzw. die Haupt-Thesen in der Spalte „Hauptstichworte" der Tabelle 28 übersichtlich zu notieren.

Diese können je nach Themenumfang und verfügbarer Zeit durch entsprechend differenzierte „Nebenstichworte" in der nächsten Spalte ergänzt werden. Entscheidend ist dabei, daß die Message den Zuhörern die logische Verknüpfung der Gedanken- und Argumentesequenz der Rede und damit zugleich des „Gesamtkunstwerks" transparent macht und dadurch bei ihnen Verständnis und Akzeptanz schafft.

Begnügt sich der Redner bei der Strukturierung seiner Rede nicht nur mit Spiegelstrichen (d. h. „ – . . . ."), sondern numeriert er alle Haupt- und Nebenstichworte vollständig durch (nach DIN 1421 Teil 1: „Benummerung von Texten"; und DUDEN: „Die Rechtschreibung: Abschnittsgliederung"), dann kann er bei Bedarf sein Stichwortkonzept später sogar problemlos auch als Grundlage für die vollständige Ausarbeitung eines druckreifen Vortragsmanuskripts weiter verwenden.

Ich bin gar nicht so liederlich,
denn meine Rede glieder ich
in Abschnitt und Kapitel.

Das ist ein schönes Mittel,
damit man gut versteht,
worum es mir hier geht!

4.5.2.2 Eine Standard-Gliederung

Am einfachsten ist es, wenn ich für jede Art von rednerischer Aktivität zunächst erst einmal als Konzept eine „Standard-Gliederung" im Kopf habe. Die hat als wesentliche Bestandteile:

1. Einleitung
2. Hauptteil
3. Schluß

Damit bin ich zwar nicht für alle Fälle optimal gerüstet, aber ich bin zumindest nicht mehr völlig konzeptionslos.

Eine solche Standard-Gliederung meiner Rede oder meines Vortrags könnte beispielsweise systematisch weiter strukturiert werden und würde dann mit Dezimal-Bezifferung folgendermaßen aussehen:

Tab. 35 Standard-Gliederung

Hauptkapitel	Hauptstichworte	Nebenstichworte
1 Einleitung	1.1 ...	1.1.1 ... 1.1.2 ...
	1.2 ...	1.2.1 ... 1.2.2 ... 1.2.3 ...
2 Hauptteil	2.1 ...	2.1.1 ... 2.1.2 ... 2.1.3 ...
	2.2 ...	2.2.1 ... 2.2.2 ...
	2.3 ...	2.3.1 ... 2.3.2 ... 2.3.3 ...
3 Schluß	3.1 ...	3.1.1 ... 3.1.2 ...
	3.2 ...	3.2.1 ... 3.2.2 ...

Es bleibt dann der Vorliebe des Redners, seiner Gewohnheit, seiner Erfahrung oder der Besonderheit der Rede-Situation überlassen, ob er seine Rede frei formuliert und sich dabei lediglich an seinem Stichwortzettel orientiert, oder ob er einen komplett ausformulierten schriftlichen Text vorträgt bzw. vorliest.

In allen Fällen wird die übersichtliche Gliederung eine bedeutsame Erleichterung für dem Redner. Sie kann ihm helfen, seine Gedanken für die Zuhörer in logischer Reihenfolge zu entwickeln. Aber auch die Zuhörer werden der überzeugenden Logik anhand einer sachgerechten und systematischen Strukturierung des Themas leichter und mit mehr Verständnis folgen können.

4.5.2.3 Unterschiedliche Möglichkeiten der Rede-Gliederung

RÜDENAUER (1985) hat im Hinblick auf einen psychologisch geschickten Aufbau von Reden für verschiedene Anlässe gängige Muster zusammengestellt, deren Kenntnis den Aufbau einer wirkungsvollen Rede erleichtern kann.

Die aus unserer Tabelle 35 bereits bekannte Grundstruktur, auch als „Referate-Gliederung" bekannt, läßt sich je nach Thematik, Anlaß und Zuhörerschaft bezüglich des zweckmäßigsten Vorgehens entsprechend weiter differenzieren, wie das folgende Beispiel zeigt:

Tab. 36 Referate-Gliederung (Beispiel)

(Thema)

EINLEITUNG

- Welche Bedeutung hat das Thema für die Zuhörer?
- Was soll mit dem Vortrag erreicht werden (Ziel)?
- Wie wird vorgegangen (Grobgliederung)?
- Abgrenzung des Themas.

HAUPTTEIL

- Was war (Entwicklung der Situation, des Problems u. ä.)?
- Was ist (augenblickliche Situation)?
- Was wird sein (Erwartungen für die Zukunft)?
- Was könnte sein (Möglichkeiten, Absichten u. ä.)?
- Was ist zu tun, um das zu erreichen (eventuelle Alternativen)?
- Welches sind Haupthindernisse?
- Wie können wir sie beseitigen (Vorschläge für Maßnahmen)?

SCHLUSS

- Zusammenfassung der Kerngedanken.
- Herausstellen der Vorschläge.
- Ergebnis.
- Motivation der Zuhörer durch Aufzeigen des Nutzens für sie.
- Aufforderung zum Handeln.

Eine andere Möglichkeit der Rede-Gliederung ist der „Informationsbogen". Er reicht von der Bekanntgabe des Themas über die Orientierung der Zuhörer bis zu den verschiedenen Aspekten, die dann erörtert und schließlich als Ergebnis zusammengefaßt werden:

Tab. 37 Der Informationsbogen

(Thema)

ORIENTIERUNG
(Problembeschreibung, Frage, These, Ziel, Gliederung etc.)

ERÖRTERUNG
(Zielorientierte Gedankenentwicklung zu einzelnen Teilen des Themas)

ZUSAMMENFASSUNG
(Ergebnis, Folgerung etc. und ggf. Handlungsaufforderung)

Verschiedene Varianten von Informationsbögen kann man in der Praxis beobachten:

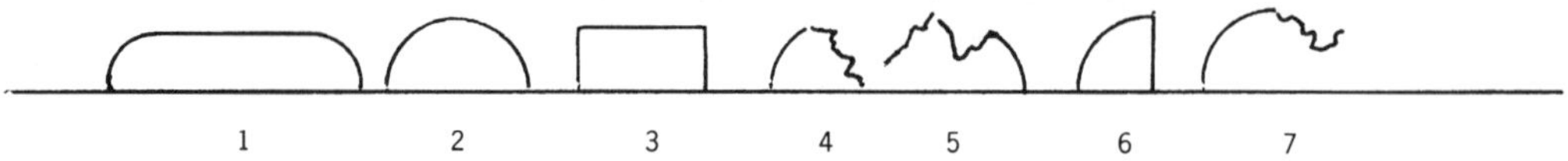

Informations-Bögen
(oder: Was man bei Reden so alles erleben kann!)

Abb. 6 Informations-Bögen

Die Spannungsbögen verlaufen bei den Beispielen 1–7 unterschiedlich. Nr. 5 beginnt sogar ohne richtigen Anfang, und bei Nr. 7 fehlt ein überzeugender Abschluß – der hängt nämlich gewissermaßen in der Luft.

Hat der Redner einen bestimmten Standpunkt zu vertreten, kann er sich an folgendem Vorgehen orientieren:

Tab. 38 Standpunkt vertreten

(Thema)

STANDPUNKT
(Meinung, Auffassung, Forderung.)

BEGRÜNDUNG
(Warum gerade diese Meinung, Auffassung, Forderung?)

BEISPIEL
(Zur Veranschaulichung der Begründung.)

SCHLUSSFOLGERUNG
(Zusammenfassende Aussage darüber, warum die Meinung oder Auffassung zwingend, warum die Forderung berechtigt ist.)

AUFFORDERUNG
(Appell an die Zuhörer, sich der Auffassung anzuschließen und ebenfalls für diese Forderung einzutreten.)

Steht im Mittelpunkt Ihrer Rede eher die Lösung eines bestimmten Problems, können Sie folgende Struktur zugrundelegen:

Tab. 39 Problemlösung

(Thema)

SITUATION
(Augenblicklicher Zustand und negative Auswirkungen auf die Zuhörer.)

Fortsetzung Tab. 39

ZIEL
(Vorstellung darüber, wie es sein sollte.)

LÖSUNGSALTERNATIVEN
(Wie kann der augenblickliche Zustand dem Ziel entsprechend geändert werden?)

PROBLEMLÖSUNG
(Die beste Alternative wird ausgewählt und begründet.)

AUFFORDERUNG
(Appell an die Zuhörer, sich ebenfalls für diese beste Alternative einzusetzen.)

Bei Überzeugungsreden kann man sich auf die schon von Rhetoren des Altertums entwickelte und auch heute noch verwertbare sogenannte „antike Redegliederung“ stützen:

Ceterum censeo

Tab. 40 Antike Redegliederung für Überzeugungsreden

(Thema)

CAPTATIO BENEVOLENTIAE
(Das Wohlwollen der Zuhörer zu gewinnen versuchen.)

SITUATIONSBESCHREIBUNG
(Welches Problem besteht? Was bedrückt uns?)

ANDRERE MÖGLICHKEITEN
(Was könnte anders und besser sein?)

BEGRÜNDUNG DER VORSCHLÄGE
(Warum ist es günstig, die augenblickliche Situation in der vorgeschlagenen Weise zu verändern?)

EINWANDVORWEGNAHME
(Mögliche Einwände vorwegnehmen und bereits entkräften.)

ZUSAMMENFASSUNG

BEGEISTERUNG
(Die angestrebten Zustände in den schönsten Farben ausmalen und den Nutzen für die Zuhörer herausstellen.)

AUFFORDERUNG
(Appell an die Zuhörer, bei der nützlichen Veränderung mitzuhelfen.)

Bei Stellungnahmen vor einem besonders kritischen Auditorium kann die zweiseitige, antithetische Argumentation zum Erfolg führen, bei der nicht nur die eigene Position dargestellt wird, sondern wo auch die Auseinandersetzung mit Gegenpositionen erfolgt:

Tab. 41 Antithetische Argumentation

(Thema)

TATSACHEN–FESTSTELLUNG

↓

FOLGEN
(Was folgt aus dem Gesagten?)

↙ ↘

THESE (Eigene Position) — **ANTITHESE** (Position anderer, Gegenposition)

↘ ↙

SYNTHESE
oder
ELIMINATION
der Antithese

↓

APPELL
(Was ist zu tun?)

Die sachlich begründete Elimination der Antithese schafft ebenso, wie die Integration gegensätzlicher Positionen in einer überzeugenden Synthese, eine erfolgversprechende Grundlage für die daran anschließende Handlungsaufforderung, den Appell.

Zur Verdeutlichung der antithetischen Argumentation ein Beispiel:

„Dies ist die beste aller denkbaren Welten!"

Diese Welt ist mit Menschen bevölkert worden.

↓

Durch zunehmende Umweltverschmutzung gefährdet
die Menschheit ihre eigene Lebensgrundlage.

↙ ↘

Die menschliche Unvernunft
wird uns noch alle
ins Verderben führen!

Der vernunftbegabte Mensch
wird die Katastrophe
zu verhindern wissen!

↘ ↙

Nur wenn die Vernunft der Menschen
über ihre Unvernunft siegen wird,
dann kann unsere Welt wirklich
die beste aller Welten sein.

↓

Deshalb wollen wir alle
– jeder für sich –
unsere Vernunft nach besten Kräften gebrauchen,
um durch ihren Sieg
für uns die beste aller Welten
auch für die Zukunft zu erhalten!

Eine weitere Möglichkeit, sich in seiner Rede mit einer der eigenen Ansicht widersprechenden Auffassung anderer auseinanderzusetzen, liegt im Verbesserungsvorschlag.

Tab. 42 Verbesserungsvorschlag machen

(T h e m a)

REFLEXION
(Die anzugreifende Alternativposition kurz referieren.)

FOLGERUNG
(Positive/negative Konsequenzen der referierten Position aufzeigen.)

BEWERTUNG
(Bewertung der aufgezeigten Konsequenzen im Hinblick auf angestrebte höherwertige Ziele auf der Grundlage anerkannter fachlicher, moralischer etc. Maßstäbe.)

VERBESSERUNGSVORSCHLAG
(Vorschlag eines Vorgehens, das angemessen die in Frage gestellten Ziele mit denjenigen in Einklang bringt, die durch die hier vorgenommene Bewertung ins Blickfeld gerückt worden sind.)

Ansprache der Niedersächsischen Umweltministerin Monika Griefahn zur Verleihung des Umweltpreises des Landes Niedersachsen an den BUND, Landesverband Niedersachsen

am 5. Dezember 1992 in Hannover

Meine sehr verehrten Damen und Herren,

Ich freue mich sehr, in diesem Jahr den Umweltpreis des Landes Niedersachsen an den "Bund für Umwelt- und Naturschutz Deutschland" (BUND), Landesverband Niedersachsen, vergeben zu können. Er erhält diese Auszeichnung für sein langjähriges und vorbildliches Projekt "Diepholzer Moorniederung", daß Ihnen Herr Dr. Löhmer soeben ausführlich vorgestellt hat.

- 2 -

Ich möchte daher den heutigen Anlaß auch dazu nutzen, einige grundsätzliche Anmerkungen zur Naturschutzpolitik der niedersächsischen Landesregierung zu machen.

Der Naturschutz ist ein integraler Bestandteil unserer Umweltpolitik, die sich sehr ehrgeizige Ziele gesetzt hat. Wir wollen ein generelles Umsteuern in Politik und Wirtschaft bewirken. Wir wollen auch dort ökologisches Denken und Handeln zur Leitlinie machen, wo es leider noch immer nicht selbstverständlich ist. Wir machen keine Umweltpolitik, die - wie früher - nur den Dreck wegräumt, den andere auftürmen. Auch ein klassischer Naturschutz, der nur Inseln in einem Meer von Umweltzerstörungen bewahren will, reicht uns nicht.

Naturschutzpolitik kann nicht isoliert betrieben werden, sondern sie ist ein übergreifendes Bindeglied zwischen verschiedenen umweltpolitischen Feldern. Die Ziele des Naturschutz sind - wie übrigens die der gesamten Umweltpolitik

- 3 -

- in anderen Ressorts zu integrieren: Wirtschaft, Landwirtschaft, Finanzen, Verkehr, Forschung - um nur die wichtigsten zu nennen.

Dazu war es zunächst unabdingbar, den Naturschutz aus dem Landwirtschaftsressort auszugliedern und im Umweltministerium anzusiedeln. Er wird seitdem personell und finanziell erheblich aufgestockt. Für 1993 darf ich feststellen, daß eine weitere Steigerung der Sachmittel in Aussicht gestellt werden kann.

Mit der Einrichtung des Landesamtes für Ökologie wurde jetzt das fachliche Rückgrat für die umweltpolitischen Strategien der Landesregierung geschaffen. Ökologische Politik braucht heute mehr denn je nicht nur Fachkompetenz, sondern vor allem Übergreifendes Denken und Handeln.

Leitgedanke unserer Naturschutzpolitik ist der ganzheitliche Ökosystemschutz. Das heißt, daß 100 % des Raumes, also

- 4 -

die "freie" Landschaft einschließlich des Siedlungsbereichs, zum Verantwortungs- und Vorsorgebereich des Naturschutzes gehören.

Als Schwerpunkt gilt nach wie vor die dauerhafte Sicherung der noch verbliebenen naturnahen Substanz des Landes. Bereits in der Koalitionsvereinbarung haben wir uns das Ziel gesetzt, mit Priorität die Sicherung der großräumigen Bereiche vorzunehmen. Abstriche an der Qualität, um kurzfristig quantitative Erfolge vorweisen zu können, wird es dabei nicht geben.

Die wissenschaftlich begründeten Forderungen nach Vorrangflächen für den Naturschutz in einer Größenordnung von 10 bis 15 % einer Landesfläche sind dabei für uns richtungsweisend. Dazu werden v.a. auch genutzte Bereiche gehören.

Daß es uns mit diesem Ziel ernst ist, zeigen vor allem die zügigen Vorarbeiten zur Einrichtung des Nationalparkes Harz. Wir haben hier auch von Beginn an die

- 5 -

Bürgerinnen und Bürger in der Region an allen Planungsschritten beteiligt. Ich gehe davon aus, daß eine Nationalparkverwaltung spätestens 1994 die Arbeit aufnehmen wird.

Für die hochgradig wertvolle Stromtal-Landschaft der Elbe wollen wir ein länderübergreifendes Großschutzgebiet schaffen. An einer wesentliche Ausweitung der Flächen mit natürlicher Dynamik sowie der Entwicklung eines länderübergreifenden Nationalparks haben wir allergrößtes Interesse. Wir werden dieses Vorhaben - in Abstimmung mit den beteiligten Bundesländern - daher ebenfalls intensiv vorantreiben.

Ein Kernelement der Naturschutzpolitik muß die Umsteuerung in der Landwirtschaftspolitik sein. Die Landwirtschaft ist einer der intensivsten und großflächigsten Nutzer der Naturschutzgüter in Niedersachsen. Sie ist Mitverursacher des dramatischen Artenrückgangs bei Pflanzen und Tieren.

- 6 -

Meine Hauptforderung ist eine Rückführung der Intensität der landwirtschaftlichen Produktion auf der ganzen Fläche. Nur so ist es möglich, Natur und Landschaft zu pflegen und zu entwickeln, damit die Leistungsfähigkeit des Naturhaushaltserhalten bleibt. Nur so können die Vielfalt der Pflanzen- und Tierwelt, die Eigenart und Schönheit von Natur und Landschaft nachhaltig gesichert werden.

Wir werden die Anliegen des Naturschutzes auf allen Ebenen offensiv vertreten. Dazu brauchen wir natürlich die Unterstützung der zahlreichen ehrenamtlichen Natur- und Umweltschützer. Ohne eine wirkungsvolle Lobby läuft der Naturschutz Gefahr, kurzsichtigen Nutzungsinteressen geopfert zu werden.

Einen besonderen Stellenwert hat - neben den anderen Naturschutzprogrammen - nach wie vor das beispielhafte Moorschutzprogramm, das weite Moorbereiche für den Naturschutz gesichert hat. Wir werden aber in Zukunft noch stärker auf die

- 7 -

Beendigung des Torfabbaus auf solchen Flächen drängen, deren naturnahe Regeneration noch möglich ist.

(Anrede)

Ich freue mich daher ganz besonders, heute ein Projekt mit dem Umweltpreis des Landes Niedersachsen auszuzeichnen, das sich in vorbildlicher Weise dem Moorschutz widmet:

* Dem BUND-Projekt "Diepholzer Moorniederung" ist es durch intensive Pflege- und Instandsetzungsmaßnahmen gelungen, den Bestand gefährdeter Tier- und Pflanzenarten zu stabilisieren und teilweise sogar anzuheben.

* Die in vielen Jahren gewachsene Zusammenarbeit zwischen dem BUND-Projekt, der Schäferei Teerling und den Naturschutzbehörden machte die Umsetzung der Naturschutzziele vor Ort erst möglich.

- 8 -

* Planung und praktische Ausführung der Naturschutzarbeit führten zu einer ständigen Erfolgskontrolle. Dadurch konnten praxisnahe Pflegekonzepte für Moor, Heide und Feuchtwiesen entwickelt werden.

* Der ökologische Wert vieler naturnaher Gebiete wurde durch Bestandsaufnahmen aufgezeigt, die als Grundlage für die großflächige Ausweisung von Naturschutzgebieten dienten.

* Das Projekt hat die dringend notwendige Gesprächsbereitschaft zwischen den Naturschützern, Landwirten, Behördenvertretern und der Torfindustrie in der Region gefördert.

* Eine aktive Öffentlichkeitsarbeit hat vielen Bürgerinnen und Bürgern den Naturschutzgedanken nähergebracht.

* Die gute Zusammenarbeit zwischen dem BUND-Projekt und den Naturschutzbehörden kann als mustergültiges Beispiel für die Kooperation des ehrenamtlichen und des staatlichen Naturschutzes gelten.

- 9 -

* Nicht zuletzt hat der BUND in seiner jahrelangen Arbeit wichtige Erkenntnisse gesammelt, die bei der Einrichtung künftiger Naturschutzstationen von großem Wert sind. Schon heute nimmt das Projekt Funktionen wahr, die in absehbarer Zukunft zu den Aufgaben der Naturschutzstationen zählen werden.

Ich möchte Sie daher zu der Auszeichnung mit dem Umweltpreis des Landes Niedersachsen 1992 sehr herzlich beglückwünschen.

Abb. 7 Beispiel einer Rede als Material für eine Strukturanalyse

Die in den Tabellen 36–42 enthaltenen Gliederungsvorschläge können dem Redner helfen, seine Rede auf den Anlaß, das Problem, den Inhalt und den Zuhörerkreis abgestimmt zu gestalten.

Das Beispiel „Ansprache der Niedersächsischen Kultusministerin ..." (s. Abb. 7) können Sie einmal übungshalber daraufhin analysieren, welche der hier angeführten Strukturen der Ansprache möglicherweise zugrundeliegt.

Wahrscheinlich werden sie bei der Lektüre die hier zu Übungszwecken aus dem vorliegenden Text rückerschlossene Gliederung anhand der Themenschwerpunkte nachvollziehen können, auch wenn die Ministerin solche Gliederungshinweise (z.B. 1., 2. 3. etc.) im Rahmen ihrer Ansprache selbst nicht gegeben hat:

Tab. 43 Aus dem Text (s. Abb. 7) rückerschlossene Gliederung

1	**Einleitung**		
	Thema: „Vergabe des Umweltpreises ..."		
2	**Hauptteil**		
2.1	Grundsätze der Umweltpolitik des Landes ...		
2.1.1		Naturschutz ist Teil der Umweltpolitik	
2.1.2		Organisatorische Umweltschutz-Maßnahmen	
2.1.3		Ganzheitlicher Ökosystemschutz	
		–	Sicherung der Substanz
		–	Nationalpark Harz
		–	Großschutzgebiet Elbe
		–	Umsteuerung in der Landwirtschaftspolitik
		–	Absichtserklärung und Aufruf
		–	Beispiel: Moorschutzprogramm
2.2	Auszeichnung des BUND-Projektes mit dem Umweltpreis		
2.2.1		Darstellung des BUND-Projektes	
		–	Stabilisierung des Tier- und Pflanzenbestands
		–	Kooperation der Beteiligten
		–	ständige Erfolgskontrolle
		–	Förderung der Gesprächsbereitschaft
		–	Wirkungen aktiver Öffentlichkeitsarbeit
		–	Erkenntnisse für weitere Naturschutzstationen
2.2.2 und			
3	**Schluß**		
3.1	Glückwunsch zur Auszeichnung		
3.2	und Übergabe des Umweltpreises		
3.3	Musikalischer Abschluß		
3.4	Eröffnung des kalten Buffets		

Möglicherweise ist dieser Rückschluß auf die von der Verfasserin der Rede intendierte Struktur falsch. Möglicherweise war aber der Doppelschluß (2.2.2 + 3) auch beabsichtigt, durch den zunächst das Hauptkapitel 2.2 und gleichzeitig damit auch die unter 1 eingeleitete Gesamtansprache abgeschlossen wird.

Jedenfalls hat die Ansprache auf mich als Zuhörer einen geschlossenen, sachgerechten und überzeugenden Eindruck gemacht.

4.5.2.4 Weitere Rationalisierungsmöglichkeiten

Entschließt sich ein Redner, seine Reden so zu rationalisieren, daß er sozusagen „alle über den gleichen Leisten zieht", dann werden Zuhörer schnell den Eindruck gewinnen:

„Kennt man eine seiner Reden, dann kennt man alle."

Dieser Eindruck sollte auf jeden Fall vermieden werden. Deshalb verbietet sich eine allzu perfekte Schematisierung – und insbesondere die Verwendung immer wieder derselben Textbausteine. Diese wirken dann wie Versatzstücke, die bei jedem Anlaß und unabhängig von den speziellen Gegebenheiten verwendet werden und dadurch jede Rede gleichartig, letztlich nichtsagend und somit auch langweilig erscheinen lassen.

Was bei einmaliger – kreativer und situationsspezifischer – Verwendung eine Rede bereichern kann, verunstaltet andererseits Reden – häufig wiederholt oder an unpassender Stelle und in fragwürdigem Zusammenhang eingesetzt – und ruft beim Publikum leicht Gefühle der Peinlichkeit oder Lächerlichkeit hervor.

Damit hätte dann der Redner ziemlich genau das Gegenteil von dem erreicht, was er eigentlich beabsichtigt hatte:

Flop statt Highlight!

Deshalb ist natürlich auch das Vortragen von „Musterreden" problematisch, wie sie in entsprechenden Reden-Sammlungen (z. B. bei RENTROP 1980, RÜDENAUER 1985, PROST 1992) für bestimmte oder sogar „für alle Anlässe" zusammengestellt und empfohlen werden.

Ein Problem besteht zunächst schon darin, daß kaum jemand die Zeit (oder Lust) hat, erst eine für einen gerade aktuellen Anlaß passende Musterrede aus den z. T. recht umfangreichen Reden-Sammlungen herauszusuchen und diese dann noch für seinen speziellen Zweck anzupassen.

Auch die Orientierung an Reden renommierter Vorbilder hilft leider oft im konkreten Fall nicht weiter. Würde ein Redner beispielsweise hervorragende Reden von R. v. Weizsäcker für sich nutzen wollen, etwa die zum „40. Jahrestag der Beendigung des Zweiten Weltkrieges am 8. Mai 1985" (20 Druckseiten), dann würde er sie kaum als eigene Rede zum 40. Jahrestag seines Sportvereins oder der Beendigung eines Nachbarschaftsstreites halten können, ohne beim Auditorium gewisse Zweifel an seinem Realitätssinn oder gar an seiner geistigen Zurechnungsfähigkeit zu wecken.

Die Kreativität und der persönliche Einfallsreichtum eines Redners, seine Lebenserfahrung und die u. a. daraus resultierende Geisteshaltung sind schwerlich durch Nachahmen oder Kopieren der Reden bedeutender Persönlichkeiten zu erreichen oder gar zu übertreffen (s. LORIOT 1993).

Trotzdem kann es natürlich für jeden Redner bei seinem Bemühen um Verbesserung seiner Rednerqualifikation nützlich sein, lehrreiche Vorbilder gründlich zu studieren, um zumindest ein Gefühl dafür zu bekommen, was man vernünftigerweise tun und was man auf jeden Fall unterlassen sollte. Dazu eignen sich sowohl positive als auch negative Beispiele.

Aber man sollte sich dabei nicht allzu eng auf bestimmte Textpassagen oder besonders geglückte Einfälle fixieren, sondern eher die Erarbeitung der Grundgedanken und ihre rhetorische Umsetzung in eine überzeugende Rede oder einen fachlich fundierten Vortrag nachzuvollziehen versuchen und daraus dann für die eigene Thematik und die eigene Aufgabe ableitbare Schlußfolgerungen ziehen.

Diese Grundgedanken möchte ich hier vermitteln und deshalb den Leser nicht mit einer umfangreichen Sammlung von Textbeispielen zum bloßen Kopieren fremder Reden verführen. Soweit der sich vorbereitende Redner dennoch solche Textbeispiele für ganze Vorträge, Vortrags-Anfänge oder -Schlüsse etc. nachlesen möchte, sei er auf die schon erwähnten Sammlungen verwiesen. Weitere Anregungen für die Vortragsgestaltung geben auch Zitatensammlungen (z. B. BÜCHMANN 1991, KOSTER 1983, LAUTENBACH 1986, GREIFF 1988, BRÜLLMANN 1989, PUNTSCH 1990, SKUPY 1993).

Auch für eine besondere Art von Reden, nämlich für Predigten, gibt es entsprechende Sammlungen, die Pfarrer und Priester bei der Vorbereitung ihrer Sonntagspredigten, der Tauf-, Hochzeits- oder Beerdigungsansprachen, unterstützen (z. B. RUHBACH 1990–93).

Von einigen dieser berufsmäßigen Vielredner habe ich mir berichten lassen, daß sie für sich im Laufe der Jahre ihre eigenen Predigt-Sammlungen für alle möglichen Anlässe anlegen. Sie können dann, wenn sie in verschiedenen Kirchen zu predigen haben, eine bereits gut ausgearbeitete Predigt in der ursprünglichen oder in einer leicht abgewandelten Fassung wieder verwenden. Überarbeitete und für die jeweiligen Verhältnisse aktualisierte bzw. adaptierte Fassungen bereits früher gehaltener Predigten verwenden manche auch als Arbeitserleichterung, wenn die Original-Predigt schon einige Jahre zurückliegt.

Nun werden die meisten Redner, die dieses Buch lesen, vermutlich nicht jeden Sonntag eine Predigt zu halten haben. Aber warum sollten sie nicht trotzdem von den daraus vielleicht ableitbaren Anregungen zum Wecken von Emotionen und zum Erfassen sehr individueller Bedürfnisse und Wünsche eines bestimmten Auditoriums sowie vom möglicherweise spannungsreichen Aufbau einer Predigt profitieren?

Ein spezielles Thema, wie sich ein Redner bei der Erarbeitung einer Rede oder eines Vortrags Unterstützung verschaffen kann, sind die sogenannten **Ghostwriter**. Auch dazu können Sie mit etwas Glück Hinweise in der einschlägigen Literatur finden, wie z. B. bei PROST (1992), wo sich die werbewirksame Bemerkung findet:

> *„Der Ghost-writer für Ihren persönlichen Erfolg. – Jetzt meistern Sie jede Rede ohne große Vorbereitung. Dieses Werk enthält rhetorisch ausgefeilte Ansprachen speziell für geschäftliche und private Anlässe – fix und fertig ausgearbeitet und sofort einsetzbar.“*

Der Begriff „Ghost-writer“ soll dabei wohl suggerieren, daß Sie als Redner auch so bedeutend sind wie der Herr Bundespräsident, der Herr Bundeskanzler, ein Minister oder sonst eine bedeutende Persönlichkeit des öffentlichen Lebens.

Mein Ghost-writer

Manche Vielredner sind geradezu gezwungen, sich ihre Reden von Ghost-writern schreiben oder zumindest weitgehend vorbereiten zu lassen, weil sie wegen der Vielzahl ihrer Rede-Verpflichtungen gar nicht die Zeit zur eigenhändigen Abfassung aller Reden hätten. Außerdem verfügen sie bei einer Vielzahl der von ihnen öffentlich zu behandelnden Themen keineswegs über den dafür erforderlichen Sachverstand. Deshalb lassen sie die Reden von Fachleuten ausarbeiten, lesen sie dann nur noch mehr oder weniger versiert vor und versuchen dabei, ein möglichst schlaues Gesicht zu machen.

Qualifizierte Redner, wie z. B. der frühere Bundeskanzler Helmut Schmidt, verlassen sich allerdings nicht kritiklos auf solche Manuskripte, sondern überarbeiten die für sie und den speziellen Anlaß von Fachleuten vorbereiteten Texte noch einmal eigenhändig, um ihnen ihren persönlichen Stil aufzuprägen und eigene Akzente zu setzen.

Daß aber auch das noch keineswegs die Gewähr für eine gute oder gar herausragende Rede bietet, zeigen die öffentlichen Auftritte von Rednern, wie dem früheren Bundespräsidenten Heinrich Lübke, dem früheren Staatsratsvorsitzenden der DDR, Erich Honecker, dem Bundeskanzler Helmut Kohl u. a.

Es macht außerdem noch einen Unterschied, ob ein Ghost-writer eine Rede für eine bestimmte Persönlichkeit und für eine ganz bestimmte Gelegenheit schreibt – z. B. als „Unikat“ für die Einweihung der Kunsthalle in Bonn – oder ob ein „Mustervortrag“ über die Eröffnung einer Kunsthalle in einer Redensammlung abgedruckt und jedermann zur jederzeitigen Benutzung anempfohlen wird.

Wer möchte schon bei der Eröffnung jeder Kunsthalle von allen Rednern immer wieder dieselbe Rede vorgetragen oder vorgelesen bekommen, weil unseligerweise alle dieselbe Sammlung von Musterreden zur Vorbereitung benutzt hatten?!

Eine schöne Musterrede,
kann für dich ein Lehrstück sein.
Aber läßt du dann jedwede
Kreativität daheim,
hält dein geliebtes Publikum
dich leicht für blöd
und für saudumm!

Aber nutzt du die Vorlagen,
geistreich und gedankenvoll,
dann kannst du perfekt vortragen,
und die Hörer finden's toll!

Das wäre eine ähnliche Katastrophe, wie das gleichzeitige Auftreten von Königin Sylvia von Schweden, der Gemahlin des deutschen Bundespräsidenten, der Fürstin Gloria von Thurn und Taxis und der Tennisspielerin Steffi Graf in dem gleichen einzigartigen Modellkleid von Dior bei einer internationalen Gala!

Andererseits kann es für den Redner hilfreich sein, sich anhand einer sachgerechten „Standard-Gliederung" bei aktuellen Anlässen jeweils in seine Rede hineinzudenken und hineinzuarbeiten. Sie bietet ihm einen vernünftigen Orientierungsrahmen und zugleich eine Check-Liste mit den wesentlichen und häufigsten Einzelaspekten für spezielle Rede-Anlässe.

4.5.2.5 Rede-Aufbau im Hinblick auf Anlaß und Publikum

Insbesondere muß sich jeder Redner natürlich auf die spezielle Interessenlage, auf die fachlichen Vorkenntnisse und das Anspruchsniveau seines Publikums einstellen. Durch die Zusammensetzung des Auditoriums ergeben sich ganz bestimmte Anforderungen für den Redner sowie für die Art und Weise seiner Ausführungen: Eine homogene Gruppe (z. B. nur Studenten, nur Familienmitglieder, nur Rechtsanwälte, nur Männer oder nur Frauen) ist anders anzusprechen als eine heterogene (z. B. Fachleute verschiedener Fachgebiete, Zuhörer aus allen Altersgruppen, Neulinge und „Alte Hasen").

Tab. 44 Das Publikum/Auditorium (allgemeine Aspekte)

- Sind die **Zuhörer freiwillig oder gezwungenermaßen anwesend**?
- Handelt es sich um eine **homogen oder heterogen** zusammengesetzte Gruppe?
- Welche **Altersgruppe(n)** habe ich vor mir?
- Welche **Berufsgruppe(n)**?
- Welche besonderen **Interessen oder Erwartungen** haben die Zuhörer hergeführt?
- Erwarten die Zuhörer **positive oder beängstigende** Informationen von mir?
- Welche **Vorkenntnisse** haben die Zuhörer bezüglich des von mir behandelten Themas?
- Auf welche **intellektuellen Voraussetzungen** habe ich meine Rede auszurichten (z. B. Sonderschüler/Hochschulprofessoren)?
- Sind die **Zuhörer meinetwegen gekommen** oder weil sie an dem von mir behandelten Thema interessiert sind?
- Sind die Zuhörer **wohlwollend oder aggressiv** gestimmt?
- Sind die Zuhörer in **heiterer oder ernster Stimmung**?

Diese allgemeinen Aspekte sind generell zu beachten, wenn ein Redner sich auf sein Publikum vorbereitet. Darüber hinaus sollte er jedoch auch Besonderheiten seines Auditoriums nicht aus dem Auge verlieren. Die Erwartungshaltung und auch das Auftreten der Menschen ist unterschiedlich, wenn beispielsweise ein festlich gekleidetes Publikum zu einer Gratulation oder zu einer Laudatio erscheint, wenn Mitglieder eines Sportvereins sich zur Mitgliederversammlung treffen oder wenn ein Parteifunktionär bei einer Wahlveranstaltung eine Wahlkampfrede hält.

Auf diese speziellen Aspekte wollen wir anhand einiger Beispiele noch gezielter eingehen. Dabei konzentrieren wir uns – wegen der zahlreichen möglichen Anlässe auf:

- die häufigen Gratulations-Reden (Kapitel 4.5.3),
- Fachvorträge bzw. Referate, wie sie vor allem in der Schule, in Universitäten, bei Zusammenkünften von Fachleuten bei Vortragsveranstaltungen, Seminaren, Tagungen und Kongressen zu halten sind (Kapitel 4.5.4),
- Statements, wie sie vor allem Fachleuten, Funktionären und Politikern häufig in Interviews abverlangt werden (Kapitel 4.5.5).

4.5.3 Gratulations-Reden

„Gratuliere!"

Das ist wohl die kürzeste Gratulationsrede, auf die sich ein mundfauler und wenig einfallsreicher Gratulant beschränken könnte.

Die meisten von uns lassen es dabei jedoch nicht bewenden, sie gratulieren etwas ausführlicher, schließen persönliche Wünsche zum weiteren Wohlergehen etc. an. Bei Feiern von mehr offiziellem Charakter oder im größeren Kreis kann es auch erforderlich sein, daß der Gratulations-Redner eine ausführlichere Rede mit persönlicher Ansprache an den Geehrten hält.

Darauf sollte sich der Redner angemessen vorbereiten.

4.5.3.1 Anlässe für Gratulations-Reden

Für Gratulations-Reden gibt es unterschiedliche Anlässe:

Tab. 45 Anlässe für Gratulations-Reden

- **Geburtstage** (z. B. Volljährigkeit beim 18. Geburtstag, 50. oder 60. Geburtstag, 65. Geburtstag und damit Erreichen des Pensionsalters; 100. Geburtstag mit Gratulation durch den Oberbürgermeister)
- **Familienfeste**, wie Verlobung, Hochzeit, Silberhochzeit
- **Berufs-Jubiläen** (z. B. 25 Jahre Mitarbeiter in demselben Unternehmen)
- **Siegesfeiern** bei sportlichen Leistungen (z. B. Landesmeister, Pokal-Gewinner, Gewinner einer olympischen Medaille, Weltmeisterschaft) usw.

Allen diesen Anlässen ist gemeinsam, daß eine Person oder ein Paar (z. B. Silberhochzeit) oder eine Gruppe (z. B. Fußballmannschaft) ein Ziel erreicht oder einen Sieg errungen hat.

Dazu gratuliert der Redner!

Aber nicht jeder ist in jedem Fall als Gratulations-Redner geeignet oder dazu legitimiert!

Ist es z. B. betriebsüblich, daß der Unternehmer selbst oder der Geschäftsführer den Mitarbeitern zu ihrem 25jährigen Dienst-Jubiläum gratulieren, dann kann der Mitarbeiter es als einen schweren Affront empfinden, wenn statt dessen nur eine subalterne Führungskraft die Gratulations-Rede hält.

Der Jubilar wird auch wenig Freude an einer Gratulations-Rede haben, die von einem Menschen „von Amts wegen" gehalten wird, der ihn laufend schikaniert und/oder beispielsweise in seiner persönlichen, beruflichen oder sportlichen Entwicklung behindert hat. Den wünscht er schon normalerweise nicht zu sehen und geht ihm möglichst aus dem Wege. Aber als Gratulations-Redner an seinem Ehrentag ist er völlig deplaziert!

Der Gratulations-Redner sollte daher dem Jubilar persönlich gewogen sein, er sollte ihn und seine Leistungen möglichst aus persönlichem Erleben bewerten können und von diesem auch in der Rolle des Gratulations-Redners gern gesehen und akzeptiert werden.

Eine Gratulations-Rede
soll eine Ehre für den Jubilar oder Sieger sein
und kein Ärgernis!

Was ist nun darüber hinaus im einzelnen bei der Vorbereitung einer Gratulations-Rede zu beachten?

4.5.3.2 Organisatorischer Rahmen von Gratulations-Reden

Die folgenden Hinweise zum organisatorischen Rahmen von Gratulations-Reden können Sie nach Bedarf und eigener Erfahrung für Ihre jeweiligen Zwecke adaptieren und ergänzen:

Tab. 46 Organisatorischer Rahmen der Gratulations-Rede

- **Wo** wird gratuliert? (z. B. am Arbeitsplatz; in der Wohnung oder dem Haus bzw. Garten des Betroffenen; in einer Betriebshalle; in einem Vereinshaus, Hotelsaal etc.)
- **Wann** wird gratuliert? (z. B. morgens beim Dienstbeginn, nachmittags beim Gartenfest, bei einer Abendveranstaltung, am Wochenende)
- **Unter welchen Umständen** wird gratuliert? (z. B. besondere Feier im kleinen oder größeren Rahmen; beim Festessen; Beschränkung der Gratulanten auf den Kreis der Familienmitglieder, der Berufskollegen, der Vereinskameraden. Oder ist es eine öffentliche Einladung?)
- **In welchem Rahmen** soll die Rede gehalten werden? (z. B. zur Eröffnung des Gratulanten-Defilees; als xte Rede unter mehreren; als Hauptrede; eingerahmt durch Musikstücke oder sonstige künstlerische Darbietungen; im Anschluß an eine Begrüßungsansprache des Betroffenen; vor der zu erwartenden Replik des Betroffenen; eher in einem konservativ feierlichen oder mehr im fröhlichen, saloppen und ungezwungenen Rahmen)
- An welcher **Stelle in der Rednerliste** stehe ich? (Eröffne ich, bin ich Haupt- oder Nebenredner, schließe ich die Gratulation? Wie stimme ich meinen Beitrag auf die anderen Reden ab?)
- **Für wen oder in wessen Namen** gratuliere ich? (Überbringe ich meine persönlichen Glückwünsche? Spreche ich für die Gruppe aller Arbeitskollegen? Spreche ich im Auftrag eines anderen, den ich nur vertrete, weil er krank ist, weil er andere Termine oder einfach keine Lust hat?)

Die Rede wird zweckmäßigerweise auf diesen äußeren Rahmen Rücksicht nehmen. Eine Tischrede im Familien- oder Freundeskreis stellt andere Anforderungen als eine Rede mit Mikrofon in einem Festsaal oder in einer Fabrikhalle vor einer größeren Festgesellschaft.

Sowohl der Betroffene als auch die Gäste kommen mit bestimmten Erwartungen zur Gratulation. Man sollte sie nicht unnötig und unbedacht brüskieren. Um das zu vermeiden, sollte man sich jeweils vor einer Gratulation darüber Gedanken machen bzw. sogar entsprechende Erkundigungen einziehen, welche Personen in Begleitung desjenigen erscheinen werden, dem die Gratulations-Rede gilt, und welche Personen bzw. Persönlichkeiten insgesamt dem Ereignis beiwohnen werden.

Who is who?

Durch solche Kenntnisse läßt sich manche Panne vermeiden.

Ätsch!
Ich bin gar nicht der Jubilar,
Ich bin hier auch nur Gast!

So habe ich beispielsweise schon erlebt, daß der Gratulant (der Sprecher der Führungskräfte des Hauses) dem Geschäftsführer des Unternehmens nach der Übergabe des ihm zugedachten Präsentes zusätzlich einen Blumenstrauß überreichte mit den Worten: „Wir haben auch für Ihre Frau Gemahlin einen Blumenstrauß besorgt und möchten Sie bitten, ihr diesen mitzunehmen. Wir wußten nicht, daß Ihre Frau Gemahlin heute bei Ihrem Jubiläum nicht dabei sein würde."

Ein solcher Informationsmangel führt insbesondere bei mangelnder Erfahrung oder mangelnder Geistesgegenwärtigkeit des Redners unmittelbar in den Fauxpas (d. h. den unausgesprochenen Vorwurf: Wo ist denn Ihre Frau? Wieso haben Sie uns das denn nicht vorher gesagt?).

Vor diesem Redner wird man sich in Zukunft vorsehen müssen.

4.5.3.3 Das Publikum/Auditorium bei Gratulations-Reden

Soll der Redner anläßlich eines zu feiernden besonderen Ereignisses eine Gratulation aussprechen, dann möchte er schon während der Vorbereitung wissen, welche Gäste erwartet werden. Er hat dann möglicherweise eine gute Gelegenheit, zumindest einige von ihnen unmittelbar mit in seine Gratulations-Rede einzubeziehen und ihr dadurch eine besondere Würze zu geben.

Sie alle wollen angemessen in diesen Gratulationsakt einbezogen werden – explizit oder implizit. Jedenfalls möchte sich keiner durch irgendeine Gratulations-

Tab. 47 Das Publikum/Auditorium bei Gratulations-Reden

Wer ist (vermutlich) bei der Feier anwesend?
- Der Jubilar bzw. derjenige, dem zu irgendeinem Ereignis oder zu irgendeiner Leistung gratuliert werden soll,
- möglicherweise Familienmitglieder des Jubilars (Ehefrau bzw. Ehemann oder Lebensgefährte/-gefährtin, Kinder), die unter Umständen sogar mit zum Erfolg beigetragen haben,
- Verwandte und Freunde des Jubilars,
- Berufskollegen/-kolleginnen und Chefs,
- Sympathisanten ohne konkrete persönliche Beziehung zum Jubilar, wenn die Gratulation öffentlich erfolgt,
- Gegner oder sogar Feinde des Jubilars, wenn deren Stellung in der Öffentlichkeit oder innerhalb eines Unternehmens, in dem der Jubilar beschäftigt ist, die Anwesenheit aus Repräsentationsgründen erfordert,
- weitere Gratulations-Redner (z. B. Honoratioren und Funktionäre von Vereinen, Verbänden oder aus Politik und Verwaltung).

Rede ausgegrenzt sehen oder durch Nichtbeachtung in eine peinliche Situation geraten.

Auf religiöse, politische und weltanschauliche Überzeugungen der Anwesenden sollte Rücksicht genommen werden. Wenn z. B. Kirchenvertreter anwesend sind und der Jubilar außerdem ein gläubiges Mitglied einer Glaubensgemeinschaft ist, empfehlen sich frivole Anspielungen auf persönlich empfundene Besonderheiten solcher Glaubenskongregationen oder gar offene Attacken nicht.

Auch sollte sich die Gratulations-Rede nicht ausschließlich auf die Person des Jubilars konzentrieren, sondern anwesende Familienmitglieder mit einbeziehen und in ihrer möglichen Bedeutung für das zu würdigende aktuelle Ereignis angemessen mit würdigen. Der Leistung des Jubilars ist es nicht abträglich, wenn der Redner dessen Unterstützung durch seine patente, umsichtige und hilfsbereite langjährige Lebensgefährtin auch in das Blickfeld des Auditoriums rückt. Schließlich kann er es sich ja ebenfalls als Leistung an seine Fahnen heften, eine so hervorragende Frau als Lebensgefährtin für sich gewonnen zu haben!

Der Redner sollte aber auch mögliche Gegner und Widersacher des Jubilars nicht übersehen. Bisweilen haben Jubilare durchaus Anlaß zu Widerständen und Anfeindungen gegeben.

Ein versierter und taktvoller Redner, wird solche Persönlichkeitseigenarten oder Durchsetzungsstrategien bei der Wahl seiner Themenschwerpunkte und bei der Formulierung seiner Gedanken sorgfältig beachten, um seiner Rede eine gewisse Ausgewogenheit zu geben.

Er wird dabei selbstverständlich einerseits kritiklose Lobhudelei vermeiden, die alle berechtigterweise Andersdenkenden auf die Barrikaden bringen müßte.

Andererseits wird er aber gerade die bedenklichen Seiten der Lebensgeschichte und -leistung des Jubilars in Anwesenheit seiner Gegner oder in Erwartung der Publikation seiner Gratulations-Rede nicht kommentarlos übergehen können. Hier sind erfahrene Redner mit viel Fingerspitzengefühl gefordert. Denn bei derartigen rhetorischen Gratwanderungen rutscht man leicht ab!

Der Redner wird sich deshalb angesichts des zu erwartenden Auditoriums in allen Fällen sehr sorgfältig überlegen, welche Ziele er mit seiner Rede unter den gegebenen Umständen verfolgen will, wie weit er dabei die „ungeschminkte Wahrheit" präsentieren darf und über welche Begebenheiten er taktvoll hinweggehen sollte.

4.5.3.4 Ziele von Gratulations-Reden

Der Anlaß der Gratulation gibt normalerweise dem Redner bereits **Hauptziele für seine Rede** vor.

Die komplexe Aufgabe der Gratulation kann er durch rechtzeitige Ergänzung der Haupt- durch **Nebenziele** überschaubarer und daher für sich besser lösbar gestalten.

Wie gehe ich dabei als Redner vor?

Wenn sich die Zuhörer z. B. freiwillig versammelt haben, um meine Gratulations-Rede zu hören und wenn sie mich außerdem als unterhaltsamen Redner bereits kennen und schätzen, kann ich als Nebenziel verfolgen, sie in ihren Erwartungen nicht zu enttäuschen und mein positives Image auch bei dieser Gelegenheit weiter zu pflegen.

Sind die Zuhörer jedoch unfreiwillig – d. h. aus Angst vor persönlichen Nachteilen beim Fernbleiben oder gar auf ausdrückliche Anordnung eines Vorgesetzten hin – zur Gratulation bei einem ihnen Mißliebigen erschienen, dann erfordert die Ansprache an dieses Auditorium und das Abwägen der Gratulations-Formulierungen ein ganz besonderes Fingerspitzengefühl. Der Redner wird daher versuchen zu vermeiden, in die zahlreich vorhandenen Fettnäpfchen zu treten.

Ist dagegen der Redner selbst gewissermaßen ein Stein des Anstoßes in den Augen der Zuhörer, wird er sich in besonderer Weise zu bemühen haben, zunächst die gegen ihn und/oder sein Auftreten bestehenden Vorurteile abzubauen. Zu diesem Zweck kann man das Problem beispielsweise direkt ansprechen.

Ergibt sich die Reserviertheit des Auditoriums gegenüber gerade diesem Redner etwa aus der Tatsache, daß er in der Öffentlichkeit (z. B. als Buchautor oder von Berufs wegen) bekannt ist als Musikexperte, der sich gerade überraschenderweise einen Vortrag zu halten anschickt über ein Umweltschutzthema, dann könnte er die Zweifel seiner Zuhörer an seiner Sachkompetenz für dieses Thema eventuell abbauen mit dem Hinweis:

> „Meine Damen und Herren,
> Sie werden sich vielleicht fragen:
> ‚Weshalb hält gerade ein Musikexperte die Laudatio für einen Umweltschutzfachmann?'
> Diese Frage ist berechtigt.

Fortsetzung

Mein Vorhaben wird Ihnen aber sicher sofort in einem ganz anderen Licht erscheinen, wenn ich Ihnen verrate, daß mein Privathaus auf einem stark mit Schadstoffen belasteten ehemaligen Fabrikgelände steht und daß mich die daraus entstandenen Sanierungsprobleme inzwischen an den Rand des finanziellen Ruins gebracht haben. Dadurch ist sogar meine ganze Familie schon einem Nervenzusammenbruch nahe.

Gerade in dieser prekären Lage hat mir der Jubilar, den ich schon seit vielen Jahren gut kenne, als Umweltschutzexperte sehr geholfen ... "

Auch wenn ein Redner für das Auditorium in seiner Person keine für die Anwesenden sichtbaren Berührungspunkte mit einem Unternehmen (z. B. beim Betriebs-Jubiläum) oder mit einem Jubilar (z. B. beim 25jährigen Dienstjubiläum) hat, wenn er einem Verein (z. B. beim Jahrestag der Gründung) oder einer Familie (z. B. beim 60. Geburtstag des Vaters) nicht angehört, wird er eine tatsächlich bestehende Verbindung für Außenstehende leicht sichtbar und verständlich machen können, indem er schon einleitend darauf hinweist. Dadurch kann er die Akzeptanz seiner Person in der Rednerrolle und die seiner Ausführungen unter Umständen beträchtlich verbessern:

Bei Unternehmen:

- „Schon mein Vater hat, daran werden sich einige der älteren unter Ihnen wahrscheinlich noch erinnern, in diesem Unternehmen als ... gearbeitet. Und ich selbst habe meine „Lehrjahre" hier verbracht, bevor ich ... "
- „Was mich selbst mit diesem Unternehmen verbindet, werden Sie nicht ohne weiteres erkennen können. Deshalb will ich es Ihnen verraten: Ich bin der Doktor-Vater des Firmeninhabers und habe die erfolgreiche berufliche Entwicklung meines damaligen Doktoranden über all die Jahre hin mit großem Interesse verfolgt."
- „ ›Was verbindet den Festredner mit unserem Jubilar?‹, werden Sie vielleicht fragen. Ich will es Ihnen sagen: eine langjährige Freundschaft, die schon während unseres gemeinsamen Studiums des Maschinenbaues in der damaligen Technischen Universität in Hannover begonnen hat und trotz ganz unterschiedlicher beruflicher Entwicklungen nie eingeschlafen ist."

Beim Verein:

- „Wenn Sie sich jetzt vielleicht fragen, weshalb hier zur Würdigung der Erfolge dieses Sportvereins kein aktiver junger Sportler steht, sondern ein bereits stark ergrauter Veteran, dann hat das einen Grund:
  Ich gehöre zu denjenigen, die die Entwicklung des Vereins in den letzten 50 Jahren, auf die wir heute zurückblicken, selbst miterlebt und zum Teil auch aktiv mitgestaltet haben und der heute authentisch aus diesen bewegten Zeiten berichten kann."

Bei der Familie:

- „Ich gehöre zwar nicht unmittelbar zur Familie, aber ich bin ein alter Freund der Familie. ... "
- „Ich bin zwar kein Familienmitglied; aber wenn wir heute, liebe Geburtstagsgäste, die 50. Wiederkehr jenes schweren Tages feiern können, an dem unsere liebe Henriette einst das Licht der Welt erblickt hat, dann verdanken Sie das unter anderem auch mir: ich war nämlich der unfreiwillige Geburtshelfer. Und das kam so: ... "

Weitere Überlegungen über mögliche Haupt- und Neben-Ziele von Gratulations-Reden finden sich in der folgenden Tabelle:

Tab. 48 Ziel(e) von Gratulations-Reden

Hauptziele:
- Die betreffende Person/Persönlichkeit ehren und ihr damit eine Freude bereiten.
- Den anwesenden Gratulanten den Gratulationsanlaß erläutern und dabei gegebenenfalls die besonderen Leistungen der betreffenden Person/Persönlichkeit anschaulich vor Augen führen.

Mögliche Nebenziele:
- Mein eigenes Image als Redner pflegen und verbessern.
- Die Zuhörer für meine Ausführungen interessieren und motivieren.
- Beim Auditorium positive Erwartungen wecken und Spannung erzeugen.
- Bei den Zuhörern gegen mich, gegen den Anlaß der Gratulation oder die Person desjenigen, dem gratuliert wird, bestehende Vorurteile abbauen.
- Die Gruppeninteressen der homogenen Zuhörergruppe angemessen berücksichtigen.
- Die unterschiedlichen Interessen einer sehr heterogenen Zuhörerschaft beachten, damit jeder „auf seine Kosten kommt".
- Das Niveau der Rede an die intellektuellen, fachlichen oder alterstypischen Voraussetzungen der Zuhörer anpassen.
- Mögliche Ängste bei den Zuhörern abbauen.
- Die Angst desjenigen abbauen, dem die Gratulations-Rede gewidmet ist, wenn er fürchtet, daß unangenehme Aspekte seiner Person oder seiner Tätigkeit angesprochen werden könnten.
- Der Furcht von Jubilar und Auditorium vor Peinlichkeiten durch die angemessene Wahl beruhigender Einleitungsworte vorbeugen.

Vor allem die Nebenziele können situations- und personenabhängig sehr unterschiedlich sein. Besondere Beachtung verdienen Nebenziele des Redners, wenn sie mit den von den Zuhörern erwarteten Hauptzielen kollidieren oder in Widerspruch stehen.

So kann z.B. ein Redner beim Publikum durchfallen, wenn er die von ihm erwartete Analyse eines aktuellen Problems völlig vernachlässigt und eine Personality-Show abzieht (d.h nicht die Sache, sondern seine Selbstdarstellung steht im Mittelpunkt). Politiker weichen gern den Sachfragen aus, um statt dessen in bisweilen penetranter Art und Weise Werbung für sich selbst und ihre Partei zu machen.

Der Redner sollte sich deshalb zumindest bewußt machen, welche Nebenziele er bei seiner Rede (auch) verfolgt, damit er diesen den ihnen zukommenden Platz und Raum in seiner Rede einräumen kann, ohne daß die Hauptziele unangemessen vernachlässigt werden.

Auch solche Vorüberlegungen und -planungen werden der Qualität und der Akzeptanz seiner Rede durch das Auditorium zugute kommen.

4.5.3.5 Gliederung der Gratulations-Rede

In der folgenden Tabelle wird eine geläufige und vielbach bewährte Grundstruktur für Gratulations-Reden präsentiert. Wer sie seiner Ansprache zugrundelegt, wird kaum in Schwierigkeiten geraten.

Tab. 49 Gliederung der Gratulations-Rede

1. **Anlaß für diese Rede**:
   - das besondere Ereignis (z. B. Jubiläum, Geburtstag, Preisverleihung)
   - Legitimation des Gratulanten
2. **Darstellung des besonderen Ereignisses**:
   - das Besondere an diesem Berufs-Jubiläum oder
   - das Besondere an einem „runden Geburtstag" oder
   - das Besondere an diesem Ehrenpreis, der heute hier verliehen wird
3. **Charakterisierung der Person**:
   - lebensgeschichtliche Daten
   - herausragende erfreuliche und unerfreuliche Ereignisse
   - besondere Leistungen
4. **Glückwünsche**:
   - Glückwünsche für den zu Ehrenden
   - ggf. Glückwünsche für seine Familie bzw. für seine Mitarbeiter, die Lehrer, Trainer etc., soweit sie Anteil am Erfolg hatten
5. **Geschenk-Übergabe**:
   - Bezug des Geschenks zum Beschenkten und ggf. zum Schenkenden
   - ggf. Verwendbarkeit und Nutzen des Geschenks
6. **Ausblick und Überleitung**:
   - ggf. Ratschläge für die Zukunft
   - ggf. Hinweise auf den weiteren Verlauf der Zeremonie (z. B. Musikdarbietung, Buffet-Eröffnung, weitere Gratulanten)
   - ggf. das Glas erheben und einen Toast ausbringen

Begabte Gratulanten werden es allerdings kaum bei der sorgfältigen „Abarbeitung" der Gliederung belassen, sondern sie werden die einzelnen Punkte inhaltlich so ausgestalten, daß die Ansprache als ein für alle Anwesenden unvergeßliches geistvolles Feuerwerk in die Annalen eingeht!

Da die meisten von uns schon eine mehr oder weniger große Anzahl von Gratulations-Reden als geladener Gast, als persönlich Betroffene(r) oder gar selbst in der Rolle des Gratulations-Redners angehört bzw. gehalten haben, haben wir uns bereits eine Meinung darüber bilden können, welche Rede gut war und welche schlecht – besser gesagt: welche uns gefallen hat und welche nicht.

Interessanterweise – von einigen positiven und negativen Extremfällen einmal abgesehen – kommt es immer wieder vor, daß eine bestimmte Rede dem einen gefällt und dem anderen nicht.

Woran kann das liegen?

Sowohl für die positive als auch für die negative Bewertung einer Rede sind zahlreiche mögliche Ursachen denkbar. Diese liegen vor allem in der unterschiedlichen Interessenlage und in den divergierenden Erwartungen der einzelnen Zuhörer bzw. ganzer Zuhörergruppen.

Sehr deutlich ist dieser Sachverhalt der subjektiven Bewertung bei Politiker-Reden zu beobachten. Handelt es sich um einen rhetorisch besonders gut geschulten und eloquenten Redner, dann wird er unter Umständen eine aus dieser Perspektive ausgezeichnete Rede halten. Trotzdem riskiert er, daß sie zahlreichen Zuhörern mißfällt. Der Grund dafür ist einleuchtend: die Angehörigen der politischen Gegenpartei vertreten inhaltlich entgegengesetzte Auffassungen. Sie befinden sich von vornherein in Opposition. Deshalb gefällt ihnen diese Rede des politischen Gegners nicht, schon weil sie ihnen als Mitglied der anderen Partei nicht gefallen darf.

Das gilt auch für Gratulations-Reden. Es kommt immer wieder vor, daß der Vertreter einer politischen, religiösen oder weltanschaulichen Interessengruppe die besonderen Verdienste eines Vertreters gerade dieser Gruppe in einer Gratulations-Rede (z. B. zum 50. Geburtstag, zum 25jährigen Dienstjubiläum, am Jahrestag eines besonderen Ereignisses) zu würdigen hat. Während die Vertreter gerade dieser Gruppe die Verdienste ihres Mitgliedes beispielgebend finden, lehnt die Gegenpartei jede Art von Ehrung als Blasphemie, Instinktlosigkeit, Geschmacklosigkeit etc. strikt ab und protestiert unter Umständen sogar dagegen mit einer öffentlichen Demonstration.

Wir sollten deshalb klar unterscheiden zwischen den rhetorischen Bewertungskriterien für die Qualität einer Rede einerseits und den fachlich-inhaltlichen andererseits.

Wenn wir uns hier vor allem auf die rhetorischen Aspekte von Reden konzentrieren, bedeutet das deshalb andererseits keinesfalls, daß wir nicht auch in allen Fällen die korrekte, vollständige und einwandfreie Darbietung der Inhalte im Blickfeld hätten. Wenn ich den Inhalt von einem Redner sachgerecht präsentiert bekomme, kann ich die Rede aus dieser rhetorischen Perspektive auch dann als „gut" bewerten, wenn er aus dem anderern politischen Lager kommt. Sie wird mir aber in vielen Fällen trotzdem aus meiner politischen Perspektive nicht gefallen, und deshalb werde ich die von ihm vorgetragenen Überlegungen und seine eventuell daran anschließenden Forderungen ablehnen.

Andererseits wird mir aber sogar eine rhetorisch objektiv schlechte Rede unter Umständen dann sehr gut gefallen, wenn sie meine eigenen Auffassungen und Ziele zum Ausdruck bringt und vertritt. Aber allein durch den Umstand, daß sie mir aus den genannten Gründen persönlich gut gefällt, ist oder wird sie fachlich-inhaltlich und als „Gesamtkunstwerk" nicht besser.

4.5.3.6 Häufige bzw. mögliche Fehler bei Gratulations-Reden

In der folgenden Tabelle sind speziell mit dem Blick auf Gratulations-Reden einige Fehler zusammengestellt, durch deren Vermeidung die Qualität derartiger Reden ohne große Mühe verbessert werden kann:

Tab. 50 Häufige bzw. mögliche Fehler bei Gratulations-Reden

1. Vorbereitung der Rede

- Keine ausreichenden Informationen über den zu Ehrenden eingeholt.
- Über den Jubiläumsanlaß unzureichend informiert.
- Zu spät und unter Zeitdruck mit den Vorbereitungen begonnen.
- Kein Manuskript vorbereitet.
- Keinen Stichwortzettel vorbereitet.

Fortsetzung Tab. 50

- Die Rede nicht hinreichend memoriert.

2. Manuskript
- Das Manuskript ist unvollständig.
- Das Manuskript ist unübersichtlich.
- Das Manuskript ist schwer lesbar (z. B. handschriftlich oder mit zu kleinen Schrifttypen etc. geschrieben).
- Das falsche Manuskript eingepackt.
- Von mehreren eingepackten Manuskripten das falsche aus der Tasche gezogen.

3. Rede-Ort und Rede-Zeitpunkts
- Ich erscheine am falschen Ort.
- Ich erscheine zum falschen Zeitpunkt (zu früh, zu spät oder am falschen Tag).
- Ich habe mich auf einen bestimmten Ort (z. B. Saal, Wohnzimmer, Garten) eingestellt und kann mich auf andere Örtlichkeiten mit meinem vorbereiteten Rede-Manuskript nicht schnell genug umstellen.

4. Hilfsmittel
- Kein Overhead-Projektor vorhanden oder greifbar und betriebsbereit.
- Diapositive oder Vortragsfolien vergessen oder in der vorhandenen Qualität nicht projizierbar.
- Ich kann die vorhandenen Geräte nicht korrekt bedienen.

5. Rede-Anfang
- Der von mir vorbereitete oder im Manuskript vorgesehene Rede-Anfang paßt nicht zur vorgefundenen Situation.
- Der besonders elegant in Gedanken vorformulierte Rede Anfang ist mir in der Aufregung entfallen.
- Der Rede-Anfang ist nicht situationsangemessen (z. B. zu schwülstig, zu anspruchsvoll, zu trivial).
- Mein vorbereiteter Einstieg (z. B. mit einem markanten Ereignis aus dem Leben des Jubilars) ist bereits von einem Vorredner verbraucht worden.
- Mir fällt kein passender Anfang ein, der den Jubilar und die Gäste begeistern könnte; deshalb greife ich zu einer farblosen Allerwelts-Floskel.

6. Art des Vortrags
- Ich rede zu laut, zu leise, nuschelnd etc.
- Ich treffe nicht den richtigen Ton für diese Gelegenheit (z. B. zu ernst, zu salopp).
- Ich kann mich dem Jubilar bzw. den Gästen nicht richtig verständlich machen (z. B. falsches Niveau, fachterminologische Überlastung der Rede).
- Die übrigen Gratulations-Redner sprechen frei, während ich ein vorbereitetes Manuskript verlesen muß (oder umgekehrt).

7. Inhalt der Rede
- Das von mir gewählte Thema geht voll an der Sache vorbei.
- Die Rede ist so inhaltsreich, daß ich mit der verfügbaren Zeit nicht auskomme bzw. die Zuhörer durch zu langwierige Ausführungen strapaziere.
- Meine Rede ist eine Wiederholung dessen, was andere schon vor mir gesagt haben.
- Der Rede fehlt der konkrete inhaltliche Bezug zum Jubilar und/oder zum Ereignis, das Anlaß für die Ehrung ist.
- Die Rede hat keinen konkreten Inhalt, sondern besteht aus einer Aneinanderreihung von Gemeinplätzen.

8. Eingehen auf den Geehrten
- Der Geehrte und gegebenenfalls seine besondere Leistung steht nicht im Mittelpunkt der Gratulations-Rede.
- Die Leistung des Geehrten wird nicht im angemessenen Zusammenhang mit anderen Beteiligten dargestellt (z. B. Mitarbeiter/innen, Ehefrau, Vorarbeiten anderer).
- Der Gratulant stellt sich selbst mehr in den Vordergrund seiner Betrachtung als den Jubilar.

Fortsetzung Tab. 50

- Der Lebenslauf und das Lebenswerk des Jubilars sind dem Redner zu wenig bekannt, als daß er sachgerecht darauf eingehen könnte.
- Der Redner entledigt sich nur einer lästigen Pflichtübung und läßt dies auch an seiner oberflächlichen Rede merken.
- Der Redner mag den Jubilar eigentlich nicht leiden und versucht, mit seiner Rede besonders die eher unerfreulichen Seiten des Jubilars ins Blickfeld zu rücken („Eine gute Gelegenheit, es ihm heimzuzahlen"!).
- Der Redner erwähnt unbeabsichtigt oder vorsätzlich peinliche Begebenheiten aus dem Privat- oder Berufsleben des Jubilars.

9. Einbeziehung der Zuhörer

- Der Redner konzentriert sich ganz auf den Jubilar und beachtet die sachlichen und emotionalen Beziehungen der Zuhörer nicht.
- Der Redner benutzt die Rede-Gelegenheit, um die Zuhörer gegen den Jubilar „aufzuhetzen".
- Durch unbedachte Äußerungen diffamiert und beleidigt er (unbeabsichtigt) einzelne Zuhörer oder Zuhörergruppen.

10. Auswahl und Übergabe des Präsents

- Das Präsent vergessen.
- Das Präsent ist nicht rechtzeitig eingetroffen und kann deshalb nicht überreicht werden.
- Das gleiche Geschenk ist bereits von einem anderen Gast überreicht worden.
- Blumenstrauß für die Ehefrau des Geehrten vergessen.
- Ein Geschenk ausgewählt, das den Geehrten nicht interessiert, das für den Anlaß zu billig oder zu teuer ist.
- Übergabe des Geschenks vergessen.
- Keine passenden Worte für die Übergabe des Geschenks parat.
- Die anderen am Geschenk Beteiligten zu erwähnen vergessen.

11. Rede-Schluß

- Die Rede hat gar keinen richtigen Schluß – sie hört einfach an irgendeiner Stelle irgendwie auf.
- Der Schluß ist für den Anlaß zu pathetisch.
- Der Redner stellt unmögliche Ansinnen.
- Der Redner versäumt den üblichen oder verabredeten Übergang zum nächsten Punkt (z. B. bringt keinen Toast aus, leitet nicht zum nächsten Redner über, vergißt das Überreichen des Geschenks mit den entsprechenden Glückwünschen).
- Vergißt – z. B. als Veranstalter – den Hinweis auf die Buffet-Eröffnung.

Solche Fehler sind insbesondere dann unverzeihlich, wenn dadurch der Sinn und Zweck der Gratulations-Rede – nämlich dem Geehrten und den Gästen eine Freude zu machen – verfehlt wird. Wenn die Gäste Mitleid mit dem Geehrten oder mit sich selbst haben müssen, wenn der Jubilar sich ärgert oder die Situation insgesamt peinlich wird, dann haben Sie als Gratulations-Redner versagt.

Bei manchen Rednern entwickeln sich jedoch derartige Peinlichkeiten geradezu erwartungsgemäß – weil man den Redner bereits von früheren verpatzten Gelegenheiten her kennt. Dann kann die Stimmung allerdings – je toller der Patzer, desto ausgelassener die Stimmung – bei allen Beteiligten geradezu in helle Begeisterung umschlagen. Solche Fehltritte eines Gratulations-Redners haben dann ausgesprochen hohen Unterhaltungswert – sie haben die Qualität eines Happenings, für das man sonst teuren Eintritt bezahlen muß.

Allerdings führt eine Häufung solcher Happenings meistens sehr schnell dazu, daß das Image des Redners so in Mitleidenschaft gezogen wird, daß man ihn bei ersthaften Anlässen nicht mehr engagiert. Seine Auftritte haben dann eher die Qualität derjenigen eines Party-Clowns. Die meisten Menschen mit einem solchen Image empfinden sich jedoch selbst nicht als Clowns, sondern sie mühen sich redlich, aber unter solchen Voraussetzungen leider vergeblich ab, als Politiker, Führungskräfte in Industrie und Verwaltung oder als Vereinsvorsitzende etc. ernstgenommen zu werden.

Da nützen dann meistens auch noch so gut gemeinte Ratschläge und Hilfsmittel wenig.

4.5.3.7 Hilfsmittel zur Vorbereitung von Gratulations-Reden

RENTROP (1990) z. B. hat in seinem Reden-Berater den im FAZ-Magazin publizierten Fragebogen speziell zur Vorbereitung einer inhaltsreichen und sachgerechten Laudatio zum Geburtstag empfohlen mit dem Hinweis:

> *„Nehmen Sie den Fragebogen, geben Sie ihn dem Jubilar, und bitten Sie diesen, die Fragen schriftlich zu beantworten. Lassen Sie ihm dafür eine Woche Zeit. Glauben Sie bitte: das macht ihm Spaß. Und Sie werden Ihrerseits aufschlußreiches und exklusives Material für Ihre Rede erhalten."*

Tab. 51 Vorbereitende Informationssammlung für Gratulations-Reden mit Hilfe des FAZ-Fragebogens

FAZ-Fragebogen
- Was ist für Sie das größte Unglück?
- Wo möchten Sie leben?
- Was ist für Sie das vollkommene irdische Glück?
- Welche Fehler entschuldigen Sie am ehesten?
- Ihre liebsten Romanhelden?
- Ihre Lieblingsgestalt in der Geschichte?
- Ihre Lieblingsheldinnen in der Wirklichkeit?
- Ihre Liebligsheldinnen in der Dichtung?
- Ihre Lieblingsmaler?
- Ihr Lieblingskomponist?
- Welche Eigenschaften schätzen Sie bei einem Mann am meisten?
- Welche Eigenschaften schätzen Sie bei einer Frau am meisten?
- Ihre Lieblingstugend?
- Ihre Lieblingsbeschäftigung?

Fortsetzung Tab. 51

- Wer oder was hätten Sie sein mögen?
- Ihr Hauptcharakterzug?
- Was schätzen Sie bei Ihren Freunden am meisten?
- Ihr größter Fehler?
- Ihr Traum vom Glück?
- Was wäre für Sie das größte Unglück?
- Was möchten Sie sein?
- Ihre Lieblingsfarbe?
- Ihre Lieblingsblume?
- Ihr Lieblingsvogel?
- Ihr Lieblingsschriftsteller?
- Ihr Lieblingslyriker?
- Ihre Helden in der Wirklichkeit?
- Ihre Heldinnen in der Geschichte?
- Ihre Lieblingsnamen?
- Was verabscheuen Sie am meisten?
- Welche geschichtlichen Gestalten verachten Sie am meisten?
- Welche militärischen Leistungen bewundern Sie am meisten?
- Welche Reform bewundern Sie am meisten?
- Welche natürliche Gabe möchten Sie besitzen?
- Wie möchten Sie sterben?
- Ihre gegenwärtige Geistesverfassung?
- Ihr Motto?

Diese Fragen erscheinen mir ziemlich konventionell und zahm, wenn man bedenkt, was man einen Jubilar noch alles fragen könnte. Mit etwas schärferen Fragen könnte man zwar etwas mehr Pep in die Rede bringen, aber andererseits würde man natürlich auch riskieren, daß ein derart Angesprochener entweder die Kooperation verweigert oder daß er sich in seiner eigenen Antwort auf die Laudatio entsprechend pointiert revanchiert.

Ein solcher intellektueller Schlagabtausch kann – wenn er von einander ebenbürtigen Partnern vollzogen wird – zum Genuß für alle Beteiligten werden und nachhaltig in Erinnerung bleiben. Aber man sollte sich vorher genau überlegen, mit wem man dieses Spiel treiben kann, ohne daß es ins Peinliche abgleitet.

Wer schon öfters darüber nachgegrübelt hat, was einen Jubilar aus dieser Perspektive zusätzlich berichtens- bzw. erwähnenswert auszeichnet, der könnte vielleicht auch die folgenden oder noch ganz andere Fragen stellen wollen:

Tab. 52 Weitere mögliche Fragen an den Jubilar

- Sie haben 3 Wünsche frei: Was würden Sie sich wünschen?
- Wen und was fürchten Sie am meisten? (Nennen Sie 3 Personen und 3 Ereignisse.)
- Welche Vorbilder haben Sie? (Im Privatleben, im Beruf, im Sport . . .)
- Was bereuen Sie in Ihrem bisherigen Leben, und was hätten Sie aus heutiger Sicht lieber anders machen sollen?

Fortsetzung Tab. 52

- Was bereuen Sie überhaupt nicht?
- Welchen (offenen oder heimlichen) Lastern frönen Sie?
- Was zeichnet Sie vor anderen aus?
- Was schätzen andere Menschen an Ihnen am meisten?
- Welche Hobbies pflegen Sie?
- Welches sind Ihre Lieblingssportarten?
- Was würden Sie tun, wenn Sie plötzlich viel Zeit hätten?
- Was ist nach Ihrer Meinung sachlich völlig unmöglich? (Nennen Sie wenigstens 3 unmögliche Leistungen oder Ereignisse.)
- Was wären für Sie die drei schlimmsten moralisch-ethischen Entgleisungen?
- Welches sind Ihre drei besten Lügen?
- Bei welcher Gelegenheit sind Sie in Ihrem Leben bisher am dreistesten übers Ohr gehauen worden?
- Wen möchten Sie am liebsten umbringen und weshalb? (sehr brisant!)
- Was würden Sie gern einmal tun, wenn Sie nicht fürchten müßten, dafür bestraft zu werden oder sonst irgendwelche persönlichen Nachteile zu erleiden?
- Wozu fehlt Ihnen der Mut?

Entscheidend ist für den Erfolg einer solchen Fragebogen-Aktion sicherlich nicht zuletzt, wem die Fragen vorgelegt werden. Welche Anwort ist von einem Handwerksmeister zu erwarten, der nach seinem Lieblingslyriker gefragt wird? Welche Lieblingsheldin in der Dichtung wird jemand nennen, der keine schöngeistige Literatur zu lesen pflegt, sondern sich vorwiegend seiner Fachliteratur widmet?

Jeder Redner wird wohl selbst entscheiden müssen, welchen Nutzen ihm solche Fragebögen bringen können und wie er die möglichweise daraufhin erhaltenen Informationen in oder zu einer unterhaltsamen, witzigen, ernsthaften, vielleicht sogar anspruchsvoll tiefschürfenden Geburtstagsrede oder sonstigen Ansprache verarbeiten kann.

Einen schlechten Redner wird eine solche Informationssammlung womöglich zu trivialen, niveaulosen und vielleicht sogar läppischen Witzchen animieren. Ein rhetorisches Genie wird sie dagegen vermutlich in ein wahres Feuerwerk brillanter Einfälle, Anspielungen und anspruchsvoller Denkakrobatik verwandeln, dabei den Gefeierten, dessen Gäste und nicht zuletzt sogar sich selbst köstlich unterhalten und dafür verdienten Beifall ernten.

Allerdings sollte man den Gegenstand (d.h. hier die Person!) seiner Gratulations-Rede zumindest so gut persönlich kennen, daß man einigermaßen beurteilen kann, bei welchen Angaben es sich um Tatsachen handelt und wo der Befragte durch vorsätzlich falsche Angaben den unbedarften Lobredner aufs Glatteis führt, um sich dann womöglich gemeinsam mit seinen besser informierten Freunden und Gästen über dessen Reinfall zu amüsieren.

Noch nicht gebläute
Leute,
denkt dran heute:
Für die Gästemeute
voller Schadenfreude
seid Ihr leichte Beute!

Wer sich nicht scheute,
der bereute
nachher schon manche ...!

4.5.3.8 Gratulations-Highlights und -Flops

Eine besondere Delikatesse sind durchweg Jubiläums-Ansprachen und Abschiedsreden, wie sie z. B. bei der Pensionierung von Mitarbeitern oder von Führungskräften eines Unternehmens gehalten zu werden pflegen.

Bei solchen Ansprachen gelten – ungeschrieben und unausgesprochen – ähnliche Regeln, wie bei der Ausstellung von Arbeitszeugnissen: Über den Betroffenen darf – taktvollerweise – nichts Negatives gesagt werden, weil das die feierliche Stimmung verderben und den Festredner seinerseits bei anderer Gelegenheit in die peinliche Lage bringen könnte, daß sich ein anderer bei ihm revanchierte.

„Taktgefühl" und diplomatisches Geschick sind in solchen Situationen in geradezu extremer Vollendung gefordert, damit kein unvorhergesehenes Malheur passiert. Allerdings hat auch übertriebene „Lobhudelei" ihre Tücken.

So habe ich erst jüngst in seiner Abschiedsrede zur Pensionierung eines Leitenden Angestellten des Unternehmens den Stellvertreter des an diesem Tage leider aus privaten Gründen verhinderten Vorstandsvorsitzenden sagen hören:

> „Lieber Herr X,
> wir kennen uns ja schon seit vielen Jahren persönlich gut. Dabei habe ich festgestellt, daß Sie gar nicht so ein typischer Angestellter dieses Unternehmens sind, wie alle die anderen ..."

Das war sicher gut gemeint. Trotzdem war es eine schallende Ohrfeige für „alle die anderen". Denn diese standen in der Öffentlichkeit in dem vom Unternehmen gar nicht gern gesehenen Ruf, etwas borniert, wenig flexibel, autoritär und teilweise arrogant und vorzugsweise wenig kundenfreundlich zu sein. Durch die positive Heraushebung des Leitenden Angestellten aus der unfreundlichen und unfähigen Masse aller anderen hatte er unabsichtlich öffentlich das Negativ-Image der Arbeitnehmer und damit des Unternehmens selbst bestätigt.

Aufgefallen ist ihm das vermutlich selbst nicht – und den meisten anderen auch nicht. Gerade in solcher mangelnden Sensibilität liegt aber erfahrungsgemäß ein großes Problem von Führungskräften, die sich jahrelang und aufopferungsvoll hemdsärmelig und rücksichtslos in eine bestimmte Position hochgekämpft haben und auch nach dem Erreichen jedes Ziels weiterhin fast täglich schwere Abwehrkämpfe zu führen haben.

Bei einer ähnlichen Gelegenheit war es einem Verwaltungsdirektor vorbehalten, einen Leitenden Angestellten, seinen Stellvertreter, anläßlich seiner Pensionierung zu verabschieden. Dessen Position hatte er vor rund 20 Jahren nach einem Wechsel der Geschäftsführung übernommen – sehr zum Verdruß des seitherigen Stellvertreters. Der hatte seither darunter zu leiden, daß ihm alle wesentlichen Informationen vorenthalten wurden, so daß er geschäftspolitisch zu einer Randfigur wurde.

Die Ansprache des Direktors breitete folgerichtig in großer Ausführlichkeit die Jugendzeit und zahlreiche Begebenheiten aus dem Privatleben und der beruflichen Entwicklung des Angestellten aus, vergaß dabei auch nicht, die unterstützende Rolle der mit zur Verabschiedung erschienenen werten Frau Gemahlin gebührend hervorzuheben. Den kritischen Einbruch in der so hoffnungsvoll begonnenen Karriere umschiffte der außerordentlich liebenswürdige Redner jedoch taktvoll und elegant.

Leider haben die meisten Anwesenden dieses Meisterstück in der hohen Schule der Redekunst gar nicht angemessen würdigen können, da das Ereignis schon über 20 Jahre zurücklag, deshalb bei manchem schon in Vergessenheit geraten war, während Jüngeren das Miterleben fehlte und sie allenfalls vom Hörensagen den wahren Sachverhalt hätten kennen können.

Ähnliche positive Erfahrungen konnte eine andere Führungskraft anläßlich ihres 25jährigen Dienstjubiläums verbuchen. Der neue Vorgesetzte, dessen Stellvertreter sie ist, entwickelte mit penibler Ausführlichkeit unter Verwendung des vertraulichen freundschaftlichen „Du" im Wechsel mit dem die Hierarchie-Position angemessen akzentuierenden „Sie" den Lebensweg mit den wesentlichen beruflichen Entwicklungsschritten, unternahm amüsante Abstecher in den Privat- und Hobbybereich, um schließlich den gesamten Werdegang enthusiastisch zu einer „steilen Karriere" hochzujubeln.

Die Begeisterung des Redners schlug dabei so hohe Wellen, daß die Tatsache, daß der Stellvertreter bereits vor fast 20 Jahren erstmals zum Stellvertreter des damaligen Leiters berufen worden war und dann bei jedem Chefwechsel erneut, selbst aber zu keinem Zeitpunkt die Chance bekommen hatte, den Chefsessel selbst einzunehmen, im Brandungsgetöse des rhetorischen Karrierejubels völlig unterging. Das heißt: nicht ganz, denn mir zumindest war das Problem nicht völlig entgangen, obwohl auch der Jubilar – sicher nicht ganz uneigennützig – in seiner Erwiderung diesen wunden Punkt seiner „Karriereentwicklung" auch mit keinem Wort streifte.

Nicht jeder, der gern redet, kann es auch.

Je nach Perspektive reizvoll oder gerade besonders peinlich kann es werden, wenn schwache oder besonders ungeübte Redner mit großem Ehrgeiz zu öffentlichen Auftritten sich vorgefertigter Texte bemächtigen (z. B. „Musterreden für alle Anlässe"), um sie Jubilaren und erwartungsfrohen Gästerunden frohgestimmt zu Gehör zu bringen. Kaum besser ist es indessen, wenn sich zu professionell Gereimtem auch noch mit besonderer Liebe und Inbrunst (und vielfach hinsichtlich Reim und Versmaß leicht verunglückter Dichtkunst) auf den speziellen Anlaß für den Jubilar oder die Jubilarin zugeschnittene selbst gefertigte Verse von bisweilen erschütternder Wirkung gesellen.

(Es erübrigt sich fast, hier noch einmal ausdrücklich darauf hinzuweisen, daß mich diese Art von Dichtkunst so beeindruckt hat, daß ich nicht widerstehen konnte, auch selbst einige gepfefferte Verse zu fabrizieren und dadurch sicher manchem Leser die Tränen in die Augen zu treiben.)

Leider fehlt machem Redner gerade bei festlichen Anlässen neben der rednerischen Begabung bisweilen auch noch das für die besondere Situation erforderliche Fingerspitzen- und Taktgefühl.

Einige Beispiele aus der Literatur und aus meinem eigenen Erfahrungsbereich mögen diese Problematik verdeutlichen und vielleicht den einen oder anderen allzu forschen Redner doch noch zum (vorherigen!) Nachdenken anregen:

> Der glückliche Vater:
>
> „Liebe Patin, ...
> mein besonderer Dank gilt vor allem Dir für Deine spontane Bereitschaft, die Patenschaft über unser Töchterchen zu übernehmen."

Peinlich kann das für die Patin sein, wenn es nicht stimmt. Vielleicht ist sie vom Vater erst über ihre Ernennung zur Patin informiert worden, nachdem er sie ohne ihr Wissen und ihre Zustimmung bereits beim Pfarrer als Patin hat eintragen lassen. Warum hat er das getan? Vielleicht spekuliert er auf das Vermögen der kinderlosen Patin in der Hoffnung, sie werde ihrem Patenkind davon einen ansprechenden Teil vererben.

> Der gedankenlose Funktionär vom Sportverein:
>
> „Lieber Sportskamerad ..., daß Du heute 60 Jahre alt geworden bist, glauben wir Dir zwar, ansehen tun wir Dir's aber nicht. Du bist auf eine bewundernswerte Weise innerlich und äußerlich jung geblieben.
>
> Jean Paul hat einmal gesagt:
> ‚Die Jugend des Geistes ist ewig, und die Ewigkeit ist die Jugend.'
> Er drückt damit aus, daß Jugend oder Alter im wesentlichen eine Sache der Einstellung ist, die man sich selbst und der Welt gegenüber hat.
>
> Du denkst und handelst jung und bist deshalb jung geblieben."

Vor dem Funktionär sitzt der 60jährige Sportskamerad nach einem mit Mühe überstandenen Schlaganfall mit Halbseitenlähmung im Rollstuhl. Begreifen die beiden, welche Freude diese Ansprache bei allen Beteiligten (natürlich auch den übrigen Geburtstagsgästen!) verursacht?

Ich selbst habe einmal bei einer ähnlichen Gelegenheit neben einer ebenfalls bereits betagten Dame gesessen, die mir mehrmals ins Ohr flüsterte: „Wenn das einer mit mir machen würde, würde ich aufstehen und weggehen!"

Aber genau das war es ja, was das hoch geehrte Geburtstagskind nicht konnte.

Große Begeisterung erregen bisweilen von Witzbolden gefertigte Balladen bei Rednern, die sich auf ihren nächsten gesellschaftlichen Auftritt vorbereiten. Dabei richten sie ihr Augenmerk allerdings weniger auf den eigentlichen Anlaß und auf den zu diesem und zu den Eigenarten bzw. Eigenschaften einer zu ehrenden Persönlichkeit passenden Inhalt des Dichtwerks, sondern ihre Freude gründet sich vor allem darauf, überhaupt einen lustigen Text gefunden zu haben, um bei den Gästen Heiterkeitsstürme zu entfachen und dabei selbst im Mittelpunkt zu stehen.

Daß diese Heiterkeit für den Jubilar möglicherweise überhaupt kein Anlaß zur Freude ist (mancher kann sich eben nicht so recht freuen, wenn auf seine Kosten peinliche Scherze gemacht werden), das merken solche gedanken- und taktlosen Redner wohl selbst gar nicht.

Deshalb sollte sich jeder Redner mit derart heiteren Absichten bereits bei der Redevorbereitung **vor** seinem Auftritt einmal gedanklich in die Rolle des/der Angesprochenen und einzelner Gäste versetzen um herauszufinden, welche Gedanken und Gefühle diese wohl mit den Ausführungen verbinden werden.

Bekommt der Redner den Verdacht, daß manche sich unwohl fühlen könnten, weil sie über seine Scherze gar nicht oder nur pflichtgemäß und krampfhaft zu lachen vermögen, dann sollte er auf das Vorhaben oder zumindest auf die problematischen Textpassagen zum Wohle der Jubilare, der Gäste und nicht zuletzt zu seinem eigenen Wohle verzichten.

Jeder vermiedene Flop ist bereits ein bombiger Erfolg !

4.5.4 Vorträge im Seminar, bei Tagungen und Kongressen

Vorträge in Seminaren, bei Tagungen und auf Kongressen sind ein weiterer wesentlicher Schwerpunkt der Tätigkeit von Rednern.

Während bei Gratulations-Reden, in vergleichbarer Weise auch bei Trauer-Ansprachen etc., die persönliche Beziehung zum Betroffenen und damit zugleich emotionale Komponenten große Bedeutung haben, konzentriert sich der Vortrags-Redner in Seminaren, Tagungen und Kongressen vorwiegend auf die sachlich-fachlichen Inhalte des jeweiligen Themas.

Diese spezielle Aufgabenstellung erfordert durchweg einen anderen äußeren Rahmen und nutzt in höherem Maße auch technische Hilfsmittel, wie z. B. Bild-Projektion (Dias, Overhead-Folien), Video-Aufzeichnung und -Vorführung, Tafel, Flip-Chart und Pin-Wände im Zusammenhang mit der Metaplan-Moderations-Technik.

Häufig erhalten die Teilnehmer an derartigen Vortragsveranstaltungen entweder den vollständig gedruckten Vortragstext vor oder nach dem Vortrag als Gedächtnisstütze und für ihre Unterlagen ausgehändigt, oder der Vortrag wird später in einer Fachzeitschrift, einem Buch oder einem Kongreßbericht abgedruckt.

Besonders in Seminaren erhalten Teilnehmer häufig nicht den kompletten Vortragstext, sondern als Teilnehmer-Unterlagen wichtige Tabellen und Abbildungen, Übersichten etc. aus dem Vortrag, die z. T. als Kopien der Vortragsfolien ausgehändigt werden. Dieses Verfahren stellt natürlich entsprechende Anforderungen an die Kopierbarkeit der Vortragsfolien, da sie ja schließlich für den Teilnehmer lesbar sein sollen.

4.5.4.1 Vortrags-Anlässe und -Formen

Es wird kaum möglich sein, im Rahmen dieses Buches alle oder auch nur alle grundsätzlich wichtigen Vortrags-Anlässe und -Formen im einzelnen durchzugehen. Was nämlich eigentlich als Hilfe für den Redner gedacht ist, würde sich dann sehr schnell zu einem unüberschaubaren Komplex zahlloser Details aufblähen und damit den eigentlichen Zweck verfehlen.

In den Abschnitten 1.1 (Tab. 1) und 1.2 (Tab. 2) ist schon im Zusammenhang mit der Übersicht über die verschiedenen sprachlichen Äußerungsformen von Rednern auf unterschiedliche Möglichkeiten der Vortragsgestaltung und seines Einsatzes hingewiesen worden (z. B. als Referat, Vortrag, Lehrgespräch oder Vorlesung). In der Fachliteratur können Sie dazu zahlreiche interessante Hinweise und weitere Anregungen finden (z. B. bei BIRKENBIHL 1992, FELS 1975, FLEISCHER 1986, HILLER 1970, KÖHL 1982, MEIER 1980, NITSCHKE 1992, ZUSCHLAG 1988).

Wahrscheinlich werden Sie schon aus Ihrer eigenen Erfahrung eine Reihe von unterschiedlichen Anlässen für Vorträge und die darauf abgestimmten Realisationen kennen. Zur Erinnerung sind noch einmal einige Beispiele in der folgenden Tabelle zusammengestellt, bei der auch die Bedeutung der unterschiedlichen Zielgruppen deutlich wird, auf die sich die Redner jeweils einzustellen haben:

Tab. 53 Unterschiedliche Vortrags-Möglichkeiten (Referat, Vortrag, Lehrgespräch, Vorlesung, Rede etc.)

Verschiedene **Vortrags-Anlässe und -Formen:**

- **Fest-Vortrag** zur Feier eines **bedeutenden Ereignisses**
- **Fach-Vortrag** im Rahmen eines **Fachkongresses**
- **Verkaufs-Vortrag** eines **Verkäufers am Verkaufsstand**
- **Regierungs-Erklärung** des Bundeskanzlers im Parlament
- **Parlaments-Rede** (z. B. des Wirtschaftsministers bei der **Haushaltsdebatte**)
- **Seminar-Referat** des Studenten an der **Universität**
- **Vorlesung** des Dozenten/Professors im **Universitäts-Hörsaal**
- **Referat** eines Experten auf einer **Fach-Tagung**
- **Kongreß-Vortrag** eines Fachmannes
- **Bericht des Vorstands** auf der **Jahreshauptversammlung**
- **Rechenschaftsbericht** des Vorsitzenden auf der **Mitgliederversammlung eines Vereins**
- **Lehrvortrag/Lehrgespräch des Lehrers** im **Schulunterricht**
- **Referat des Schülers** im **Schulunterricht**
- **Instruktion der Fahrschüler** durch den Fahrlehrer im **Fahrschul-Unterricht**

Verschiedene **Arten von Vorträgen:**

- **Vorlesung** mit ausformuliertem Manuskript
- **Vortrag mit Stichwortzettel** bzw. freier Vortrag
- **Dia-Vortrag** (projizierte Diapositive werden kommentiert)
- **Folien-Vortrag** (projizierte Folien werden kommentiert)
- **Experimental-Vortrag** (ein Experiment wird durchgeführt und – ggf. mit Video-Übertragung – kommentiert)
- **Lehr-Vortrag** mit Tafelanschrieb bzw. Tafelbildern oder mit Demonstrationen an Modellen und Schaubildern (z. B. in der Schule, in der Universität)

Redner gehen durch das Leben,
– erst als Säugling,
dann als Greis –
und „reden" eben:
mal sind sie Rede-King,
mal einfach naseweis!

Doch alle Redner, klug bis dumm,
darum
merk auf, verehrtes Publikum,
und keiner rede drum herum,
sind dann im Sarge ewig stumm.

Schon die wenigen Beispiele in dieser Übersicht, die ja nur einen kleinen Ausschnitt aus der Vielzahl von Möglichkeiten darstellen, zeigen auch, daß das Halten von Vorträgen im Leben der meisten Menschen offenbar eine durchaus wichtige Rolle spielt. Deshalb sollte auch eine angemessene Vorbereitung darauf eigentlich eher zu den Selbstverständlichkeiten gehören als zu den Ausnahmen.

Vorträge bzw. Reden begleiten uns – teils in der Rolle des Redners, teils in der des Zuhörers – gewissermaßen „von der Wiege bis zum Grabe" – nämlich von der Taufpredigt über das Referat im Schulunterricht bis zum Nachruf bei der Beerdigung.

4.5.4.2 Strukturierung von Vorträgen

Wer mit seinen Vorträgen und Reden Erfolg haben will, der sollte sich nicht auf spontane Einfälle verlassen, mit denen er die verfügbare Vortragszeit füllen könnte. Vielmehr sollte er sich z. B. anhand der als Tabelle 23 hier abgedruckten Checkliste sorgfältig in die Thematik einarbeiten, sich gegebenenfalls an den in den Tabellen 36–42 erfaßten Strukturierungshilfen orientieren und auf diesen Grundlagen eine sachgerechte und für die Zuhörer interessante Präsentation vorbereiten.

Auch wenn er kein vollständig ausformuliertes Textmanuskript erarbeiten will, sollte der Redner sich doch zumindest die Struktur seines Vortrags und die Zeitplanung anhand des als Tabelle 28 hier abgedruckten Formblattes skizzieren. Er kann sich dann entweder beim Vortrag bzw. der Rede unmittelbar auf diesen Leitfaden stützen oder ihn zumindest vorher so weit memorieren, daß er aus dem Gedächtnis demgemäß strukturiert sprechen kann. Hilfreich ist es für viele, diese Notizen entweder zur Kontrolle vor sich auf das Rednerpult bzw. den Tisch zu legen oder sie zumindest für den Notfall griffbereit in der Jackentasche zu haben.

4.5.4.3 Hilfsmittel zur Ausarbeitung von Vorträgen

Auf den begrenzten Wert von Mustertexten als Grundlage für eigene Vorträge haben wir schon oben hingewiesen.

Wichtigstes Hilfsmittel scheint mir die im letzten Kapitel noch einmal hervorgehobene Standard-Gliederung zu sein.

Darüber hinaus stehen natürlich weitere wichtige Hilfsmittel zur Verfügung, wie z. B. Personal-Computer für die Textherstellung und Kopiergeräte für die Erstellung von Präsentations-Folien.

4.5.4.4 Organisatorischer Rahmen für Vorträge

Zu erwähnen ist ein weiterer wichtiger Problemkomplex, dessen Beherrschung einem Vortrag zum Erfolg und dessen Nichtbeachtung und Vernachlässigung leicht in ein Fiasko führen kann: der **organisatorische Rahmen von Reden und Vorträgen**.

Sie tragen vielleicht in einem Seminar vor, bei einer Tagung oder auf einem Kongreß. Was haben Sie z. B. bezüglich des organisatorischen Rahmens, in dem Ihr Vortrag geplant ist, zu erwarten und demgemäß bei Ihrer Vorbereitung zu beachten?

Die Thematik wird in den folgenden Tabellen 54a–54e differenziert nach verschiedenen Veranstaltungsorten analysiert und dargestellt. In der ersten Tabelle sind mögliche Probleme für Redner zusammengestellt, mit denen er rechnen muß, wenn er als Dozent an eine Hochschule eingeladen wird oder dort seinen regelmäßigen Dienst aufnimmt:

Tab. 54 Organisatorischer Rahmen für Vorträge im Seminar, bei Tagungen, Kongressen, etc.:

Tab. 54a in Seminar/Universität

- Möglicherweise hat der Redner beim ersten Mal Probleme beim Auffinden des Seminarraums oder Hörsaals auf einem unübersichtlichen Universitätsgelände bzw. in schwer überschaubaren Gebäudekomplexen; ggf. muß er sich beim Hausmeister, beim Empfang oder im Sekretariat erkundigen.
- Möglicherweise ist der Raum (noch) durch eine andere Veranstaltung belegt.
- Ist der Redner den Zuhörern noch nicht bekannt, wird er sich zweckmäßigerweise kurz vorstellen mit einigen Informationen über seine Arbeitsschwerpunkte und über die Zielsetzungen z. B. seiner Vorlesung.
- Einstellung auf ebenen Seminarraum oder auf Hörsaal mit ansteigenden Stuhlreihen ist erforderlich.
- Häufig verschmutzte Räume oder nicht vorhersehbare Stuhl- und Tischordnung, wenn der Raum vorher durch eine andere Veranstaltung belegt war.
- Räume sind möglicherweise nicht (ausreichend) verdunkelbar für Film- oder Dia-Projektion.
- Meistens ist der Referent „Alleinunterhalter"; keine Einbindung in eine Folge von Referenten; jedoch begrenzter Zeitrahmen von jeweils 45 bzw. 90 Minuten.
- Eventuell sind keine oder aber nur defekte Projektionsgeräte vorhanden.
- Möglicherweise sind weder Kreide noch Boardmarker oder Stifte zur Folienbeschriftung vorhanden.

Aber auch bei Sitzungen sind von Mitgliedern und Vorsitzenden der jeweiligen Gremien aus unterschiedlichen Anlässen (z. B. Eröffnung einer Sitzungsperiode, Einführung in ein Thema, Grundsatzreferat, Rechenschaftsbericht) Referate zu halten. Wer sich rechtzeitig auf die Gegebenheiten, die fachlichen Anforderungen und die Erwartungen der Zielgruppe einstellt, wird sich manche Schwierigkeit oder gar Peinlichkeit ersparen können.

Einige Aspekte der zu erwartenden Rahmenbedingen, aber auch eventueller Störungen und Behinderungen zeigt die folgende Tabelle auf:

Tab. 54b in einer Sitzung (z. B. eines Ausschusses, eines Vorstands)

- Ist der Referent den Zuhörern nicht schon bekannt und stellt ihn der Sitzungsleiter nicht vor, wird er dies zweckmäßigerweise selbst tun mit ein paar wichtigen Daten bezüglich seiner Qualifikation zur Behandlung gerade dieses Themas.
- Ein Sitzungsleiter organisiert den Ablauf der Sitzung.
- Der Sitzungort und der Sitzungsraum sind meistens bereits bekannt, oder sie werden mit einer Anfahrtskizze oder Beschreibung erklärt.

Fortsetzung Tab. 54 b

- Je nach Veranstalter z. T. sehr unterschiedliche Räumlichkeiten (z. B. Klassenraum einer Schule, Seminarraum einer Hochschule, Freizeitheim, Vereinshaus, Schulungszentrum, Hotelsaal, Sitzungssaal in einem Dienstgebäude, Kongreßzentrum).
- Meistens relativ gut bis sehr gut vorbereitete Räume sowie Getränkeservice und ggf. sogar Gebäck oder Imbiß.
- Der Vortrag ist meistens in einer Tagesordnung thematisch sowie hinsichtlich Zeitpunkt und zulässiger Dauer festgelegt. Meistens wird er anschließend diskutiert.
- Benötigte Projektionsgeräte etc. werden manchmal nur bei Bedarf im Sitzungsraum aufgestellt, Geräte und Projektionsfläche sind dann unter Umständen nicht optimal positioniert.
- In Hotelsälen oft Störungen durch servierendes Personal.

Im Gegensatz zu Sitzungen ist bei Versammlungen der Teilnehmer- bzw. Zuhörerkreis meistens nicht so genau bekannt. Auch ist damit zu rechnen, daß Versammlungen aus aktuellem Anlaß oder wegen der herausragenden Bedeutung des angekündigten Redners besonders gut besucht werden, so daß der vorgesehene Versammlungsraum zu klein wird. Andererseits kann sich aber auch in einem nur mittelgroßen Raum bloß ein kleines Häufchen von Zuhörern einfinden.

In beiden Fällen sollte der Redner gewappnet sein, um aus der Situation für die von ihm vertretene Sache das Optimum herauszuholen.

Vorträge werden auf derartigen Versammlungen beispielsweise gehalten von Vorstandsmitgliedern eines Unternehmens oder Vereins, von Unternehmern, Geschäftsführern, ggf. auch vom Betriebsrat, von spezialisierten Mitarbeitern oder von eingeladenen externen Referenten, die als Experten über Spezialthemen zu sprechen haben.

Tab. 54 c bei Versammlungen (z. B. Betriebsversammlung, Mitgliederversammlung)

- Der Versammlungsort ist meistens bereits bekannt oder wird mit einer Anfahrtskizze oder Beschreibung erklärt.
- In einer Betriebshalle, einem Vereinshaus oder in einem Veranstaltungszentrum, in einem Hotelsaal oder sogar im Freien können Versammlungen stattfinden.
- Ein Versammlungsleiter – ggf. unterstützt durch Assistenten oder Ordnungskräfte – organisiert die Versammlung und steuert in der Regel den Ablauf.
- In der Tagesordnung ist die Reihenfolge der Vorträge vorgeplant. Auch der Zeitrahmen für den Einzelvortrag, zu dem häufig Zwischenfragen zugelassen sind und dem meistens eine Diskussion folgt, ist festgelegt.
- Benötigte Projektionsgeräte etc. werden oft nur bei Bedarf im Versammlungsraum aufgestellt; Geräte und Projektionsfläche sind daher oftmals nicht optimal positioniert.

Im Gegensatz zu **Versammlungen** werden bei **Kundgebungen** meistens keine Vorträge im Sinne von Fachvorträgen gehalten, sondern eher Positionsreferate von engagierten Vertretern einer Sache oder aber aufrüttelnde (z. B. politische) Reden. Dabei spielt dann außer einer funktionstüchtigen Lautsprecheranlage die übrige Technik – im Sinne der Seminartechnik (z. B. Projektoren) keine wesentliche Rolle.

Allerdings müssen Redner gerade bei Kundgebungen in noch höherem Maße als bei Versammlungen mit gezielten Störungen durch Andersdenkende rechnen – und leider, was die jüngsten Ereignisse in den verschiedenen Ländern zeigen, sogar mit Attentaten, die sich nicht nur auf das Werfen von Eiern und Tomaten beschränken.

Wesentlich gemäßigter geht es meistens bei reinen Vortragsveranstaltungen zu. Ich denke dabei etwa an kulturelle Veranstaltungen, bei denen Redner – mit Veranschaulichung durch Dias – Reiseberichte geben oder eine breitere Öffentlichkeit oder auch ein ausgewähltes Fachpublikum über aktuelle Ereignisse (z. B. Ausstellungen, Kunstwerke, einen neuen Film oder ein Theaterstück), über neueste wissenschaftliche Erkenntnisse, über die Funktion technischer Geräte, spezielle Verkaufsangebote von Unternehmen etc. informieren wollen.

Die spezifischen Rahmenbedingungen und die sachgerechte Einstellung auf die jeweilige Zielgruppe können auch in solchen Fällen Redner vor Probleme stellen.

Tab. 54 d in Vortrags-Veranstaltungen

- Solche Veranstaltungen können in sehr unterschiedlichen Räumlichkeiten (z. B. Klassenraum einer Schule, im Hörsaal einer Volkshochschule, eines Kulturvereins oder einer Hochschule) und unter Umständen sogar im Freien stattfinden.
- Meistens wird der Veranstalter den Referenten vorstellen und dabei die besondere Bedeutung der Person und des behandelten Themas ins rechte Licht rücken; dafür wird man dem Veranstalter ggf. rechtzeitig die benötigten Daten und Fakten zur Verfügung stellen müssen.
- Bei professionellen Veranstaltern mit professionell (d. h. mit Projektoren, Leinwand, dimmbarer Beleuchtung) ausgestatteten Sälen findet der Redner in der Regel gute organisatorische Vortragsvoraussetzungen vor. Wird dagegen lediglich aus irgendwelchen Gründen improvisiert, sollte sich der Referent notfalls darauf einstellen, alle für seinen Vortrag wichtigen Hilfsmittel (z. B. Projektor, Leinwand) selbst mitzubringen.
- Oftmals werden Einzelvorträge als Abendveranstaltung angesetzt; dem Redner stehen dann 1–2 Stunden Zeit zur Verfügung; meistens wird den Zuhörern im Anschluß Gelegenheit gegeben, Fragen zu stellen bzw. die Ausführungen mit dem Referenten zu diskutieren.
- Bisweilen haben Referent und Auditorium am Schluß von Abend-Veranstaltungen Probleme, das Gebäude noch auf normalem Wege zu verlassen, da der Hausmeister bereits die Haustür oder die Ausfahrt verschlossen hat. Je länger die geplante Zeit überzogen wird, desto größer kann in solchen Fällen diese Gefahr werden.

Bei Tagungen werden die Vorträge in der Regel von Experten aus der veranstaltenden Interessengruppe (z. B. Berufsverband, Verein, Gesellschaft) oder von eingeladenen Spezialisten bestimmter Fachdisziplinen gehalten.

Bei Tagungen, wie auch bei Kongressen, können im Gegensatz zu normalen Versammlungen oder einfachen Vortragsveranstaltungen besondere Koordinierungsprobleme und eventuell sogar Kollisionen auftreten, wenn nicht nur ein Plenum tagt, sondern wenn Parallelveranstaltungen in verschiedenen Sälen und Gebäuden stattfinden.

Tab. 54 e bei Tagungen und Kongressen
(z. B. Fachtagung einer Interessengruppe, Kongreß in Verbindung mit einer Fachmesse)

- Der Tagungsort und der Tagungsraum werden durchweg in einem gedruckten Programm ggf. mit Anfahrtskizze bekannt gemacht.
- Ein Tagungsleiter – ggf. unterstützt durch Assistenten – organisiert die Tagung und steuert den Ablauf; er ist Ansprechpartner des Referenten.
- Meistens wird der Tagungsleiter den Referenten vorstellen und dabei die besondere Bedeutung der Person und des behandelten Themas ins rechte Licht rücken; dafür wird man ihm ggf. rechtzeitig die benötigten Daten und Fakten zur Verfügung stellen müssen.
- In dem Tagungsprogramm ist die Reihenfolge der Vorträge vorgeplant. Auch der Zeitrahmen für den Einzelvortrag, zu dem manchmal Zwischenfragen zugelassen sind und dem meistens eine Diskussion folgt, ist festgelegt.
- Getränkeservice etc. erfolgt meistens in eigens dafür eingeplanten Pausen und oft außerhalb des Tagungsraumes.
- Projektionsgeräte (z. B. Overhead-Projektor, Dia-Projektor) gehören heute noch nicht überall zur Standardausstattung; sie sollten vom Referenten bei Bedarf rechtzeitig über den Veranstalter bestellt oder notfalls selbst mitgebracht werden.

Der Redner hat sich auf diese unterschiedlichen Gegebenheiten einzustellen. Er kann zwar oftmals eigene Wünsche äußern (z. B. bezüglich der benötigten Projektionsgeräte), hat aber letztlich meistens nur wenig oder gar keinen Einfluß auf die übrigen Rahmenbedingungen seines Vortrags.

Das verlangt vom Redner ein hohes Maß an Flexibilität. Er kann und sollte sich deshalb keineswegs darauf verlassen, daß der Veranstalter alle Verabredungen wunsch- oder verabredungsgemäß korrekt getroffen hat und daß die Raumbestuhlung, die technische Ausstattung, der vereinbarte Getränkeservice, der Assistent für Dia-Projektion etc. auch vorhanden sind. Wir haben nämlich schon von Referenten gehört, die mit dem Auditorium vor verschlossenen Saaltüren standen oder – wie in Tabelle 54 c dokumentiert – nach der Veranstaltung abends Mühe hatten, das inzwischen vom Hausmeister verschlossene Gebäude wieder zu verlassen.

Wenn die Organisation nicht der Absprache und der Planung gemäß klappt, nützt es dem Referenten letztlich wenig, wenn er jedermann nachweisen kann, daß dies nicht sein Verschulden gewesen ist.

Für die genervten Zuhörer ist es auch keineswegs befriedigend, wenn der Redner das Fiasko dadurch zu erklären versucht, daß er gar nicht habe ahnen können, daß der Veranstalter sich in einer solchen Weise unprofessionell verhalten und allgemein branchenübliche Vorbereitungen nicht treffen würde.

Entscheidend ist für den Zuhörer – ob er nun für den Vortrag Eintrittsgeld bezahlt hat oder nicht –, daß er vom Referenten in dem angekündigten und persönlich disponierten Zeitrahmen den Vortrag geboten bekommt, zu dem er am Ort erschienen ist und wofür er seine wertvolle Zeit geopfert hat.

Bisweilen erscheinen Zuhörer oder Redner auch am falschen Ort!

Wie kann das passieren?

Gar nicht so selten passiert es, daß entweder der Referent oder aber bestimmte Teilnehmer nicht oder zumindest nicht rechtzeitig Kenntnis erhalten von Veränderungen der Anfangszeit, des Termins oder des Veranstaltungsortes, obwohl die schriftlichen Mitteilungen rechtzeitig an sie abgeschickt worden sind. Die Informationen sind nicht bei ihnen angekommen – vielleicht sind sie in der zuständigen Fachabteilung liegen geblieben, vielleicht durch die Post erst verspätet ausgeliefert worden.

Es geschieht relativ häufig, daß Veranstaltungen verlegt werden müssen. Das kann z. B. bedeuten:

- Verschiebung des Vortrags auf einen anderen Zeitpunkt desselben Tages (z. B. von 19.00 Uhr auf 20.00 Uhr)
- Verschiebung auf einen anderen Tag (z. B. von Montag auf Dienstag)
- Verlegung des Vortrags in einen anderen Saal desselben Gebäudes (z. B. aus Saal A in Saal B; aus dem kleinen Saal wegen der zahlreichen Anmeldungen kurzfristig in den großen)
- Verlegung in ein anderes Gebäude oder sogar in einen anderen Ort (z. B. aus dem Schulungszentrum in ein Tagungshotel; aus dem Universitätsgebäude I in das Gebäude II; von Hannover nach Hamburg).

Wir haben schon Referenten erlebt, die um 9.00 Uhr bei unserem Kontrollanruf in ihrem Büro bereits auf dem Weg nach Hamburg statt nach Hannover waren. Wir kennen auch Referenten, die im falschen Zug Platz genommen hatten und dann von Bochum nach Bremen fuhren, statt nach Hannover.

Wir haben auch schon Referenten erlebt, die zu Hause angerufen werden mußten, weil das Auditorium (Führungskräfte) morgens um 9.00 Uhr vollzählig im Saal Platz genommen hatte, der Referent aber noch nicht in Sicht war. Es stellte sich heraus, daß dieser den Termin aus nachträglich nicht mehr aufklärbaren Gründen aus seinem Terminkalender gestrichen hatte.

Ich empfehle daher jedem Veranstalter, beispielsweise eine Woche vor einer geplanten Veranstaltung noch einmal beim Referenten telefonisch (und zwar persönlich!) nachzufragen, ob für seinen Vortrag noch irgendwelche weiteren Vorbereitungen getroffen werden müssen. Spätestens dann wird klar, ob der Referent den Termin ordnungsgemäß für sich disponiert hat.

Umgekehrt empfehle ich jedem Redner, sich rechtzeitig vor seinem Auftritt noch einmal telefonisch, persönlich oder per Fax beim Veranstalter zu erkundigen, ob sich an Termin, Zeit, Ort, erwarteter Teilnehmerzahl etc. noch etwas geändert hat, das er wissen sollte und worauf er sich einstellen muß. Auch in diesem Fall würden Versäumnisse des Büros, Mißverständnisse etc. noch rechtzeitig geklärt und müßten nicht zwangsläufig zu einem Fiasko führen.

4.5.4.5 Das Publikum/Auditorium bei Vorträgen

Je besser sich der Redner auf **sein** Publikum einstellt, desto erfolgreicher wird er in der Regel sein. Da verschiedene Zuhörergruppen mit unterschiedlichen Informations-Voraussetzungen, spezifischen Interessen, speziellen Motiven, persönlicher oder weltanschauungsgebundener Sympathie oder Antipathie gegenüber dem Thema oder dem Redner im Saal sitzen können, kann er sich leichter vor unliebsamen Überraschungen schützen, wenn er sich möglichst frühzeitig über die zu erwartende oder über die schon anwesende Zuhörerschaft informiert.

In der folgenden Tabelle wird das Augenmerk deshalb auf beachtenswerte Aspekte und Unterschiede zwischen verschiedenen Auditorien und auf die dadurch an den Redner gestellten speziellen Anforderungen gerichtet:

Tab. 55 Das Publikum/Auditorium bei Vorträgen
– im Seminar/Universität
– bei Sitzungen
– bei Versammlungen
– bei Vortrags-Veranstaltungen
– bei Tagungen
– bei Kongressen

Seminar/Universität:

- mehr oder weniger konstanter Zuhörerkreis für das ganze Semester; die Anzahl der Teilnehmer kann von Termin zu Termin sowie bei verschiedenen Veranstaltungen schwanken (im Extremfall 0 bis einige hundert Zuhörer)
- meistens sind die Zuhörer an dem Vortragsinhalt vor allem im Rahmen der Vorbereitung auf eine Klausur, eine Zwischen- oder Abschluß-Prüfung interessiert
- je nach Veranstaltung ist mit Zwischenfragen oder mit anschließender Diskussion zu rechnen
- Störungen durch zu spät kommende oder durch früher gehende Studenten

Sitzungen:

- konstanter oder variabler, aber normalerweise überschaubarer und begrenzter Teilnehmerkreis (ca. 5–50 Personen)
- die Zuhörer benötigen die im Vortrag zusammengestellten Informationen meistens zur Vorbereitung von Entscheidungen und nehmen deshalb gern den Vortragstext oder zumindest die wesentlichen Daten und Fakten (z. B. Tabellen, Diagramme) zu ihren Akten
- unter Umständen stark divergierende Interessen der Teilnehmer mit ausgeprägter Konfliktbereitschaft zur streitbaren Auseinandersetzung über Sachthemen oder politische Zielsetzungen
- je nach Veranstaltung ist mit Zwischenfragen oder mit anschließender Diskussion zu rechnen
- Störungen durch zu spät kommende oder durch früher gehende Teilnehmer

Versammlungen:

- relativ homogene Zuhörerschaft (z. B. nur Mitglieder des Ortsvereins der X-Partei; nur Mitglieder des Golf-Clubs)
- Rechenschaftsberichte etc. werden oft als reine „Pflichtübung" zur Kenntnis genommen, aber bei kritischen Anlässen oftmals auch sehr genau analysiert und als Grundlage für schwierige Entscheidungen benötigt
- je nach Veranstaltung ist mit Zwischenfragen oder mit anschließender Diskussion zu rechnen
- Störungen durch zu spät kommende oder durch früher gehende Teilnehmer

Fortsetzung Tab. 55

Vortrags-Veranstaltungen:

- je nach Thematik und Veranstaltungsrahmen kann das Auditorium sehr homogen (z. B. nur Tiefseetaucher), aber auch sehr heterogen sein (z. B. sowohl Taucher als auch Schüler, Journalisten, Wissenschaftler, Hausfrauen ohne Tauch-Erfahrung)
- selten werden Zuhörer ohne spezielles Interesse und nur rein zufällig zu einer solchen Vortrags-Veranstaltung gehen; sie werden normalerweise aus persönlichem Interesse am Thema oder sogar am (renommierten) Referenten kommen
- insbesondere bei politisch, religiös oder weltanschaulich ausgerichteten Themen muß damit gerechnet werden, daß unter Umständen (militante) Andersdenkende zum Vortrag kommen, dort lautstark zu stören versuchen oder zumindest sehr aggressive Töne in die Diskussion bringen
- Störungen durch zu spät kommende oder durch früher gehende Teilnehmer

Tagungen:

- relativ homogene Zuhörerschaft (z. B. Tagung der Kinderärzte)
- bisweilen interessiert die Teilnehmer mehr der gesellschaftliche Rahmen und der Kontakt mit Tagungsteilnehmern als der Inhalt der Vorträge
- vielfach sind die Teilnehmer sehr am Inhalt der Vorträge im Hinblick auf ihre eigene Arbeit oder eigene Forschungen interessiert und möchten sich selbst einbringen und die Problemlösung auch in ausgiebigen Fachdiskussionen im Anschluß an einen Vortrag voranbringen
- Tagungen finden oft in einem einzigen, größeren Vortragssaal statt. (Bei zunehmender Teilnehmerzahl entwickeln sich Tagungen leicht zu Kongressen mit zahlreichen Parallelveranstaltungen.)
- je nach Veranstaltung ist – insbesondere bei kleineren Tagungen – mit Zwischenfragen oder mit anschließender Diskussion zu rechnen
- Störungen durch zu spät kommende oder durch früher gehende Teilnehmer

Kongresse:

- Oft mehrere tausend Kongreßteilnehmer, die entweder dauernd bei derselben Arbeitsgruppe verweilen oder nach Programm die Säle wechseln, um ganz bestimmte Vorträge oder Redner in den Parallelveranstaltungen zu hören. Im Vortragssaal können je nach Thema und Attraktivität der Redner ca. 10 bis mehrere hundert Zuhörer sitzen.
- bisweilen interessiert die Teilnehmer mehr der gesellschaftliche Rahmen und der Kontakt mit Kongreßteilnehmern als der Inhalt der Vorträge
- vielfach sind die Teilnehmer sehr am Inhalt der Vorträge im Hinblick auf ihre eigene Arbeit oder eigene Forschungen interessiert und möchten sich selbst einbringen und die Problemlösung auch in ausgiebigen Fachdiskussionen im Anschluß an einen Vortrag voranbringen
- manche Kongreßteilnehmer treten zur eigenen Profilierung am liebsten selbst als Referenten auf
- manche Kongreßteilnehmer versuchen dadurch die Aufmersamkeit auf sich lenken, daß sie in jeder Veranstaltung mehr oder weniger unnötige Fragen stellen; die Antworten interessieren sie dabei oft so wenig, daß sie diese gar nicht mehr abwarten, sondern bereits auf dem Weg in den nächsten Vortragssaal sind, um auch dort wieder durch Fragen Aufmerksamkeit zu erregen
- Zwischenfragen sind bei Vortragsveranstaltungen und bei großem Auditorium meistens nicht üblich. Dafür ist vielfach eine anschließende Diskussion eingeplant.
- bei internationalen Kongressen sind oft mehrere Kongreßsprachen zugelassen; das stellt an die Referenten besondere Anforderungen (z. B. langsameres und besonders deutliches Sprechen, ggf. Berücksichtigung der Simultanübersetzung, eventuell Verständnisprobleme bei fremdsprachlichen Zwischenfragen oder Diskussionsbeiträgen, Probleme mit der Benutzung der Verstärker- und Übersetzer-Technik)
- Störungen durch zu spät kommende oder durch früher gehende Teilnehmer

Der Redner steht demnach vor der Aufgabe, sich auch dann, wenn er mehrfach dieselbe Rede halten will, auf die unterschiedlichen Vorkenntnisse beim Auditorium und auf die unterschiedlichen Erwartungen der jeweiligen Zuhörerschaft neu einzustellen und gegebenenfalls seinen Vortragsinhalt und seinen Vortragsstil den jeweiligen Gegebenheiten anzupassen. Diese Anpassung stellt zum Teil hohe Anforderungen an die Flexibilität eines Redners, wenn er sich auf so unterschiedliche Auditorien einzustellen hat, wie z. B. Studenten im Seminar einer Hochschule, Fachkollegen in einer Sitzung, heterogenes Volkshochschulauditorium bei einem Abendvortrag, eine geschlossene Gesellschaft bei einer Mitgliederversammlung eines Vereins, Experten auf einer Fachtagung oder einem Kongreß.

Sind die Erwartungen dieser Auditorien unterschiedlich, sollte der Redner das wissen, beachten und bei seinem Vortrag berücksichtigen. In Form, Inhalt, Niveau und Zeitrahmen sollte er sich und seinen Vortrag jeweils den aktuellen Gegebenheiten und den besonderen Eigenarten der Zuhörergruppe anpassen.

Wer das versäumt, sich die Arbeit leicht macht und immer wieder – ohne jede Rücksichtnahme auf die unterschiedlichen Rahmenbedingungen – denselben Vortrag hält, muß Fehlschläge einkalkulieren. Diese reichen bei der Fehleinschätzung eines Politikers von schlichten Unmutsäußerungen der Zuhörer, über Buh-Rufe, Pfiffe bis zu Wurfgeschossen (beliebt sind bekanntlich Tomaten, Eier, Farbbeutel, faules Obst etc.) und zu weitergehenden aggressiven Übergriffen (z. B. Ohrfeigen).

Die besondere Bedeutung überzeugender Zielsetzungen durch den Redner haben wir schon in anderem Zusammenhang angesprochen (s. Kapitel 3.1.2 und 4.1).

In der folgenden Tabelle werden Beispiele für einige wichtige Haupt- und Nebenziele aufgeführt, die der Redner mit seiner Rede bzw. seinem Vortrag bei den verschiedenen Gelegenheiten verfolgen kann:

> Liebst Du bei Reden,
> die nicht ganz wohl geraten,
> als Zielscheibe für jeden
> rohe Eier und Tomaten,
> dann halt den Kopf hin.
>
> Sonst halt den Mund,
> laß sie Dir lieber braten.

Tab. 56 Ziel(e) von Vorträgen
– im Seminar/Universität
– bei Versammlungen
– bei Vortrags-Veranstaltungen
– bei Tagungen/Kongressen

Seminar/Universität:

- **Hauptziele**
  - Studenten das notwendige Wissen für das erfolgreiche Bestehen der Prüfungen vermitteln
  - Studenten ausreichende Kenntnisse und Fertigkeiten für eine spätere erfolgreiche Berufstätigkeit vermitteln

Fortsetzung Tab. 56

- **Nebenziele**
  - sich als Fachmann profilieren
  - Forschungsergebnisse erst einmal einem kritischen Studenten-Auditorium präsentieren, bevor sie auf einem Kongreß vorgetragen oder in einer Fachzeitschrift publiziert werden
  - seine Vorlesungsverpflichtungen erfüllen

Versammlungen:

- **Hauptziele**
  - einen in der Tagesordnung vorgeschriebenen Punkt abhandeln (z. B. Rechenschaftsbericht, Tätigkeitsbericht, Darstellung der Vor- und Nachteile eines geplanten Projekts)
  - durch den Vortrag die Versammlung zu einer vom Redner selbst gewünschten Entscheidung motivieren
  - Lösungen für aktuelle Probleme aufzeigen
- **Nebenziele**
  - als Mitglied des Vereins um Anerkennung und Stimmen für eine bevorstehende Wahl (z. B. als Vorsitzender, Präsident, Schriftführer) werben
  - einen Gegner außer Gefecht setzen (z. B. einen für die gleiche Funktion kandidierenden Bewerber)
  - seine Selbstunsicherheit durch öffentliche Auftritte zu überwinden versuchen
  - Eindruck auf eine anwesende Dame machen

Vortrags-Veranstaltungen:

- **Hauptziele**
  - das vom Redner selbst oder vom Veranstalter gestellte Thema sachgerecht und zur Zufriedenheit der Zuhörer abhandeln
  - die Zuhörer für die im Vortrag gesetzten Ziele gewinnen (z. B. für Umweltschutz, für die Realisierung eines Forschungsprojekts, für notwendige Sparmaßnahmen oder Investitionen)
  - einen Nebenverdienst durch Vorträge erzielen
- **Nebenziele**
  - sich selbst aus Imagegründen einem fachkundigen Publikum als Fachmann präsentieren
  - durch den Vortrag Geldgeber oder Sponsoren für ein Projekt zu gewinnen versuchen
  - mögliche Arbeitgeber für sich begeistern, damit sie dem Redner eine Stelle anbieten
  - die Zuhörer in angenehmer Atmosphäre nett unterhalten
  - sich als Redner üben, um das leidige Lampenfieber zu reduzieren, das den Redner bei solchen Gelegenheiten immer überfällt
  - durch derartige öffentliche Auftritte im Gespräch bleiben
  - sich durch einen Reisebericht (z. B. Dia-Vortrag) in der Heimatstadt interessant machen und in der Tagespresse erwähnt werden

---

Tagungen/Kongresse:

- **Hauptziele**
  - das vom Redner selbst oder vom Veranstalter gestellte Thema sachgerecht und zur Zufriedenheit der Zuhörer abhandeln
  - die Zuhörer für die im Vortrag gesetzten Ziele gewinnen (z. B. für Umweltschutz, für die Realisierung eines Forschungsprojekts, für notwendige Sparmaßnahmen oder Investitionen)
  - als Messe-Aussteller Werbung für die vertriebenen Produkte machen
- **Nebenziele**
  - die Vortragsgelegenheit mit anschließender Publikation des Beitrags im Kongreßbericht nutzen, um die Publikationsliste zu vergrößern und dadurch bessere „Marktchancen“ zu haben

Fortsetzung Tab. 56

- sich selbst aus Imagegründen einem fachkundigen Publikum als Fachmann präsentieren
- durch den Vortrag Geldgeber oder Sponsoren für ein Projekt zu gewinnen versuchen
- mögliche Arbeitgeber für sich begeistern, damit sie dem Redner eine Stelle anbieten
- sich als Redner üben, um das leidige Lampenfieber zu reduzieren, das den Redner bei solchen Gelegenheiten immer überfällt
- durch derartige öffentliche Auftritte im Gespräch bleiben
- durch einen eigenen Vortrag das Geschäft der Konkurrenz erschweren

Die Beispiele zeigen, daß es einerseits Ziele gibt, die fast bei allen Gelegenheiten eine mehr oder weniger wichtige Rolle spielen (z. B. Image-Pflege, die Erwartungen der Zuhörer befriedigen). Andererseits werden aber bei verschiedenen Veranstaltungen auch z. T. sehr unterschiedliche Ziele verfolgt (z. B. „Studenten in einem Hochschul-Seminar auf eine Prüfung vorbereiten" im Vergleich mit „Werbung für ein von mir vertriebenes Produkt machen").

Treten Redner zu verschiedenen Zeitpunkten in unterschiedlichen Rollen auf (z. B. als Professor, als Werbe-Manager, als Kunst-Mäzen, als Reise-Berichterstatter, als Ressort-Minister), dann kann dies ein hohes Maß an Flexibilität erfordern, weil von der Sache her dann sehr unterschiedliche Vortrags- bzw. Rede-Ziele vorgegeben sein können und weil unterschiedliche Rollen unterschiedliche Zielsetzungen implizieren.

In Abstimmung auf seine aktuellen Zielsetzungen wird ein versierter Redner auch eine jeweils dazu passende Gliederung wählen (s. Tabellen 35–42).

Je nach Anlaß, Zielsetzung, Inhalt und Temperament des Redners kann ein Vortrag über dasselbe Thema sehr unterschiedlich ausfallen. So könnte man z. B. das Thema „Alkoholismus" in folgender Art und Weise abhandeln:

Tab. 57 Gliederungs-Beispiel zum Thema: „Alkoholismus"

BEHANDLUNG DES THEMAS „ALKOHOLISMUS":

im Seminar/Universität
(z.B. bei der Ausbildung von Diplom-Psychologen; nach Tab. 36: Referate-Gliederung)

1 Einleitung
- 1.1 Wissenschaftliche Definition von Alkoholismus.
- 1.2 Statistik über Alkoholismus in Deutschland und in anderen Ländern.

2 Hauptteil
- 2.1 Die chemische Zusammensetzung von Alkohol.
- 2.2 Die Wirkung von Alkohol auf das Nervensystem.
- 2.3 Die Entstehung von Alkoholismus (d. h. Abhängigkeit von Alkohol als Folge von Alkohol-Abusus).
- 2.4 Somatische Veränderungen bei Alkoholikern.
- 2.5 Therapiemethoden und Heilungserfolge.

3 Schluß
- 3.1 Die Notwendigkeit der Prophylaxe.
- 3.2 Vorschläge für den Gesetzgeber.

Fortsetzung Tab. 57

in einer Versammlung
(z. B. „Anonyme Alkoholiker"; nach Tab. 38: Standpunkt vertreten)

1 Standpunkt
- 1.1 Bekenntnis als („trockener") Alkoholiker.
- 1.2 Man muß täglich erneut der Versuchung widerstehen.

2 Ziel
- 2.1 Menschen müssen vor Alkoholismus bewahrt werden.
- 2.2 Alkoholiker sollen „trocken" werden.
- 2.3 „Trockene" Alkoholiker sollen „trocken" bleiben.

3 Lösungsalternativen
- 3.1 Gar nicht erst mit dem Trinken anfangen, oder das Trinken durch die Gesellschaft konsequent verhindern.
- 3.2 Alkoholiker zur Krankheitseinsicht führen oder sie zwangsweise in die Entziehungskur bringen.
- 3.3 „Trocken" bleibende Alkoholiker belohnen, oder den Zugriff auf alkoholische Getränke verhindern.

4 Problemlösung
- 4.1 a Schon als Kind und Jugendlicher abstinent bleiben und diese Grundeinstellung als Erwachsener beibehalten.
- 4.1 b Die Herstellung und den Vertrieb von alkoholischen Getränken durch entsprechende Gesetze verbieten.
- 4.2 a Alkoholiker am Trinkort aufsuchen und ihr Alkoholproblem mit ihnen besprechen.
- 4.2 b Die Verabschiedung entsprechender Gesetze veranlassen, damit man die Alkoholiker zwangsweise zur Entziehungskur bringen kann, wenn sie sich dieser nicht freiwillig unterziehen wollen.
- 4.3 a „Trockenen" Alkoholikern einen guten Arbeitsplatz besorgen und sie weiterhin sozial betreuen.
- 4.3 b „Trockene" Alkoholiker in Wohngemeinschaften integrieren, wo sich alle gegenseitig bei der Einhaltung der Abstinenz kontrollieren.

5 Aufforderung
- 5.1 Alle sollen sich mit den individuellen und gesellschaftlichen Problemen des Alkoholismus vertraut machen.
- 5.2 Jeder sollte in seiner Umgebung nach Alkholikern Ausschau halten und sich im Rahmen seiner Möglichkeiten um sie kümmern.

---

in einer Vortrags-Veranstaltung
(z. B. in der Volkshochschule; nach Tab. 37: Informationsbogen)

1 Orientierung
- 1.1 Aus welchem Anlaß wird gerade dieses Thema heute in der Volkshochschule behandelt?
- 1.2 Was versteht man unter „Alkoholismus"?

2 Erörterung
- 2.1 Die Geschichte des Alkoholismus im Rückblick und seine aktuelle Bedeutung in unserer Gesellschaft.
- 2.2 Welche Rolle spielen Kulturen und Zivilisationen für die Entstehung von Alkoholismus?
- 2.3 Welche Aufgaben stellt der Alkoholismus unserer Gesellschaft heute?

3 Zusammenfassung
- 3.1 Alkoholismus – ein „roter Faden" in der Menschheitsgeschichte.
- 3.2 Zukunftsperspektiven.

---

bei Tagung/Kongreß
(z. B. über „Arbeitssicherheit"; nach Tab. 39: Problemlösung)

Fortsetzung Tab. 57

1 Situation
- 1.1 Statistik über Arbeitsunfälle und Herausstellung derjenigen mit Alkoholbeteiligung.
- 1.2 Statistik über „Alkohol im Straßenverkehr“ im Hinblick auf den „Arbeitsplatz Kraftfahrzeug“.

2 Ziel
- 2.1 Reduktion der Arbeitsunfälle – insbesondere auch derjenigen, die infolge von Alkoholgenuß entstehen.
- 2.2 Reduktion der Verkehrsunfälle – insbesondere auch derjenigen, die durch Trinken und Fahren entstehen.

3 Lösungsalternativen
- 3.1 Abschaffung der Arbeit oder Abschaffung des Alkohols oder bessere Trennung von Arbeit und Alkoholgenuß.
- 3.2 Abschaffung des Straßenverkehrs oder bessere Trennung von Trinken und Fahren.

4 Problemlösung
- 4.1 a Systematische Erfassung der Ursachen aller Arbeitsunfälle und insbesondere der Ursachen der alkoholbedingten Arbeitsunfälle.
- 4.1 b Entwicklung ursachenspezifischer Gegenmaßnahmen gegen das Entstehen von Unfällen, aber insbesondere gegen die Verbindung von Trinken und Arbeiten.
- 4.2 a Systematische Erfassung der Ursachen aller Verkehrsunfälle und insbesondere derjenigen unter Alkoholeinfluß.
- 4.2 b Entwicklung ursachenspezifischer Gegenmaßnahmen gegen das Entstehen von Verkehrsunfällen, aber insbesondere gegen die Verbindung von Trinken und Fahren.
- 4.3 Verstärkung der Öffentlichkeitsarbeit.
- 4.4 Erschließung der für die Durchführung erfolgreicher Kampagnen erforderlichen Geldquellen.

5 Aufforderung
- 5.1 Stellen Sie Geldmittel bereit!
- 5.2 Unterstützen Sie unsere Initiativen!
- 5.3 Führen Sie im Rahmen Ihrer Möglichkeiten selbst Forschungsprojekte zur Klärung der offenen Fragen durch!
- 5.4 Fangen Sie bei sich selbst und in Ihrem Familien- und Freundeskreis mit der Verhinderung des gefährlichen Trinkens und Arbeitens bzw. des Trinkens und Fahrens an!

Die weitere Strukturierung jeder dieser Vortragsgliederungen könnte sich dann nach dem (in Tab. 28) vorgeschlagenen Vortragskonzept darauf konzentrieren, den einzelnen Kapiteln eine der Sache angemessene Anzahl von Hauptstichworten und diesen wiederum entsprechende Nebenstichworte zuzuordnen. Zur Veranschaulichung der Inhalte wären dann Vortragsfolien oder Diapositive zu erstellen und zu präsentieren.

Wenn hier für unterschiedliche Vortragsanlässe bestimmte Gliederungen exemplarisch verwandt worden sind, bedeutet das keineswegs, daß für solche Gelegenheiten immer nur genau diese Gliederung möglich wäre. Wenn es dem Redner sachgerecht erscheint, kann er für einen Kongreßvortrag durchaus die Referate-Gliederung verwenden oder für den Vortrag auf einer Mitgliederversammlung seines Fußballvereins die Gliederung für Problemlösungen etc.

> Entscheidend ist in allen Fällen,
> daß mit dem Vortrag letztlich
> das vom Redner gesetzte und verfolgte **Ziel** erreicht wird.

Natürlich besteht grundsätzlich auch jederzeit die Gefahr, daß der Redner für seine Zielsetzung einen völlig falschen Ansatz wählt. So könnte etwa bei einem reinen Tatsachenbericht (z. B. „Der Orientierungssinn von Brieftauben") die anschließende Aufforderung an die Zuhörer: „Deshalb orientieren Sie sich wie eine Brieftaube!" deplaziert wirken.

Dabei ist ein Appell als solcher auch in derartigen Situationen keineswegs zwangsläufig peinlich. Der Redner könnte z. B. seine Ausführungen problemlos schließen mit den Worten: „Durch Ihren Beitritt zum Taubenzüchterverein können Sie unsere wichtigen weiteren Forschungsarbeiten ideell und materiell unterstützen".

Man hört übrigens derartige Aufforderungen gar nicht so selten, wenn es um andere Themen geht, wie z. B. Blutspenden, Greenpeace-Aktivitäten, Aids-Forschung, Organtransplantation. Das Auditorium erwartet geradezu solche Aufforderungen zur Unterstützung einer für sinnvoll erachteten Aktivität.

Im Kapitel 3 haben wir uns schon damit befaßt, was einerseits den Redner an sich selbst stören kann und was andererseits die Zuhörer als störend am Redner empfinden können. In diesem Zusammenhang haben wir bereits eine ganze Reihe möglicher Fehler erfaßt, die nicht nur bei Gelegenheits-Gratulanten und bei Rednern vorkommen, die durch ihre Funktion als Vereins- oder Elternratsvorsitzende etc. zu gelegentlichen und eher unfreiwilligen Reden gezwungen sind.

Solche Fehler werden auch von professionellen Viel-Rednern begangen, zu denen man u. a. Lehrer, Professoren und Dozenten, Politiker, Pfarrer und Priester zählen kann. Ich denke dabei beispielsweise an:

- zu lautes/zu leises Sprechen
- unzureichende Themengliederung
- mangelhafte Präzision des Ausdrucks
- gestelzte oder schwer verständliche Ausdrucksweise
- langweilige, einschläfernde Vortragsweise
- Falschinformation
- Probleme mit den technischen Hilfsmittel (z. B. Mikrofon, Projektor)
- falsche Zeitplanung (vor allem zu langes Reden)

Tab. 58 Häufige bzw. mögliche Fehler bei Vorträgen
– im Seminar/Universität
– bei Versammlungen,
– bei Vortrags-Veranstaltungen,
– bei Tagungen/Kongressen

Seminar/Universität:

- Der Redner spricht mit seiner „Vorlesung" über die Köpfe der Studenten hinweg und erzielt mangels ausreichenden Verständnisses keinen befriedigenden Lernerfolg.

Fortsetzung Tab. 58

- Dem relativ jungen Redner fehlt es noch an Berufserfahrung. Er versucht, die daraus resultierende Unsicherheit zu kompensieren (z. B. durch Arroganz, durch möglichst schwer verständliche „wissenschaftliche" Ausdrucksweise, durch Aggressivität gegenüber möglichen Kritikern).
- Man merkt dem eher auf Forschung fixierten Dozenten seine Unlust beim Erfüllen seiner Lehrverpflichtung an.
- Der Vortrag ist sichtbar schlecht vorbereitet (z. B. kein Manuskript vorhanden, Folienskizzen hingekritzelt, Vortragsinhalt gerade selbst nur in Eile oberflächlich angelesen; erforderliche Demonstrationen und Experimente mißglücken oder fallen mangels Vorbereitung aus).
- Der Dozent hält seit Jahren mehr oder weniger unverändert – also nicht ständig aktualisiert – seine Standardvorlesung, die eigentlich bequemer im längst vorliegenden Skript oder in einem Buch gelesen werden kann.
- Der Dozent hat seine unzureichenden rhetorischen Fertigkeiten autodidaktisch erworben bzw. ahmt rhetorisch unbegabte Vorbilder nach und nervt damit das Auditorium.
- Der Dozent redet, „wie ihm der Schnabel gewachsen ist", ohne seinen Vortrag auch nur halbwegs didaktisch und methodisch aufzubereiten, wie dies z. B. von Lehrern während ihrer Ausbildung im Lehrerseminar unter Supervision gezielt geübt wird.

Versammlungen:

- Der Redner, der z. B. auf einer Bürgerversammlung/-initiative spricht, versucht auch bei Störungen durch unterschiedliche Interessengruppen, sein Manuskript planmäßig weiter vorzulesen. Er macht gar nicht erst den Versuch oder zumindest gelingt es ihm nicht, die Störer zum Zuhören und gegebenenfalls zu einer sachdienlichen Diskussion zu motivieren.
  So wurde z. B. die Rede des Bundespräsidenten R. v. Weizsäcker vor dem Berliner Reichstag (am 8.11.1992 im Zusammenhang mit der Asyldebatte und der Demonstration) abgebrochen, weil die Behandlung solcher „Störfälle" offenbar durch alle Beteiligten (d. h. Redner, Veranstalter, Polizei, Ordnungsdienste) nicht ausreichend vorbereitet war.
- Der Redner hat nur sein Manuskript mitgebracht, aber ergänzende Informationsunterlagen (z. B. Aufstellungen für einen Rechenschaftsbericht, Photos bzw. Dias zur Veranschaulichung) zu Hause vergessen.
- Der Redner kennt die Anwesenden nicht und verwechselt die Namen und Funktionen bei der Begrüßung, während der Rede und bei der möglicherweise anschließenden Diskussion.
- Der Redner ist nicht darauf vorbereitet, sich einem Auditorium, das ihn noch nicht kennt, angemessen vorzustellen und bekannt zu machen. Das Problem kann auftreten, wenn der Veranstalter den Redner nicht, unzulänglich oder falsch vorstellt.

Vortrags-Veranstaltungen:

- Der Redner stellt überrascht während des Vortrags fest, daß seine Folien bzw. Dias nicht in der richtigen Reihenfolge oder seitenverkehrt liegen. Er hatte sie nach dem letzten Vortrag nicht wieder neu geordnet.
- Der Redner vertut sich im Zeitplan: sein Vortrag fällt deshalb zu kurz oder zu lang aus.
- Der Redner erscheint gehetzt in letzter Minute – und zwar im falschen Vortragssaal, wo entweder schon der dort richtig angekündigte Redner spricht oder das Publikum erstaunt reagiert, wenn es von dem verirrten Redner mit einem unerwarteten Thema konfrontiert wird.
- Der Redner wird bei seinem Folien- oder Dia-Vortrag durch einen technischen Gerätedefekt überrascht (z. B. Projektorlampe brennt durch und Ersatzlampe fehlt) und muß seinen Vortrag abbrechen, weil ihm die Geistesgegenwart und die Erfahrung fehlt, den Vortrag notfalls auch zeitweise oder ganz ohne die vorbereiteten Bilder etc. zu halten.

Fortsetzung Tab. 58

Tagungen/Kongresse:

- Weil sich der Redner dem Tagungsleiter (bzw. Sitzungsleiter) nicht rechtzeitig vorgestellt hat, hält dieser ihn für abwesend und setzt seinen Vortrag ab oder verschiebt ihn.
- Der Redner reist korrekt zu dem im Programm ausgedruckten Vortragszeitpunkt an und bemerkt nicht, daß die Reihenfolge der Vorträge inzwischen geändert worden ist.
- Der Redner hat sich auf ein großes Auditorium eingestellt und findet nur einige wenige Zuhörer vor. Das kann eine andere Vortragsgestaltung erfordern.
- Umgekehrt kann sich der Redner auf eine kleine, überschaubare Zuhörergruppe einstellen, mit der er ein Lehrgespräch führen will, und muß sich plötzlich auf einen Vortrag im großen Saal umstellen. Vielleicht sind seine Folien zu eng bedruckt und im großen Saal nicht mehr lesbar, vielleicht überfordert der weite Raum auch seine stimmliche Durchsetzungskraft, und er wird schnell heiser.
- Wer schnell heiser wird beim Reden, sollte nicht versäumen, sich zumindest ein Glas Wasser bereitstellen zu lassen.
- Wer nicht von Natur aus eine laute Stimme hat, sollte lieber ein Mikrofon benutzen, statt durch Schreien seine Stimme und die Nerven der Zuhörer zu strapazieren oder gar – wegen Unhörbarkeit – das Mißfallen der Zuhörer und ständig neu ermunternde Rufe „Lauter! Lauter!" herauszufordern.

Wenn hier in der Tabelle bestimmte Fehler dem Seminar, der Vortragsveranstaltung oder dem Kongreß etc. zugeordnet worden sind, bedeutet das natürlich nicht, daß diese Fehler nur dort vorkommen, oder gar, daß andere, als die hier aufgeführten, überhaupt nicht auftreten. Die Zusammenstellung spiegelt sehr subjektiv meine eigenen Erfahrungen, und andere Redner oder Zuhörer werden vielleicht noch ganz andere Beobachtungen gemacht haben.

Das ist aber gar nicht so entscheidend. Wichtig ist es vielmehr, sich bewußt zu machen, daß Fehler und Probleme bei jeder dieser Vortragsgelegenheiten auftreten können, daß die Wahrscheinlichkeiten ihres Auftretens situationsabhängig unterschiedlich sind, daß jeder Redner durch sorgfältige Vorbereitung manchen Flop von vornherein vermeiden und durch persönliche Flexibilität viel dazu beitragen kann, trotzdem auftretende Probleme möglichst situations- und sachgemäß zu bewältigen.

Vielleicht würde jetzt mancher Leser gern eine Zusammenstellung von guten und schlechten Reden hier gegenübergestellt vorfinden, um sie ausgiebig studieren und für seine eigene Vortragstätigkeit verwertbare Erkenntnisse daraus zu ziehen.

Wenn man sich aber vor Augen führt, daß schon ein 20-Minuten-Vortrag (bei Verlesung von 3 Manuskriptseiten pro Minute) 7 Druckseiten erfordern würde und demzufolge bereits 10 derartige Vortragsbeispiele den Umfang dieses Buches um 70 Seiten anwachsen lassen würden, dann wird verständlich, warum ich hier auf den Abdruck derartiger Vortragssammlungen verzichte.

Der Abdruck ist aber auch gar nicht nötig, da der Interessierte ohne besondere Schwierigkeiten leicht an gedruckte Vortragssammlungen herankommt:

Er braucht sich z. B. nur die Kongreßberichte der Berufs- und Fachverbände zu beschaffen, und er wird dort eine reiche Auswahl finden.

Häufig werden auch die Fachvorträge bei Jubiläumsveranstaltungen von Universitäten und anderen Institutionen mitsamt den Grußworten der Honoratioren gedruckt und können als gute oder schlechte Beispiele in den Hochglanzbroschüren nachgelesen werden.

Außerdem kann der politisch Interessierte sich die Niederschriften der Sitzungsperioden von Landesparlamenten oder vom deutschen Bundestag beschaffen bzw. in der Bibliothek einsehen oder ausleihen.

Schließlich wurden auch die Mustersammlungen von Reden schon erwähnt (s. Kapitel 4.5.2.4), die eine weitere Quelle sind, aus der der Redner Anregungen für die Ausarbeitung und Gestaltung von Reden entnehmen kann (z. B. RÜDENAUER 1985, RENTROP 1990, GEORG 1991, DACHRODT 1992, PROST 1992).

Wer sich allerdings intensiver mit gedruckten Reden befaßt und sie, wie das z. B. bei im Deutschen Bundestag gehaltenen Reden leicht möglich ist, mit dem vom Redner tatsächlich gehaltenen Vortrag vergleicht (z. B. durch Vergleich des gedrucktes Vortragstextes mit Tonband- oder Video-Aufzeichnungen von Vorträgen, die im Rundfunk oder Fernsehen übertragen werden), der wird sehr schnell feststellen, daß er nicht die „Rede“ vor sich hat, sondern allenfalls die „Schreibe“!

> Ein geschriebenes Rede-Manuskript
> verwandelt ein begabter Redner
> in ein rhetorisches Kunstwerk.
>
> Denselben Text
> kann aber ein Dilettant
> zum platten Gelabere verkommen lassen.

Das Studium gedruckter Vorträge ist daher eher geeignet, den Aufbau, die Strukturierung und die Formulierungskunst versierter Redner zu studieren. Wer die im eigentlichen Sinn rhetorischen Finessen (einschließlich Stimmlage, Redepausen-Dosierung, Wechsel der Sprechgeschwindigkeit etc.) sowie die mimischen, gestischen und körpersprachlichen Ausdrucksmöglichkeiten (s. dazu Kapitel 5) genauer kennenlernen will, der wird wohl oder übel Vorträge in vivo anhören müssen, sei es durch Teilnahme an Vortragsveranstaltungen und Kongressen etc., sei es zumindest als aufmerksamer Zuhörer bei Vorträgen, die im Rundfunk oder im Fernsehen übertragen werden.

4.5.5 Statements bei unterschiedlichen Anlässen

Unter **„Statement“** wollen wir jede Art von sprachlicher Äußerung verstehen, die jemand in einer Situation von sich gibt, in der ihm von einem anderen Menschen eine Frage gestellt wird: der Befragte gibt dazu seine Stellungnahme ab.

Es gibt relativ einfache Formen der Stellungnahme, die dem Befragten keine allzu großen intellektuellen oder rhetorischen Leistungen abverlangen. Leider machen davon zu ihrem eigenen Nachteil und zum Mißvergnügen vieler Auditorien – bzw. des Fernsehpublikums – zu viele Gefragte (z. B. Politiker) keinen oder zu selten Gebrauch.

Einige Möglichkeiten bzw. Formen solcher Statements sind in der folgenden Tabelle zusammengestellt:

Tab. 59 Möglichkeiten und Formen wenig aufwendiger Statements

- Den Frager einfach „übersehen" bzw. seine Frage „überhören".
- Antwort mit einem fragenden, mißbilligenden, geistesabwesenden oder dümmlichen ... Blick.
- Ein vielsagendes (bzw. nichtssagendes) Lächeln.
- Die kurze, aber zugleich erschöpfende Antwort: „Kein Kommentar!" bzw. auf internationalem Parkett: „No comment!".
- „Ich habe leider im Augenblick keine Zeit." oder „Ich bin sehr in Eile."
- Das Goethe-Zitat des Goetz von Berlichingen („Er aber, sag's ihm, er kann mich im Arsch lecken!").
- Der knappe Hinweis: „Das besprechen wir erst einmal in der Fraktionssitzung."
- Die Albert-Einstein-Replik:

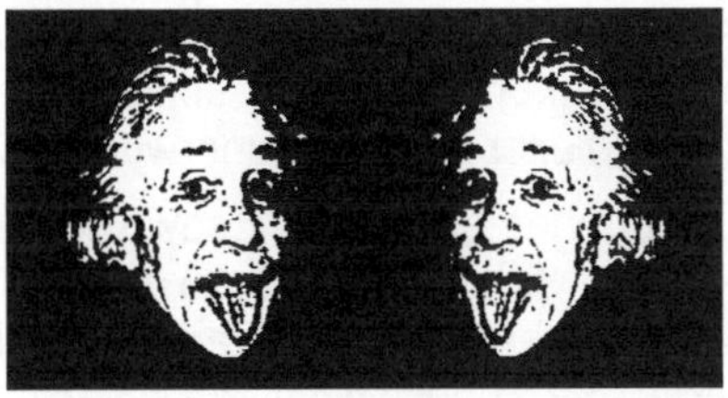

Mit den hier aufgezeigten unterschiedlichen Alternativen erzielt man natürlich sehr verschiedene Wirkungen. Diese können je nach Lage des Falles für den Gefragten positiv, aber auch sehr negativ ausfallen.

Übersehe bzw. überhöre ich einen unliebsamen, aufdringlichen Frager routiniert, weil ich seine Fragen nicht (bzw. nicht jetzt oder zumindest nicht gerade in dieser Situation) beantworten will oder kann, bedeutet das womöglich meine Rettung. Gewonnen habe ich aber nur, wenn der momentan erreichte Vorteil (d. h. entweder nur Zeit gewinnen oder der Frage sogar gänzlich entkommen) die diesen begleitenden Nachteile übertrifft.

Dazu gehört, daß ich den Frager glaubhaft übersehe. Er und natürlich auch sein (Rundfunk-, Fernseh-, Saal-) Publikum muß den überzeugenden Eindruck haben, daß ich die Frage wahrscheinlich sehr gern beantwortet hätte, dies aber leider nicht tun konnte, weil ich sie nicht gehört habe. Mit der Turbulenz einer Situation nimmt in der Regel die Glaubwürdigkeit einer solchen „Nicht-Reaktion" bzw. „Null-Reaktion" zu.

Es würde mir allerdings nichts nützen, wenn mein Ausweichen – als solches erkannt – mir als Inkompetenz, Feigheit, Schuldeingeständnis etc. ausgelegt würde und wenn ich dann als Konsequenz die sich daraus für mich ergebenden negativen Folgen zu tragen hätte.

Besonders schwierig wird das Übersehen und Überhören allerdings dann, wenn die Situation gut überschaubar ist und wenn der hartnäckige Frager weiter hinter mir herläuft und die – leider bisher – überhörte Frage mehrfach wiederholt, um mir – aus seiner Sicht – doch noch Gelegenheit zur Beantwortung zu geben.

Eventuell muß ich dann mein „Null-Statement“ schließlich doch noch etwas erweitern – z. B. durch Rückgriff auf eine der weiteren Statement-Alternativen. Vielleicht entschließe ich mich sogar noch zu einer sachbezogen prägnanten Kurz-Antwort, wenn ich die durch die Verzögerung gewonnene Zeit zum Denken genutzt habe und mir inzwischen eine passende Antwort eingefallen ist.

Ein mißbilligender Blick oder ein feinsinniges Lächeln gehen schon deutlich über das „Null-Statement“ hinaus. Denn diese Reaktionen zeigen dem Frager und dem Auditorium zumindest, daß ich den Frager und seine Frage wahrgenommen habe. Das wird noch deutlicher, wenn ich meine ablehnende Haltung artikuliere durch „Kein Kommentar!“ oder gar durch das – meistens nicht gesellschaftsfähige – Goetz-Zitat meinen Unwillen zum Ausdruck bringe.

Ebenso wird die Albert-Einstein-Replik allenfalls in seltenen Ausnahmesituationen geeignet sein, einen Frager abzuweisen. Denn die negativen Wirkungen dieses Statements überwiegen meistens, weil der Betreffende von den wohlerzogenen Zuschauern normalerweise schnell als kindisch oder als Flegel eingeordnet wird. Und dieser Effekt ist unerwünscht.

Gewöhnt haben sich jedoch sowohl Journalisten als auch Rundfunk- und Fernsehpublikum schon lange daran, daß ein befragter Politiker (d. h. Abgeordneter, Fraktionsvorsitzender, Minister, Präsident, Bundeskanzler etc.) unangenehmen Fragen dadurch ausweicht, daß er die Notwendigkeit der Vertraulichkeit vorschützt. Den meisten wird dabei vermutlich nicht einmal mehr bewußt, daß der gewählte Volksvertreter eigentlich gar kein Recht darauf haben kann, seinen Wählern die Antwort auf diese wichtige Frage vorzuenthalten.

Aber gerade weil das kaum jemand bemerkt oder gar Anstoß daran nimmt, gerade weil sich die meisten schon so gedankenlos an dieses Heimlichtuerspiel gewöhnt haben, klappt es offenbar so gut.

> Denn Wissen ist Macht.
> Aber wer nichts weiß,
> der macht nichts!

Mindestens ebenso zahlreich – wahrscheinlich sogar noch viel häufiger – sind allerdings die Situationen, in denen sich jemand gern fragen läßt, weil er aus wichtigen Gründen seine Meinung zu einem bestimmten Thema sagen und öffentlich bekanntgeben möchte.

Je nach Anlaß für solche Statements ist der organisatorische Rahmen sehr unterschiedlich, auf den sich der Redner dann einzustellen hat. Einige Beispiele sind in der folgenden Tabelle zusammengestellt:

Tab. 60 Organisatorischer Rahmen für Statements

- **Statements im Rahmen einer Fernsehsendung**
  (Bild- und Ton-Aufnahme)
  - Statements in REPORT, MONITOR etc.
  - Video-Interviews in Nachrichtensendungen (z. B. heute, Tagesschau) oder in Sportsendungen (z. B. Sportschau)
  - Statements zu aktuellen Ereignissen (z. B. in Nachrichtensendungen)
  - Interviews von Politikern und Meinungsforschern etc. an Wahltagen im Wahlstudio
  - Statements bei Fernsehdiskussionen und bei Talk-Shows

Fortsetzung Tab. 60

- Statements an Orten, wo besondere Ereignisse stattfinden (z. B. im Sportstadion, bei Eröffnungsveranstaltungen, bei schweren Unfällen, bei internationalen Konferenzen, bei Messen und Fachkongressen)

- **Statements im Rahmen einer Rundfunksendung**
  (den Fernsehbedingungen ähnlich, allerdings ohne Bild und nur auf Ton beschränkt)
  - Statements, Interviews, Kommentare aus aktuellen Anlässen im Studio, per Telefon oder am Ort des Ereignisses
- **Statements auf einer Pressekonferenz**
  - Vorbereitete Statements auf der Bundespressekonferenz bzw. bei Pressekonferenzen von Landesregierungen, Ministerien etc. mit politischer Thematik
  - Ad-hoc-Statements im Rahmen der Beantwortung von Journalistenfragen
  - Statements (z. B. Bulletin über das Befinden des Patienten) der Klinikleitung oder des behandelnden Arztes
  - Bericht über den Stand der behördlichen Ermittlungen und Aufruf der Medien und der Bevölkerung zur Mithilfe
- **Statements im Rahmen einer Vortrags-Veranstaltung**
  - Statement im Rahmen der Begrüßung von Gästen und Auditorium
  - Statement zur Hervorhebung wichtiger Ausführungen (Pointierung)
  - Abschluß-Statement im Sinne eines Resümees oder Aufrufs
  - Statements von Referenten und/oder Diskutanten im Rahmen der Diskussion
  - Statements von Experten bei Podiums-Veranstaltungen
- **Statements im Rahmen von Sitzungen**
  - Verlesen oder Vortragen von vorbereiteten Statements durch Sitzungs-Teilnehmer oder eingeladene Gäste/Experten
  - Statements im Rahmen der Sitzungs-Diskussion
- **Statements beim Eintreffen zu einem besonderen Ereignis**
  - Polizei beim Eintreffen am Tatort
  - Feuerwehr beim Eintreffen am Brandherd
  - Technisches Hilfswerk am Katastrophen-Ort
  - Arzt beim Eintreffen am Unfallort
  - Wettkampfsieger am Ziel (z. B. Radrennen, Rallye, Marathon-Lauf)
- **Statements aus wichtigen Anlässen**
  - Der Bundeskanzler bei der Regierungsbildung
  - Ein Minister bei einem politischen Ereignis
  - Haushaltsdebatte im Bundestag
  - Tag der Deutschen Einheit
  - Eröffnung einer Fachmesse
  - Grundsteinlegung zu einem Neubau
  - Familienfest (z. B. Taufe, Geburtstag, Verlobung, Hochzeit, Beerdigung)
  - Jubiläum (z. B. Dienstjubiläum, Pensionierung, Firmenjubiläum)

Der organisatorische Rahmen, in dem jedes der hier aufgeführten Statements abgegeben werden kann, steht in engem Zusammenhang mit dem Anlaß und dem Inhalt des Statements.

Dabei ist zu unterscheiden zwischen den Veranstaltungsorten (z. B. Saal der Bundespressekonferenz, Einfahrt zum Bundeskanzleramt (Stellungnahme aus dem Auto heraus), Unfallort am Bahnübergang, Interview im Fernsehstudio oder per Videokonferenzschaltung, Interview im Theaterfoyer, im Vestibül einer Fachklinik, in einer Einkaufsstraße, in einem öffentlichen Verkehrsmittel, am eigenen Arbeitsplatz) und der Art und Weise der Statement-Abfrage (z. B. durch den Reporter mit gezücktem Notizblock oder mit vorgehaltenem Mikrofon, Statement in die laufende Fernsehkamera, vorbereitetes oder überraschendes Telefon-Interview).

Außerdem kann es natürlich von Bedeutung sein, ob ich mich selbst darum bemühe, einen Reporter für ein Problem zu interessieren, das ich ihm gern präsentieren und über ihn in die Öffentlichkeit bringen möchte, oder ob der Reporter aus aktuellem Anlaß bzw. im Rahmen einer umfangreicheren Recherche Informationen bei mir einholen will. Es gibt für mich angenehme und freudig begrüßte Interview-Situationen, aber auch abgelehnte, beängstigende, unter Umständen sogar existenzbedrohende (z. B. beim Flick-Skandal, beim Verdacht der Stasi-Spitzelei oder der Bestechlichkeit eines Politikers).

Wenn ich bei einem Interview oder auf eigene Veranlassung meine Statements abgebe, kann es für den Erfolg auch wesentlich sein, ob mein Statement „live" gesendet wird – also ohne weitere Korrekturmöglichkeit direkt an den Zuhörer oder Zuschauer geht, oder ob mein Statement erst einmal aufgezeichnet und dann nach einer gegebenenfalls noch durchgeführten Überarbeitung gesendet wird.

Im letzteren Fall besteht ohne Zweifel für mich ein bedeutsamer Vorteil darin, daß ich den Reporter bitten kann, mein Stottern, unnötige Wiederholungen etc. nachträglich noch herauszunehmen. Notfalls kann ich ein beim ersten Versuch mißglücktes Statement auch einmal oder sogar mehrfach wiederholen, damit ich selbst zufrieden bin oder damit der Reporter eine sendefähige Aufzeichnung bekommt.

Werden jedoch vom Reporter solche Aufzeichnungen nachträglich verändert, dann habe ich meistens keinen Einfluß mehr darauf, ob er so schneidet und kürzt, daß das Wesentliche meiner Darstellung erhalten bleibt, oder ob er fahrlässig oder gar vorsätzlich eine von mir gar nicht beabsichtigte oder sogar gefürchtete Tendenz in mein Statement und in eine von mir mit voller Absicht exakt so gewählte Formulierung hineinbringt.

Von der Statement-Strategie versierter Politiker kann man einerseits lernen, ein bereits rechtzeitig vorher gut vorbereitetes (schriftlich notiertes oder memoriertes) Statement zielsicher zu plazieren. Andererseits erleben wir auf der politischen Bühne Experten, denen es – unabhängig von der von einem Reporter gestellten Frage – nahezu mühelos gelingt, unter Umgehung dieser Frage das vorbereitete eigene Statement (in das Mikrofon bzw. in die Kamera) zu bringen.

So gehört es bereits zur vielbelächelten Routine, wenn der Politiker (z. B. der Parteivorsitzende oder der Wahlkampfleiter) nach einer verlorenen Wahl auf die Frage des Reporters:

> „Herr X, welche persönlichen Konsequenzen werden Sie aus der soeben erlittenen schweren Wahlschlappe ziehen?"

antwortet:

> „Herr Y, ich möchte doch erst einmal sagen, daß wir einen außerordentlich engagierten Wahlkampf geführt haben. Ich selbst habe noch gestern in München auf einer sehr gut besuchten Wahlveranstaltung unter großem Beifall die Hauptziele unserer zukunftsorientierten Politik dargestellt. Leider hat der Wähler unsere Argumente nicht verstanden. Ich möchte aber vor allem allen unseren engagierten Parteifreunden erst einmal ganz herzlich für ihren unermüdlichen persönlichen Einsatz danken. Sie haben Tag und Nacht an der Front gestanden und für den Sieg unserer Partei gekämpft. Ihnen gebührt meine persönliche Hochachtung – und mein ganz besonderer Dank. Und diesen Dank spreche ich auch allen Mitgliedern in unseren hunderten von Ortsvereinen im Namen des Parteivorstands aus. Ich ... ich ..."

Irgendwann versucht dann meistens der Reporter, das redefreudige, aber leider gescheiterte Politik-Genie zu unterbrechen und den dankesvollen Höhenflug wieder auf die Schlappe, auf deren Ursachen und die womöglich daraus zu ziehenden sinnvollen Konsequenzen zurückzuführen.

Je nach Geschick und persönlicher Intention des Politikers gelingt ihm das dann mehr oder weniger mühsam – oder auch nicht.

Denn die für Außenstehende naheliegenden Konsequenzen möchte der Politiker natürlich keinesfalls ziehen – jedenfalls nicht für sich selbst. Und die Schlappe möchte er zumindest zum „Schläppchen" weiter zerreden – vielleicht sogar aus diesem winzigen, kleinen, eigentlich bei genauerem Hinsehen durch seine rosarote Brille kaum noch erkennbaren niedlichen, rein zufälligen „Schläppchen" doch noch einen kleinen, vielleicht sogar durchaus spürbaren, ja anerkennenswerten und zukunftsweisenden Erfolg zusammenfabulieren, der ihn gewissermaßen, wenn man es recht bedenkt und aus der richtigen Perspektive betrachtet, unter Einbeziehung aller tatsächlich relevanten Einzelaspekte und und und ... bei objektiver und etwas distanzierter Betrachtung ohne irgendwelche Vorurteile, ja, er wagt es kaum auszusprechen, doch noch gewissermaßen zum Wahlsieger macht. Aber nicht nur ihn selbst, nein, selbstverständlich auch die vielen unbedeutenden, aber dennoch eifrigen Wahlhelfer und Innen (d. h. WahlhelferInnen), die er ja eingangs schon so lobend erwähnt hatte.

Wie schön – nun ist es geschafft. Er hat gesiegt!

Oder etwa doch nicht?

Entscheidend wäre natürlich bei solchen Statement-Siegen, daß sie sich nicht sofort oder nachträglich als Pyrrhus-Siege entpuppen. Denn der vermeintliche rhetorische Sieg enthält ja im Kern bereits unabwendbar die tatsächliche Niederlage – in der Sache und in der Rhetorik! Das kann gerade in solchen Fällen leicht passieren, wo der Reporter seinen unfähigen Gesprächspartner gewissermaßen einem breiten Publikum, das schon Bescheid weiß und die Tatsachen bereits objektiv richtig einschätzt, nur noch zur allgemeinen Gaudi scheinheilig und gekonnt „vorführt".

Charakteristisch an solchen Situationen ist, daß der Sprecher des Statements schon vorher, dann bei der Abgabe des Statements und schließlich auch noch danach naiv und zuversichtlich glaubt, es werde ihm gelingen bzw. es sei ihm schon mit seiner herausragenden rhetorischen Begabung gelungen, die Schlappe so zu bewältigen, daß sie nachher von allen Zuhörern bzw. Zuschauern – Reporter eingeschlossen – als unbedeutender, dummer Zufall ohne weitere Konsequenzen bewertet würde oder daß sogar das Publikum insgesamt seiner mehr oder weniger eloquent entwickelten positiven Sicht der Ereignisse zu folgen bereit sei.

Wie die Beispiele in Tabelle 60 gezeigt haben, hat sich jeder Redner auf die konkrete Situation und auf den „organisatorischen Rahmen" einzustellen, in dem er sein Statement abgeben will bzw. in dem es ihm abverlangt wird.

> Und redest du politisch viel
> mit hohem Ziel,
> doch wenig Stil,
> dann kannst du es erleben,
> daß unverhofft dein Streben
> – ganz wie im richt'gen Leben –
> geht voll daneben.

Relativ günstige Voraussetzungen bestehen regelmäßig dann, wenn der Redner diesen Rahmen rechtzeitig vorher bei der Vorbereitung seines Statements bereits kennt. Dabei ist es gut zu wissen, ob er in einem geschlossenen Raum spricht oder im Freien, wo ihm/ihr der Wind die Frisur ruinieren oder den Hut vom Kopf wehen könnte. Das stört und lenkt die meisten vom Inhalt und der Formulierung ihres Statements, aber auch vom Gesprächpartner (z. B. dem Reporter) und dem Publikum ab.

Spricht er an einem Rednerpult oder hat er einen Tisch vor sich, kann er unauffällig den Statement-Stichwortzettel oder sogar Informationsmaterial und alle möglichen Unterlagen bereitlegen, die ihm bei Rückfragen zu seinem Statement unter Umständen hilfreich sein können.

Von Bedeutung ist es auch, ob dem Redner einer oder mehrere Gesprächspartner gegenüber stehen, die ihm Fragen stellen können. Dabei hängt der Erfolg nicht unwesentlich davon ab, ob ihm die Gesprächspartner und das eventuell anwesende Publikum wohlgesonnen sind oder ob sie ihn und seine Meinung ablehnen und öffentlich attackieren und ad absurdum führen wollen.

Weitgehend störungsfrei können Statements abgegeben werden, wenn sich der Sprecher mit dem Reporter in einen separaten Raum begibt, von dem durch einen vor der Tür postierten Wächter Störungen durch Zuhörer/Zuschauer abgehalten werden. Der Sprecher kann sich dann ganz auf die Reporterfragen und auf sein Statement konzentrieren. In solchen Fällen werden ihm auch oftmals schon vorher die Fragen des Reporters bekanntgegeben, damit er sich angemessen darauf einstellen kann. Denn es erspart dem Reporter unter Umständen unnötige Zusatzarbeit, wenn er gleich bei der ersten Aufnahme ein druckreif formuliertes und sachkompetentes Statement auf seine Frage erhält. Auch Reporter wollen und müssen schließlich gute Arbeit liefern – und viele möchten sich dabei keineswegs übernehmen.

Vorsicht ist jedoch auch in solchen Fällen geboten, wenn ein böswilliger oder zumindest ein dem Redner persönlich oder aus abweichenden politischen oder weltanschaulichen Gründen nicht besonders gewogener Reporter die Fragen stellt. Denn seine Reportage ist für ihn erst dann ein voller Erfolg, wenn der Befragte eine schlechte Figur macht. Das erreicht er leicht, wenn er ihn durch hinterhältige, ihn fachlich überfordernde oder Zwickmühlenfragen in die Klemme bringt, wo im Grunde jede ehrliche Antwort ein Problem ist und Not-Lügen sofort oder im Nachhinein leicht aufgedeckt werden könnten.

Ein weiterer wesentlicher Aspekt ist der für das Statement zur Verfügung stehende Zeitrahmen. Dieser kann durch Vorgaben des Reporters begrenzt sein, aber auch durch den eigenen Zeitplan des befragten Redners.

Wenn z. B. der Innenminister am Bundeskanzleramt im Dienstwagen vorfährt, an der Einfahrt von Reportern angehalten wird und sein Wagenfenster öffnet, sich eine Frage stellen läßt und diese dann kurz beantwortet, hat er nicht viel Zeit, weil er gleich weiterfahren will bzw. muß, um seinen Termin nicht zu verpassen. Weiteren Fragen kann er sich dann leicht entziehen, indem er den Fahrer weiterfahren läßt oder indem er einfach das Fenster wieder schließt.

Dabei spielt es natürlich auch eine Rolle, ob die Abgabe eines Statements vorwiegend im Interesse des Befragten oder des Fragers liegt. Möchte der Minister gern eine Botschaft loswerden, wird er auf jeden Fall das Fenster für sein Statement öffnen. Möchte er aber gerade das vermeiden, wird er das Fenster geschlossen lassen und nur freundlich durch die Scheibe lächeln. Die wartenden Reporter müssen dann – notgedrungen – die tatsächliche oder nur vorgetäuschte Eile akzeptieren.

Dem vom Reporter vorgegebenen Zeitdruck unterliegt auch der Redner, der sich – z. B. im Rahmen einer Nachrichtensendung eines Fernsehsenders – zu einem Statement aus aktuellem Anlaß oder zur Abgabe eines Kommentars bereiterklärt. Überschreitet er den Zeitrahmen, muß er damit rechnen, daß der Reporter oder der Nachrichtenmoderator ihm mitten im Satz oder dann, wenn er gerade anhebt, seine Ausführungen fortzusetzen, dankt, einen guten Tag/Abend wünscht und damit das so hoffnungsvoll begonnene Gespräch abrupt beendet. Bisweilen schaltet auch die Studio-Regie einfach mitten im Gespräch, bisweilen sogar mitten im angefangenen Satz des Reporters oder seines Gesprächspartners ab. Passiert das bei einem Bundeskanzler etc., dann kann das Ärger geben. Passiert es dagegen Menschen, die weniger Einfluß bei Sendeanstalten geltend machen können, dann können sie sich allenfalls noch tagelang selbst über diese Unverschämtheit ärgern.

Deshalb ist besonders in solchen Situationen anzuraten, die wesentlichen Informationen möglichst gleich zu Beginn des Statements zu geben, um dadurch zumindest deren Übermittlung erst einmal sicherzustellen. Erläuterungen dazu und eventuelle Erweiterungen und Ergänzungen können dann, wenn die Zeit dies erlaubt, noch nachgeschoben werden.

Andererseits ist es aber auch nicht völlig gefahrlos, wenn die wichtige Information sofort bei der Gesprächseröffnung gegeben wird. Gerade im Fernsehen erlebt der Zuschauer nämlich immer wieder technische Pannen bei der Kommunikation zwischen verschiedenen Fernseh-Studios. Dann redet zwar der Angesprochene bereits, aber er ist entweder nicht zu sehen, oder der Ton fehlt. Deshalb sollte man sich rechtzeitig vergewissern, ob die Kommunikation tatsächlich funktioniert.

Gute Statements abzugeben, bedarf einiger Übung und vor allem ausreichender Vorbereitung. Je ungeübter der Redner in der Statement-Kunst ist, desto intensiver sollte er sich im konkreten Fall jeweils darauf vorbereiten. Insbesondere sollte er sich auf sein Publikum einstellen. Das Statement hat nur dann Sinn,

> Grundsätzlich gilt für jedes **Statement:**
> - Es sollte angemessen **kurz**, **klar** und **verständlich** formuliert und artikuliert werden.
> - Es sollte sich auf **wesentliche Informationen** beschränken und für die Adressaten **interessant** sein.

wenn es beim Publikum in der intendierten Form ankommt und die beabsichtigte Wirkung entfaltet.

Dazu reicht oftmals eine bierernst vorgetragenes Sachinformation durch die angesprochene Persönlichkeit nicht aus. Das Publikum reagiert empfänglicher auf eine gewisse emotionale Akzentuierung solcher Botschaften. Deshalb sind besonders diejenigen Redner im Nachteil, die weder über Esprit, noch über Humor, einen gewissen Mutterwitz oder zumindest etwas freundliche (nicht: schleimige) Verbindlichkeit verfügen.

Denn gerade die geistreiche Akzentuierung der Kernbotschaft in Verbindung mit einer Mischung aus persönlicher Nähe und Distanziertheit des Redners macht oftmals sein Statement erst perfekt!

Aus den in Tabelle 60 aufgeführten Beispielen unterschiedlicher organisatorischer Rahmenbedingungen für Statements ergeben sich bereits wichtige Anhaltspunkte für den Redner in seiner konkreten Rede-Situation um abzuschätzen, welches Publikum er jeweils gerade vor sich hat, auf welche Erwartungen und auf welche speziellen Interessen gerade in dieser Situation eingegangen werden muß.

> Dasselbe Statement,
> in unterschiedlichen Situationen
> und vor unterschiedlichem Publikum abgegeben,
> kann ganz unterschiedliche Wirkungen haben.

Greifen wir die Beispiele aus Tabelle 60 in Tabelle 61 noch einmal auf, dann sehen wir, daß wir mit so unterschiedlichen Auditorien zu rechnen haben, wie z.B.:

Tab. 61 Das Publikum/Auditorium bei Statements

Bei Rundfunk- und Fernsehsendungen:

- oftmals heterogenes Publikum: Männer und Frauen aller Alters- und Berufsgruppen sowie Kinder, wie z. B. bei:
  - Talk-Shows
  - Quiz-Sendungen
  - Unterhaltungssendungen
- Themenabhängig homogeneres Publikum, wie z. B.:
  - Sportinteressierte bei Sportsendungen
  - politisch Interessierte bei Nachrichten- und politischen Sendungen
  - religiös und weltanschaulich Interessierte bei kirchlichen Sendungen
  - Fachleute bestimmter Fachrichtungen bei anspruchsvollen Sendungen zu besonderen Themen (z. B. Technik, Medizin, Biologie, Chemie), die oft in den dritten Programmen laufen

Bei Pressekonferenzen:

- Journalisten von Presse, Funk und Fernsehen
- je nach Bedeutung des Themas Top-Journalisten, weniger bedeutende Journalisten oder gar Berufsanfänger

Im Rahmen von Vortragsveranstaltungen:

- akademisches Publikum bei Hochschulveranstaltungen
- Fachleute einer bestimmten Fachrichtung auf Tagungen und Kongressen
- Fachpublikum bei Schulungs-Veranstaltungen von Fortbildungs-Institutionen (z. B. Technische Akademien)
- heterogenes Publikum bei Volkshochschul-Veranstaltungen
- Betriebsangehörige bei Schulungs-Veranstaltungen eines Unternehmens
- Schüler im Kindes-/Jugendalter bei unterrichtsrelevanten Themen
- weibliche und männliche Senioren, Rentner, Pensionäre bei Vorträgen über bestimmte Krankheiten
- aggressives Publikum bei Veranstaltungen von Bürgerinitiativen und bei auf bestimmte Ziele ausgerichteten Interessengruppen

Im Rahmen von Sitzungen:

- Studenten in Studentengremien
- Minister in einer Kabinett-Sitzung
- Abgeordnete in einer Ausschußsitzung, im Stadtrat, im Landtag, im Bundestag
- Direktoren in einer Verwaltungsratssitzung
- Führungskräfte beim monatlichen Meeting
- Funktionäre in einer Nachtsitzung von Arbeitgeber- und Arbeitnehmervertretern bei Tarifverhandlungen
- Staatsanwalt, Verteidiger, Angeklagter, Zeugen, Richter, Sachverständiger in Gerichtsverhandlungen

Im Rahmen von Versammlungen:

- Wohnungseigentümer und Verwalter bei einer Eigentümerversammlung
- Kleingärtner bei der Mitgliederversammlung
- Studenten bei der Vollversammlung der Universität oder ihres Instituts
- Bürger/innen bei einer politischen Kundgebung (z. B. zum 1. Mai, zum Tag der Deutschen Einheit, zur Reichskristallnacht)
- Gläubige einer bestimmten Religionsgemeinschaft beim Kirchentag

Fortsetzung Tab. 61

Beim Eintreffen zu einem besonderen Ereignis:

- Neugierige aller Altersgruppen bei einem Unfall (z. B. Verkehrsunfall, Gasexplosion im Haus)
- Neugierige aller Altersgruppen bei spektakulären Ereignissen (z. B. Hochwasser, Vulkanausbruch, Erdrutsch, Brandkatastrophe, Mordfall, Raub)
- Auftritt bekannter Persönlichkeiten (z. B. Politiker, Sportler, Schauspieler, Verbrecher, Könige)

Aus wichtigen Anlässen:

- geladene Gäste bei einer Schiffstaufe
- geladene Gäste zur feierlichen Eröffnung eines Museums, eines Rathauses, eines Autobahnabschnitts, eines Opernhauses, einer Kirche, einer Universität etc.
- geladene Gäste bei einem Gala-Diner
- illustre Gäste bei einem Opernball

Der Redner kann mit seinem Statement vor allem dann einen **optimalen Effekt bei seinem jeweiligen Publikum** erzielen, wenn er:

- dessen Erwartungen berücksichtigt bezüglich Witz/Ernst, Lockerheit/Förmlichkeit, Oberflächlichkeit/Tiefsinnigkeit, Inhalt, Verständlichkeit, rhetorischer Darbietung
- sich auf dessen Auffassungsgabe richtig einstellt und es weder langweilt noch überfordert
- das Interesse seines Publikums zu wecken versteht und es für die Akzeptanz der jeweiligen Botschaft motiviert.

Dabei sind Studenten normalerweise anders anzusprechen als Minister, Journalisten anders als Mitglieder eines Pferdezuchtverbandes, katholische Christen auf dem Kirchentag anders als VIPs bei einem Gala-Diner und Jugendliche bei einer Veranstaltung über Drogenmißbrauch oder AIDS-Prophylaxe anders als Rentner/innen bei einer Verkaufsveranstaltung oder auf einer Butterfahrt.

Der Redner sollte sich deshalb rechtzeitig vorher sein Publikum genauer ansehen, seine Interessenlage gegebenenfalls sogar persönlich durch Gespräche mit einzelnen aus der jeweiligen Gruppe zu erkunden versuchen und die Menschen auch bei der Formulierung des Statements so gut wie möglich im Auge behalten. Im Blickkontakt kann er dann aus erkennbaren be- oder entgeisterten Rückmeldungen des Publikums notfalls noch die richtigen Schlüsse ziehen und durch dementsprechende Ergänzung bzw. Variation des vorbereiteten Statements das Schlimmste vermeiden und somit doch noch zum Erfolg kommen.

Bei aller Aufmerksamkeit, die der Redner dem Publikum entgegenbringt, darf er jedoch seine eigenen Ziele nicht aus den Augen verlieren. Denn er lanciert ja sein Statement mit einer bestimmten Absicht, er möchte eine bestimmte Reaktion der Zuhörer erreichen. Welche Ziele verfolgt er im konkreten Einzelfall?

Die folgende Tabelle enthält dazu einige Beispiele:

Tab. 62 Ziel(e) von Rednern bei der Abgabe von Statements

Durch sein Statement möchte der Redner bei seinem Publikum bewirken:
- daß es mehr, bessere, weitergehende Informationen über ein bestimmtes Thema erhält
- daß es in einem sehr engen Zeitrahmen (z. B. in einer Rundfunk- oder Fernsehsendung) kurz und prägnant über die wichtigsten Fakten informiert wird
- daß es z. B. durch eine provokative These aus seiner Lethargie erwacht und in dieser Sache selbst aktiv wird
- daß er selbst in den Mittelpunkt des Interesses rückt
- daß sich in der eloquenten Diktion oder in der rhetorischen Finesse öffentlich sichtbar für alle das Genie des Redners offenbart
- daß er durch eine Akzentverschiebung von einem unangenehmen Thema wegkommt
- daß bestimmte Informationen bzw. Thesen akzentuiert und daher vom Publikum länger und besser im Gedächtnis behalten werden
- daß dem politischen Gegner im Parlament Redezeit weggenommen wird
- daß bestimmte humanitäre oder politische Wirkungen bei einer breiten Öffentlichkeit erzielt werden
- daß der Gegner der eigenen Argumentation verwirrt, attackiert, übertrumpft wird.

Schon diese wenigen Beipiele zeigen, daß es unmöglich ist, auch nur annähernd alle denkbaren Zielsetzungen von Rednern aufzuführen, die bei irgendwelchen Gelegenheiten Statements abgeben.

Nützlich ist es aber für jeden Redner, wenn er sich vor der Ausarbeitung oder gar der Präsentation seines Statements eigehend selbst befragt, welche Ziele er eigentlich verfolgen will. Erst nach ausreichender Klärung dieses Problems wird er in der Lage sein, sein auf dieses bestimmte Ziel (bzw. auf die Ziele) ausgerichtetes Statement auch klar zu strukturieren, prägnant zu formulieren und seinem jeweiligen Publikum rhetorisch geschickt und überzeugend zu präsentieren.

Häufig wird der Redner eine ganze Reihe von Zielen verfolgen, aber gar nicht die Zeit haben, alle oder auch nur die wichtigsten in ein überzeugendes Statement umzusetzen. In solchen Fällen sollte er sich die verschiedenen Ziele aufschreiben, in Haupt- und Nebenziele aufgliedern und dann nach Prioritäten ordnen.

Vielleicht wird er dann sehr schnell erkennen, daß er nicht alles gleichzeitig bei dieser Gelegenheit bringen kann, sondern daß er sich auf einen oder wenige wichtige Aspekte beschränken muß.

Das braucht aber gar nicht schädlich zu sein für den Erfolg. Denn es ist bekannt, daß wir Menschen nicht sehr viele Einzelheiten auf Anhieb behalten können.

Das können Sie selbst mit einer kleinen Übung leicht nachprüfen. Schreiben Sie sich eine Zufallszahlen-Reihe auf, wie z. B. diese, die 15 Ziffern enthält:

4	1	8	5	7	4	2	9	1	3	5	7	6	8	3

Lesen Sie diese Ziffern (Tempo: jeweils 1 Ziffer pro Sekunde) einem Familienmitglied, Freund oder Kollegen vor. Stellen Sie danach fest, wie viele von diesen

15 Ziffern behalten worden sind. Sie können die Reihe natürlich auch rückwärts lesen oder eine ganz andere Reihe als Test nehmen.

Sie werden feststellen, daß die meisten so Getesteten nicht alle Ziffern korrekt wiederholen können. Viele werden schon nach 4–8 hintereinander richtig reproduzierten Ziffern mit ihrem Gedächtnis am Ende sein.

Mit dieser Erkenntnis können Sie Ihre Statements verbessern. Ihre Zuhörer werden nämlich außerstande sein, die allzu zahlreichen Einzelinformationen Ihres Statements zu behalten oder gar aus dem Gedächtnis wieder abzurufen. Sie könnten angesichts dieser Tatsache dann allenfalls noch darauf vertrauen, daß das einmal Gehörte trotzdem – z. B. im Unterbewußten oder Unbewußten – noch eine gewisse Wirkung entfalten kann, so daß nicht alles ganz umsonst gewesen sein muß.

Wollen Sie aber Ihre Zuhörer als Multiplikatoren für Ihre Thesen, Meinungen, Vorschläge, Zielsetzungen etc. nutzen, dann sollten Sie auch dafür sorgen, daß diese das Gehörte noch abrufbar im Gedächtnis behalten. Eine nicht mehr aus dem Gedächtnis abrufbare These kann logischerweise ja unter solchen Umständen einem Dritten nicht mehr mitgeteilt werden.

Demnach zeigt sich auch hier bisweilen der Meister erst in der Beschränkung. Wählen Sie von Ihren zahlreichen Zielen ein wichtiges oder einige wenige wichtige aus, und stellen Sie die Behandlung der übrigen erst einmal zurück. Aufgeschoben bedeutet bekanntlich nicht unbedingt auch gleichzeitig aufgehoben!

Nehmen Sie als Beispiel ein Statement über die Notwendigkeit von AIDS-Prophylaxe, bei dem Sie unter anderen die folgenden unterschiedlichen Ziele verfolgen könnten:

Tab. 63 Statement über die Notwendigkeit von AIDS-Prophylaxe

1	**Problembewußtsein wecken für die Ansteckungsgefahr**
1.1	Bei gefährdeten Jugendlichen
1.2	Bei Ehepaaren und Partnerschaften
1.3	In der breiten Öffentlichkeit
1.4	Im Gesundheitswesen
1.5	In den Entwicklungsländern
2	**Die Bundesregierung zu einschlägigen Gesetzesinitiativen veranlassen**
2.1	Herstellung nicht-infektiöser Blutkonserven
2.2	Verbesserung der Hygiene in Arztpraxen und Krankenhäusern
2.3	Anregung und Finanzierung von Forschungsprojekten
2.4	Einrichtung adäquater Pflegemöglichkeiten für Erkrankte
2.5	Internationale Abstimmung aller Maßnahmen
2.6	Finanzierung von Informations- und Hilfe-Maßnahmen
3	**Durchführung von Informations-Kampagnen**
3.1	Werbe-Kampagnen in Schulen und Hochschulen

Fortsetzung Tab. 63

3.2	Kampagnen in Presse, Funk und Fernsehen
3.3	Organisation von Vortragsveranstaltungen in Schulen, Freizeitheimen, Volkshochschulen etc.
4	**Gründung von Selbsterfahrungsgruppen Betroffener**
4.1	Gruppen zur Beratung von Eltern von HIV-Positiven
4.2	Erfahrungsaustausch von Erkrankten
4.3	Selbsterfahrung besonders gefährdeter Gruppen
4.3.1	Homosexuelle
4.3.2	Bluter
4.3.3	Prostituierte
5	**Methoden des Ansteckungs-Schutzes**
5.1	Safer Sex
5.1.1	Benutzung von Kondomen
5.1.2	Verzicht auf besonders infektionsgefährdende Sexualpraktiken
5.2	Keine häufig wechselnden Geschlechtspartner

Sie könnten beispielsweise diese Tabelle insgesamt zum Inhalt Ihres Statements machen. Damit würden Sie vermutlich den Eindruck vermitteln können, daß es sich um ein komplexes Problem handelt, dessen Bewältigung zahlreiche Ansätze in sehr unterschiedlichen Bereichen und mit verschiedenen Methoden erfordert. Kaum jemand dürfte in der Lage sein, nach Anhören eines solchen Statements alle Details aus dem Gedächtnis reproduzieren zu können.

Sie könnten sich aber auch von vornherein thematisch auf einen der Hauptpunkte 1–5 beschränken. Die Auswahl von Punkt 3 mit nur 3 Unterpunkten verbessert erfahrungsgemäß die Chancen des Zuhörers, sich alle genannten Punkte merken zu können. Der Erfolg wird noch größer, wenn Sie sich z. B. nur auf das Thema 3.1 konzentrieren.

Andererseits darf man nicht übersehen, daß auch das Thema 3.1, wie jedes andere auch, sich wiederum zu einem hochkomplexen Gesamtthema aufdifferenzieren ließe, das dann eine ganze Tagesveranstaltung oder sogar eine Semestervorlesung an einer Hochschule füllen könnte.

Deshalb erfordert ein effizientes Statement nicht nur eine sachgerechte thematische, sondern vor allem auch eine zeitliche Begrenzung. Dabei gilt grundsätzlich:

Je kürzer und prägnanter das Statement,
desto größer der Behaltenseffekt!

Ein gutes Beispiel für die Einprägsamkeit kurzer, prägnanter Statements ist die Formulierung von M. Gorbatschow, als er im Jahr 1989 anläßlich der 40-Jahrfeier der DDR kurz vor ihrer zu diesem Zeitpunkt noch nicht absehbaren Auflösung den bemerkenswerten Satz sagte:

„Wer zu spät kommt, den bestraft das Leben."

Exzellente Statements bedürfen keiner Kommentierung durch den Redner. Sie sprechen für sich, und sie erarbeiten sich gleichzeitig autonom und ergänzend die aus der Sicht jedes einzelnen Zuhörers treffendsten Kommentierungen in deren Köpfen.

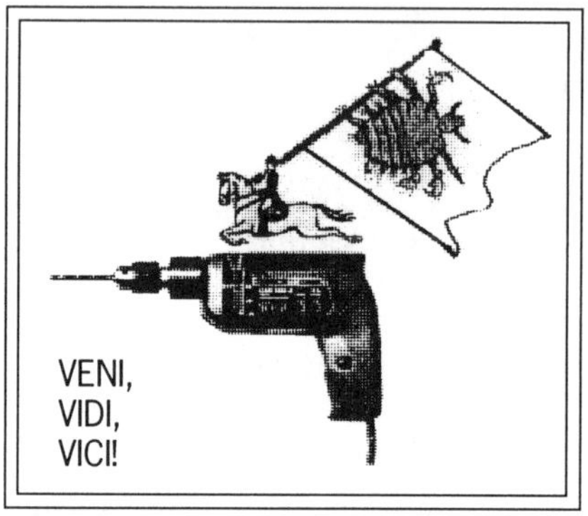

Erfahrungsgemäß bestehen die meisten Statements jedoch nicht nur aus einem Ausruf oder einem markanten Satz, sondern aus einer mehr oder weniger umfangreichen Sequenz von Sätzen bzw. Gedanken. Nach Komplexität bzw. Zeitbedarf könnte man Statements etwa in folgende Reihenfolge bringen:

Tab. 64 Verschieden komplexe Statements

Stufe	Umfang des Statements	Gelegenheit bzw. Zweck
1	Keine sichtbare Reaktion	Überhören einer unliebsamen Frage – z. B. eines Reporters.
2	Stumme Mimik/Gestik	Vieldeutige Stellungnahme zu einem Problem, über das sich ein Gefragter z. Z. nicht genauer äußern kann oder möchte.
3	Verbales Ausweichen: „Kein Kommentar."	Abwehr lästiger Fragen, die z. B. Reporter Politikern in kritischen Situationen zu stellen pflegen.
4	Kurzes verbales Statement: „Ja.", „Nein.", „Selbstverständlich.", „Jetzt nicht."	Signalisierung von grundsätzlicher Äußerungsbereitschaft (z. B. unter Zeitdruck).
5	1–2 Sätze	Beschränkung auf eine kurze Stellungnahme unter Zeitdruck, aus diplomatischen Erwägungen, um eine bestimmte Wirkung zu erzielen (z. B. Witz). Auch als Stellungnahme oder Replik in einer Diskussion.

Fortsetzung Tab. 64

6	10–20 Druckzeilen	Zur Eröffnung einer Diskussion als Einführung in die Thematik bzw. Problematik.
7	1–2 Druckseiten	Beispielsweise die Kommentierung aktueller Ereignisse durch einen Reporter in einer Rundfunk- oder Fernseh-Nachrichtensendung.
8	Längere Ausführungen	Die Vertretung eines wissenschaftlichen, politischen oder weltanschaulichen Standpunkts, wobei der Redner mehr in die Breite und in die Tiefe des Themas geht. Das ist bereits der Übergang zum Vortrag.

Je umfangreicher ein Statement ausfällt, desto sorgfältiger sollte es strukturiert werden. Denn Strukturen sind Gedächtnishilfen – und diese kann sowohl der Redner selbst bei der Präsentation seines Statements gut gebrauchen als auch das Auditorium bei der Aufnahme, Entschlüsselung und Speicherung der Inhalte im Gedächtnis.

Statements können zweckmäßigerweise analog dem schon für Vorträge empfohlenen Vorgehen strukturiert werden (s. Tab. 35–42). Dabei sollte insbesondere darauf geachtet werden, daß nicht nur durch sprachliche, mimische und gestische Akzentuierungen besonders hervorgehobene Passagen leichter im Gedächtnis des Zuhörers bzw. Zuschauers haften bleiben, sondern auch Anfang und Schluß der Ausführungen.

Der Redner kann demzufolge seine begrenzte Redezeit erfahrungsgemäß effizient ausnutzen, wenn er z. B. den folgenden Aufbau wählt, der ihm für die Einleitung, die Akzentuierung inhaltlicher Schwerpunkte und einen effektvollen Abschluß seines Statements zahlreiche Gestaltungsmöglichkeiten eröffnet:

Tab. 65 Strukturierung von Statements

A) Einleitung des Statements:
- Zitat
- Daten, Fakten
- Bonmot
- aktuelles Ereignis
- Situationsbezug
- provokative These
- Zurückweisung einer falschen Behauptung
- etc.

B) Inhaltlicher Schwerpunkt:
- These und Antithese gegenüberstellen und zur Synthese führen
- Das Pro und Contra gegeneinander abwägen
- Eine gegnerische Behauptung zerpflücken
- Den Kern eines Problems präsentieren

Fortsetzung Tab. 65

- Den Erfolg einer Aktion herausstellen
- Die Ursachen/Konsequenzen des Fehlschlags/Erfolgs darlegen
- Eine Problemlösung vorstellen
- Die Unmöglichkeit eines Plans begründen
- etc.

C) Abschluß des Statements:

- Resümee
- Forderung aufstellen
- Aufruf zum Handeln
- Proklamation einer Gegenthese
- Lösungsvorschlag
- Warnung vor negativen Konsequenzen
- Ausblick auf die Zukunft und die weitere Entwicklung
- Lob/Tadel für Akteure
- Glückwünsche aussprechen
- Toast ausbringen
- etc.

Greifen wir aus den Strukturierungs-Möglichkeiten die folgende Kombination heraus:

Thema
A) Daten und Fakten als Grundlage des Statements.
B) Daraus abgeleitete Fragen sowie begründete Feststellungen und Thesen.
C) Resultierende Schlußfolgerungen.

dann könnten wir zu folgendem Statement kommen:

Tab. 66 Statement: Strukturierungs-Beispiel „AIDS"

Die AIDS-Ausbreitung stoppen!

A)
In Deutschland sind zur Zeit ... infizierte HIV-positive Personen und ... manifest AIDS-Kranke bekannt.

Weltweit schätzt man die Anzahl der HIV-Positiven auf ..., die der manifest AIDS-Kranken auf ... Personen mit zunehmender Tendenz.

Die bisher getroffenen Maßnahmen haben die Ausbreitung nicht zu stoppen vermocht.

B)
Was kann, was muß dagegen unternommen werden?

Wir müssen die Menschen in allen Ländern dazu motivieren, ihr Sexualverhalten durch Einschränkung der Promiskuität und durch konsequente Praktizierung von Safer Sex in ihrem eigenen Interesse und zum Wohle aller angesichts dieser fatalen Lage zu verändern.

Fortsetzung Tab. 66

Gleichzeitig müssen ausreichende Geldmittel zur Finanzierung von Forschungsprogrammen bereitgestellt werden, mit denen durch die Entwicklung geeigneter Impfstoffe die Krankheits-Prophylaxe wesentlich verbessert werden kann. Außerdem müssen Möglichkeiten der Heilung der Menschen nach bereits erfolgter HIV-Infektion vordringlich erforscht werden.

In der Konsequenz verlangt diese Situation: **Prophylaxe, Immunisierung und Heilung**.

C
Deshalb fordern wir:
1. eine effiziente Koordination der, interdisziplinären und der internationalen Forschungsaktivitäten;
2. die Bereitstellung der notwendigen Geldmittel durch die Landesregierungen;
3. weltweit koordinierte Informations-Kampagnen, damit durch Wissen und Einsicht der Betroffenen Neu-Infektionen wirksam verhindert werden.

Bei der Erarbeitung eines Statements sollte man sich stets bemühen, zumindest die folgenden Fehler zu vermeiden:

Tab. 67 Häufige bzw. mögliche Fehler bei Statements

Das Statement:
- verfolgt kein klares **Ziel**
- ist zu **lang**
- ist **nicht sachgerecht strukturiert** und daher in seiner Logik schwer oder gar nicht nachvollziehbar
- wird nicht prägnant, sondern **unpräzise und sprachlich ungeschickt formuliert** und gibt dadurch Anlaß zu Mißverständnissen oder wirkt sogar unbeabsichtigt aggressiv oder beleidigend
- vermittelt eine Diskrepanz zwischen verbal ausgedrücktem Inhalt einerseits und **Mimik/Gestik** andererseits
- läßt das **Wesentliche in Unwesentlichem untergehen**
- erfaßt das **zentrale Problem** nicht
- ist für den Zuhörer/Zuschauer zu leicht in seiner Absicht durchschaubar, einen **Fehler zu vertuschen** oder **sich an dem eigentlichen Problem vorbeizumogeln**
- ist für die Zuhörer/Zuschauer so **nicht interessant**
- ist bereits aus zahlreichen Wiederholungen bekannt und **langweilt** daher die Zuhörer/Zuschauer
- wird zum **falschen Zeitpunkt** (zu früh, zu spät) vorgetragen und kann deshalb die beabsichtigte Wirkung nicht entfalten
- erweckt durch die Art des Vortrags **Antipathien gegen den Redner** bzw. gegen den von ihm vertretenen Standpunkt
- läßt unschwer erkennen, daß dem Redner gerade für dieses Statement die fachliche, menschliche oder moralische **Kompetenz fehlt** (d. h. ein möglicherweise zutreffendes Statement wird von der falschen Person vorgetragen)
- wird – insbesondere hinsichtlich seiner **Pointe** – durch das sprachliche Ungeschick des Redners **verhunzt**
- ist für die Zuhörer/Zuschauer **akustisch nicht verständlich**, weil der Redner zu leise spricht oder nuschelt, weil die Lautsprecheranlage defekt ist oder weil die Übertragungsleitung im Rundfunk/Fernsehen nicht funktioniert.

Diese Beispiele möglicher Fehler könnten Statement-Experten vermutlich aus der Erinnerung an eigene schmerzliche Reinfälle, die sie selbst im Laufe ihrer „Lehrzeit“ erlebt haben, noch ergänzen.

Aber bereits diese Beispiele sollten für jeden Redner eine deutliche Mahnung sein, sich derartige Fehlermöglichkeiten bewußt zu machen und sie dann durch gründliche Vorbereitung und gegebenenfalls auch durch gezielte Übungen zu vermeiden.

Häufig genug fehlt jedoch für eine ausreichende Vorbereitung Zeit und Gelegenheit. Dann muß der Redner aus dem Stegreif mehr oder weniger unvorbereitet agieren.

Aber auch wenn er sich auf eine bestimmte Situation vorbereitet hat, findet der Redner in der Realität oft ganz andere Gegebenheiten vor. Dann sind stets Redner mit einer guten Portion Geistesgegenwart, mit Flexibilität und der Fähigkeit zu spontaner, situationsspezifischer Improvisation im Vorteil. Da man diese Fähigkeiten bis zu einem gewissen Grade auch üben und sich durch fundierte Fachkenntnisse auch von dieser Seite zu einer weitgehend entspannten Geisteshaltung verhelfen kann, sollte sich jeder Redner im Rahmen seiner Möglichkeiten darum bemühen.

Dabei ist durchaus nicht immer rhetorische Perfektion die notwendige Voraussetzung für Erfolg in der Sache.

Im Gegenteil! Die unverwechselbare (positive oder negative) rhetorische Wirkung mancher Redner beruht bisweilen gerade darauf, daß sie nicht „aalglatt“ stilistisch und grammatisch perfekt – sozusagen „druckreif“ – formulieren. Vielmehr entsteht die charakteristische Wirkung ihrer Reden unter anderem durch eingestreute Unsicherheitslaute („ääh“), durch unvollständige und abgebrochene Sätze sowie teilweise durch grammatisch gewagte oder sogar falsche Satz-Konstruktionen.

Wenn Sie nun allerdings diesem Hinweis entnehmen würden, Sie müßten, um erfolgreich zu sein, möglichst falsch und stockend reden, dann hätten Sie mich mißverstanden. Ich wollte nämlich lediglich darauf aufmerksam machen, daß Sie nicht als frei sprechender Redner bei jedem Patzer gleich zu verzweifeln brauchen.

Weil das so ist, erzielen auch meistens Redner, die einen bereits fertig ausformulierten und maschinenschriftlich vorliegenden Text akkurat verlesen, ganz andere Wirkungen als Redner, die völlig frei reden oder die ihre Gedanken nur unter Zuhilfenahme eines Stichwortzettels in Worte fassen und dabei gleichzeitig auch spontan auf Reaktionen ihrer Zuhörer/Zuschauer reagieren können.

In der folgenden Tabelle dokumentieren wir ein schlecht formuliertes Statement und stellen diesem eine verbesserte Fassung gegenüber.

Beispiel(e) für Statements: Die Wahlniederlage

Auf die Frage des Reporters nach den aus der Wahlschlappe zu ziehenden Konsequenzen gibt der Politiker folgendes Statement ab:

Tab. 68 Statement: Strukturierungs-Beispiel „Wahlschlappe"

Schlecht formuliertes Statement:

Von einer Wahlschlappe kann überhaupt keine Rede sein. Vor allem möchte ich erst einmal den vielen Parteifreunden besonders herzlich danken für ihren unermüdlichen Einsatz in diesem schweren Wahlkampf, in dem wir ausgesprochen unfair von den anderen Parteien attackiert worden sind. Wir haben früher schon viel schlechtere Wahlergebnisse gehabt. Wir haben einen großartigen Wahlkampf geführt. Aber die Wähler haben unsere politischen Argumente eben nicht verstanden. Außerdem hat es an dem heutigen sonnigen Wahltag viele Menschen in die Schwimmbäder und in die Natur getrieben, und deshalb sind auch viele von unseren Stammwählern nicht in die Wahllokale gegangen, und deshalb haben wir unser tatsächliches Wahlpotential leider nicht voll ausschöpfen können. Aber wir lassen uns dadurch nicht entmutigen, und wir werden genauso weitermachen wie bisher.

Besser formuliertes (nach A, B, C gegliedertes) Statement:

A) Tatsache ist, daß wir eine Wahlniederlage erlitten haben. Unser Ziel, die Regierung abzulösen, haben wir nicht erreicht.

B) Offenbar ist es uns in unserem sehr engagiert geführten Wahlkampf nicht gelungen, den Menschen den Nutzen der von uns vertretenen politischen Ziele für sie selbst und für unser Land hinreichend klar zu machen.
Möglicherweise haben wir auch die Wählerschaft nicht davon überzeugen können, daß unsere Partei über die Persönlichkeiten verfügt, die diese wichtigen Ziele wirksam in praktische Politik umsetzen können.

C) Wir werden daher die Ursachen dieser Wahlniederlage insbesondere unter diesen beiden Aspekten sehr sorgfältig analysieren und aus den Ergebnissen die notwendigen Konsequenzen ziehen.

Vielleicht werden Sie im Gegensatz zu manchem scheuklappenbewehrten Routine-Politiker sehr schnell erkennen, worin die Mängel des ersten Statements vor allem liegen. Mehrere fallen sofort ins Auge:

Tab. 69 Mängel beim Statement-Beispiel

- Das Statement ist nicht sichtbar (bzw. hörbar) strukturiert. Es besteht gewissermaßen aus einem langen Bandwurmsatz, bei dem man sogar die Satzzeichen weglassen könnte, ohne daß sich der Eindruck wesentlich veränderte.
- Es handelt sich um eine Routine-Replik, die wir so oder ähnlich unbefriedigend schon soundsooft gelangweilt gehört haben.
- Der Redner läßt auch nicht die geringste Spur von selbstkritischem Einsichtsvermögen erkennen. Er wird so nicht zu besseren Einsichten gelangen, sondern dieselben Fehler immer wieder begehen – und das sagt er zum Schluß auch noch selbst.
- Er nutzt die Frage des Reporters vor allem zum an dieser Stelle deplazierten Dank an seine Parteifreunde (das klingt wie die ansonsten mit Recht verpönte Schleichwerbung) und zu einer unpassenden Attacke gegen die erfolgreichen Wahlgegner – und das heißt oftmals sogar: gegen die bei anderer Gelegenheit möglichen Koalitionspartner.
- Er sucht möglichst zahlreiche läppische Gründe für die – zudem noch geleugnete – Wahlschlappe und untergräbt dadurch zusätzlich seine Glaubwürdigkeit.

Andererseits lassen sich auch Gründe nennen, weshalb das alternativ formulierte Statement als besser beurteilt werden kann:

Tab. 70 Vorteile des alternativen Statement-Beispiels

- Es ist klar strukturiert und vermittelt bereits von daher den Eindruck von Denk-Disziplin, die eine wichtige Voraussetzung ist für die Entwicklung überzeugender politischer Programme.
- Der Redner stellt sich den Tatsachen (d. h. der Wahlniederlage) und schafft dadurch die Voraussetzung für eine sachgerechte Analyse der Ursachen, die zu diesem Fehlschlag geführt haben.
- Er zeigt der Öffentlichkeit, daß er mit seiner Partei ohne Scheu auch die Fehler und Mängel aufdecken wird, die sozusagen hausgemacht sind. Dadurch kann er das Vertrauen stärken in die sachliche und moralische Kompetenz seiner Person und seiner Partei – eine wichtige Voraussetzung für Erfolg im nächsten Wahlkampf.

KRIEBEL (1992) empfiehlt Führungskräften, die z. B. in Krisensituationen Journalistenfragen live in das vorgehaltene Mikrofon oder mit Blick in die laufende Fernseh-Kamera zu beantworten haben, ein „5-Satz-Statement":

Tab. 71 5-Satz-Statement

Satz 1:	Die Frage aufgreifen, eventuell wiederholen und dabei gegebenenfalls interpretieren. Beispiel: „Sie meinen damit die Frage, ob ..."
Satz 2–4:	(Kernbotschaften)
Satz 5:	Fazit. Beispiel: „Und deshalb meine ich ..."

In den Sätzen 2–4 müssen die „Argumente des Redners" umgesetzt werden in „Botschaften für die Zuhörer". Dabei darf sich der Redner nicht ausschließlich auf die Kommunikations-Ebene der Sachfrage konzentrieren. Um seine Botschaft den Zuhörern erfolgreich zu übermitteln, sollte er auch die dialektischen Tricks seines Interviewers kennen und in der konkreten Situation durchschauen, um ihnen angemessen begegnen zu können.

Es geht dabei auch um Scheinfragen, um Grundsatzfragen, persönliche Fragen und um aggressive Provokation, um den Redner zu irritieren und aus der Fassung zu bringen, damit er öffentlich den Überblick und die Contenance verliert.

Entscheidend ist jedoch letztlich nicht die Struktur des Statements, sondern die klare Zielsetzung des Redners, welche Botschaft er übermitteln will. Behält er sein Ziel im Auge, wird er sich mit etwas Konzentration durch einen Journalisten davon weder durch hinterhältige Frage-Fallen noch durch dreiste Unterstellungen oder infame persönliche Angriffe ablenken lassen.

Da jedoch derartige Interviews oftmals unter stressigen Rahmenbedingungen geführt werden (z. B. inmitten einer Menschenmenge, mit knapper Zeitvorgabe für ein Fernseh-Statement, beim Betreten oder Verlassen eines Gebäudes, aus einem kurz anhaltenden Dienstfahrzeug heraus), ist ein fachlich, rhetorisch und dialektisch gut vorbereiteter Redner im Vorteil gegenüber einem, der gewissermaßen auf dem falschen Fuß ertappt wird und spontan aus dem Stegreif reagieren muß.

Was können Redner in solchen Situationen tun, um nicht in vorbereitete Fallen zu tappen?

Einige Möglichkeiten zeigt die folgende Tabelle:

Tab. 72 Ausweich-Möglichkeiten

- Jede Stellungnahme verweigern (s. Tab. 59).
- Die Stellungnahme auf höfliche Floskeln beschränken, ohne auf Inhalte einzugehen.
- „Können Sie Ihre Frage noch einmal wiederholen?"
- „Ich habe Ihre Frage leider nicht verstanden."
- „Dafür bin ich nicht zuständig. Ihre Frage sollten Sie Herrn/Frau ... stellen."
- „Meinen Sie mit Ihrer Frage, ...?"
- „Die Frage darf man so nicht stellen. Es geht hier vielmehr um ..."
- „Was wollen Sie mir mit Ihrer Frage eigentlich unterstellen?"
- „Mit solchen persönlichen Angriffen vergiften Sie das Gesprächsklima. So kommen wir nicht weiter!"
- „Ihre Frage zeigt, daß Sie die Sachlage gar nicht kennen. Tatsache ist nämlich, daß ..."
- „Ich möchte erst einmal auf die Rahmenbedingungen kurz eingehen. ... "
- „Um das zu erklären, muß ich etwas weiter ausholen. ..."
- etc.

Wer öfters in derartige Interview-Situationen gerät, wird für sich zweckmäßigerweise verschiedene Reaktionsalternativen entwickeln, um jeweils nach einer kurzen Denkpause in Verfolgung der eigenen Ziele pointiert reagieren zu können und nicht dem Frager „auf den Leim zu gehen". Dabei sollte beachtet werden, daß wohlwollende Journalisten, die Interesse an einer sachkompetenten Stellungnahme einer Persönlichkeit bekunden, nicht unbeabsichtigt und unnötig durch ärgerliche oder aggressive Reaktionen zurückgewiesen, bloßgestellt oder auf andere Weise verärgert werden sollten.

Denn wer in solchen Situationen falsch und abweisend reagiert, der riskiert, daß die Journalisten dann, wenn sie nicht von kompetenter Seite ausreichend informiert werden, notgedrungen selbst fragwürdige Vermutungen anstellen. Oder sie beschaffen sich ihre Informationen aus drittklassigen Quellen und bringen schließlich sogar unabsichtlich von dort lancierte Falschinformationen zum Schaden der Sache und des Interview-Verweigerers in die Öffentlichkeit.

Ist das Statement nicht zu haben,
muß der Reporter weitertraben.
Er geht dann gleich zur Konkurrenz
und bittet dort um Audienz.

Beim Gegner wird es gern gesehen,
wenn dort Reporter Schlange stehen.
Die Sache wird so dargestellt,
wie es dir gar nicht mehr gefällt.

Und die Moral von der Geschicht'?

Vor Journalisten kneife nicht!

4.5.6 Zeitliche Strukturierung

Der Erfolg einer Rede hängt nicht nur von deren sachgerechter inhaltlicher Strukturierung ab, sondern auch von sorgfältiger **Zeitplanung**.

Genaue Zeit . . . exakte Planung!

Es sollte einem Redner keinesfalls passieren, daß er sich so sehr in seine wundervoll ausgedachte Einleitung verliebt, daß er dort alle wichtigen und weniger wichtigen Einleitungsdetails so großzügig ausbreitet, daß er damit bereits über 50%, vieleicht sogar schon 70–80% der verfügbaren Zeit verbraucht. Davor kann ihn allerdings leicht die Zuhilfenahme der Tabelle 28 bewahren.

Hier gilt es, die richtigen Prioritäten zu setzen. Für das Wichtige muß ausreichend Zeit eingeplant werden.

Wichtiges braucht Zeit.

Deshalb wird insbesondere ein weniger erfahrener Redner mit Gewinn einen Zeitplan für seine Rede festlegen (Tabelle 28, letzte Spalte). Dabei sollten Einleitung und Schluß grundsätzlich zusammen nicht mehr als maximal 50% der verfügbaren Zeit beanspruchen. Dann bleiben für den Hauptteil noch ebenfalls mindestens 50% der Zeit übrig. Bei unserem Beispiel haben wir bei dem 30-Minuten-Vortrag jeweils nur 5 Minuten für Anfang und Schluß reserviert (also insgesamt 33,3%), so daß für den Hauptteil 20 Minuten (d. h. 66,7%) disponiert werden konnten.

Bei der Überprüfung seiner Zeitplanung sollte der Redner sein Manuskript zu Hilfe nehmen. Probeweise sollte er im gewohnten Vortragsstil mehrere Manuskriptseiten vorlesen bzw. vortragen und dabei mit der Uhr die Zeit stoppen, die er für eine Seite durchschnittlich benötigt. Trägt er eine Manuskriptseite in 3 Minuten vor, wird sein gesamtes Vortragsmanuskript für einen 30-Minuten-Vortrag maximal 10 Seiten umfassen dürfen. Andernfalls ist vorhersehbar, daß er entweder in ungewohnt schnellem Tempo sprechen muß oder daß er den vorgegebenen Zeitrahmen überschreiten wird.

Projiziert der Redner zur Veranschaulichung der Vortragsinhalte Diapositive oder Vortragsfolien, muß er auch dafür genügend Zeit einplanen. Der Zeitbedarf variiert mit der in der jeweiligen Abbildung enthaltenen Informationsmenge und ist abhängig von der Komplexität, dem Bekanntheitsgrad des Inhalts und von den an die gedankliche Verarbeitung des Gezeigten gestellten Anforderungen.

Hätte der Redner z. B. eine Buchseite auf Folie kopiert (was er übrigens nicht tun sollte, weil solche Texte für das Auditorium kaum noch lesbar sind!), dann brauchte er zum Vorlesen ebenfalls mindestens 3 Minuten. Würde er sie nicht vorlesen, sondern nur projizieren, müßte er den Zuhörern mindestens 3 Minuten Zeit zum Lesen des Textes lassen. In diesem Fall würde der Redner schon allein für 10 Folien 30 Minuten Zeit benötigen – sein Manuskript könnte er dann gar nicht mehr vortragen.

Das bringt übrigens manche Redner dazu, von vornherein einen Dia-Vortrag bzw. Folien-Vortrag zu konzipieren. Sie brauchen dann nur noch die Dias bzw. Folien zu projizieren, zu erläutern und zu kommentieren und verzichten dabei ganz auf ein ausgearbeitetes Manuskript. Die Funktion der Gliederung und des eventuellen Stichwortzettels übernehmen weitgehend Reihenfolge und Inhalte der Abbildungen selbst.

Allerdings erfordert diese Vortragsart ebenfalls eine sorgfältige Auswahl des Bildmaterials, dessen Ordnung und inhaltliche Gliederung sowie insbesondere eine ausreichende Sprachgewandtheit mit der Fähigkeit zur freien und prägnanten Formulierung.

Sorgfältige Zeitplanung ist im übrigen eine wichtige Voraussetzung dafür, daß der Redner auch gegen Ende seines Vortrags nicht unnötig unter Zeitdruck gerät. Wenn er die Einleitung auf den ihr zugedachten Zeitanteil beschränkt und auch die einzelnen Hauptpunkte im vorgeplanten Zeitrahmen abhandelt (notfalls kann er zur erforderlich werdenden Kürzung einzelne Nebenstichworte weglassen), wird er den Hauptteil plangemäß abschließen können und den Schluß des Vortrags – insofern gelassen – als Höhepunkt oder Ausklang – noch im vorgegebenen Zeitrahmen entwickeln können.

Dadurch strapaziert er seine eigenen Nerven nicht unnötig und macht auch seine Zuhörer und den Moderator nicht kribbelig. Er schafft somit gute Voraussetzungen, um dann im Anschluß an den Vortrag mit der nötigen Ruhe die Zuhörerfragen beantworten zu können und gegebenenfalls sogar noch einige Nebenstichworte nachzutragen, die zuvor der strikten Zeitplanung zum Opfer gefallen waren.

Deshalb gilt auch hier die uralte und für unsere Zwecke wieder neu erfundene Volksweisheit:

Nimm dir Zeit –
und nicht die Ruhe!

Erfahrene Redner raten in diesem Zusammenhang, einen Vortrag bzw. eine Rede etc. lieber zu kurz als zu lang ausfallen zu lassen.

Was können Sie dadurch erreichen?

Ich selbst beobachte bei mir immer wieder, daß ich zwar als Redner meistens das Gefühl habe, meine Zeit sei zu kurz, und deshalb neige auch ich (verwerflicherweise!!!) dazu, die Zeit zu überziehen.

Höre ich einem Redner zu, bin ich meistens für etwa 20 Minuten ein prima Publikum. Dann läßt jedoch regelmäßig meine Konzentration deutlich nach, und meine Gedanken beginnen unnachsichtig abzuschweifen. Dies ist dann jedesmal der Moment, wo ich feststellen kann, ob der Redner gut oder schlecht ist.

> Als **Redner** braucht man viel (zu viel) Zeit,
> aber als **Zuhörer** schätzt man die Kürze!

Gute Redner erspüren mein bevorstehendes geistiges Wegsacken gewissermaßen schon vorausahnend intuitiv und unternehmen rechtzeitig etwas dagegen. Das ist mir dann gar nicht so unangenehm. Redner im Kabarett verfügen häufig über eine derartige Begabung, Politiker, Lehrer und besonders Professoren lassen sie dagegen oftmals leider völlig vermissen.

Wenn für eine gute Sonntagspredigt die Maxime gilt:

> Über alles darf der Pfarrer reden –
> nur nicht über 20 Minuten!

dann braucht und kann man dem sicher nicht bei allen anderen Gelegenheiten uneingeschränkt folgen. Aber man sollte darauf achten, bei der Zeitplanung so zu strukturieren, daß sich die Rede oder der Vortrag nicht aus einem einzigen langen Bandwurm ergibt, sondern daß er in kleinen Zeiteinheiten gewissermaßen von Höhepunkt zu Höhepunkt springt.

Eine sachgerechte zeitliche Strukturierung fördert diese motivierende Rede-Dynamik. Durch sie erleichtert man sich selbst den Vortrag und dem Publikum das Zuhören und den Applaus.

> Rede keine Bandwurmsätze,
> nerve nicht die Hörerschar
> durch penetrante Dauerschwätze
> oder durch dein Nuscheln gar!
>
> Halt dich fest an der Kandare,
> mach mal Pause zwischendrin;
> dann ist von dir der dankbare
> Zuhörer gerissen hin!

4.5.7 Der Anfang

ALLER ANFANG IST SCHWER !

Manche Redner haben das jedoch noch nicht begriffen. Sie fangen einfach an, ohne lange zu überlegen. Das ist dann zwar tatsächlich relativ leicht, aber es birgt die Gefahr in sich, daß es nicht gelingt, die Zuhörer für die Botschaft zu interessieren, sie zu fesseln, ihre Zustimmung zu den Ausführungen zu erringen und ... eine große Rede zu halten. Manche werden den Redner vielleicht sogar (voreilig oder berechtigterweise) für einen inkompetenten Schwätzer halten, wenn es ihm nicht gelingt, sich selbst und sein Thema gleich am Anfang seiner Rede zu profilieren.

Man spricht schließlich nicht umsonst von Rede-**Kunst**. Und Kunstwerke entstehen meistens nicht ohne intensive Vorbereitung und anstrengende Arbeit am Detail.

Ein solches wichtiges Detail am Gesamtkunstwerk Rede ist unbestritten der Anfang!

„Wie fange ich bloß an?"

ist deshalb die verzweifelte Frage vieler Anfänger, aber auch erfahrener und in vielen Redeschlachten erprobter Rede-Künstler.

Schwer ist der Anfang also schon, aber andererseits doch wieder nicht so schwer, daß man nicht mit ihm beginnen sollte. Außerdem gibt es Hilfsmittel für Redner, denen der Anfang besonders schwer fällt. So findet man z. B. in einem Reden-Berater (RENTROP 1980) ein Kapitel zum Thema „Einstieg, Kern und Schluß" mit zahlreichen Anregungen für Rede-Anfänge, die ich hier in etwas aufbereiteter und ergänzter Form wiedergebe:

Tab. 73 Rede-Anfänge

1. Machen Sie dem Publikum ein Kompliment.
2. Beginnen Sie situationsbezogen.
3. Sprechen Sie Gemeinsamkeiten der Herkunft an.
4. Sprechen Sie die Zugehörigkeit zum gleichen Berufsstand an.
5. Der klassische Einstieg mit Zitat oder Gag.
6. Aktuelle Daten und Fakten.
7. Chronik: Bedienen Sie sich aus der Geschichte.
8. Bringen Sie ein Anschauungsobjekt mit.
9. Starten Sie mit einem Ton- oder Bild-Dokument.
10. Humor: der heitere Einstieg.
11. Ein guter Witz als „Sesam-öffne-dich".
12. Ein Bonmot oder Aphorismus als Apéritif.
13. Erzählen Sie eine selbsterlebte Geschichte.
14. Erzählen Sie von den Anfängen Ihres Berufslebens.
15. Führen Sie mit einer Parabel zum Thema.

Fortsetzung Tab. 73

16. Erzählen Sie eine Anekdote.
17. Schöne Aufhänger: Märchen und Mythen.
18. Erläutern Sie die Herkunft eines Namens oder eines Begriffs.
19. Stellen Sie Altes in neues Licht.
20. Nehmen Sie dem Neuen den Schrecken.
21. „Wußten Sie schon?"
22. Knüpfen Sie an den Vorredner an.
23. Sonderform: der launige Einstieg.
24. Sonderform: die Minutenrede (z. B. in Form einer auf nur ein markantes Aperçu reduzierten Tischrede).

Vielleicht fallen Ihnen noch weitere Möglichkeiten ein, eine Rede fesselnd zu beginnen. Grundsätzlich sind hier der Phantasie kaum Grenzen gesetzt. Entscheidend ist, daß der Einstieg zumindest folgende Anforderungen erfüllt:

1. Das Interesse der Zuhörer wecken.
2. Überzeugend auf die Behandlung des Themas hinführen.
3. Mögliche Vorurteile der Zuhörer abbauen.
4. Das Thema klar, verständlich und für die Zuhörer nachvollziehbar abhandeln und die Message (Botschaft) „rüberbringen".
5. Die Aufmerksamkeit der Zuhörer fesseln und keine Langeweile aufkommen lassen.

Nun gibt es natürlich Redner, die nutzen intensiv die marktgängigen Hilfsmittel, wie Reden-Berater mit Materialsammlungen, Aphorismen-Sammlungen, Musterreden etc. (z. B. BRÜLLMANN 1989, DACHRODT 1992, DITKO 1993, GEORG 1991, GRASS 1986, 1990, HELLWIG 1990, KOSTER 1983, LAUTENBACH 1986, MOEWIG 1992, NIEMANN 1992, PELTZER & v. NORMANN 1992, PORTNER 1990, PROST 1992, PUNTSCH 1990, RENTROP 1980, RÜDENAUER 1985, SCHAUFELBÜEL 1993) und gestalten ihre Reden damit bzw. reichern sie durch Verwendung der dort dokumentierten Texte an.

Allerdings ist dieses Vorgehen nicht ganz unbedenklich, wenn Sie es mit Zuhörern zu tun haben, die eben diese Quellen gleichfalls zur Rede-Vorbereitung zu benutzen pflegen. Diese werden nämlich die von ihnen selbst bereits benutzten Beispiele, Geschichtchen etc. nun von Ihnen präsentiert bekommen. Das kann erfahrungsgemäß der vom Redner beabsichtigten Wirkung abträglich sein und statt zu anerkennendem Erstaunen über die rhetorische Finesse des Redners zu einem eher verständnisvollen Schmunzeln führen – wegen der Erkenntnis: „Aha, der kocht auch nur mit Wasser!"

Diese Gefahr nimmt zu mit der Einprägsamkeit des Einstiegs. Nehmen Sie z. B. aus der Sammlung zum Thema „Abschied" folgendes Beispiel (RENTROP 1980, Kap. 3.1, S.64):

> *„(Der Abschiednehmende spricht):*
> *‚Vom römischen Kaiser Vespasian stammt das stolze Wort:*
> *›Ein Kaiser muß im Stehen sterben‹.*
> *Zwölfhundert Jahre später, 1218, erinnerte sich Kaiser Otto IV. daran und ließ sich, als seine Stunde nahte, aus dem Bett heben und auf den Teppich stellen. Stehend wollte auch er von den Seinen Abschied nehmen. – Meine Damen und Herren, jetzt stehe* ***ich*** *hier ... ‘ “*

Stellen Sie sich bitte vor, in Ihrem Unternehmen und in befreundeten Unternehmen oder bei verschiedenen Behörden wäre es üblich, daß eine ausscheidende Führungskraft (z. B. bei Versetzung in einen anderen Arbeitsbereich oder in eine andere Niederlassung, bei Kündigung und Wechsel zu einem anderen Unternehmen, bei Pensionierung) sich mit einer solchen Abschiedsrede verabschiedete und daß mehrere von diesen dieselbe Materialquelle für ihre Rede benutzten. Zufälligerweise wären alle darauf vorbereitet, die hier zitierte Anekdote vorzutragen.

So kann man sich schnell lächerlich machen!

Will man das vermeiden, muß man noch schnell am Ort des Geschehens umdisponieren – und das heißt: aus dem Stegreif einen neuen Einstieg entwickeln. Wer das aber beherrscht, wird normalerweise den Rückgriff auf derartige „Textkonserven“ kaum nötig haben, sondern auch problemlos aus seiner eigenen Lebenserfahrung oder mit unmittelbarem situativen Bezug einen gelungenen Einstieg entwickeln können.

Bei dem oben zitierten Einstiegsvorschlag kann zudem noch aus der logischen Perspektive die Frage entstehen, wie sich denn wohl Kaiser Otto IV. (*1182, †1218) noch nach 1200 Jahren an die Sterbe-Sentenz von Kaiser Vespasian **erinnert** haben kann, obwohl er diese damals ja wohl kaum selbst mit angehört haben kann.

Außerdem: Hätte sich Otto IV. tatsächlich 1200 Jahre später erinnert, dann hätte er dies im Jahre 1279 tun müssen, da Vespasian (*9 n. Chr.) im Jahr 79 n. Chr. gestorben ist. Zu diesem Zeitpunkt war Otto IV. jedoch bereits 61 Jahre tot und könnte sich demzufolge nur noch im Jenseits daran erinnert haben. Aber wie ist seine Erinnerung aus dem Jenseits wieder an den Abschieds-Redner ins Diesseits gekommen – nach so vielen Jahren?

Darüber hinaus können beim Zuhörer durch diesen Einstieg noch weitere Erwartungen geweckt werden, die der Redner vermutlich weder beabsichtigt hat noch zu erfüllen gedenkt:

„Wird der heute hier vor dem Auditorium aufrecht stehende Redner jetzt ebenfalls gleich tot umfallen – wie damals schon die Kaiser Vespasian und Otto IV.?“

Wollen Sie als Redner trotz der aufgezeigten Gefahren auf Anregungen aus Anekdotensammlungen etc. (wie z. B. bei PUNTSCH 1990 im „Handbuch für Politiker, Journalisten, Schriftsteller, Manager, Korrespondenten“) nicht verzichten, sollten Sie zumindest nicht immer dieselbe Geschichte für alle in Frage kommenden Gelegenheiten strapazieren. Dabei ist außerdem zu bedenken, daß die Übernahme einer vorgefertigten Geschichte nicht in jedem Fall auch die Arbeit wesentlich erleichtert, daraus einen für den konkreten Anlaß passenden Einstieg zu gestalten. Dies erfordert oftmals trotz allem noch viel Erfahrung, eigene Kreativität und Geschick.

Ein mir bekannter Politiker hat es in der situationsspezifischen Verarbeitung von Anekdoten zu einer beachtlichen Fertigkeit gebracht, indem er eine Standardgeschichte durch erfindungsreiche Übergänge auf nahezu beliebig unterschiedliche Situationen adaptieren kann. Sie ist dadurch sowohl für Hochzeitsansprachen, für Grabreden, bei Richtfesten, für Festansprachen bei kulturellen Ereignissen etc. universell verwendbar. Sowohl von seiner fabulatorischen Begabung als auch von der solcherart gesteigerten Flexibilität der Vorlagen macht er zum Entzücken mancher, aber auch zum Schrecken anderer regelmäßig und weidlich Gebrauch.

Der erwartungsfrohe Zuhörer darf jedes Mal gespannt sein, zu welchen Höhenflügen sich der Redner bei der heutigen Begrüßung wieder aufschwingen wird und welche unterschiedlichen Facetten einer solchen Standard-Einstiegs-Story er jetzt kennlernen wird.

Gesichert ist in jedem Fall der Erlebniswert eines solchen rhetorischen Ereignisses, und dafür können die Zuhörer dem Redner bedenkenlos Beifall zollen.

Übrigens kennt der hier erwähnte Redner die mit seinem Tun grundsätzlich verbundene Problematik der ständigen Gefahr, sich an unpassender Stelle zu wiederholen. Deshalb ist er auch stets auf der Suche nach neuen Anekdoten zur Erweiterung seines Repertoires. Daher hat er auch die Sammlung von PUNTSCH (1990) mit Interesse entgegengenommen und kann nun – mit diesem Anekdoten-Polster im Rücken – ungeniert noch auf Jahre hinaus sein Publikum anregend unterhalten.

Häufig sieht sich der Redner gezwungen, seine Rede nicht mit einem Paukenschlag oder mit einem Bonmot etc. beginnen zu können, sondern zunächst erst einmal ganz artig die Zuhörer zu begrüßen und eventuell sogar Dankesworte – z.B. an den Veranstalter – auszusprechen:

Das kann sich dann etwa folgendermaßen anhören, wobei gegebenenfalls die protokollarische Reihenfolge und die protokollgerechte Anredeform zu beachten sind (s. dazu BÜRSCH 1980):

„Sehr geehrter Herr Ministerpräsident,
sehr geehrter Herr Oberbürgermeister,
sehr verehrte Frau Präsidentin, sehr geehrter Herr Vorsitzender, meine Damen und Herren, liebe Gäste,
wir freuen uns über Ihr Kommen, und ich begrüße Sie sehr herzlich zu der heutigen ...-Veranstaltung.
Gern bin ich der Einladung des .... gefolgt, heute zu Ihnen über das Thema ‚............... ' zu sprechen.
.... (Rede) ...."

Solche konventionellen Vorspanne können die Anwesenden unverhofft in den Zustand der Langeweile versetzen. Das geschieht vor allem dann leicht, wenn man Sie nicht bereits als sachkompetenten und unterhaltsamen Redner kennt und von daher falsch einordnet – nämlich unter „Langweiler“ oder „Phrasendrescher“.

Noch schlimmer ist es aber, wenn man Sie bereits von früheren Reden als „Schlafmittel“ in Erinnerung hat und deshalb (meist zu Recht) von dieser schlechten Erfahrung auf ein erneut bevorstehendes Fiasko schließt.

In beiden Fällen werden Sie einige Mühe haben, das Interesse bei Ihren Zuhörern zu wecken, die gewünschte Spannung zu erzeugen und ihre Aufmerksamkeit dauerhaft zu fesseln. Hier kommt es in ganz besonderer Weise auf einen packenden Einstieg an, der gewissermaßen die Zuhörer von den Stühlen reißt.

Sind Sie aber bereits als versierter und interessanter Redner bekannt und geschätzt, wird man Ihren Begrüßungsvorspann leichter als eine unumgängliche Pflichtübung einzuordnen geneigt sein. Durch sie erhöht sich geradezu die bereits herrschende Erwartungsspannung. Denn alle sind neugierig, wann der Redner mit dem eigentlichen Thema beginnen wird, wie er anfängt und in welchem Spannungsbogen er die Zuhörer zum Ziel führen wird.

Gleichzeitig bieten Begrüßungsworte dem Redner eine Möglichkeit, sich freizusprechen, mit seiner Stimme die Raumakustik bzw. die Lautsprechereinstellung zu testen, Ruhe im Saal herzustellen und selbst innerlich Anlauf auf das Thema zu nehmen.

Eine positive Wirkung ergibt sich andererseits auch für die Zuhörer. Sie können ihr Gespräch mit anderen Gästen beenden, ihre Aufmerksamkeit auf den Redner richten, sich einen ersten Eindruck von seinem Auftreten und seinem Sprechstil bilden und sich dann voll auf das Thema konzentrieren.

Manchmal wird Rednern empfohlen, das Publikum mit einem Kompliment zu begrüßen. Wohl deshalb beginnen manche Fernseh-Entertainer ihre Auftritte vorzugsweise mit Phrasen, wie z. B.:

- Sie sind mein tollstes Publikum.
- Hier in Flensburg sollen die schönsten Menschen wohnen. Und die sitzen heute abend alle bei uns hier im Saal.
- Sie sind ein wundervolles Publikum.
- Wir befinden uns heute bei unserer ... Sendung in der nagelneuen ... Halle, bis auf den letzten Platz gefüllt mit begeisterten jungen Menschen.

Aber sie sollten sich dabei nicht bedenkenlos auf die positive Wirkung solcher Komplimente verlassen, denn sie können von einem etwas intelligenteren Publikum auch schnell das Etikett „Schleimer“ bekommen.

Bei RENTROP (1980, Kap. 3.1.1; S. 1) findet sich das folgende Beispiel:

„Ich freue mich, vertraute Gesichter wiederzusehen. Wie viele interessante Gespräche haben wir geführt! Wieviel Probleme haben wir gemeinsam lösen können! Liebe Kollegen, Ihnen habe ich sehr viel zu verdanken.
Ich freue mich sehr darauf, die alten Freundschaften wieder aufzufrischen und neue Freundschaften schließen zu können!
Lassen Sie mich jetzt berichten, wie sich die Geschäfte unserer Firma im zu Ende gehenden Jahr entwickelt haben ...“

Ist die Freude echt – möglichst wechselseitig –, dann kann eine solche positive Einstimmung Vertrauen schaffen und das Auditorium positiv einstimmen. Wenn Ihre Freude aber unecht und nur gespielt ist, um – wie Sie das z. B. bei einem Redner-Training gelernt oder irgendeinem schlauen Buch entnommen haben – die Zuhörer bloß einzufangen, dann können Sie Reserviertheit und Argwohn bei Ihren Zuhörern hervorrufen.

Die gespielte Freude enttarnt sich auch dann schnell als scheinheiliger und untauglicher Versuch der Vereinnahmung, wenn die anschließenden Ausführungen nicht dazu passen. Wenn Sie z. B. die mangelnde Arbeitsmoral des vor Ihnen sitzenden Personals zu tadeln beginnen und die unzureichende Arbeitsleistung kritisieren, schließlich gar noch einschneidende Konsequenzen androhen, dann werden die Zuhörer ihre eingangs kundgetane Freude allenfalls noch als sadistischen Auftakt bewerten können.

Deshalb sollten freudige Komplimente tatsächlich nur dann gemacht werden, wenn dazu wirklich Anlaß besteht und wenn die anschließenden erfreulichen Ausführungen diese Freude auch rechtfertigen.

Ist dies nicht der Fall, könnte der Redner z. B. mit einer kritischen Bestandsaufnahme beginnen, beunruhigende Fakten darlegen, um dann im Verlaufe seiner Rede zu Lösungsmöglichkeiten und zu einem vielleicht etwas positiveren und freundlicheren Ausblick auf die Zukunft überzugehen.

Daher gilt für jeden Einstieg in eine Rede bzw. einen Vortrag:

Der **Einstieg** muß zum **Redner**,
zum **Publikum**,
zur **Situation**,
zum **Thema**
und zum **Inhalt** passen.

4.5.8 Die zentralen Aussagen

Seine zentralen Aussagen macht der Redner normalerweise in dem, wie in Tabelle 28 ausgewiesenen, Hauptteil. Darauf ist der Zuhörer durch die Einleitung (und gegebenenfalls durch die Inhaltsübersicht) bereits vorbereitet. Er erwartet, daß der Redner nun zur Hauptsache kommt und nicht erst zu weiteren einleitenden Bemerkungen.

Hauptsache der Redner kommt zur Hauptsache!

Die Zuhörer sind gespannt und dürfen jetzt nicht enttäuscht werden!

Bei Fachvorträgen wird der Redner zur Verdeutlichung seines roten Fadens, sofern er dies nicht schon in der Einleitung getan hat, kurz die Hauptpunkte nennen, die er im Folgenden abzuhandeln beabsichtigt. Das kann – richtig angesetzt – zugleich Spannung erzeugen, die Zuhörer-Erwartungen bestätigen bzw. konkreter auf das Kommende ausrichten und einen inhaltlichen und zeitlichen Orientierungsrahmen liefern.

Macht sich der Redner eine solche Information seiner Zuhörer zur Regel, diszipliniert er sich dadurch zugleich in einer für alle Beteiligten vorteilhaften Weise. Dies setzt nämlich voraus, daß er seinen Vortrag bzw. seine Rede gut vorbereitet und klar gegliedert hat und daß er dabei die Zielsetzungen (d. h. die Message) zumindest erst einmal für sich selbst geklärt hat.

Klare Ziele
– die MESSAGE –
sind wichtige Voraussetzungen für den Erfolg jeder Rede.

Je konkreter und differenzierter die Ziele formuliert sind (s. dazu auch Kapitel 3.1.2, 4.1 und 4.5.3.4), desto leichter sind sie in eine Rede oder einen Vortrag umzusetzen. Geschickte Redner entwickeln als Grundlage ihrer Rede ein hierarchisches Ziele-System. Ein solches System zeigt Tabelle 74, ein Beispiel dazu Tabelle 75.

Tab. 74 Ziele-System

Hauptziel	Nebenziele	Unterziele
1	1.1	1.1.1 1.1.2
	1.2	1.2.1 1.2.2 1.2.3
	usw.	

Tab. 75 Beispiel zum Ziele-System

1 Die Unternehmens-Gewinne vergrößern

1.1 Den Umsatz steigern
- 1.1.1 Akquisition verbessern
- 1.1.2 Höhere Preise am Markt durchsetzen

1.2 Die Produkt-Qualität verbessern
- 1.2.1 Das Qualitätsbewußtsein der Mitarbeiter verbessern
- 1.2.2 Produktionsmaschinen modernisieren
- 1.2.3 Produktkontrolle optimieren

usw.

Aus der Ziel-Struktur ergibt sich im günstigen Fall bereits die Gliederung der Rede. Die Aufgabe des Redners besteht dann vor allem darin, die Ziel-Struktur als Themenbereiche der Rede zu übernehmen, sie in für die Zuhörer interessante Kapitelüberschriften umzuformulieren und diese Themen dann sachgerecht auszuarbeiten.

Tab. 76 Beispiel: Aus den Zielen abgeleitete Rede-Gliederung

1 Wie können wir den finanziellen Handlungsrahmen unseres Unternehmens verbessern?

- 1.1 Wir müssen neue Marktanteile erobern!
  - 1.1.1 Neue Marktanteile durch gezielte Akquisition.
  - 1.1.2 Wie können wir höhere Preise am Markt durchsetzen?
- 1.2 Wir müssen die Qualität unserer Produkte sichtbar verbessern!
  - 1.2.1 Das Qualitätsbewußtsein der Mitarbeiter als Garant für bessere Marktchancen.
  - 1.2.2 Modernisierung der Produktion: eine kostspielige Notwendigkeit
  - 1.2.3 100%ige Produktkontrolle sichert den Absatz unserer Spitzenprodukte!

usw.

Würde man die Rede-Gliederung konzipieren, ohne zuvor die Rede-Ziele hinreichend genau festgelegt zu haben, würde man unter Umständen bei den Ausführungen Gefahr laufen, wichtige Ziele zu übersehen oder sie zumindest nicht durch Fakten, Analysen, Schlußfolgerungen nachvollziehbar und überzeugend zu konkretisieren.

Was gehört grundsätzlich in den Hauptteil einer Rede?

Tab. 77 Inhalte von Rede-Hauptteilen

- **Fakten** als Ausgangstatsachen für Analysen und Schlußfolgerungen (z. B. präzise Zahlen und Daten – auch in Abbildungen)
- **Analysen** (von Tatbeständen, Problemen, Entwicklungstendenzen) ggf. mit nachvollziehbarer Darlegung der Analyse-Methode, der Ergebniserarbeitung sowie der Bewertung der Ergebnisse
- **Schlußfolgerungen** aus den Analysen (ggf. auf der Grundlage von Bewertungen der einzelnen Analyse-Ergebnisse mit den jeweiligen Vor- und Nachteilen)

Verschiedene Möglichkeiten der inhaltlichen Gliederung einer Rede bzw. eines Vortrags sind im Kapitel 4.5.2.3 dargestellt. Demzufolge kann ein Hauptteil z. B. auf folgende verschiedene Arten und Weisen gestaltet und abgehandelt werden:

Tab. 78 Hauptteil-Gliederungen

Referategliederung:
- Was war?
- Was ist?
- Was wird sein?
- Was könnte sein?
- Was ist zu tun?
- Welches sind die Haupthindernisse?
- Wie können wir sie beseitigen?

Informationsbogen:
- Erörterung (Zielorientierte Gedankenentwicklung zu einzelnen Teilen des Themas)

Standpunkt vertreten:
- Begründung des Standpunkts
- Beispiel
- Schlußfolgerung

Problemlösung:
- Ziel
- Lösungsalternativen
- Problemlösung

Antike Redegliederung für Überzeugungsreden:
- Situationsbeschreibung
- andere Möglichkeiten
- Begründung der Vorschläge
- Einwandvorwegnahme
- Zusammenfassung
- Begeisterung

Antithetische Argumentation:
- Folgen der Tatsachen-Feststellung
- These
- Antithese
- Synthese (oder Elimination der Antithese)

Verbesserungsvorschlag machen:
- Folgerung aus der Reflexion
- Bewertung
- Verbesserungsvorschlag

Reden erzielen oftmals dann nicht die erwünschte Wirkung, wenn wesentliche Teile des jeweils geplanten Hauptteils nicht oder nicht hinreichend ausführlich vom Redner abgehandelt werden. Denn die einer solchen Lücke jeweils folgenden Ausführungen werden dadurch für die Zuhörer dann meistens schwer oder gar nicht verständlich.

Geht der Redner z. B. in einer Rede bzw. in einem nach der Referate-Gliederung aufgebauten Vortrag nicht auf den Aspekt ein: „Was ist?“, dann kennt der Zuhörer die gegenwärtige Situation nicht, muß sie notfalls erst umständlich aus dem Kontext zu rekonstruieren versuchen und läuft dabei leicht Gefahr, daraus fälschlicherweise unzutreffende Tatsachen zu erschließen. Den folgenden Ausführungen wird er dann nur noch mit Mühe folgen, die Logik der dabei vom Redner entwickelten Gedankengänge kaum noch nachvollziehen oder verstehen können.

Vergleichbar schwierig wird es für den Zuhörer, wenn der Redner von einer These ohne Präsentation der von ihm gedanklich in Betracht gezogenen Antithese sogleich einen Synthesevorschlag macht. Mancher Zuhörer wird den übersprungenen Gedankenschritt nicht ohne weiteres aus dem Kontext interpolierend für sich ergänzen können. Dadurch bringt sich aber der Redner um seine Wirkung.

Dieser Effekt der nicht erreichten Wirkung ist möglicherweise manchem Leser aus dem Erzählen bzw. Anhören von Witzen längst geläufig. Fehlt ein wichtiges Detail, bleibt die Pointe unverständlich und für den Zuhörer selbst dann verschlossen, wenn sich der Erzähler über seinen gerade erzählten Witz vor Lachen ausschüttet. Für ihn ist dieser tatsächlich lustig, weil er ja schließlich das beim Erzählen unterschlagene Detail sehr lebendig vor seinem geistige Auge hat! Der Zuhörer vermutet dann zwar, daß die Sache im Prinzip schon sehr witzig ist, er kann aber selbst nicht oder doch nur höflichkeitshalber etwas verkrampft darüber lachen, weil ihm wichtige Informationen zum Verständnis der Pointe fehlen.

Das folgende Bonmot kann diesen Effekt verdeutlichen:

> Der Arzt rät dem Firmenchef:
> „Sie sollten mal Urlaub machen!“
> „Eben – und das soll niemand merken,“ antwortet dieser.

Können Sie darüber etwa lachen? – Ich kann es nicht, denn das, was eigentlich erst den Witz ausmacht, fehlt hier.

Wie ist es aber bei dieser vollständigen Textversion?

> Der Arzt rät dem Firmenchef:
> „Sie sollten mal Urlaub machen! – Der Laden wird auch einmal ohne Sie laufen.“
> „Eben – und das soll niemand merken,“ antwortet dieser.

Erst durch den kompletten Mittelsatz läßt sich das Zwerchfell erschüttern – zumindest das von Angestellten. Manche Chefs würden dagegen bei dieser Pointe eher in einen Weinkrampf ausbrechen oder lieber vom Schlag getroffen umfallen als sich auch nur die Spur eines Lächelns abzuringen.

Auf die rhetorische Gestaltung des Hauptteils der Rede – d. h. auf die Dramaturgie, das Erzeugen von Spannung bei den Zuhörern, auf Möglichkeiten der Auflockerung und der Zuhörermotivation – gehen wir ausführlicher erst im Kapitel 6 ein.

Welche zentralen Aussagen jedoch letztlich in eine konkrete Rede hineingehören oder hineinpassen, ist weitgehend von den Interessen und Zielen der Beteiligten (d. h. Redner, Auditorium und ggf. Veranstalter) abhängig.

Denkbar ist es, daß sich eine Rede einzig und allein um eine zentrale Aussage herum bewegt, wie z. B.:

- Das Ozonloch darf nicht größer werden.
- Radfahren fördert die Durchblutung.
- Gott ist allmächtig.
- Diese Bundesregierung hat abgewirtschaftet.
- Morgenstund hat Gold im Mund.
- Mutter ist die Beste.

Andererseits kann der Redner aber auch eine Vielzahl von Aussagen im Hauptteil seiner Rede machen, wie z. B.:

1. Rede:
   1. Kinder sind das Fundament von Familientraditionen.
   2. Kinder machen viel Freude.
   3. Kinder machen Arbeit und Sorgen.
   4. Kinder sichern unsere Zukunft.
   5. Kinder benötigen eine gute Ausbildung.
2. Rede:
   1. Unser Sportverein hat Tradition.
   2. Unser Sportverein hat z. Z. Probleme.
   3. Unser Sportverein braucht Geld.

Entscheidend ist in jedem Fall,
daß der Redner weiß, was er sagen will.
Und das muß bei den Zuhörern genau so ankommen.

4.5.9 Der Abschluß

Manche nennen den Abschluß einer Rede auch **„krönenden Abschluß“**!

Im Theater gibt es an dieser Stelle ein **Finale**. Die Handlung – und bei Opern die Musik – kulminiert im Höhepunkt des Geschehens. Dann fällt der Vorhang, und rauschender Beifall durchtost den Saal. Einige trampeln mit den Füßen, andere pfeifen oder rufen „Bravo, bravo!“ und/oder werfen Blumen auf die Bühne. Das war dann ein voller Erfolg.

Soll auch Ihre Rede ein Erfolg werden,
darf das **Finale** nicht fehlen.

Einige Anregungen für effektvolle Rede-Abschlüsse finden Sie in der folgenden Tabelle:

Tab. 79 Rede-Abschlüsse

1. In der **Zusammenfassung** einen Bogen vom Anfang zum Ende schlagen.
2. **Konsequenzen** für die Sache, für sich selbst oder die Zuhörer ziehen.
3. **Dramatische Salven** feuern (stakkatohafte Wiederholungen, stufenweise Formulierungs-Steigerungen, Aufrufe)
4. Unerfreuliche bzw. erfreuliche **Alternativen aufzeigen**.
6. Die Zuhörer **zu einer konkreten Handlung auffordern**.
7. Unterschiedlichen Interessengruppen einen versöhnlichen **Kompromißvorschlag machen**.
8. Aus These und Antithese zur **Synthese** kommen.
9. Die Zuhörer durch einen **humorvollen Ausklang** erheitern.
10. Die Zuhörer (z. B. durch eine Anekdote oder durch einen Bericht überraschender Tatsachen) **in Erstaunen versetzen**.
11. Einen einprägsamen **Vergleich ziehen**.
12. Mit einem **originellen Zitat** abschließen.
13. Eine zum Nachdenken anregende **Parabel erzählen**.
14. Die **Wendung zum Alltag** vollziehen.
15. Bei Festreden: einen **Toast ausbringen**.
16. Die **Preisverleihung/Siegerehrung ankündigen**.
17. **Abschied nehmen** (z. B. bei beruflicher Veränderung).
18. Bei geplanter Fortsetzung (z. B. in der Semester-Vorlesung) an einer Stelle unterbrechen, die bei den Zuhörern eine **Erwartungsspannung** erzeugt: „Wie wird es weitergehen?“

Entscheidend ist, daß Sie ein Finale wählen, das Ihrer Persönlichkeit und Ihrem Temperament entspricht, das der Situation und den Erwartungen des Auditoriums angemessen ist.

Gerade beim Abschluß einer Rede ist noch einmal in besonderer Weise die Fähigkeit zur Kreativität des Redners gefordert. Standardschlüsse im Sinne von „08/15-Floskeln“ langweilen die Zuhörer und können auch eine ansonsten gute Rede noch im Nachhinein fade erscheinen lassen.

Tab. 80 Beispiele für Abschluß-Floskeln

Mit dem letzten, akzentlosen Satz läßt der Redner seine Ausführungen auslaufen und kündigt das Ende an mit den Worten:

- Das war's.
- Danke.
- Vielen Dank für Ihre Aufmerksamkeit.
- Mehr wollte ich eigentlich heute nicht sagen.
- Meine Zeit ist leider um. Deshalb mache ich jetzt Schluß.
- Bitte entschuldigen Sie, daß ich die Zeit überzogen habe.
- Damit bin ich am Ende meiner Ausführungen.
- Damit bin ich am Ende.
- (Abrupter Abbruch der Rede. Die Zuhörer wissen nicht, ob der Redner jetzt Schluß gemacht hat oder ob er nur eine Kunstpause einlegt, um dann fortzufahren.)

Solche farb- und glanzlosen Floskeln werden oftmals sehr zum Schaden eines fachlich ansonsten guten Vortrags von Rednern gewissermaßen als Notlösung benutzt, wenn es ihnen an Selbstsicherheit fehlt und wenn sie kein ausreichendes Gespür dafür haben, daß eine gute Rede einem Bühnen-Auftritt gleichkommt, bei dem vor allem der gelungene Abgang den Auftritt abrundet und die Zuschauer zu Beifallsstürmen und Zugabeforderungen hinreißt.

Demgegenüber kann selbst eine etwas schwächere Rede durch einen effektvollen Abschluß an Bedeutung gewinnen. Er kann die Zuhörer in Zweifel bringen, ob es nicht vielleicht doch ihr eigenes Verschulden gewesen ist, daß sie die Rede als unzureichend empfunden hatten. Vielleicht hatten sie sich nicht genug konzentriert oder die feinsinnigen Anspielungen des Redners einfach nicht mitbekommen.

Das Ziel einer Rede
wird in der Regel nur dann erreicht,
wenn es gelingt,
den Zuhörern dieses Ziel klar zu machen,
es in ihrem Gedächtnis zu verankern
und sie sogar gegebenenfalls zum Handeln zu bewegen.

Dazu bietet der Rede-Abschluß die letzte Gelegenheit.
Nutzen Sie diese nach bestem Vermögen!

Nach dem Abschluß einer Rede ist die Sache in vielen Fällen noch nicht abgeschlossen:

Denn häufig schließt sich eine Diskussion an. Dann hat sich der Redner mit der Aufklärung möglicher Mißverständnisse, dem Auffüllen von Informationslücken oder mit den Attacken Andersdenkender mehr oder weniger mühsam auseinanderzusetzen.

Ein aufmerksamer Redner merkt schon an den Nachfragen seiner Zuhörer, wo sein Vortrag Schwächen hatte. Möglicherweise überdenkt er auch nachträglich gewohnheitsmäßig noch einmal von selbst seine Ausführungen, um festzustellen, was er nicht, falsch, zu kurz, zu langatmig, zu viel gesagt oder was er unpassend, undiplomatisch, zu aggressiv, zu nichtssagend formuliert hat.

Vielleicht ärgert er sich dann darüber. Auf jeden Fall sollte er sich jedoch selbstkritisch vornehmen, bei seiner nächsten Rede nicht wieder dieselben Fehler zu machen. Das allein genügt allerdings meistens nicht. Um mit einem solchen Vorsatz Erfolg zu haben, sollte man sich sofort nach einer gerade gehaltenen Rede ganz konkret überlegen, durch welches **richtige** Vorgehen dieses Ziel beim nächsten Mal besser, leichter und einfacher zu erreichen sein könnte.

Jeder kann Fehler machen.
Aber nur Dumme wiederholen sie immer wieder!

5 RHETORIK

Wer sich ausführlicher in die Rhetorik einarbeiten will, braucht sich nicht auf die Lektüre der in diesem Kapitels getroffenen Themenauswahl zu beschränken, sondern kann sich umfassender in der weiteren Fachliteratur informieren (z. B. bei ARISTOTELES, BIEHLE 1961, BLUM 1981, BOHLEN 1992, DITKO 1993, ELERTSEN & HARTIG 1986, HOLZHEU 1991, LEMMERMANN 1992, MOHLER 1989, PLATON, RENTROP 1980 ff., RISCHAR 1977, RUHLEDER 1991, SCHANZE 1974, SCHLÜTER-KISKE 1987, THIELE 1991).

Aus der umfangreichen Thematik habe ich hier nur einige erfahrungsgemäß für Praktiker wichtige Schwerpunkte herausgegriffen. Dazu gehört natürlich auch – gewissermaßen als Grundlage – die Betrachtung des Begriffes „Rhetorik“.

5.1 Der Begriff „Rhetorik“

Der Begriff **„Rhetorik“** (griechisch: rhetoriké téchne; deutsch: Vortragstechnik) geht auf die griechische Antike zurück und wird dort im Sinne von Rede**kunst** verstanden (z. B. bei PLATON und ARISTOTELES).

Diese Redekunst bezeichnet sowohl die Fähigkeit, durch öffentliche Rede einen Standpunkt überzeugend zu vertreten, als auch die Theorie bzw. Wissenschaft dieser Kunst. Die Rhetorik beinhaltet Anweisungen und Regeln, mit deren Hilfe der Redner seinen Stoff formen kann.

Bei der Vorbereitung der Rede werden fünf Formen unterschieden (zit. nach MEYERS GROSSES TASCHENLEXIKON 1992):

1. inventio:	Die zum Thema passenden Gedanken werden gesucht. Dabei dienen als Leitfaden die „loci“ (griechisch „topoi“), die ein Verfahren zur Suche und Auffindung von Argumenten in der Beweisführung oder der Herstellung von Begründungszusammenhängen kennzeichnen.
2. dispositio:	Aus diesen Gedanken wird nach Redezweck und Situation eine angemessene Auswahl getroffen und nach einem Dreierschema gegliedert.
3. elocutio:	Einkleidung der Gedanken in Wörter. Wichtig sind dabei Reinheit und Klarheit der Sprache sowie die Angemessenheit von Gedanken und Sprache.
4. memoria:	Lern- und Erinnerungshilfen.
5. pronuntio:	Der wirkungsvolle Vortrag der Rede.

Die Rhetorik hat schon im griechischen Kulturleben (Sophisten; s. PLATONs „Gorgias“ und „Rhetorik“ bei ARISTOTELES), aber auch bei den Römern (z. B. bei CICERO) und später in der Ausbildung der Jesuiten eine wichtige Rolle gespielt, um hier nur einige bekannte Beispiele zu nennen.

Bei einer Rede erwartet man nicht nur kunstvolle Formulierungen, sondern auch das bravouröse Spiel auf der gesamten Klaviatur der Gefühle, wobei der Redner auch vor besinnlich-stimmungsvollen oder sich zu einem erregenden Furioso hinaufsteigernden sprachlichen Pirouetten nicht zurückzuschrecken braucht, um sein Auditorium mitzureißen.

In der Rhetorik vollzieht sich die sprachliche Kommunikation
zwischen dem Redner und seinem Auditorium.
Keine Rhetorik gibt es dabei nicht.
Es gibt nur gute und schlechte Rhetorik – leider !

5.2 Vorbereitung der Rede

Einige Aspekte der sachgerechten Vorbereitung von Reden sind schon im Kapitel 4 behandelt worden. Sie werden hier ergänzt durch Betrachtungen aus dem speziellen Blickwinkel von Rhetorik bzw. Vortragstechnik.

5.2.1 Präsentations-Form und Umfang einer Rede

Rede-Anlässe, -Formen und -Zielsetzungen (s, Kapitel 1.2) sowie die verfügbare Redezeit (s. Kapitel 4.5.6) bestimmen bereits weitgehend die Präsentations-Form (z. B. Begrüßungs-Ansprache, Laudatio, Interview-Statement, Seminar-Referat, Semester-Vorlesung, Sonntags-Predigt) und Umfang (20-Sekunden-Statement, 20-Minuten-Kongreßvortrag, 45-Minuten-Vorlesung), einer vorzubereitenden Rede.

Das besondere Geschick eines Redners besteht daher vor allem darin, diesen mehr oder weniger vorgegebenen Rahmen durch seine Sachkenntnis und durch seinen persönlichen Rede- bzw. Vortragsstil so auszufüllen, daß die berechtigten Erwartungen des Auditoriums nicht enttäuscht werden.

Entscheidende Rahmenbedingung ist in der Regel die Redezeit. Dem rhetorischen Geschick des Redners wird daher abverlangt, daß er je nach Zeitvorgabe dasselbe Thema notfalls in 2 Minuten, in 5, 10, 20, 30, 45 Minuten oder in einer vielstündigen Semestervorlesung sogar fraktioniert und trotzdem sachgerecht und überzeugend abhandeln kann.

Das läßt ihm unterschiedliche Spielräume für die Ausführlichkeit der Gesamtdarstellung und für das inhaltliche Eingehen auf Details:

Je kürzer die Zeit, desto mehr kommt es darauf an, die Kernbotschaft möglichst knapp, aber trotzdem klar, prägnant und überzeugend zu formulieren und zu artikulieren.

Je mehr Zeit andererseits zur Verfügung steht, desto umfassender kann die Thematik auch im Detail erörtert werden. In solchen Fällen sind verständlicherweise die Anforderungen an klare und übersichtliche Gliederung der Ausführungen schon wegen der insgesamt zu bewältigenden Stoffmenge beträchtlich größer als bei einem 1-Minuten-Statement.

Das bedeutet jedoch keinesfalls, daß sich der Redner bei einem kurzen Statement eine klare Strukturierung sparen könnte. Denn gerade die Aufteilung beispielsweise in Einführungssatz, zentrale Aussage und Abschluß des Statements erleichtert nicht nur dem Redner selbst die Vorbereitung, das Memorieren und schließlich die Präsentation, sondern diese strukturierte Botschaft bleibt auch im Gedächtnis des Zuhörers besser haften.

Hat ein Redner die Wahl zwischen verschiedenen Präsentations-Formen, sollte er sich bei seiner Entscheidung vor allem an den Erwartungen seiner Zuhörer orientieren, an ihrer Aufnahmefähigkeit und -bereitschaft. Denn er sollte sie weder unter- noch überfordern, sie nicht zu Mißfallensäußerungen anregen oder gar durch sterbenslangweilige Tiraden seelisch und körperlich zermürben.

> Wer das nicht beachtet,
> wird künftig nur noch
> von Schlafmützen oder Masochisten
> als Redner eingeladen.

5.2.2 Erarbeitung des Themas

Aus der rhetorischen Perspektive steht bei der Erarbeitung eines Themas neben dem sachlichen Inhalt vor allem die Auditoriumsorientierung bei der Stoffauswahl und die möglichst publikumswirksame Zusammenstellung interessanter Informationen und Bewertungen im Vordergrund.

Gerade in diesem Arbeitsabschnitt sollte der Redner die zunächst paradox erscheinende Erkenntnis im Auge behalten:

> Weniger ist oft mehr!

Gerade in der Beschränkung auf das Wesentliche zeigt sich der Meister.

Vielleicht vermißt mancher Leser die konsequente Befolgung dieser wichtigen Erkenntnis auch bei diesem Buch. Allerdings fallen derartige Verstöße bei Buchautoren aus einem wichtigen Grund weniger ins Gewicht als bei Rednern:

Der Leser eines Buches kann nämlich nach Belieben einfach Seiten überblättern und sich auch beim dicksten Wälzer auf die Lektüre der von ihm selbst ausgewählten und ihm interessant erscheinenden Textstellen beschränken. Deshalb lesen neugierige Krimi-Leser bisweilen erst einmal die letzten Seiten, weil sie sich einen besonderen Genuß davon versprechen, in Kenntnis der Auflösung

(d. h. des Täters) dann umso genußvoller bei der kompletten Lektüre die vom Autor ausgeklügelten Finessen von Anfang an zu durchschauen und die Entwicklung der Verbrechensaufklärung verfolgen zu können.

Diese Möglichkeit hat der Zuhörer bei einer Rede nicht. Er muß sich wohl oder übel damit abfinden, daß der Redner mit seinem ersten Satz beginnt, sich dann entweder elegant, amüsant oder spannend durch kunstfertig konstruierte Gedankengänge hindurcharbeitet und seine Zuhörer zu dem von ihm sinnreich vorgeplanten Ziel führt, oder daß er sich unendlich mühsam, enervierend umständlich, einschläfernd langweilig oder in einer alle peinlich berührenden Weise durch einen wirren Wortdschungel hindurchquält, wobei die einzige Befriedigung des Lesers beim Erreichen des Ziels oder dessen, was der Redner dafür hält, nur in der Erleichterung besteht, daß es nun endlich überstanden ist, daß der malträtierte Zuhörer – Gott sei Dank! – dem Redner-Unhold nun nicht länger – eingepfercht auf engen Sitzen zwischen anderen Leidensgenossen – hilflos ausgeliefert ist, sondern endlich aufstehen und weggehen kann, an einen Ort und zu Menschen, bei denen er sich wohler fühlen kann.

Die Zuhörer fesseln!

5.2.3 Ausrichtung auf Anlaß und Publikum

Entscheidend für die Wirkung des Redners und seiner Ausführungen ist die zielgenaue Ausrichtung auf Anlaß und Publikum (s. dazu auch die Kapitel 4.5.3 „Gratulationsreden", 4.5.4 „Fachvorträge" und 4.5.5 „Statements").

Vor einiger Zeit hatte ich Gelegenheit, an der Verabschiedung zweier Leitender Angestellter anläßlich ihrer Pensionierung teilzunehmen.

Die Verabschiedungsfeier hatte eine Besonderheit: Es wurden nicht nur zwei Führungskräfte verabschiedet, sondern gleichzeitig ihre Nachfolger vorgestellt. Jeder Nachfolger hatte dabei die Aufgabe, eine Laudatio für seinen scheidenden Vorgänger zu halten.

Diese Gelegenheit nutzte dann einer der Nachfolger nach einigen kurzen Abschieds- und Dankesworten zur Verwunderung einiger Gäste zu einer fast einstündigen (!) Grundsatzerklärung (gewissermaßen einer „Regierungserklärung").

Gerade in solchen Fällen kommt es daher schon bei der Einladung und Programmgestaltung auf die Regie der Veranstaltungsleitung an: Sie muß Redner und Gäste gleichermaßen darüber informieren, daß in diesem Fall die Feier sowohl der Verabschiedung der alten als auch der Einführung der neuen Führungskräfte dient.

Aber selbst nach einer solchen Ankündigung dürfte angesichts des Gesamtrahmens der Feier (für 4 Betroffene) eine solche einstündige Einführungsrede eines einzelnen erheblich zu lang sein.

Derartige Kombinationsreden, bei denen mehrere Anlässe (Verabschiedung und Einführung) gleichzeitig zu würdigen sind und bei denen der Redner demzufolge in verschiedenen Rollen agiert (Verabschiedung des Vorgängers, Selbstpräsentation als Nachfolger mit Aktionsprogramm), stellen hohe Anforderungen.

Schwierig ist auch die Ausrichtung dieser Reden auf das Publikum. Es besteht in diesem Fall aus den Gästen der zu verabschiedenden Direktoren A und B, aus denen des Nachfolgers von A und denen des Nachfolgers von B. Wie werde ich als Redner der Sache jedes einzelnen gerecht, ohne den einen oder den anderen zu verletzen bzw. die eine oder die andere Gästegruppe zu langweilen oder zu überfordern?

Besondere Sorgfalt erfordert hier die Ausgewogenheit der Gedanken und die Prägnanz der Formulierungen. Denn einerseits sollen alle relevanten Aspekte angesprochen werden, andererseits darf die Rede aber nicht zu lang werden, da die Gästeschar eine größere Zahl von Rednern verkraften muß. Und außerdem sollten sich die Ausführungen der verschiedenen Festredner nicht allzu offensichtlich widersprechen oder bloße Wiederholungen dessen sein, was die Vorredner bereits gesagt haben.

Im übrigen liegt gerade darin eine große Gefahr. Deshalb sehen sich Redner bisweilen überraschend genötigt, schlicht zu bekennen, daß sie den erschöpfenden Ausführungen ihres Vorredners, wenn er den Anlaß und die damit verbundenen Tatsachen schon ausreichend dargestellt und gewürdigt hat, leider nichts Wesentliches mehr hinzuzufügen haben.

Das kann beispielsweise dann leicht passieren, wenn sich mehrere Festredner darauf eingestellt haben, vor allem die Vita des Jubilars ausführlich zu referieren. Hat ein Redner dies bereits erfolgreich bewältigt, kann der nächste die nun schon allen Anwesenden bekannte Lebensgeschichte kaum noch einmal wiederholen. Allenfalls könnte er danach noch ein paar bisher nicht erwähnte Besonderheiten ins Blickfeld rücken – ansonsten aber darf er sein vorbereitetes Manuskript vergessen.

Geradezu peinlich kann es wirken, wenn Redner mit mangelnder Geistesgegenwart sich in solchen Situationen darauf beschränken, das Desaster auch noch publik zu machen, etwa mit den Worten:

> „Den Ausführungen meines Vorredners habe ich nichts mehr hinzuzufügen. Ich wollte eigentlich dasselbe sagen."

und dann nach einem knappen Händedruck am Jubilar vorbei wieder zu ihrem Platz zu schleichen.

Ein Redner sollte auch in solchen Fällen stets noch etwas Vernünftiges zu sagen haben. Am besten wird ihm das gelingen, wenn er mit derartigen Überraschungen rechnet und sich von vornherein auf mögliche Alternativreaktionen vorbereitet.

Eine Rettung und erfrischend zugleich sind in solchen Situationen oft Anekdoten, die den Zuhörern in erheiternder oder auch tiefsinniger Weise die persönliche Verbindung zwischen dem Redner und dem Jubilar vor Augen führen. Anknüpfungspunkte sind dabei oft Erinnerungen an eine gemeinsam verbrachte Kindheit, Schul- oder Studienzeit, Familienbeziehungen, ein beide verbindendes Hobby oder auch im Berufsleben gemeinsam bewältigte Probleme. Solche Reminiszenzen haben den Vorteil, daß der Redner schon bei seinen Vorbereitungen weniger die Befürchtung haben muß, ein Vorredner könne exakt über dieselben Begebenheiten berichten und ihn mit seiner wohlvorbereiteten Rede dadurch in Schwierigkeiten bringen.

Vollständig ausgearbeitete und dann verlesene Reden haben durchweg den Nachteil, daß sie nicht wie eine Rede klingen, sondern wie das, was sie ja tatsächlich auch sind: wie eine „Schreibe".

Erfahrene Redner verzichten daher weitgehend auf das Vorlesen vorgefertigter Texte und formulieren lieber frei unter Zuhilfenahme eines mehr oder weniger ausführlichen Stichwortzettels. Der ist allerdings insofern hilfreich, als er es dem Redner erleichtert, seine Gedanken in einer für eine optimale Wirkung vorher festgelegten Reihenfolge vorzutragen. Er sollte ihn auch unterstützen bei der rhetorisch geschickten Hinführung zu Höhepunkten und bei ihrer geschickten Plazierung innerhalb der Rede. Außerdem erhöht er die Sicherheit für den Redner, keine wesentlichen Aspekte zu vergessen.

Bei der frei formulierten Rede bietet sich dem Redner auch die Gelegenheit, Einzelpersonen im Publikum ins Auge zu fassen und gegebenenfalls spontan in die Ausführungen einzubeziehen. Das kann ganz beiläufig geschehen, aber doch eine außerordentlich wirkungsvolle Beziehung zum Publikum herstellen. So braucht ein Redner z. B. nur zu erwähnen:

- „Lieber (Jubilar), mit mir sind heute zahlreiche Deiner früheren Weggefährten hier erschienen, um ....“
- „... unter den Gratulanten sehe ich nicht nur unseren früheren, gemeinsamen Chef, Herrn ...“
- „... und auch unser alter Studienfreund (Name) – dort in der 3. Reihe – ... “

Die persönlich Angesprochenen werden durch die namentliche Erwähnung durchweg noch aufmerksamer zuhören und sich – sofern sie selbst auch zu den Rednern gehören – möglicherweise sogar später revanchieren, indem sie auf diesen Bezugspunkt in ihrem eigenen Beitrag noch einmal zurückkommen. Auf diese Weise kann die Schranke zwischen Publikum und „Bühne“ überwunden und das Zusammengehörigkeitsgefühl, die Verbindung mit dem Jubilar und den Rednern, noch weiter gefördert werden.

Allerdings sollten sich solche Publikumskontakte vorwiegend auf positive Reminiszenzen beschränken. Denn wer, sich in der Rolle eines unangefochtenen Festredners wähnend, mit scheinbar wehrlos im Auditorium sitzenden Jubilaren oder Gästen durch allzu spitze Bemerkungen „alte Rechnungen“ zu begleichen versuchen wollte, der würde sich womöglich deren jetzt noch gar nicht absehbaren späteren Revanche-Attacken ausgesetzt sehen.

Wenn jemand dort im Saale sitzt
und wegen meiner Rede schwitzt
aus Furcht, daß ich ihn hier erwähne,
dann fletscht der wütend seine Zähne.
Fühlt er sich von mir bloßgestellt,
dann werd' ich später ausgezählt.

Doch wird er hier von mir geehrt,
dann lächelt er und fühlt sich wohl,
weil er nun glaubt, er ist mir wert.
Er revanchiert sich stante pede,
ob er nun Rau heißt oder Kohl
und lädt mich ein zu seiner Fete.

5.3 Rhetorische Gestaltung

Sie können im öffentlichen wie im privaten Leben Menschen erleben, deren „eindrucksvoller“ Rhetorik man die zahlreichen Spezialkurse und Trainings anmerkt, in denen diese Redner ihre Kommunikations-, Argumentations-, Interview-, Rede- und Vortragstechnik gelernt und eingeübt haben.

Die Ergebnisse sind unterschiedlich. Bei manchen ist eine deutliche Verbesserung eingetreten: Sie drücken ihre Gedanken klarer, prägnanter und für die Zuhörer leichter verständlich aus; dabei wirken sie sachkundig und glaubwürdig.

Bei anderen hingegen hat die intensive Schulung wenig bewirkt oder sogar zu unerfreulichen Verhaltensweisen geführt: Sie „schwafeln“ sich „aalglatt“ durch jede Problemstellung hindurch; dabei wirken sie fachinkompetent und unglaubwürdig. Bisweilen lassen sich solche Redner-Typen, einen hat die Öffentlichkeit einmal „das Ölkännchen" getauft, sogar wieder umschulen in Richtung auf mehr Unprofessionalität (gelernt werden: zögerliche Pausen, sich überschlagende oder versagende Stimme, unvollständiger Satzbau etc.), um dadurch die Glaubwürdigkeit wieder zu erhöhen.

Aber wir erleben auch von Zeit zu Zeit überraschenderweise Menschen, die nicht versucht haben, sich in derartigen Rhetorik-Trainings zu perfektionieren und die trotzdem in eindrucksvoller Weise – vielleicht sogar stockend, holprig, mit linkisch anmutenden Gesten ihr Anliegen bei den Zuhörern anbringen. Dazu zählen z. B. Mitmenschen, die sich emotional für eine gute Sache engagieren und für sie im privaten wie im öffentlichen Leben werben. Dort ist z. B. die Höhe des Spendenaufkommens, zu dem solche Aufrufe führen, ein zuverlässiges Maß für die Wirksamkeit des Redners.

Entscheidend ist nach meiner Auffassung deshalb letztlich nicht vorrangig die rhetorisch perfekte Gestaltung einer Rede durch ästhetische Schönheit von Sprache (der als Politiker bedeutende Reichskanzler Bismarck soll z. B. eine Fistelstimme gehabt haben!), durch optimale Mimik, Gestik und Körpersprache, sondern in erster Linie **der sachliche Inhalt der Botschaft, die Echtheit und auch die Vertrauenswürdigkeit sowie die Überzeugungskraft ihres Überbringers**.

Wo mitreißende Rhetorik nicht nur Phrase ist, sondern einem honorigen Ziel dient, wo sie nicht nur zur demagogischen Kaschierung unlauterer Motive des Redners oder seiner Auftraggeber eingesetzt wird, da kann intensive rhetorische Schulung des Redners unter Umständen den Erfolg noch steigern, weil sie ihm mehr persönliche Sicherheit gibt und die Kommunikation zwischen den Beteiligten erleichtert.

5.3.1 Sprechweise

Grundsätzlich hat jeder Redner seine eigene Sprechweise. Sie resultiert im wesentlichen aus den Sprechgewohnheiten der Vorbilder beim Spracherwerb (z. B. Eltern, Geschwister, Großeltern, Nachbarn, Freunde; später: Lehrer, Filmschauspieler, Fernseh-Stars, Sportler, Politiker, Künstler etc.).

Dabei ist natürlich auch von Bedeutung, wo jemand aufwächst. Denn die Sprachgewohnheiten unterscheiden sich – u. a. durch Dialektfärbung, regionale Begriffsbildung – beispielsweise bei verschiedenen Wohnorten (z. B. Bayern, Sachsen, Ruhrgebiet, Köln, Hamburg; auch zwischen Dorf und Großstadt). Ebenfalls unterschiedliche Sprechgewohnheiten findet man bei Angehörigen verschiedener sozialer Schichten (z. B. Slumbewohner, bürgerliche Gesellschaft, Hautevolee) und Altersgruppen (z. B. jugendtypische Manierismen).

Auch Angehörige unterschiedlicher Berufe unterscheiden sich häufig hinsichtlich ihrer Sprechgewohnheiten aufgrund einschlägiger Vorbilder oder gezielter Sprachschulung (z. B. Pfarrer, Lehrer, Politiker, Schauspieler), die eine besonders deutliche Aussprache bewirken soll. So kann man auch die charakteristischen Sprechweisen von Ausländern meistens leicht erkennen, wenn sie nach dem Erlernen ihrer Muttersprache später eine andere Sprache hinzulernen. Meistens bleibt ein für die ursprünglich gelernte Muttersprache typischer Akzent in der später gelernten neuen Sprache erhalten: als Deutscher wird man auf diese Weise meistens leicht einen deutsch sprechenden Franzosen von einem Amerikaner, Italiener, Russen oder Chinesen unterscheiden können.

Welche Bedeutung haben solche Sprechweisen nun für die Kommunikation – insbesondere für die Kommunikation eines Redners mit seinem Auditorium?

Generell darf man sicher annehmen, daß sich alle Redeweisen positiv auswirken, wenn sie die Kommunikation zwischen dem Redner und seinem Auditorium erleichtern und/oder wenn sie bei den Zuhörern angenehme Emotionen hervorrufen – z. B. durch einen bestimmten Akzent.

Das machen sich viele Persönlichkeiten des öffentlichen Lebens zunutze. So hat beispielsweise der frühere Bundeskanzler K. Adenauer seinen Kölner Akzent gepflegt, F. J. Strauß äußerte sich „hochbayerisch", R. Carrell parliert mit holländischem Unterton, P. Alexander schmeichelt sich bei seinem Publikum österreichisch ein etc.

Aber auch negative Auswirkungen der Sprachfärbung sind nicht selten: Wenn der regionale oder ausländische Akzent des Redners oder eine ungewöhnliche Wortwahl die Sprachverständlichkeit beeinträchtigt oder gar unangenehme Emotionen bei den Zuhörern hervorruft, können diese gegen den

Wie spricht der Italiener?	Bayerisch!
Wie spricht der Türke?	Berlinerisch!
Wie spricht der Grieche?	Frankfurterisch!

Sie glauben das nicht?
Ich kenne diese Menschen alle persönlich.
Es stimmt!

Deutschland lebt eben multikulturell –
auch wenn mancher Deutsche viel zu deutsch ist,
um wirklich deutsch zu sein.

Redner und das, was er ihnen zu sagen hat, voreingenommen reagieren.

Zur Sprechweise gehören jedoch noch einige weitere wichtige Aspekte, die Redner nicht übersehen oder vernachlässigen sollten:

5.3.1.1 Sprachniveau

Wenn jemand über einen Redner sagt:

„Der hat kein Niveau!"

was meint er wohl damit?

5.3.1.1.1 Inhaltliche Aspekte

Häufig wird der Kritiker mit der Feststellung „fehlendes Niveau" ausdrücken wollen, daß er die Ausführungen des Redners, vom inhaltlichen Gehalt her betrachtet, als nichtsagend empfindet. Er hat ein höheres Anspruchsniveau und möchte nicht über Trivialitäten informiert werden.

Dabei ist die Höhe des Niveaus kein absoluter Wert, auf den sich der Redner, hat er ein angemessenes Niveau erst einmal erreicht, auch in Zukunft und in jedem Fall verlassen könnte. Das subjektiv empfundene Niveau ist vielmehr eine Funktion der Vorbildung, der Vorkenntnisse und der Erwartungen der Zuhörer.

Betrachtet man z. B. den über ein bestimmtes Thema geschriebenen Text eines Rede-Manuskripts, dann kann er beim Vortrag vor Sonderschülern von diesen als eklatante Überforderung, beim Vortrag vor einem Professoren-Kollegium aber als Konglomerat von Banalitäten empfunden werden, während ihn ein normalbegabter und lernmotivierter Laie womöglich als informativ, interessant und anregend empfindet.

Aber auch derselbe Inhalt kann von demselben Zuhörerkreis z. B. am Beginn eines Studiums als sehr schwierig und nahezu unverständlich bewertet werden, während er nach einigen Studiensemestern mit inzwischen erworbenem Grundwissen als gut und leicht verständlich erscheint.

Wichtig ist es daher für den Redner, seine inhaltlichen Anforderungen am jeweiligen Wissens- und Kenntnisstand der Zuhörer zu orientieren und auf deren Auffassungsvermögen hin auszurichten.

Andernfalls erhebt sich oft unverhofft die Frage:

Bist **du** blöd – oder **ich**?

5.3.1.1.2 Hochsprache, Dialekt

Entscheidend für den Erfolg einer Rede ist nicht, ob sie in Hochsprache oder in einem (sächsischen, Berliner, Kölner etc.) Dialekt gehalten wird, sondern: **ob die Zuhörer den Redner verstehen und den Inhalt der Rede akzeptieren.**

Wird eine Rede im sächsischen Dialekt vor sächsischen Zuhörern gehalten, werden die Zuhörer dies mit hoher Wahrscheinlichkeit gar nicht bewußt wahrnehmen. Gerade deshalb erscheint es Menschen aus anderen deutschen Landesteilen so witzig, wenn ein Sachse in breitestem Sächsisch zu einem anderen Sachsen sagt:

> „Ich glaube, wir Sachsen sind die einzigen Deutschen, die keinen Dialekt haben, sondern einfach ganz normal deutsch reden!"

Dialekte erwecken bei Menschen, deren Spracherwerb sich in demselben Dialektbereich vollzogen hat, meistens einen angenehm vertrauten Eindruck. Deshalb behalten Politiker gern den Dialekt ihrer Heimatregion bei politischen Reden bei. Sie möchten dadurch ihre besondere Verbundenheit mit diesen Menschen, ihren möglichen Wählern, zum Ausdruck bringen. Außerdem können sie durch die Verwendung dialektspezifischer Worte nicht nur das Verständnis verbessern, sondern auch die Akzeptanz.

Haben solche Reden, weil sie z. B. im Rundfunk oder vom Fernsehen landesweit oder sogar weltweit übertragen werden, über die vom Dialekt geprägte Region hinaus Bedeutung, bemühen sich solche Redner um eine gewisse Angleichung an die dialektfreie Hochsprache. Dabei bleibt aber meistens eine gewisse Dialektfärbung der Sprache erhalten.

Um die dadurch erzielbare positive Wirkung der Volksnähe zu erreichen, pflegen Redner diese Dialektfärbung oftmals absichtlich (s. Kap. 5.3.1). Das tun aus ähnlichen Gründen auch ausländische Schauspieler, Entertainer etc., die sich auch bei jahrelangem Aufenthalt in Deutschland nicht um ein akzentfreies Deutsch bemühen, sondern ihren muttersprachlichen Akzent (z. B. amerikanisch, holländisch, französisch) als Bestandteil ihres Images weiter pflegen.

Mancher bemüht sich sogar, den Dialekt der Region anzunehmen, in der er zwar nicht geboren ist, wo er aber seine berufliche Wirkungsstätte gefunden hat. Bekannt geworden ist in dieser Hinsicht beispielsweise Hans-Jochen Vogel, der aus Göttingen stammt, aber in seiner Funktion als Oberbürgermeister von München sich den bayerischen Dialekt angewöhnte.

Probleme entstehen durch Dialekte meistens erst dann, wenn sie von Zuhörern aus einem anderen Dialektgebiet nicht oder nur schwer verstanden werden. Schwierigkeiten dürfte daher normalerweise ein Bayer haben, wenn er mit niederdeutschem Platt konfrontiert wird. Andererseits sollen auch Ostfriesen dem urtümlichen bayerischen Dialekt nicht gewachsen sein!

Dabei spielt sowohl die dialektspezifische Lautbildung als auch die Verwendung regional-typischer Wörter eine wichtige Rolle. Besonders stark ausgeprägt sind solche Besonderheiten beim Schweizer-Deutsch und dem Österreichischen (z. B. „Karfiol" statt „Blumenkohl") im Vergleich zur deutschen Hochsprache (s. dazu auch 5.3.1.1.4).

Probleme können auch entstehen, wenn der Redner ein ernsthaftes Thema behandelt, seine Dialektfärbung auf die Zuhörer aber eher belustigend wirkt.

So hängt die Wirkung von Dialekt oder Hochsprache letztlich ab vom Thema, der Persönlichkeit des Redners sowie von den Gewohnheiten und Erwartungen der Zuhörer.

5.3.1.1.3 Fachsprache, Umgangssprache

Gewohnheitsmäßig spricht zunächst jeder in seiner Umgangssprache, wenn er im Laufe seines Lebens vor die Aufgabe gestellt wird, eine Rede zu halten (z. B. beim Geburtstag eines Familienmitgliedes) oder einen Vortrag, ein Referat (z. B. im Schulunterricht).

Die Umgangssprache erfüllt in diesen Fällen in der Regel ihren Zweck. Sie erlaubt den angemessenen Ausdruck von Gedanken und Gefühlen.

Aber schon bei Referaten im Geographie- oder Physikunterricht vollzieht sich der Übergang von der Umgangssprache zur Fachsprache. Denn ohne die Verwendung präziser Fachbegriffe (sogenannter Termini) kann die Sprache schnell umständlich und mißverständlich werden.

Größere und höchste Anforderungen an die fachsprachliche Begriffsbildung und Ausdrucksweise werden jedoch üblicherweise bei wissenschaftlicher Bearbeitung eines Fachgebietes und bei Vorträgen darüber gestellt. Die präzise Codierung von Inhalten durch Fachtermini vereinheitlicht und normiert die Kommunikation zwischen Fachleuten, reduziert sie auf das Wesentliche und hilft, Mißverständnisse und Fehldeutungen zu vermeiden.

Wer Umgangssprache bei fachwissenschaftlichen Abhandlungen verwendet, wird – zumindest in Deutschland – leicht als unseriös oder wenigstens als fachlich nicht besonders versiert eingeordnet. Milde beurteilt, war der Vortrag „etwas zu journalistisch“. Gerade deshalb könnte er aber für Fachleute wie Nicht-Fachleute besonders leicht und gut verständlich sein. Das nutzen beispielsweise die Amerikaner aus. Sie haben zum Teil beachtliche Routine in der allgemeinverständlichen Darstellung auch sehr komplizierter technischer und wissenschaftlicher Sachverhalte entwickelt.

Wer genug weiß und wissenschaftlich qualifiziert ist, hat es nicht nötig, Nichtwissen oder fachliche Unsicherheit hinter terminologischem Schwulst zu verbergen. Er kann auch in einer „gehobenen Umgangssprache“ und mit Verwendung und ausreichender Erklärung der unumgänglichen Fachtermini das Wesentliche gut verständlich und sogar imagefördernd seinen Zuhörern vermitteln.

> Die nebulösen rhetorischen Implikationen des Statements inhibieren das videofixierte Auditorium respektive vice versa den neurotisch-solipsistischen Statement-Produzenten selbst an der Internalisierung der kognitiv-emotional ad hoc in nuce perzipierten kontextstrukturalistischen Imago der essentiellen Existenz des perpetuierenden Extrakts einer konzeptuellen Persiflage vor dem Background einer superfiziellen Dominanz der absoluten Ignoranz.

Gerade jüngere Referenten haben zuweilen eine Tendenz, durch forcierten Einsatz von Fremdwörtern und Fachbegriffen sowie durch komplizierte grammatische Sprachkonstruktionen eine Aura von Wissenschaft und Kompetenz um sich zu verbreiten. Erst mit zunehmender Erfahrung und Reifung gelingt es manchen, sich für Fachkollegen wie fachliche Laien verständlicher auszudrücken. Damit dienen sie letztlich sich selbst, der Sache und ihrem Auditorium mehr.

5.3.1.1.4 Satzbau und Wortwahl

Satzbau und Wortwahl bei Reden und Vorträgen sind wesentliche Komponenten des persönlichen Sprachstils eines jeden Redners.

Während in früheren Zeiten oftmals ein komplizierter Satzbau mit zahlreichen Verschachtelungen als Zeichen besonderen sprachlichen und rhetorischen Geschicks galt (z. B. Cicero, I. Kant), tendiert man heute eher zu klaren und leicht überschaubaren Satzkonstruktionen mit prägnanten Verben und Begriffen. Im Vordergrund steht dabei mehr die einwandfreie Kommunikation als verstiegene Sprachkunst.

Klare, einfache Satzkonstruktionen haben für den Redner den Vorteil, daß seine Konzentration bei der Überwachung einer korrekten Grammatik nicht überbeansprucht wird. Er kann sich dann stärker auf die inhaltlichen Aspekte seiner Ausführungen konzentrieren und dadurch die Qualität verbessern.

Aber auch der Zuhörer wird entlastet von der oft sehr mühsamen Orientierung in einem unüberschaubaren Rede-Labyrinth. Seine Aufgabe gestaltet sich zudem noch besonders schwierig, wenn der Redner selbst die Übersicht verliert, wenn er in grammatische Sackgassen gerät oder vor lauter Freude an seinen sprachlichen Pirouetten den Inhalt aus den Augen verliert, von Exkurs zu Exkurs fortschwebt, diese sogar noch ineinander verschachtelt, um dann schließlich völlig verirrt und hilfslos in einem nervenzerrüttenden Fiasko zu enden.

Entscheidend bei der sachgerechten Wortwahl ist nach meiner Auffassung:

Das treffende Wort
an der passenden Stelle
zum richtigen Zeitpunkt.

Peinlich berührt sind Zuhörer meistens, wenn der Redner von ihm offensichtlich nicht beherrschte Fremdwörter falsch ausspricht oder in unzutreffender Bedeutung verwendet. Unangenehm berührt ist er aber auch, wenn sich der Redner plötzlich im Sprachniveau vergreift, wenn er beispielsweise ordinäre Begriffe in eine ansonsten in gehobener Sprache gehaltene Rede einfließen läßt.

Lästig für das Auditorium ist auch das hilflose Suchen des Redners nach Worten überhaupt oder zumindest nach passenden Begriffen oder den richtigen Verben zum grammatisch korrekten Abschluß unbesonnen begonnener Satzmonster.

Allerdings kann man auch mit kurzen, klaren Feststellungen in Fettnäpfchen treten:

Ein Mann . . . ein Wort ----- eine Frau . . . ein Wörterbuch!

5.3.1.2 Sprechtechnik

Normale Menschen sprechen „normal". Da auch Redner in diesem Sinne normale Menschen sind, ist nicht einzusehen, weshalb sie „unnormal" sprechen sollten. Das scheinen aber manche Redner – mit oder ohne Rhetorik-Schulung – noch nicht begriffen zu haben. Zumindest lassen Beobachtungen in der Praxis das vermuten.

Andererseits lehren uns Beobachtungen bei Rednern, daß bessere Rhetorik ihrer Sache durchaus dienlich wäre, denn man würde sie und ihr Anliegen dann leichter und besser verstehen können.

Das führt logischerweise zu der Frage:

„Wo liegt das Optimum für rhetorische Schulung von Rednern –
zwischen den Extrempolen von Alltagssprache einerseits
und professioneller, künstlerischer Sprechkultur
von Schauspielern und Rezitatoren andererseits?"

Mit dieser Frage wollen wir uns den folgenden Aspekten des Problems zuwenden:

5.3.1.2.1 Stimme

„Der Ton macht die Musik!"

Deshalb trainieren beispielsweise Sänger ihre Stimme in speziellem Gesangsunterricht, und vor einem Konzert singen sie sich bzw. ihre Stimme erst wieder ein.

Wer unvermutet zum Sprechen aufgefordert wird, der hat bisweilen einen trockenen Hals oder eine „belegte" Stimme, die er dann erst einmal durch Räuspern frei macht. Erst dann kann er, ohne zu krächzen, einigermaßen manierliche Töne herausbringen.

Probleme mit seiner Stimme hat auch, wer nach schnellem Treppensteigen oder einem 100-m-Lauf völlig ausgepumpt und kurzatmig ist. Sportler erleben diese unerquickliche Situation, wenn sie nach einem gerade erkämpften sportlichen Sieg noch völlig außer Atem von einem Reporter ein Mikrofon vorgehalten bekommen und um ein Statement gebeten werden.

Mit etwas Erfahrung gelingt es solchen Spitzensportlern, den Reportern zunächst beispielsweise durch einen etwas größereren Auslaufbogen und einige in ausreichender Entfernung durchgeführte leichte Rumpfbeugen oder etwas Gymnastik zumindest so lange auszuweichen, bis sie wieder etwas zu Atem gekommen sind, um ihren Kommentar zum Ereignis einigermaßen verständlich und ohne unkontrolliertes Schnaufen abgeben zu können.

Stimmliche Probleme entstehen auch bei starken Gemütsbewegungen. Beim Abspielen der Nationalhymne sind manche Menschen so gerührt, daß sie in diesem Moment kein Wort herausbringen, weil ihnen die Stimme versagt. Auch bei

der Beisetzung eines Familienmitgliedes oder Freundes können aufsteigende Tränen die Stimme versagen lassen.

Nicht zu vergessen sind Halskrankheiten. Bei angeschwollenen Mandeln oder einer erkältungsbedingten Nasen-Rachen-Verengung verändert sich meistens auch die Stimme, bisweilen bleibt sie sogar ganz weg. In einer solchen Situation ist an einen Vortrag gar nicht zu denken. Berufsredner – wie auch Sänger – müssen ihre Verpflichtungen dann sogar notfalls absagen – sie sind „indisponiert".

ELERTSEN & HARTIG (1986, S. 43) zitieren eine scharfsinnige Bemerkung von Friedrich Nietzsche:

„Das Verständliche an der Sprache ist nicht das Wort selber, sondern Ton, Stärke, Modulation, Tempo, mit denen eine Reihe von Worten gesprochen wird – kurz, die Musik hinter den Worten, die Leidenschaft hinter der Musik, die Person hinter dieser Leidenschaft. Alles das also, was nicht geschrieben werden kann. Deshalb ist es mit der Schriftstellerei nichts."

Die Autoren selbst verlangen:

„Die Stimme soll Ausdruck unserer seelischen und geistigen Haltung sein; oder auch: unsere seelische und geistige Haltung zeigt sich in stimmlichen Reaktionen. Die Stimme sei ohne Affektiertheit. ... Farbig, anschaulich, lebendig wird die Rede durch Wortplastik und Wortbeseelung. Sie sind intensiv zu üben."

Andererseits rät BLUM (1981, S. 278) Führungskräften vor allem:

„Bekennen Sie sich zu Ihrer Stimme!"

„Wenn Sie verhandeln oder reden, dann ist nicht Ihre Stimme entscheidend, sondern das, was Sie zu sagen haben und wie Sie es sagen. Wichtig dabei ist, daß Sie aus sich herausgehen und nicht nur Worte sagen, sondern zeigen, daß Sie begeistert oder traurig sind."

Das ist wohl tatsächlich das Entscheidende:

Der Redner muß etwas für die Zuhörer wirklich Wichtiges zu sagen haben. Ob er das mit sonorer oder piepsiger Stimme tut, ob er über eine für jede Situation trainierte, modulationsfähige Stimme verfügt oder ob er seine Botschaft nur ganz unspektakulär artikuliert: **entscheidend ist der Inhalt der Botschaft und deren Überzeugungskraft**.

Der Zuhörer muß dem Redner glauben, was er sagt. Er muß von der Richtigkeit der Botschaft und von der Bedeutung für sich selbst überzeugt sein.

Ist das nicht wirklich so? Oder welche besonderen Anforderungen stellen Sie an den Übermittler der Botschaft:

„Sie haben gerade 6 Millionen DM im Lotto gewonnen?"

Wie er das sagt, ist egal. Hauptsache: es stimmt!

Wer keine ordentliche Rednerstimme hat, sollte trotzdem nicht gleich verzweifeln. Er teilt dieses Schicksal mit vielen anderen, die er nahezu täglich in Fernsehsendungen, Rundfunkübertragungen, in Schulen, Universitäten und bei Fachkongressen etc. erleben kann.

Wer allerdings seine Stimme etwas trainiert (er muß ja nicht gleich Kieselsteine in den Mund nehmen, wie dies von Demosthenes aus dem alten Griechenland berichtet wird) und sich dadurch auch eine saubere Artikulation aneignet, der erleichtert sich und anderen die problemlose Kommunikation. Wer seine Stimme zudem durch professionelles Stimm- und Sprachtraining so ausbildet, daß sie auch noch schön klingt, also ästhetische Qualitäten vermittelt, der wird die sich daraus ergebenden Vorteile nutzen können und vermutlich auch Anerkennung für seine Sprachleistung finden, wie man ja auch einem Sänger mit großer, wohltönender Stimme leichter Beifall zollt als einem mit kläglich mißtönender.

Mancher, der sich allerdings Mühe gibt, besonders schön zu sprechen, wirkt dabei affektiert; und das kann für den Erfolg einer Rede bei entsprechendem Publikum auch tödlich sein.

Bisweilen kann man beobachten, daß Menschen, die wirklich etwas zu sagen haben, dies ohne viel Getue ganz „normal“ und ohne besonderen Aufwand erledigen. Andererseits bemühen sich gerade diejenigen, die eigentlich nichts Bedeutendes zu sagen haben und vielleicht auch gar nicht zu einer herausragenden Leistung fähig sind, dies durch viele wohltönende Worte zu kaschieren.

> Eine schöne Stimme allein
> macht noch keinen Redner!

5.3.1.2.2 Artikulation

ELERTSEN & HARTIG (1986, S. 28) haben apodiktisch als Rhetorikgrundsatz formuliert:

„Die reine und volle Aussprache jedes Wortes ist nötig, um den Forderungen der Lautreinheit, Klangschönheit und Verständlichkeit gerecht zu werden. Kein Buchstabe eines Wortes sollte unterdrückt, keine Endsilbe verschluckt werden.“

Dem möchte ich allerdings nicht uneingeschränkt zustimmen.

Ich habe nämlich schon Redner erlebt, die – offenbar derartigen Empfehlungen folgend – alle Endsilben der Wörter (hier: Endsil**bén**, Wör**tér**) derart betonen, daß der natürliche Sprachrhythmus dabei völlig verlorengeht. Sie haben dabei die unsinnige Vorstellung, man könne sie nicht richtig verstehen, wenn irgendein Laut durch undeutliches Artikulieren verlorengehe.

Das ist zwar grundsätzlich richtig, soweit es unverständliches Nuscheln betrifft. Aber die Sprache lebt gerade von unterschiedlichen Betonungen und Akzentuierungen sowohl innerhalb der Sätze als auch der einzelnen Wörter. Sie sind wesentlicher Bestandteil der Sprachverständlichkeit. Zur sachgerechten und kommunikationsfreundlichen Artikulation gehört es daher zwangsläufig, daß unbetonte Silben auch unbetont bleiben.

Die Sprachverständlichkeit kann natürlich auch darunter leiden, daß der Redner die einzelnen Wörter nicht klar artikuliert, sondern in einer das Verständnis erschwerenden und Mißverständnisse fördernden Weise verschleift (Beispiele bei ELERTSEN & HARTIG 1986, LEMMERMANN 1992):

statt:	wird falsch verbunden zu:
... und Dank ...	... Undank ...
... und deutsch	... undeutsch ...
... und tiefe ...	... Untiefe ...

Wichtig für das richtige Verständnis ist auch die deutlich unterschiedliche Artikulation von sonst identisch klingenden Wörtern:

unterschiedliche Artikulation von ä und e bzw. ee:	
Räder	Reeder
Gewähr	Gewehr
Säle	Seele

Aus Bremen ist ein Politiker bekannt geworden, der über die unnachahmliche Gabe verfügt, nicht nur einzelne Worte zu verschleifen, sondern auch ganze Sätze und sogar Absätze. Hätte er z. B. die folgende Aufforderung artikulieren wollen:

> „**Ich bi**tte die Bremer Bürger, sich schon zu Ostern auf Weih**n**achten zu freuen, weil es da die meisten Geschenke gibt und weil dann nach dem nahe bevorstehenden Sil**ve**sterball das nächste Ost**er**fest mit fröhlichem Eiersuchen schon wieder in greifbare Nähe **rückt**."

dann hätte sich das live zusammengeschliffen in gewohnter Ultrakürze etwa folgendermaßen anhören können:

> „Ichbinverrückt."

Der Vorteil liegt bei dieser Artikulationstechnik klar auf der Hand: die Kürze. – Der Nachteil aber auch!

Wer glaubt, das Deutsche werde genau so ausgesprochen, wie man es schreibt, der irrt (s. ELERTSEN & HARTIG 1986, LEMMERMANN 1992).

Einige Beispiele mögen das verdeutlichen:

Wörter bzw. Wortteile nicht verbinden:	sondern getrennt sprechen:
tues	tu es
diees	die es
wiees	wie es
erobern	er-obern
unendlich	un-endlich
verehren	ver-ehren
andere Wörter hingegen (mit L M N R S verbunden) sind nicht getrennt zu sprechen:	**sondern verbunden:**
voll-laufen	vollaufen
um-modeln	ummodeln
Raum-meter	Raummeter
an-nageln	annageln
an-nehmen	annehmen

Auch CH hat seine Tücken; man sieht ihm nämlich keineswegs ohne weiteres an, ob es ausgesprochen wird, wie CH in „ich", oder wie der Rachenlaut CH in „nachher" oder wie SCH in „Chef" oder wie K in „Chianti" bzw. „Charakter" oder gar wie TSCH in „Chinchilla" bzw. „Chile".

Zu empfehlen ist schließlich auch die klar unterschiedliche Aussprache wichtiger Konsonanten, wie z. B. d-t, b-p, g-k. Denn „der" darf nicht ausgesprochen werden wie „Teer", „Bar" nicht wie „Paar" und „gern" nicht wie „Kern", um Mißverständnisse zu vermeiden.

Manche Buchstaben werden in unterschiedlichen Wörtern unterschiedlich ausgesprochen:

v wie f:		v (bei lateinischer Wurzel) wie w:	
viel		Viktor	
Volk		Viktoria	
verkaufen		Viktualienmarkt	
g wie g:		**g wie ch (am Wortende und vor Konsonanten):**	
Weg	(falsch: Wech)	richtig	(richtig: richtich)
Steg	(falsch: Stech)	wenig	(richtig: wenich)
Regen	(falsch: Rechen)	König	(richtig: Könich)
Hamburg	(falsch: Hamburch)	Ewigkeit	(richtig: Ewichkeit)

Probleme kann es auch bei S, ST und SCH geben bzw. bei SP:

S in ST wie S (im Inlaut):	S wie SCH (im Anlaut):
erster (falsch: erschter)	Straße (falsch: S-traße)
Förster (falsch: Förschter)	Stein (falsch: S-tein)
Industrie (falsch: Induschtrie)	stoßen (falsch: s-toßen)
S in SP wie S (im Inlaut)	**S wie SCH (im Anlaut):**
Raspel	Spanner
Asparagus	Speer
Vesper	anspannen

Wie einige Beispiele zeigen, sind vor allem Fremdwörter oder aus solchen abgeleitete deutsche Wörter oftmals hinsichtlich ihrer korrekten Artikulation problematisch. Davon können z. B. Nachrichtensprecher im Rundfunk und beim Fernsehen ein Liedchen singen, wenn sie die Namen von ausländischen Politikern oder von Städten in fremden Ländern aussprechen müssen.

Gewisse Vorteile hat zweifelsohne in vielen Fällen, wer schon in der Schule Englisch, Französisch, Latein, Griechisch und Russisch gelernt hat und wer sich eventuell im Rahmen von Ferienreise-Vorbereitungen in der Volkshochschule oder im Privatunterricht etwas Italienisch, Spanisch, Türkisch, Arabisch, vielleicht sogar Chinesisch oder Japanisch hat beibringen lassen.

Aber auch mehr- und vielsprachige Sprachgenies werden bisweilen unverhofft mit Aussprācherätseln konfrontiert, auf die sie nicht vorbereitet sind:

- Wie werden die „Test-Items" ausgesprochen (Items oder Eitems)?
- Wie spricht man denn „Lech Walesa" wirklich richtig aus?
- Hat der Chef nun den Nóbelpreis erhalten oder den Nobélpreis?

Hat im letzteren Fall das Bildungsbürgertum im Auditorium die feste Überzeugung, nur Nobél sei die richtige Aussprache, da Herr Nobél ja schließlich Norweger gewesen sei (daß der Nobelpreisstifter eigentlich Schwede gewesen ist, spielt bei derartigen bildungsbürgerlichen Überzeugungen keine wesentliche Rolle), dann kann dies bereits das „Aus" für den in diesem Punkt fehlgetretenen Redner bedeuten: „Das lernt man doch schon in der 7. Klasse. Der Redner hat sicher gar kein Abitur. Wenn der schon Nobél nicht richtig aussprechen kann, was ist dann überhaupt noch von seinen übrigen Ausführungen zum Thema zu erwarten?!"

Vorsicht
ist in solchen Fällen
also nicht nur die Mutter der Porzellankiste,
sondern auch die des nicht auf Selbstmord eingestellten Redners.

5.3.1.2.3 Sprechtempo

Ich glaube nicht, daß man eine für alle Anlässe verbindliche Empfehlung bezüglich des „richtigen“ Sprechtempos geben kann.

Im weitesten Sinn ist das Sprechtempo natürlich immer dann „richtig“, wenn die Ausführungen des Redners „richtig“ verstanden und seine Intentionen von den Zuhörern „richtig“ übernommen werden.

Während man die Schreibgeschwindigkeit als einen wesentlichen Aspekt der Qualifikation einer Stenotypistin nach der Anzahl der pro Minute geschriebenen Silben beim Diktat werten kann, könnte maximale Sprechgeschwindigkeit beim Redner eher als Maß der Zuhörer-Überforderung oder der Qualifikation als „Nervtöter“ dienen.

Hohes Sprechtempo findet sich z. B. bei Menschen, die ohne allzu intensives Nachdenken über alles und jedes und somit auch über weltbewegende Probleme schnell und leicht endlos dahinplappern können. Diese Aktivität ist zwar geeignet, die sonst herrschende Stille mit Geräusch zu füllen, sie muß aber für die Zuhörer weder vergnüglich noch unterhaltsam oder gar geistig anregend sein. Eher wird sie von vielen Menschen als lästig und überflüssig empfunden.

Wer jedoch diese gefährliche Klippe umschiffen will, indem er betont langsam spricht, der gerät gewissermaßen „vom Regen in die Traufe“. Er wird wegen der bei den Zuhörern meist schnell eintretenden Monotonie bald den Ruf als Langweiler und Schlafmittel weghaben.

Das „richtige“ Sprechtempo dürfte daher – trivialerweise – in den meisten Fällen zwischen diesen Extremen liegen.

Jeder Mensch hat sein individuelles psychisches Tempo. Die einen folgen dabei gewissermaßen dem inneren Zeittakt einer Schnecke, während die anderen sich als geistige Sprinter entpuppen. Erfahrungsgemäß erzielt man keine großen Erfolge beim Versuch, eine Schnecke zum Rennen zu stimulieren. Aber auch das ständige Bremsen eines dynamisch voranstürmenden Sprinters überfordert meistens schnell den Bremser wie den Sprinter.

> Wer schnell redet, kommt schnell voran.
> Aber womit?

Im Hinblick auf die möglichen Vor- bzw. Nachteile von Schneckentempo und Sprint sollte sich jeder Redner zunächst einmal über sein eigenes psychisches Tempo Klarheit verschaffen. Er wird dann leichter Möglichkeiten finden, seine diesbezüglichen Stärken auch rhetorisch gezielt und nützlich einzusetzen. Andererseits kann der Langsame der Ermüdung seiner Zuhörer durch gelegentlich mit etwas mehr Kraftaufwand eingeschobene Sprints vorbeugen, während der Sprinter sich und dem Auditorium von Zeit zu Zeit einmal eine kleine Denk- und Ruhepause gönnen sollte.

Gerade der Wechsel im Sprechtempo während einer Rede gibt dem Redner exzellente Möglichkeiten, die Aufmerksamkeit seiner Zuhörer zu steuern, Wichtiges hervorzuheben oder auch weniger Wichtiges an den Rand der Betrachtung zu rücken.

Das Sprechtempo sollte sich – im Rahmen der dem Redner verfügbaren Möglichkeiten – selbstverständlich auch am Auffassungsvermögen der Zuhörer orientieren und besondere Anforderungen der Thematik berücksichtigen. Leichtverständliches kann durchweg etwas schneller vorgetragen werden, während das Verfolgen komplizierter Gedankengänge mehr Zeit und Muße erfordert.

Sein natürliches Sprechtempo erreicht ein Redner am besten beim freien Sprechen. Er ist dann gezwungen, während des Denkens seine Gedanken für die Zuhörer zu ordnen und verständlich zu formulieren. Dadurch schafft er meistens günstige Voraussetzungen für einen erfolgreichen Kommunikationsprozeß. Ungünstig wirkt sich dagegen häufig das Ablesen oder Verlesen von Texten aus, insbesondere dann, wenn der Redner sich unter Zeitdruck fühlt und eigentlich für den vorgegebenen Zeitrahmen zu umfangreiche Ausführungen zu Gehör bringen will. Das Hetzen durch bereits vorformulierte komplizierte Gedankengänge überfordert meistens das Auditorium und ist schon von daher nicht zu empfehlen.

Weniger ist oft mehr - auch beim Redner !

Wenn der Redner durch die Rede
hetzt und keine Ruhe hat,
dann folgt ihm dabei jedwede
Hörerschaft nicht auf dem Pfad
seiner Worte und Gedanken;
denn die bleiben weit zurück
hinter solchen Tempos blankem
Überford'rungs-Ungeschick!

5.3.1.2.4 Sprechpausen

Pausen beim Sprechen sind atemphysiologisch bedingt. Sprache bildet sich im Kehlkopf des Menschen nur beim Aus-, nicht aber beim Einatmen. Wer also tief einatmet, kann grundsätzlich beim Ausatmen zumindest so lange sprechen, bis er auch das letzte Quentchen Luft aus seiner Lunge herausgequetscht hat. Spätestens dann jedoch entsteht eine Zwangs-Sprechpause, weil der Redner nun entweder erstickt oder erst einmal wieder Luft holen muß (s. Kap. 5.3.1.2.6).

Beklemmend wirkt das Luftholen des Redners auf sein Publikum vor allem dann, wenn es nicht als normaler Lebensablauf sachgerecht und unauffällig in den Redefluß integriert wird, sondern sich jeweils als eine Art Lebensrettungsaktion sichtbar und deutlich hörbar vor aller Augen und Ohren abspielt, weil der Redner, am Ende seiner Luftreserven angelangt, nur durch eine solche Notatmung im letzten Augenblick dem sonst sicheren Erstickungstod auf offener Bühne entgeht.

Versierte Redner reden daher nicht pausen-los „ohne Punkt und Komma“, sondern sie gliedern ihre Sätze von vornherein vernünftig. Dadurch entstehen kurze

Pausen, die dem Redner ausreichend Zeit zum Luftholen und Nachdenken lassen. Andererseits können die Zuhörer dadurch den Ausführungen leichter mit Verständnis folgen.

Außerdem setzen rhetorisch geschickte Redner Sprechpausen gezielt ein, um ganz bestimmte Wirkungen zu erzielen:

- die Pause **vor** einem besonders wichtigen Wort oder Satz akzentuiert diese;
- eine Pause **vor** weiteren Ausführungen erhöht die Erwartungsspannung beim Auditorium;
- die Pause **nach** einer bedeutungsvollen Aussage verstärkt die Wirkung der Worte;
- die Pause **nach** dem wirkungsvoll artikulierten Schlußsatz einer Rede aktiviert das Publikum zum Applaus.

Viele Redner fürchten allerdings Sprechpausen. Sie haben nämlich schon irgendwann einmal die höchst unerfreuliche Erfahrung gemacht, daß sie mitten in einer freien Rede den Faden verloren hatten oder daß sie beim Verlesen eines Manuskripts nach dem Aufblicken die richtige Stelle zum Weiterlesen nicht gleich wiederfinden konnten.

Das sind – zugegebenermaßen – traumatische Vorgänge. Dennoch sollte sich der Redner dadurch nicht unnötig neurotisieren lassen. Tatsache ist nämlich, daß das, was er selbst als unangenehme und quälende Zwangspause empfindet (schließlich sucht er ja verzweifelt nach den nächsten Worten!), in den meisten Fällen von den Zuhörern gar nicht bemerkt oder sogar als wohltuende Denkpause wahrgenommen und genossen wird. Hier besteht offenbar eine deutliche Diskrepanz zwischen dem Erleben des Redners und der Wahrnehmung des Zuhörers – und zwar (Gott sei Dank!) zugunsten des Redners.

Bei einer solchen Zwangspause sollte der Redner daher nicht in Panik geraten, sondern sie auch selbst zum ruhigen Nachdenken nutzen. Findet er dabei seinen roten Faden wieder, kann er seine Rede problemlos fortsetzen. Findet er den Anschluß nicht, kann er, ohne daß dies den Zuhörern unangenehm auffallen wird, nach der kleinen Denkpause selbstbewußt zum nächsten Gedanken seiner Rede übergehen – etwa mit den Worten: „Ich komme nun zum nächsten Schwerpunkt: . . .“.

Deshalb:

MACH MAL PAUSE!

Vielleicht denken Sie aber trotzdem, wie einige Redner, die ich mir schon anhören mußte, Pausen seien eigentlich überflüssig, insbesondere deshalb, weil sie bloß unnötig Zeit beanspruchen, die man besser verwenden könnte.

Versuchen Sie ruhig einmal, Ihren Sprechfluß durch geplante Pausen verständlicher zu strukturieren.

Artikel 1 des deutschen Grundgesetzes hört sich „pausen-los“ etwa so an:

SchutzderMenschenwürde.(1)DieWürdedesMenschenistunantastbar.SiezuachtenundzuschützenistVer pflichtungallerstaatlichenGewalt.(2) DasdeutscheVolkbekenntsichdarumzuunverletzlichenundunveräuß erlichenMenschenrechtenalsGrundlagejedermenschlichenGemeinschaft,desFriedensundderGerechtig keitinderWelt.(3)DienachfolgendenGrundrechtebindenGesetzgebung,vollziehendeGewaltundRechtspr echungalsunmittelbargeltendesRecht.

Na, leben Sie noch, oder sind Sie schon erstickt?

Wenn Sie sich nun doch noch entschlossen haben, künftig ihren Wortschwall durch Pausen zu gliedern, dann sollten Sie darauf achten, daß die Pausen an der richtigen Stelle kommen. Insbesondere viele Politiker haben – wohl aufgrund intensiver taktischer und rhetorischer Schulung – die Angewohnheit entwickelt, zwar mit bester Absicht, aber doch leider mit fragwürdigem Erfolg Pausen nicht nur an zweckmäßigen, sondern auch an den unmöglichsten Stellen einzulegen.

BAIER (1992) amüsiert sich deshalb folgerichtig über das „Sprachgeschick“ des 1993 zurückgetretenen Bundesministers Möllemann:

Sie, Möllemann,
sollten in. Zukunft darauf. Achten daß? Sie nicht immer? In Ihren. Sätzen so ...
Komische: Pausen. Machen das sieht. Nämlich im! Fernsehen total. Blöd aus.

PS: Oder vielleicht auch! Mal die Batterie. Nachgucken lassen.

5.3.1.2.5 Lautstärke

Sprachliche Kommunikation ist davon abhängig, daß die vom Redner (der Geräuschquelle) zur Übermittlung von Informationen produzierten Schallwellen in dem vom Menschen wahrnehmbaren Frequenzbereich mit hinreichender (d. h. nach Abb. 8 oberhalb der Hörschwelle liegender) Schall-Intensität zum Gehörorgan (dem Ohr) des Zuhörers gelangen.

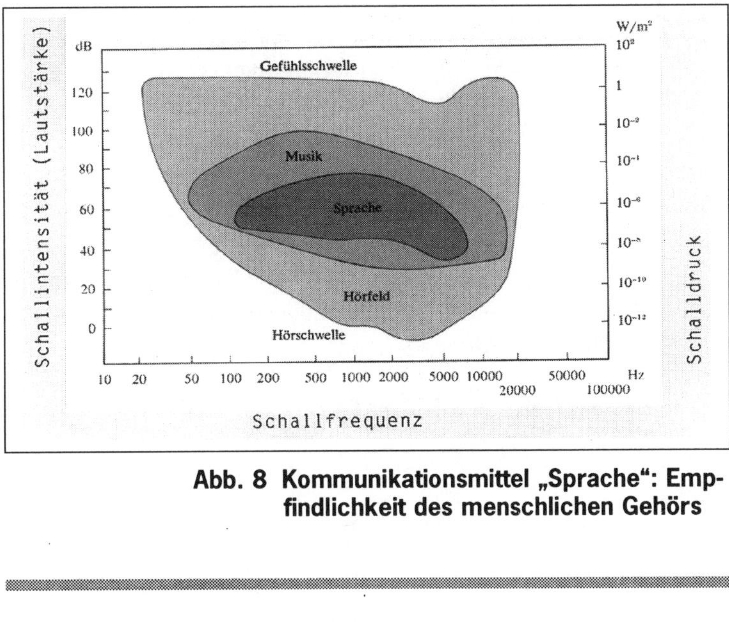

Abb. 8 Kommunikationsmittel „Sprache“: Empfindlichkeit des menschlichen Gehörs

Abbildung 8 gibt einen Überblick über die Empfindlichkeit des menschlichen Gehörs.

Das für die Sprache relevante Hörfeld liegt im Bereich zwischen Schallfrequenzen von ca. 100–7000 Hz und einer Schallintensität von ca. 30–75 dB.

Leisere Sprache erfordert zunehmend erhöhte Konzentration des Hörers. Lautere Geräusche bis zur Schmerzgrenze erregen zunehmend unangenehme Gefühle. Unterhalb der Hörschwelle bzw. oberhalb der Gefühlsschwelle sowie außerhalb des Frequenzbereichs von 20–20.000 Hz können Töne vom Menschen überhaupt nicht mehr akustisch wahrgenommen werden. Dabei bestehen jedoch interindividuelle und altersabhängige Unterschiede zwischen verschiedenen Menschen.

Außerdem wird die Sprachwahrnehmung erfahrungsgemäß durch Umgebungsgeräusche, Deutlichkeit der Sprache und die Erwartungshaltung des Hörers beeinflußt.

Daraus ergeben sich **Konsequenzen für das Verhalten eines Redners:**

Selbstverständlich darf er nicht so leise sprechen, daß ihn seine Zuhörer – schon in der ersten oder auch in der letzten Reihe – nicht verstehen. Ist das zu befürchten, weil er z. B. konstitutionell eine leise Stimme hat oder weil er gerade erkältet und etwas heiser ist, dann sollte er ein Mikrofon benutzen und seine normale Sprache angemessen verstärken lassen. Lautsprecheranlagen haben dabei den Vorteil, daß die Lautstärke annähernd gleichmäßig auch in großen Räumen und Sälen verteilt werden kann.

Manche Redner verfügen über eine laute Stimme und glauben daher (meines Erachtens oft zu Unrecht), sie könnten auf eine Verstärkeranlage verzichten. Dadurch erreichen sie aber meistens, daß die Zuhörer in den ersten Sitzreihen von ihnen angeschrien werden, während diejenigen in den letzten Reihen eines Saales sie trotzdem nur mit Mühe verstehen können. Bei diesen Rednern besteht außerdem die Gefahr, daß sie zwar mit großer Lautstärke beginnen, dann aber im Verlaufe einer längeren Rede bzw. eines Vortrags immer leiser werden.

Spätestens dann, wenn ein Redner öfters von seinen Zuhörern aufgefordert wird, doch bitte etwas lauter zu sprechen, sollte er die entsprechenden Konsequenzen ziehen und eine Verstärkeranlage benutzen.

Im übrigen können durch inhaltsabhängigen Wechsel der Lautstärke starke rhetorische Wirkungen erzielt werden. Das beugt Monotonieerscheinungen beim Auditorium vor. Nicht ohne Grund wird schließlich Haydns Sinfonie-Paukenschlag (Sinfonie Nr. 94 in G-Dur) als Muntermacher gefeiert.

Manche Redner beginnen aber auch absichtlich vergleichsweise leise, um zunächst einmal die Aufmerksamkeit der Zuhörer zu wecken und Ruhe im Saal zu schaffen. Ist das erreicht, fahren sie mit normaler Lautstärke fort.

Konzentriert leises Sprechen hat oftmals eine eindringlichere Wirkung auf die Zuhörer als lautes Schreien, das vielfach von den Zuhörern sogar als Unsicherheit des Redners empfunden werden kann:

„Wer schreit, hat Unrecht!“

5.3.1.2.6 Atemtechnik

Jeder weiß: Wer nicht atmet, der ist bereits tot oder erstickt gerade. Und unsere tägliche Erfahrung zeigt, daß sich gesunde Menschen nicht darum bemühen müssen zu atmen, sondern daß das Atmen automatisch (reflexartig) und ohne bewußte Steuerung funktioniert.

Das ist auch gut so, und davon kann jeder Redner profitieren. Er wird meistens dann am natürlichsten reden, wenn er in diesem Sinne unbewußt automatisch atmet, d. h. wenn er das Luftholen seinem Körper überläßt und gar nicht erst versucht, durch bewußte Atemaktionen in diese Atemautomatik einzugreifen. Gerade dadurch entstehen nämlich in vielen Fällen überhaupt erst Atemschwierigkeiten.

Es ist nicht die vordringliche Aufgabe eines Redners, sein Atmen seiner Rede anzupassen. Er sollte vielmehr – gerade umgekehrt! – den Redefluß seinem natürlichen Atmen anpassen. Dann entstehen natürliche Atempausen an den Stellen im Redefluß, wo auch die Zuhörer sie nach eigener Erfahrung erwarten und nicht dort, wo sie davon überrascht werden und den plötzlichen Erstickungstod des Redners infolge dramatisch-lebensbedrohlicher Falschatmung fürchten müssen.

Wenn ich diese Bemerkungen voranstelle, dann bedeutet das nicht, daß nicht für manchen unerfahrenen und aufgeregten Redner einige Hinweise zur Vermeidung des falschen Atmens nützlich wären. Ich möchte nur dem in Lehrbüchern bisweilen vermittelten Eindruck entgegentreten, niemand könne als Redner auftreten, bevor er nicht erst eine langwierige und übungsaufwendige Atemschulung hinter sich gebracht habe.

Ich bin folglich auch nicht der Meinung, der Redner müsse das richtige Atmen lernen. Vielmehr habe ich die Überzeugung, in dieser Hinsicht gefährdete Redner sollten lediglich davor bewahrt werden, sich beim Reden falsches Atmen anzugewöhnen und dadurch in Schwierigkeiten zu geraten.

Sachdienliche Hinweise zur richtigen Atemtechnik finden Sie in einschlägigen Rhetorik-Lehrbüchern (z. B. BLUM 1981 (S. 308 ff.), ELERTSEN & HARTIG 1986 (S. 23 ff.), LEMMERMANN 1992 (S. 13 ff.), RENTROP 1980 (11.1/014), RÜDENAUER 1992 (04/3.14; 08/3) sowie in Spezialwerken über Atemtechnik (z. B. KOFLER 1961, STAMPA 1956).

Die Experten empfehlen Rednern die „Tiefvollatmung".

Was das ist?

Es ist die Kombination der drei wichtigen Atmungsarten: Zwerchfellatmung bzw. Bauchatmung, Brustatmung und Flankenatmung. Diese dienen vor allem dazu, möglichst die gesamte Lungen-Luftkapazität für den Sprechvorgang voll nutzbar zu machen.

Diese Atmungsarten sollten nach Auffassung der Experten allerdings noch kombiniert werden mit der vollen Nasenatmung, der Nasenatmung in Verbindung mit Mundatmung sowie der Mundatmung allein, die jeweils wieder beim Ein- und Ausatmen als Etappenatmung (nicht kontinuierlich, sondern in kurzen Etappen atmen) praktisch auszuführen sind.

Wer das beherrscht, hat nach Meinung der Experten zumindest in dieser Hinsicht die besten Voraussetzungen für eine erfolgreiche Rednerkarriere geschaffen (allerdings nur, sofern er nicht bei den dafür erforderlichen Übungen bereits erstickt ist, wegen gravierender psychosomatischer Beschwerden vom Notarzt abgeholt wurde oder mit psychotherapeutischem Beistand beschließt, künftig lieber überhaupt nicht mehr zu reden).

Übrigens: Beachtung verdient das Redner-Atmen in der Praxis vor allem, wenn dieser in ein Mikrofon spricht. Asthmatische Atemgeräusche, Schnaufen, geräuschvolles Lufteinsaugen, Lufteinschniefen durch eine verstopfte Nase etc. ist durchweg laut und störend im ganzen Saal aus den Lautsprechern vom Auditorium zu vernehmen. Mir sind in dieser Hinsicht immer noch die Reden des alternden Bundespräsidenten Theodor Heuss in Erinnerung.

Der Zuhörer kann sich in solchen Fällen meistens schwerer auf den Inhalt der Rede konzentrieren, weil er mit dem Redner jeweils um den Erfolg seines nächsten Atemzuges bangt.

Den besten Erfolg beim Atmen wie beim Reden kann ein Redner erreichen, wenn er:

- entspannt und unverkrampft natürlich atmet,
- rechtzeitig atmet,
- nicht zu flach, sondern hinreichend tief atmet,
- nicht auf einmal die gesamte Luft ausbläst, sondern seinen Atem „gezügelt“ zum Sprechen nutzt.

Und vor allem:
Atmen Sie richtig, solange Sie noch leben.
Danach ist es nämlich für die meisten zu spät!

5.3.1.2.7 Persönlichkeitsadäquates Sprechen

Als Erfolg autodidaktischer Bemühungen oder gezielter rhetorischer Schulungen entstehen bisweilen Zerrbilder von Rednern. Sie sind durch Atemübungen, Stimmtraining, Artikulationsübungen, das Bemühen um angemessene Sprechpausen, Übungen zum Lautsprechen etc. derart verunsichert, ja geradezu neurotisiert, daß sie zum natürlichen Sprechen kaum noch fähig sind.

Sie versprechen sich dann häufig, bekommen einen trockenen Hals, sprechen zu laut, zu abgehackt, machen Sprechpausen an den falschen Stellen, geraten völlig aus dem Sprachduktus und Satzrhythmus, verhaspeln sich bei der angelernten Atemtechnik und geraten in Atemnot.

Am Ende konzentrieren sich vor allem schwächer begabte Redner – und das sind nach meiner Erfahrung mehr als man glaubt – vorwiegend und so sehr auf ihr Sprechverhalten, auf Mimik, Gestik und Körpersprache (s. Kap. 5.3.2), daß sie dadurch die Konzentration auf den eigentlich wichtigen Inhalt und auf den echten kommunikativen Kontakt mit dem Auditorium zum Schaden der Sache vernachlässigen.

Nach meiner Erfahrung entwickelt sich der gute Redner nicht dadurch, daß er sein natürliches – und das heißt im Laufe seines bisherigen Lebens entwickeltes – Sprech- und Ausdrucksverhalten in ein künstliches Regelsystem von Rhetorik und Ausdrucksverhalten einzwängt. Nützlich erscheint es mir hingegen, wenn sich der entwicklungswillige Redner durch Selbst- und/oder Fremdkontrolle einige Unarten abgewöhnt, die die problemlose Kommunikation unnötigerweise beeinträchtigen. Solche Maßnahmen sollten jedoch nicht dazu dienen, aus ihm gewissermaßen „einen neuen Menschen" zu machen, sondern lediglich seine bereits vorhandenen Fähigkeiten und Fertigkeiten von unnötigem Ballast befreien und diese persönlichkeitsadäquat optimieren.

Daher kann man LEMMERMANN (1992, S. 15) bedenkenlos zustimmen, wenn er feststellt:

„Ein Redner ist weder Schauspieler noch Rezitator. Deshalb wird auch keine künstlerische Sprechkultur von ihm verlangt werden können. Er muß aber deutlich und sinnvoll sprechen. Die Lautbildung muß gut sein. Lautstärke, Betonung, Tempo, Klangfarbe, Resonanz müssen der jeweiligen Situation angepaßt werden können. Vor allem muß ein ***Sprechfluß*** *vorhanden sein. Wir kennen Redner, die kraft ihrer Persönlichkeit und kraft ihrer Diktion große Erfolge hatten, wenngleich ihr Sprechen mangelhaft war und blieb."*

(Als Beispiel nennt er Bismarck mit piepsiger und asthmatischer Stimme.)

Gerade der letzte Satz sollte auch „unbegabte" Redner ermutigen, sich zu Wort zu melden, wenn sie etwas wirklich Wichtiges zu sagen haben.

Hat er aber nichts zu sagen,
dann sollte auch der begabteste Redner den Mund halten.

5.3.2 Ausdrucksverhalten

Der Redner hat meistens nicht nur Zu**hörer** (wie bei Rundfunkreden oder -ansprachen), sondern auch Zu**schauer** (wie im Vortragssaal, in der Schulklasse, im Hörsaal, auf dem Fachkongreß oder im Fernsehen). Die große Bedeutung des Ausdrucksverhaltens – zu nennen sind hier insbesondere Mimik, Gestik und Körpersprache – für Kommunikationsprozesse wird deutlich, wenn man an die Darstellungskunst in der Pantomime, im Tanz und bei Schauspielern denkt, wenn sie eine bestimmte Rolle interpretieren.

Diese besondere Bedeutung des Ausdrucksverhaltens zeigt sich aber auch bei der Verständigung von Taubstummen untereinander, wenn die sonst übliche verbale Kommunikation wegen defekter Sinnesorgane nicht möglich ist. Mimik, Gestik und Körpersprache sind auch oft entscheidend, wenn sich zwei Menschen mit unterschiedlicher Muttersprache begegnen (z. B. spricht der eine nur deutsch, der andere nur chinesisch).

Je kreativer und anschaulicher das Ausdrucksverhalten ist, desto größer ist die Wahrscheinlichkeit, daß die Information vom Adressaten richtig verstanden wird.

Ein Redner hat daher normalerweise die Möglichkeit, seine verbale Information gezielt durch mimische, gestische und körpersprachliche Informationen zu unterstützen, zu akzentuieren, zu veranschaulichen bzw. zu ergänzen und dadurch den Kommunikationsprozeß zu erleichtern, zu beschleunigen und hinsichtlich der Übertragungsgenauigkeit zu verbessern.

5.3.2.1 Mimik

Unter Mimik versteht man üblicherweise den Gesichtsausdruck, das Mienenspiel.

Auch ohne daß jemand sich um mimischen Ausdruck gezielt bemüht, entsteht beim Betrachter eines Gesichtes, auch des Gesichtes eines Redners, ein mimischer Eindruck. Maßgeblich dafür ist die Gesichtsbildung und die momentane Stimmungslage des Gesichts-Besitzers.

Bekannt ist das „Kindchen-Schema". Kleine Kinder (z. B. im Baby-Alter) haben eine charakteristische Kopfform und Gesichtsbildung (z. B. Stupsnase, große Augen). Bei erwachsenen Mitmenschen bewirkt dieses „Kindchen-Schema" meistens „automatisch" Zuwendung und weckt das Bedürfnis, mit dem Kind zu sprechen und es zu streicheln.

Menschen mit konstitutionell seitlich hochgezogenen Mundwinkeln machen auf andere Menschen einen fröhlichen, solche mit herabgezogenen Mundwinkeln einen traurigen oder gar verächtlichen Eindruck.

Dadurch kann es zu Diskrepanzen kommen zwischen dem tatsächlich vorhandenen Trauergefühl eines Menschen, der an einer Beerdigung teilnimmt, und seinem „fröhlichen“ Gesichtsausdruck. Andererseits kann auch ein falscher Eindruck vom inneren Gefühlszustand eines Menschen mit „tieftraurigem“ Gesicht in fröhlicher Runde enstehen, wenn die vermeintliche Traurigkeit nur physiognomisch bedingt ist.

Menschen mit derart naturgegeben ausdruckstarken Gesichtern werden diese spezielle Außenwirkung sowohl im persönlichen Umgang mit anderen Menschen als auch in der Rolle eines Redners angemessen zu berücksichtigen haben.

In diesen Zusammenhang gehören auch pathologische Störungen der Mimik. Menschen mit Hirnverletzungen oder nach Schlaganfällen können oftmals ihre natürlichen Gefühle nicht mehr mimisch angemessen zum Ausdruck bringen, weil die willentliche Steuerung der Gesichtsmuskulatur krankheitsbedingt beeinträchtigt ist. Bei Freude können in solchen Fällen mimische Ausdrucksbewegungen entstehen, die eher an einen Weinkrampf als an ein fröhliches Gelächter erinnern.

Auch Spastiker oder Menschen mit Gesichtsmuskel-Lähmungen anderer Genese sind in vergleichbarer Weise in effizienter Mimik behindert. Tics (d. h. krampfartige, willkürlich nicht unterdrückbare Zuckungen von Muskeln oder Muskelgruppen, besonders häufig im Gesichtsbereich: z. B. Mundzucken, Augenzwinkern) und Grimassieren kann das Publikum zudem sehr stark vom Inhalt einer mit solchen Ausdrucksproblemen vorgetragenen Rede ablenken.

Im allgemeinen besteht jedoch die Funktion einer bewußt gesteuerten Mimik vor allem darin, innere Gefühle anderen Menschen gegenüber angemessen zum Ausdruck zu bringen und den Kommunikationsprozeß dadurch zu erleichtern und zu unterstützen. Insbesondere der Ausdruck von Freude durch Lachen, von Trauer durch Weinen, von Heiterkeit oder besonderem Ernst, von Ärger und Wut, von Langeweile, von Abscheu und Ekel, von Freundschaft oder Feindschaft durch den jeweils den Gefühlen entsprechenden Gesichtsausdruck erfordert auch vom Redner meistens eine gewisse schauspielerische Begabung. Sie wird durchweg von den Zuhörern bzw. Zuschauern honoriert.

Manche Menschen trainieren ihre Mimik (sowie Gestik und Körperhaltung) vor dem Spiegel. Das ist zwar grundsätzlich zu empfehlen, um die Ausdrucksstärke insbesondere von Menschen mit monotoner oder wenig ausgeprägter Mimik zu verbessern. Leider besteht dabei auch die Gefahr, daß der mimische Ausdruck in theatralischer Weise übersteigert wird, daß er manieristische Züge annimmt und dann beträchtlich an Natürlichkeit einbüßt, ja sogar bisweilen ins Lächerliche abgleitet.

Deshalb ist sparsamer Einsatz der Mimik oft wirkungsvoller als zu starke Übertreibung.
Denn die Mimik soll schließlich nur das gesprochene Wort unterstützen, es aber nicht ersetzen!

5.3.2.2 Gestik

Gestik vollzieht sich durch Körperbewegungen, wobei – gerade beim Redner – vor allem die Bewegung der Hände und Arme im Vordergrund des Interesses steht.

Für die zwischenmenschliche Kommunikation – speziell auch für die des Redners mit seinem Publikum – sind darüber hinaus auch die Bewegungen der anderen Körperteile und des gesamten Rumpfes von nicht zu unterschätzender Bedeutung wegen ihrer bewußten oder auch unbewußten Ausdruckskraft. Deshalb gehen wir auf diesen Aspekt des Ausdrucksverhaltens im nächsten Abschnitt noch gesondert ein.

Welche gestischen Möglichkeiten bieten die oberen Extremitäten?

Tab. 81 Gestik

Körperteil	**Geste**	**Bedeutung**
Hand (bzw. Hände)	entgegenstrecken:	begrüßen;
	zur Faust ballen:	Kampfhaltung;
	flach auf die Unterlage schlagen:	Entschlossenheit zeigen;
	klatschen:	Applaus; Zustimmung;
	reiben:	sich freuen, Hände in Unschuld waschen;
	falten:	beten, ruhen, abwarten.
Finger	Zeigefinger ausstrecken:	etwas zeigen;
	Mittelfinger hochstrecken:	„fuck off", „verpiß dich";
	alle spreizen:	Abwehr;
	an die Stirn tippen:	„du bist blöd";
	Zeige- und Mittelfinger hochspreizen:	„victory", „Sieg";
	Daumen senken:	„nieder", „töte ihn";
	Daumen nach oben:	Gnadenerweis, „leben lassen".
Arm (bzw. Arme)	rechten Arm hochstrecken:	Nazi-Gruß;
	vor der Brust verschränken:	abwartende Haltung, Reserviertheit;
	hochreißen:	Begeisterung, Jubel.

Robert Lemke, einer ganzen Generation von Fernsehzuschauern als Rate-Onkel bekannt, ließ jeweils seinen Gast, dessen Beruf vom Rateteam in der Sendung „Was bin ich?" erraten werden sollte, eine „charakteristische Handbewegung" machen, die einen Hinweis auf die berufliche Arbeit geben sollte.

Normalerweise war der Beruf aus der Handbewegung allein nicht zu erraten. Da – im Gegensatz zum Rateteam – jedoch die Zuschauer schon über den Beruf informiert waren, löste die Handbewegung oftmals große Heiterkeit aus. Beim Rateteam brach diese erst aus, wenn sie entweder den Beruf erraten hatten oder wenn Robert Lemke bzw. der Gast die Berufsbezeichnung nach dem Scheitern der Rateversuche preisgegeben hatten.

Auch in diesem Zusammenhang wurde deutlich, daß die Geste die sprachliche Information nicht ersetzen, sondern daß sie diese lediglich anschaulich ergänzen, verstärken, akzentuieren und verdeutlichen soll.

Wie schon mit Bezug auf die Mimik erwähnt, gibt es natürlich auch eine „Null-Gestik", d. h. das Fehlen einer absichtlichen und bewußten Begleitung der Rede durch Gesten.

Nun erweckt ein bewegungsloser Redner durchweg keinen das Auditorium sonderlich erregenden Eindruck – denn meistens handelt es sich bei einem bewegungslosen um einen bereits verstorbenen oder allenfalls um das Denkmal eines renommierten Redners in einem Wachsfiguren-Kabinett.

Normalerweise bewegen sich bekanntlich Redner bei einer Rede oder einem Vortrag – manche sehr lebhaft und gestenreich, andere wiederum eher etwas schüchtern bzw. gezügelt, bisweilen leicht verkrampft, manche auch geradezu neurotisch gehemmt.

Art und Intensität des Einsatzes von Gestik sind stark persönlichkeitsabhängig. Manche Redner unterstreichen ihre Worte mit ruhigen, kontrollierten Gesten, die bisweilen sogar abgezirkelt und künstlich wirken. Gesten können sehr sparsam und dezent eingesetzt werden, aber auch weit ausladend und überschwenglich. Meistens sind Gesten geräuschlos. Sie können jedoch auch mit beträchtlichem Lärm verbunden sein, wenn der Redner z. B. in die Hände klascht oder kräftig auf den Tisch haut.

Nach meiner Erfahrung erfüllt Gestik ihren Zweck am besten dann, wenn sie in natürlicher Weise unmittelbar mit dem gesprochenen Wort korrespondierend entsteht. Der Redner sollte sich und seine Gestik deshalb vor allem auf Stimmigkeit zwischen Geste und Rede überprüfen bzw. – ggf. mit Video-Aufzeichnung einer Rede und der sie begleitenden Gestik – durch andere überprüfen lassen. Unter Stimmigkeit verstehe ich, wenn der Redner z. B. an die Decke zeigt und nicht auf den Fußboden, wenn er von „Höhe" und „oben" spricht – und umgekehrt natürlich. Feststellbare Diskrepanzen sollte er gezielt zu beseitigen versuchen.

Im übrigen halte ich es nicht für wünschenswert, sich in entsprechenden Seminaren eine nicht vom Redner selbst als „organisch und persönlichkeitsadäquat" empfundene Gestik anzutrainieren. Ich habe gerade bei solchen mißglückten Trainingsruinen wiederholt feststellen können, daß sich auf den Zuhörer bewußt oder unbewußt die Diskrepanz zwischen den verbalen Mitteilungen eines Redners und seiner begleitenden Gestik (sowie der Mimik und der Körpersprache) verunsichernd auswirkt und das Vertrauen in den Redner und seine Aufrichtigkeit – wohl meist zu Recht – untergräbt.

**Redner ohne Gestik
sind tot.
Redner mit übertriebener Gestik
sind lächerlich.**

5.3.2.3 Körpersprache

Aus historischer Überlieferung (das sogenannte Götz-Zitat mit Präsentation der nackten Sitzfläche), aber auch aus dem täglichen Leben kennen wir zahlreiche Möglichkeiten einer ausdrucksstarken Körpersprache mit teils freundlich aufforderndem oder hilfreich-hinweisendem Charakter, aber auch ärgerliche, dreiste und wütende Reaktionen.

Einige Beispiele aus dem sehr breiten Spektrum des Einsatzes von Körpersprache sind in der folgenden Tabelle zusammengestellt:

Tab. 82 Körpersprache

Körperteil	Bewegung	Bedeutung
Kopf	nicken: schütteln: senken: heben, aufrichten: schräg halten:	„ja“, Begrüßung; „nein“; sich schämen, traurig sein; stolz sein, überheblich sein; nachdenken, zuhören.
Rumpf	sich setzen: verneigen, verbeugen:	Ruhe, Müdigkeit, warten; Begrüßung, Untertänigkeit.
Beine	hochspringen: treten: von einem Bein auf das andere treten: wackeln: Laufbewegung:	sich freuen; Aggression; Nervosität, Harndrang; Unruhe, Spannung, Nervosität; wegrennen, Flucht.
Füße	wippen: wackeln: im Takt bewegen:	Anspannung, Erwartung; Unruhe, Spannung, Nervosität; Musik hören und innerlich mitschwingen.

Allerdings ist Körpersprache nicht immer eindeutig. So gibt es Völker, bei denen Kopfschütteln nicht „nein“ bedeutet, sondern „ja“ und umgekehrt.

Ein guter Freund berichtete mir vor einiger Zeit, bei der Vorbereitung zum Chorsingen habe ihn unvermutet der Dirigent gefragt:

„Du schüttelst den Kopf. Bist Du mit meinem Vorschlag nicht einverstanden?“
„Doch, durchaus. Was im übrigen mein Kopfschütteln anbetrifft: Nicht ich schüttele ihn, sondern er schüttelt von selbst – das hängt mit meinem Alter zusammen.“

Dem Dirigenten war das sehr peinlich, und er hat sich dann sogleich entschuldigt, weil er natürlich dem Chorsänger nicht zu nahe hatte treten wollen.

Auch die Pantomime zeigt einprägsam, daß schon das bloße, bewegungslose Dastehen, Sitzen oder Liegen eines Menschen ebenfalls ein körpersprachliches Ausdrucksmittel ist.

Wenn beispielsweise ein Schauspieler eine (der Natur der Sache nach „bewegungslose") Leiche darstellt, tut er dies, indem er seinen ganzen Körper – einschließlich der Arme und der Hände – in eine für eine Leiche nach seiner Auffassung (bzw. der des Regisseurs) adäquate Position bringt und dort bewegungslos hält. So verharrt er in gespielter Todesstarre.

Wie schon bei der Gestik erwähnt, führen Diskrepanzen zwischen dem gesprochenen Wort und der körpersprachlichen Begleitung zu Irritationen im Kommunikationsprozeß. Die Wahrnehmung dieser Diskrepanz kann sich dann in Urteilen niederschlagen, wie:

- „Er ist ein schlechter Schauspieler."
- „Sie spielt uns hier etwas vor!"
- „Das sieht man doch: der lügt!"
- „Ich weiß nicht, was es ist. Aber irgendetwas stört mich an ihr."
- „Dieses Getue ist doch nicht echt."

Solche Diskrepanzen entstehen im täglichen Leben z. B. dort, wo objektive Eigenschaften einer Person nicht mit der von ihr übernommenen Rolle übereinstimmen.

Bekannt sind die Probleme, wenn ein junger Schauspieler, in der Maske künstlich gealtert, einen alten Tattergreis darstellen soll. Junge Menschen haben durchweg eine andere körperliche Spannkraft als alte Menschen. Die tatsächliche jugendliche Köperbewegung paßt dann nicht mehr zu der allgemeinen Lebenserfahrung darüber, wie steif sich „Tattergreise" zu bewegen pflegen. Im umgekehrten Fall ist das Problem vielleicht noch gravierender: wenn nämlich ein eingerosteter Tattergreis einen jugendlichen Leistungssportler mimen soll oder wenn eine Greisin die Rolle einer jugendlichen Liebhaberin übernimmt.

Typisch für solche Diskrepanzen ist beim Redner z. B. das unbewußt begleitende leichte Kopfschütteln bei gleichzeitiger verbaler Bejahung, Unterstützung oder Forderung einer (offenbar von ihm innerlich abgelehnten) öffentlich positiv hervorgehobenen und bewerteten Aktion.

Durch Diskrepanzen zwischen seinen verbalen Ausführungen einerseits und der begleitenden Mimik, Gestik und Körpersprache andererseits entlarvt sich der Redner leicht selbst als Täuscher!

Besonders ausgeprägte Diskrepanzen liefern die Politiker, wenn sie die Öffentlichkeit und ihre Wähler belügen.

Gute und honorige Redner sagen nicht mit dem Munde
„JA"
und entlarven diese Lüge zugleich durch das körpersprachliche
„NEIN".

5.3.3 Zuhörermotivation

Welcher Lehrer kennt nicht einzelne Schüler/innen oder ganze Schüler/innen-Gruppen, die sichtlich gelangweilt im Unterricht sitzen, sich miteinander über ihre Freizeiterlebnisse unterhalten, Hausaufgaben für ein anderes Fach machen, versäumten Nachtschlaf nachholen, „Schiffe versenken" spielen oder konzentriert und heiter mit Walkman über Kopfhörer ihrer Lieblingsmusik lauschen.

Würde man behaupten, diese Schüler/innen seien nicht motiviert, würde man ihnen sicher Unrecht tun. Denn motiviert sind sie schon! Ihr Interesse gilt nämlich all den Beschäftigungen, denen sie während des Unterrichts mit Konzentration, Eifer und Ausdauer nachgehen.

Motiviert sind sie allerdings – zumindest zu diesem Zeitpunkt – nicht, dem Lehrer/der Lehrerin zuzuhören und den Inhalt dieser Ausführungen ihrem Gedächtnis einzuprägen.

> Die entscheidende Frage ist daher nicht, **ob** jemand motiviert ist,
> sondern vielmehr:
>
> **„Wozu** ist jemand in diesem Moment motiviert?"
> bzw.
> **„Wie** kann ich ihn jetzt zu der von mir gewünschten Aktivität motivieren?"

Da also jeder Redner wissen müßte, daß seine Zuhörer bereits (zu irgendetwas) motiviert sind, reduziert sich diese Motivationsfrage auf die Aspekte:

> 1. „Sind meine Zuhörer schon motiviert,
> von mir jetzt das zu hören, was ich ihnen sagen will?"

Wenn sie nämlich von sich aus schon motiviert sind, kann sich der Redner weitere Motivationsversuche sparen. Er braucht dann die (bereits vorhandene) Motivation nicht mehr zu wecken, sondern nur noch zu erhalten.

Tut er dafür allerdings zu wenig, kann die Motivation sehr schnell schwinden. Es reicht schon, wenn der Redner unverständlich leise spricht oder wenn er beispielsweise seinen Vortrag nicht erwartungsgemäß auf Deutsch hält, sondern französisch oder chinesisch spricht, was diese Zuhörer nicht verstehen.

Aber auch dann, wenn die Zuhörer grundsätzlich für das angekündigte Thema motiviert sind, muß das nicht zugleich bedeuten, daß sie sich diesem Thema gerade zu diesem Zeitpunkt widmen wollen oder daß sie es von gerade diesem Redner vorgetragen bekommen wollen.

Solche Situationen entstehen in der Praxis sehr schnell. Beispielsweise möchten die Zuhörer einen Vortrag über ein bestimmtes Thema nicht zu diesem Zeitpunkt hören, weil sie erst zum Mittagessen gehen wollen, weil in 5 Minuten schon Feierabend ist und das Thema mindestens 2 Stunden beanspruchen würde.

Auch *der* Redner wird vielleicht abgelehnt, weil ein anderer angekündigt und vom Publikum erwartet worden war. Man wollte eben einen ganz bestimmten Redner mit einer ganz bestimmten Auffassung oder vielleicht sogar mit einer besonders faszinierenden Ausstrahlung sehen und hören. Ein Ersatzredner ist daher nicht willkommen, und er wird auch nicht ohne weiteres akzeptiert.

Bricht eine bereits vorhandene Motivation aus solchen Gründen zusammen, muß sie – unter Umständen sehr mühsam – erst wieder neu aufgebaut werden.

In einer vergleichbaren Situation befindet sich der Redner bei einem anderen Aspekt:

2. „Sind meine Zuhörer weder für das Thema noch für den Zeitpunkt noch für diesen Redner noch für ... motiviert?"

Wenn der Redner durch äußere Umstände dennoch zu seiner Rede gezwungen ist oder wenn ihm die Sache selbst so wichtig ist, daß er sie unbedingt vor diesem Publikum vertreten will, dann wird er sich unter Umständen sehr anstrengen müssen, die Menschen zum Zuhören zu motivieren.

Gelingt ihm das nicht, werden die Zuhörer im einfachsten Fall gar nicht erst zum Vortrag kommen oder zumindest bei der erstbesten Gelegenheit wieder verschwinden.

Die Aufgabe des Redners besteht also vor allem darin, die Aufmerksamkeit der Zuhörer zu erregen, um sie überhaupt erst einmal heranzulocken. Ihre Aufmerksamkeit muß dann allerdings so weit erhalten werden, damit sie sich nicht schnell enttäuscht, gelangweilt oder angewidert wieder vom Redner abwenden und sich seiner „Indoktrination" entziehen.

Wie kann ein Redner das erreichen?

Durch gezielte **Zuhörermotivation**.

Da Zuhörer, wie bereits erwähnt, immer irgendwie und zu irgend etwas motiviert sind und da dies auch zutrifft, wenn sie sich freiwillig oder gezwungenermaßen einen Vortrag oder eine Rede anhören, ergeben sich daraus für den Redner in der konkreten Situation die Fragen:

- Wird der von mir geplante oder bereits vorbereitete Vortrag die schon vorhandene Interessenlage meiner Zuhörer treffen?
  Wenn nein:
- Soll ich mich thematisch auf die bei den Zuhörern schon vorhandene Interessenlage einstellen und mein ursprüngliches Konzept dementsprechend ändern?
- Oder will ich mein eigenes Konzept verfolgen und muß daher die Zuhörer erst dafür motivieren und ihr Interesse gewinnen?

Bei der Analyse dieses Problems kann langjährige Vortragserfahrung eine große Hilfe sein. Aber auch Kenntnisse der **Grundlagen der Motivations-Psychologie** können die richtige Einschätzung der Zuhörer-Interessen erleichtern und den Kommunikationserfolg verbessern.

Ohne hier im einzelnen auf die umfangreichen Ergebnisse der Motivationsforschung einzugehen (s. z. B. GRAUMANN 1969, McCLELLAND 1971, 1972, WEINER 1972, ATKINSON 1975, TODT et al. 1977, MASLOW 1980, HECKHAUSEN 1980, KELLER 1981, THOMAE 1965, 1983), möchte ich deshalb zumindest einige das Vortragsgeschehen unmittelbar berührende spezielle Aspekte des Motivationsgeschehens ins Blickfeld rücken.

Wenn man Menschen in zielgerichteter Weise – z. B. durch einen Vortrag oder eine Rede – beeinflussen will, braucht man Kenntnisse über die Beschaffenheit des Systems „Mensch“, über die Funktionsregeln dieses Systems und über den Normzustand sowie über mögliche Extrem-Zustände.

Bevor ein Redner jedoch willkürlich in die Funktion eines solchen komplexen Systems eingreift, sollte er z. B. im Hinblick auf den Menschen wissen, durch welche inneren und äußeren Antriebe dessen Verhalten „naturgemäß“ gesteuert wird und welche Eingriffsmöglichkeiten von außen grundsätzlich überhaupt bestehen.

Zum Verständnis dieser Zusammenhänge kann ein Modell hilfreich sein, das die verschiedenen Motivations-Komponenten beim Redner und den Zuhörern erfaßt, Wechselwirkungen berücksichtigt und die Möglichkeiten erkennen läßt, wo mit welchen Maßnahmen vorhandene Motivationen zielgerichtet beeinflußt und verändert werden können.

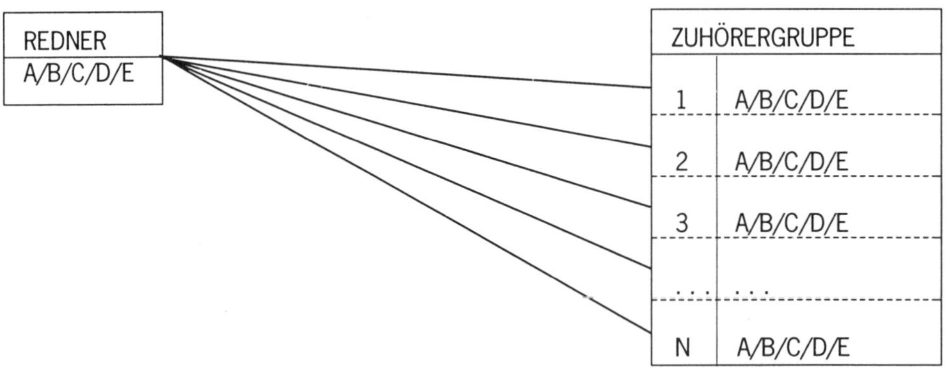

Bedürfnisse (bzw. Motive, Antriebe) nach MASLOW (1980):
A Physiologische Bedürfnisse
B Sicherheits-Bedürfnisse
C Soziale Bindungs-Bedürfnisse
D Selbstachtungs-Bedürfnisse
E Selbstverwirklichungs-Bedürfnisse

Abb. 9 Modell: Interaktion zwischen Redner und Zuhörern unter Berücksichtigung der relevanten Motivationskategorien

HECKHAUSEN (1980, S. 105) erläutert die einzelnen Bedürfnis-Kategorien (in der Abbildung: A/B/C/D/E) folgendermaßen:

„1. *Physiologische Bedürfnisse (physiological needs):*
Hunger, Durst, Sexualität etc. soweit sie homeostatisch und organismischer Natur sind.
2. *Sicherheitsbedürfnisse (safety needs):*
Sicherheit und Schutz vor Schmerz, Furcht, Angst und Ungeordnetheit. Bedürfnis nach schützender Abhängigkeit, nach Ordnung, Gesetzlichkeit und Verhaltensregelung.
3. *Soziale Bindungsbedürfnisse (needs for belongingness and love):*
Bedürfnisse nach Liebe, nach Zärtlichkeit, nach Geborgenheit, nach sozialem Anschluß, nach Identifikation.
4. *Selbstachtungsbedürfnisse (esteem needs):*
Bedürfnisse nach Leistung, nach Geltung, nach Zustimmung.
5. *Selbstverwirklichungsbedürfnisse (self-actualization needs):*
Selbsterfüllung in der Realisierung der eigenen angelegten Möglichkeiten und Fähigkeiten, Bedürfnis nach Verstehen und Einsicht.“

Wer hat solche Bedürfnisse?

Der Redner **und** jeder Zuhörer – das gesamte Auditorium!

Sowohl der Redner als auch die Zuhörer haben demnach zu jedem Zeitpunkt bestimmte Bedürfnisse oder – anders ausgedrückt – Motive im Sinne von Handlungsantrieben. Sie steuern laufend sowohl das Denken als auch das Handeln der Menschen.

Eine optimale Interaktion zwischen Redner und Zuhörern entsteht dann, wenn gewissermaßen der Schlüssel (der Vortrag des Redners) exakt in das Schlüsselloch (die Erwartungen, Informations- und Lernwünsche der Zuhörer) paßt.

Da es sich indessen bei Kommunikation zwischen Menschen nicht nur um ein Momentgeschehen handelt, sondern um über einen mehr oder weniger großen Zeitraum hinweg ablaufende (Kommunikations-) Prozesse, erstreckt sich auch die Aufgabe der Zuhörermotivation durch den Redner über diesen gesamten Zeitraum.

Die Motivationsbereitschaft der Zuhörer hängt auch dabei in hohem Maße von ihrer subjektiven Interessenlage ab.

So wird z. B. der Vortrag eines Internisten großes Interesse bei einer Gruppe von Patienten nach einem Herzinfarkt finden, wenn er über die Lebenserwartung in Abhängigkeit von körperlicher Bewegung, Rauchen, Übergewicht und beruflichem Streß spricht. Die Patienten sind hoch motiviert, ihre körperliche Leistungsfähigkeit möglichst gut und lange zu erhalten bzw. nach dem Herzinfarkt möglichst schnell wieder herzustellen.

Auch der Arzt kann hoch motiviert sein für diesen Vortrag – speziell dann, wenn der Vortrag wesentlich dazu dienen soll, Patienten für seine Praxis bzw. seine Klinik zu werben. Je mehr Patienten zu ihm kommen, desto höher ist schließlich sein Einkommen.

Andererseits finden oft Verkaufsvorträge keine große Resonanz (z. B. bei Verkaufsfahrten, Butterfahrten), wenn Teilnehmer vor allem an der billigen Reise und an dem vielleicht noch zusätzlich angekündigten Unterhaltungsprogramm („Marika Röck schwingt das Tanzbein") interessiert sind. Der Vortrag wird dann eher als Störung oder als notwendiges Übel empfunden.

Über bereits vorhandene Zuhör- und gegebenenfalls sogar Akklamations-Motivation freut sich der Redner. Damit kann er z. B. rechnen, wenn er als Politiker im Wahlkampf vor Parteifreunden spricht oder wenn er als Pfarrer zu Gläubigen seiner Religionsgemeinschaft predigt. Auch wenn er als Vereinsvorsitzender ein von der Mehrheit erarbeitetes oder zumindest aus Eigeninteresse von den Mitgliedern unterstütztes Aktionsprogramm auf einer Mitgliederversammlung zur Beschlußfassung präsentiert, darf er positive Motivation und Zustimmung voraussetzen.

Andererseits kann es für den Redner eine besonders schwierige Aufgabe sein, fehlende Zuhörmotivation zu wecken oder die Zustimmung zu den Ausführungen zu erlangen. Ich denke dabei etwa an Lehrer vor gelangweilten Schülern, die ein bestimmtes Lehrfach oder Thema nicht interessiert. Schwierig ist auch die Motivation von politischen Gegnern, die sich bereits auf die aktive Störung einer Wahlrede vorbereitet haben und grundsätzlich die Meinung des Redners weder teilen noch sich zu seiner Auffassung bekehren lassen wollen.

So ist beispielsweise die Geschichte der christlichen Kirchen voll von Missionaren, die mit ihren Predigten zu Märtyrern wurden, weil Andersgläubige (d. h. „Heiden") sich nicht zur christlichen Religion bekehren lassen wollten.

Kenntnisse über die spezielle Motivation des jeweiligen Auditoriums sind daher für Redner zwar nicht in jedem Fall lebenswichtig, aber doch zumindest wertvoll, weil sie Anhaltspunkte für die inhaltliche Gestaltung des Vortrags, für die Art und Weise des Vortrags und für eine optimale Gestaltung der Vortragssituation geben können.

Da der Redner – allenfalls bei der Auswahl und Zusammensetzung seiner Zuhörerschaft – Einfluß nehmen kann auf deren Ausgangsmotivation zu Beginn des Vortrags, wird er sich vor allem fragen, wie er nicht vorhandene Zuhörmotivation wecken oder unglücklicherweise bereits vorhandene Fehlmotivationen in seinem Sinne positiv verändern kann.

Was also kann der Redner selbst tun, um sein Auditorium zu motivieren?

Jeder Redner mit etwas „gesundem Menschenverstand" kann sich grundsätzlich selbst klar machen, an welchen Stellen er beim Zuhörer ansetzen kann, wenn dessen vorhandene Eigenmotivation nicht ausreicht, um einer Rede bzw. einem Vortrag über ein bestimmtes Thema mit dem vom Redner gewünschten Interesse zu folgen.

Einige Anhaltspunkte dazu enthält die folgende Tabelle:

Tab. 83 Zuhörermotivation von außen

Zuhörer können/müssen motiviert werden,

- die Information aufzunehmen, wann, wo und von wem über welches Thema eine Rede bzw. ein Vortrag gehalten wird;
- sich für das Thema (bzw. den Redner) zu interessieren;
- sich dahin zu begeben, wo die Rede bzw. der Vortrag gehalten wird;
- sich auf die Rede bzw. den Vortrag zu konzentrieren, um den Inhalt und das Anliegen zu verstehen und zu behalten;
- sich die Rede bzw. den Vortrag vollständig anzuhören und nicht vorzeitig den Saal zu verlassen;
- sich gegebenenfalls mit den Inhalten bzw. Zielen zu identifizieren, mögliche Konsequenzen in ihr Denken und Handeln zu integrieren.

Tab. 84 Eigenmotivation des Zuhörers

Zuhörer können bereits positiv/negativ in bezug auf einen Vortrag/eine Rede motiviert sein,

- positiv:
  - weil sie sich für das Thema interessieren;
  - weil sie sich speziell für den Redner interessieren;
  - weil sie die vermittelten Kenntnisse dringend (beruflich) benötigen.
- negativ:
  - weil das angekündigte Thema sie nicht interessiert;
  - weil sie den Redner nicht für fachkompetent halten;
  - weil sie den Redner aus persönlichen, politischen, religiösen Gründen ablehnen;
  - weil sie die vermittelten Informationen (beruflich) nicht verwerten können;

Daraus ergeben sich einige Ansatzpunkte für den Redner, wie er einerseits Demotivation seiner Zuhörer vermeiden und wie er andererseits deren Motivation zum aufmerksamen Zuhören, Rezipieren und Akzeptieren seiner Ausführungen fördern und erreichen kann.

Grundsätzlich gilt daher für jeden Redner:

Einerseits bei einer Rede bzw. einem Vortrag alles **vermeiden**, was die Zuhörer

- stört,
- langweilt,
- ärgert,
- über- oder unterfordert,

und andererseits die Rede bzw. den Vortrag so gestalten,

- daß sie für den jeweiligen Rahmen angemessen sind,
- daß sie die Erwartungen der Zuhörer erfüllen,
- daß sie die Zuhörer anregen und ihr Interesse wecken,
- daß sie die Zuhörer erfreuen und aufnahmebereit machen,
- daß die Zuhörer den Ausführungen problemlos folgen können,
- daß die Informationen für die Zuhörer praxisnah und nützlich sind.

Was ein Redner oder ein Veranstalter im Hinblick darauf unternehmen kann bzw. muß, soll hier unter pragmatischen Gesichtspunkten etwas ausführlicher betrachtet werden.

Wer sich intensiver für die Ergebnisse der wissenschaftlichen Motivationsforschung und für die daraus u. a. auch für die Vortragspraxis ableitbaren Konsequenzen interessiert, findet dazu ausreichend Gelegenheit beim Studium der oben schon angeführten speziellen motivationspsychologischen Fachliteratur.

5.3.3.1 Aufmerksamkeit gewinnen und erhalten

Führen wir uns noch einmal jenen bemitleidenswerten Lehrer bzw. die Lehrerin vor Augen, dem es nicht gelingt, die Aufmerksamkeit der Schüler/innen zu wecken und auf das zu behandelnde Thema zu konzentrieren.

Wer beim Aufmersamkeitwecken Erfolg haben will, der sollte mit Blick auf seine spezielle Zuhörergruppe die möglichen Ursachen der Unaufmerksamkeit kennen. Nur dann wird er zielstrebig und daher erfolgversprechend etwas dagegen unternehmen können und nicht bloß auf fragwürdiges Probieren nach der „Versuch- und Irrtum-Methode" angewiesen sein.

Welche Ursachen von mangelnder Aufmerksamkeit können wir ausmachen?

Tab. 85 Ursachen mangelnder Aufmerksamkeit

- **Müdigkeit** (das Interesse ist mehr auf Schlaf bzw. den Kampf gegen das unerwünschte Einschlafen gerichtet).
- **Krankheit** (körperliche Schmerzen – wie z. B. Kopfschmerzen – beanspruchen die Aufmerksamkeit weitgehend).
- **Sorgen** (Sorgen mit der Familie, der Schule bzw. dem Arbeitsplatz, finanzielle Probleme, Wohnungsprobleme, gesundheitliche Probleme).
- **Ängste** (Angst vor einer Prüfung, vor dem Heimweg, vor einer ungewollten Schwangerschaft).
- **Verständnisprobleme** (Überforderung durch das Niveau der Ausführungen des Referenten bzw. Redners, Sprachschwierigkeiten bei Ausländern oder im Fremdsprachenunterricht).
- **Desinteresse** (der Zuhörer interessiert sich nicht für das Thema bzw. Anliegen des Redners, weil er andere Interessenschwerpunkte hat; so fertigen z. B. Schüler Hausaufgaben für andere Stunden an, hören Musik im Walkman, lesen unter dem Tisch etwas für sie Spannenderes; Kongreßteilnehmer arbeiten noch an ihrer eigenen Rede oder lesen im Kongreßprogramm).
- **Antipathie** gegen den Redner (der Zuhörer hat sich früher schon über den Redner geärgert und lehnt ihn deshalb emotional ab).
- **Langweilige Vortragsweise** (ein durchaus interessantes Thema wird langweilig und ermüdend angegangen und in monotoner Weise abgehandelt).
- **Ablenkung** (z. B. durch störende andere Zuhörer, durch Lärm im Raum oder außerhalb, durch Tics bzw. Rede-Unarten des Redners, durch Kontaktversuche mit anderen Zuhörern, durch Sitzbeschwerden auf unpraktischen Stühlen, durch ungünstige Sitzposition hinter einer Säule, durch Überheizung des Raums, durch Zugluft).

Die Auflistung zeigt, daß zahlreiche Ursachen der Unaufmerksamkeit von Zuhörern (z. B. Müdigkeit, Krankheit, Sorgen) gar nichts mit dem Redner und seiner Vortragsweise oder gar mit dem Thema zu tun haben. Deshalb wird der Redner insbesondere die in der Person des Zuhörers liegenden Ursachen auch gar nicht beseitigen können.

Beeinflussen lassen sich allerdings oftmals ohne allzu große Probleme die ablenkenden Umstände: überhitzte Räume lüften, bei Zugluft Türen und Fenster schließen, Lärmquellen beseitigen oder die Veranstaltung in einen ruhigeren Raum verlegen.

Allerdings kann ein geschickter Redner die Aufmerksamkeit seiner Zuhörer notfalls auch trotz widriger Umstände, wenn sie nicht kurzfristig beseitigt werden können, auf sich und sein rednerisches Anliegen zu lenken versuchen.

Anregungen dafür kann er wohlbekannten anderen Lebensbereichen entnehmen:

So gelingt es beispielsweise bisweilen sogar, von Schmerzen geplagte Schwerkranke – zumindest kurzfristig – von ihrem Leiden abzulenken und Aufmerksamkeit für auch unter diesen Umständen noch interessante Ereignisse zu wecken (z. B. ein von Kindern gebrachtes Ständchen, ein langersehnter Besuch eines Freundes, der Besuch des Pfarrers oder Priesters, das Erscheinen des Geldbriefträgers).

Entscheidend ist also offenbar, daß das Ereignis selbst Interesse weckt, und Interesse entsteht üblicherweise dort, wo jemand einen persönlichen Nutzen für sich erwartet. Dieser kann darin bestehen, daß der Betreffende sich freuen oder sogar lachen kann, daß er neue und wichtige Informationen erhält, daß er emotional positiv angeregt wird, daß er ein nützliches Geschenk erhält etc.

Deshalb überlegen sich versierte Redner und berufserfahrene Lehrer gleichermaßen, durch welche Initiativen sie ihre Zuhörer bzw. Schüler aus ihrem jeweiligen Denk- und Emotionszustand herausreißen, wie sie ihr Interesse wecken und dieses auf das neue, auf ihr Thema lenken können.

Wie können sie das erreichen?

Einige Möglichkeiten wollen wir hier ins Blickfeld rücken:

5.3.3.1.1 Interessanten Einstieg/Abschluß wählen

– **Der Einstieg:**

Vor dem Einstieg kommt der Auftritt.

Es gibt Redner (und auch Lehrer), die bemerkt überhaupt niemand, wenn sie den Saal betreten.

Andererseits gibt es Persönlichkeiten, deren Eintreten nicht unbemerkt bleibt, weil sie eine persönliche Ausstrahlung haben, mit der sie die Blicke der Menschen auf sich ziehen und bei diesen eine Erwartungshaltung schaffen, daß sie nun gleich etwas Bedeutendes sagen oder tun werden.

Das sind oftmals Menschen, die bereits durch persönliche Leistungen, aufgrund ihrer Herkunft (z. B. Fürstenhaus), durch Beteiligung an herausragenden Ereignissen (Angeklagte in medienwirksamem Strafprozeß), als Persönlichkeit des öffentlichen Lebens (Sport-, Fernseh-, Filmstar, Politiker) durch Publicity in den Medien einen hohen Bekanntheitsgrad erreicht haben und die deshalb von anderen leicht erkannt und wahrgenommen werden.

Das Erkennen kann unterstützt werden durch auffallende Garderobe, Vorfahren in einem spektakulären Gefährt, Auftritt in einer Begleitgruppe (z. B. Polizei, Bodygards), lautstarke Äußerungen oder Gesang, Bereitstellung einer Applausgruppe etc.

Die Konzentration des Publikums auf einen Redner kann durch den Veranstalter vorbereitet werden. So kann ein Vertreter des Veranstalters oder ein Moderator die Bühne betreten und den dann folgenden Redner ankündigen. Dabei kann er seiner Freude über dessen Erscheinen Ausdruck geben, dessen besondere Verdienste und Leistungen hervorheben und schließlich auf das Thema der bevorstehenden Rede hinweisen.

Wenn dann der Redner hervor- bzw. an das Rednerpult herantritt, ist im Saal bereits Ruhe eingetreten, und das Publikum verfolgt gespannt den Auftritt. Bisweilen betritt der Redner auch bereits unter dem rauschenden Applaus seiner Fans die Bühne.

Eine Bühne und ein darauf plaziertes Rednerpult sind ebenfalls geeignete Hilfsmittel, um den Redner aus der Ebene des Publikums herauszuheben und ihm Beachtung zu verschaffen. Bei festlichen Gelegenheiten wird dieses Arrangement häufig noch durch Blumengebinde ergänzt. Bisweilen werden auch hinter oder neben dem Pult noch Vereins- oder Landesfahnen als Dekoration aufgestellt.

Wichtig für den Auftritt ist auch die richtige Raumbeleuchtung. Man soll den Redner sehen, wenn er beginnt. Will er Dias oder Vortragsfolien projizieren, sollte der Raum erst zum erforderlichen Zeitpunkt abgedunkelt werden. Der Overhead-Projektor muß für das Auflegen einer Einstiegs-Präsentation sachgerecht justiert sein (Bildgröße, Bildschärfe, Zentrierung auf der Projektionsfläche).

Nun kommt es nur noch
– aber entscheidend! –
auf den Redner selbst an!

Wie nutzt er diesen vorbereiteten Rahmen, um die bereits angeregte Aufmerksamkeit des Publikums während der Rede zu erhalten und nicht wieder verschwinden zu lassen, ja, sie sogar noch weiter zu steigern?

Wichtig ist jetzt der passende Einstieg:

EIN KUNSTWERK AUS MIMIK, GESTIK UND SPRACHE.

Im Abschnitt 4.5.7 sind wir auf den richtigen „Anfang“ schon eingegangen. Entscheidend ist beim Einstieg, daß der Redner dafür nicht nur eine zündende Idee hat und den Gedanken treffend formuliert, entscheidend ist vor allem:
die richtige Präsentation.

Der Redner tritt ans Pult. Er öffnet den Mund. Alle erwarten die ersten zündenden Worte. Aber er schließt ihn wieder. Pause. Die Spannung steigt. Was ist los? Er beugt sich vor, schwingt leicht zurück, holt sichtbar Luft. Dann hebt er leicht beide Arme seitlich an, streckt sie leicht nach vorn. Nochmals Pause. Leichtes, dann sich verstärkendes Lächeln ...:

„Meine Freunde ..., meine Freunde,
ich bin heute gern Eurer Einladung gefolgt ....“

So kann man das machen.

Ist der Auftritt persönlichkeitsadäquat, wird er vom Publikum nicht nur akzeptiert, sondern sogar mit Beifall aufgenommen. Ist er das nicht, sondern bloß angelernt und im Hinblick auf die von einem wenig begabten Schauspieler erwünschte Wirkung vorgespielt, kann ein solcher Auftritt leicht peinlich und lächerlich wirken. Vor derartigen Reinfällen bewahrt den Redner am leichteten eine gute Portion Selbstkritik und notfalls ein freundlicher Hinweis von guten Freunden.

Auftritte können aber auch ganz anders gestaltet werden:

Der Redner stürmt zum Pult, schlägt mit der Faust auf die Pultfläche und dröhnt:

„Diese Forderung der Arbeitgeber ist ein Schlag mit der Faust
in das Gesicht der Arbeiter!!! “

Oder:

Der Redner tritt gemessenen Schrittes an das Pult, zieht sein Manuskript aus der Jackentasche, legt es sorgfältig auf das Rednerpult, stützt sich mit beiden Händen leicht seitlich auf die obere Pultkante und beginnt mit ruhiger Stimme:

„Meine sehr verehrten Damen, sehr geehrte Herren,
ich spreche heute zu Ihnen über das Thema: „ ›..................‹“.

Auftritte werden schwieriger, wenn der Redner sich erst durch das bereits versammelte Auditorium zu seinem Rednerpult – oder was immer ihn an dieser Stelle erwartet – durchkämpfen muß.

Mit diesem Problem haben Hochschuldozenten zu kämpfen, wenn sie überfüllte Hörsäle betreten müssen. In solche Situationen geraten auch Lehrer in der Schule, wenn sie statt eines Klassenraums ein „Schlachtfeld“ betreten, auf dem sie durch einen fliegenden nassen Schwamm oder einen infolge eines feindlichen Stoßes geradesweg auf sie zufliegenden Schüler ebenso unmittelbar wie unbeabsichtigt in das Kampfgeschehen einbezogen werden.

Vor noch schwierigeren Problemen sehen sich bisweilen Redner (z. B. Politiker, Funktionäre) bei öffentlichen Auftritten, wenn zunächst schreiende, pfeifende, johlende, Tomaten und Eier werfende Menschenmassen zu beruhigen sind und auf ein kritisches Thema konzentriert werden müssen.

Vielleicht würde ein solcher Rednerauftritt erfolgreicher verlaufen, wenn sich der Redner mitsamt Begleitung entschließen könnte, selbst zum Auftakt Tomaten und Eier in die Menge zu werfen, um seinerseits einen belebenden Beitrag zur Feststimmung zu leisten. Die Kosten für die Reinigung der Publikumsgarderobe – soweit sie überhaupt geltend gemacht würden – könnten den Spaß wert sein und unter Umständen mehr zum Erfolg des Redners beitragen, als eine gegen den lautstarken Widerstand des Publikums vom Manuskript heruntergeleierte Ansprache, die ohnehin niemand ernst nimmt.

Für einen erfolgreichen Auftritt und Einstieg kann wohl niemand ein für jeden Redner und für alle Gelegenheiten passendes Rezept geben. Jede Situation fordert vom Redner Fingerspitzengefühl und eine gehörige Portion Kreativität für die erfolgreiche Bewältigung.

Wer Auftritte und Einstiege zur Routine verkommen läßt, der wird bald sein Publikum langweilen. Man kennt dann nicht nur den Redner, sondern auch seine Gags und – bei solchen Rednern – meistens auch schon den Inhalt. Denn diese Redner haben außerdem die Gewohnheit, das, was sie sich einmal erarbeitet – oder bei bedeutenderen Persönlichkeiten abgeschrieben – haben, in penetranter Weise ständig und enervierend zu wiederholen. Wenn man ihnen nicht zuhört, versäumt man also nichts.

Wer ein solches Image hat, der sollte wirklich nicht mehr auftreten.

– Der Abschluß:

Im Abschnitt 4.5.9 sind bereits Möglichkeiten überzeugender Rede-Abschlüsse dargestellt. Hier wollen wir den Abschluß einer Rede analog zum Auftritt und Einstieg noch einmal verstärkt aus der Perspektive der Zuhörermotivation und der Erhaltung der Aufmerksamkeit bis zum Schluß betrachten.

Besonders schön sind erfahrungsgemäß Reden, die wie ein Krimi aufgebaut sind und wo die gesamte Abhandlung logisch und überzeugend auf einen Schluß hinführt, bei dem die als Konsequenz des Gesagten nun erwartete Lösung präsentiert wird oder wo plötzlich eine Auflösung kommt, durch die die Zuhörer total überrascht oder in ihrer eigenen Überzeugung nachdrücklich bestärkt werden.

> Der schlimmste Abschluß ist der,
> auf den die Zuhörer während einer viel zu langen Rede
> schon seit Stunden zunehmend nervöser warten,
> der dann folglich nicht mehr begeisterte Zustimmung auslöst
> und bei besonders gutem Gelingen
> frenetische Befallsstürme hervorruft,
> sondern nur noch in dem vielstimmigen Seufzer erlischt:
> **Gott sei Dank – endlich ist Schluß, endlich ist es vorbei!!!**

Aber so weit sollten Sie es unter keinen Umständen kommen lassen!

Was können, ja was müssen Sie dagegen tun?

Auf jeden Fall eins beachten:

DER SCHLUSS KOMMT OFT ZU SPÄT, ABER SELTEN ZU FRÜH.

Und wenn er doch einmal zu früh kommt, dann sind die Zuhörer eher angenehm überrascht und Ihnen dankbar für die unerwartet geschenkte Zeit.

Kommt er aber zu spät, dann quält sich das Auditorium mit Ihnen, der gegen die Zeit und den viel zu umfangreichen Inhalt ankämpft, ängstlich darum bangend, daß Sie ihn – den Schluß – überhaupt noch bewältigen durch die sich wie Kaugummi in die Länge ziehenden und nicht enden wollenden Ausführungen.

Am Ende sind sie dann nicht durch die neuen Erkenntnisse erhellt und beflügelt, sondern durch den inneren Kampf ermüdet und nur noch von einer schweren Bürde, nämlich der des trotz schmerzenden Sitzfleisches stummen Ausharrens, entlastet.

Das aber sollte keineswegs das Ziel Ihres Vortrags sein.

Deshalb schätzen Sie auch bei Ihren Reden die alte Volksweisheit nicht gering ein:

IN DER KÜRZE LIEGT DIE WÜRZE!

So betrachtet, ist natürlich auch dieses Buch viel zu lang. Aber ich lasse Ihnen hier zumindest die Chance, bei Ihrer Lektüre das für Sie weniger Wichtige zu überschlagen und sich dann gewissermaßen nur die Rosinen herauszupicken.

Der Leser eines Buches hat eben gegenüber dem Zuhörer bei einem Vortrag den unbestreitbaren Vorteil, daß er nicht abwarten muß, bis der „Vordenker" mit seinen Überlegungen zum Ende kommt. Er muß ihm auch nicht auf allen verschlungenen Pfaden zwangsläufig folgen. Er kann nämlich einfach das für ihn weniger Interessante überblättern und sich nur die Passagen heraussuchen, von denen er sich – je nach Interessenlage – auch persönlich Erbauung oder Wissens- bzw. Erkenntniszuwachs verspricht.

Der Redner hat also gegenüber seinem Auditorium gerade in diesem Punkt eine viel größere Verantwortung als ein Autor gegenüber seiner Leserschaft.

Deshalb sollte er insbesondere auch auf den motivierenden Abschluß schon während des Vortrags oder der Rede zielstrebig hinarbeiten, um das Thema – wie bei einer guten Theateraufführung – zu einem mitreißenden Finale zu führen und dadurch zugleich für den Redner einen wirkungsvollen Abgang vorzubereiten.

Ein eindrucksvolles Finale erfordert nicht unbedingt Pauken, Trompeten und große Lautstärke. Auch mit leisen Tönen – etwa beim Abschied von einem Verstorbenen – können leise Worte, in echter Trauer gesprochen, eine ganze Trauergemeinde in ihren Bann ziehen und allen lange in Erinnerung bleiben:

Tab. 86 Abschluß einer Traueransprache

- „Lieber (Verstorbener), heute müssen wir Abschied von Dir nehmen ... viel zu früh!"
- „Dein gewaltsamer Tod ist für uns Mahnung und Programm."
- „Ein so hoffnungsvolles Leben lag noch vor Dir – nun ist es zu Ende."
- „Du läßt uns hier zurück – in Trauer und ... Verzweiflung."
- „Heute bleibt uns nur die Hoffnung, daß wir uns vielleicht doch einmal wiedersehen – in einer anderen Welt."

Zu beachten ist generell und insbesondere in solchen emotionsgeladenen Situationen, daß das Erhabene und das Lächerliche oft unerwartet dicht beieinander liegt.

Der verbale Abschluß der Ansprache sollte sich in Übereinstimmung befinden mit dem Abgang des Redners und seiner Mimik, Gestik und Körperhaltung.

Der Gesamtauftritt soll Überzeugungskraft ausstrahlen. Dem Auditorium darf keinesfalls der Eindruck vermittelt werden, der Redner sei selbst gar nicht so recht überzeugt von der Wichtigkeit seiner Ausführungen, oder er habe Wesentliches für sich behalten und dem Auditorium somit wichtige Informationen vorenthalten. Die Zuhörer dürfen also keineswegs den Eindruck mitnehmen, daß das Zuhören bei diesem Redner für sie nicht sehr nützlich gewesen ist, daß sie vielmehr ihre Zeit vergeudet haben und daß sie diese lieber für eine sinnvollere Aktivität hätten aufwenden sollen.

Deshalb sollten gerade die letzten Worte des Redners in Verbindung mit seiner Körperhaltung sowie mit situationsangemessen ausdrucksstarker Mimik und Gestik noch einmal sichtbar klar zum Ausdruck bringen,

- daß der Redner etwas sehr Wichtiges gesagt hat,
- daß er von der Sache selbst überzeugt ist,
- daß er bei Bedarf gern weitere Informationen gibt,
- daß er überzeugt ist, dem Auditorium sehr nützliche Informationen gegeben zu haben.

Insbesondere wenn der Redner von seinem Publikum als Konsequenz seiner Ausführungen konkrete Entscheidungen oder gar weitergehende eigene Aktivitäten erwartet oder zumindest erhofft, kann er seine Motivationsbemühungen gar nicht genug intensivieren.

Denn entscheidende Voraussetzung für die Anregung entsprechender Zuhörer-Aktivitäten ist das Wecken der Aufmerksamkeit. Nur, wer das Gesagte und gegebenenfalls den Appell überhaupt wahrnimmt, bietet hinreichende Voraussetzungen für daraus resultierendes eigenes Handeln. Die spezifische Motivierung muß dann noch ein Übriges tun, damit überhaupt etwas passiert und damit nicht der Appell ungehört und/oder wirkungslos verhallt.

> Ein schöner **Einstieg** freut die Leute,
> der **Hauptteil** ist dann kein Problem;
> und find'st Du dann noch einen **Abschluß**,
> dann war's für alle angenehm!

5.3.3.1.2 Zitate

Zitate zeugen von einem gewissen Grad an Bildung des Redners. Anspruchsvolle Zuhörer gehen daher davon aus, daß jeder Redner über einen dementsprechenden Mindestgrad an Bildung und Belesenheit verfügt.

> *„Darum, wer diese meine Rede hört und tut sie, den vergleiche ich einem klugen Manne, der sein Haus auf einen Felsen baute."*
> (Bibel: Matth. 7,24)

Nun zeigt allerdings die Erfahrung, daß keineswegs jeder, der den Mund öffnet, um eine Rede zu halten, diesem Anspruch genügt. Denn manche Redner verfügen zwar über ein so ausgeprägtes Selbstbewußtsein, daß sie sich ohne weiteres auch die Kompetenz als Redner zusprechen, ohne dem jedoch, wenn man den Zuhörern glauben darf, tatsächlich gewachsen zu sein. Sie benutzen Zitate vor allem zur Selbstdarstellung und in diesem Zusammenhang zur Darstellung dessen, was gar nicht vorhanden ist: einer fundierten Allgemeinbildung.

Andererseits gibt es auch bedauernswerte Redner, die sich zu dieser Aufgabe keineswegs gedrängt haben, die aber aufgrund ihrer beruflichen Leistungen avanciert sind und nun in Rollen auftreten müssen, die öffentliche Reden implizieren. Das sind dann keine Redner aus Leidenschaft, sondern aus Pflichtgefühl – im Sinne des KANTschen „Imperativs": sie wollen eigentlich gar nicht, aber sie müssen!

Wer sich in derartigen Situationen nicht traut, so zu sprechen, „wie ihm der Schnabel gewachsen ist" (weil er vielleicht ein zutreffendes Gespür dafür hat, daß Natürlichkeit hier katastrophal wäre), der wird sich rednerische Kompetenz vielleicht im Schnellverfahren anzueignen versuchen, indem er zu den schon erwähnten, publizierten Sammlungen von Musterreden greift (z. B. DACHRODT 1992, GEORG 1991, GRAß 1986, 1990, PORTNER 1990, PROST 1992, RÜDENAUER 1985) oder indem er in den Zitaten-Sammlungen passende Bemerkungen von renommierten Persönlichkeiten heraussucht, um seine schlichte Rede dadurch etwas aufzuwerten (z. B. BRÜLLMANN 1989, BÜCHMANN 1991, GREIFF 1988, HELLWIG 1990, JOHN 1992, KOSTER 1983, LAUTENBACH 1986, MOEWIG 1992, NIEMANN 1992, PELTZER & v. NORMANN 1992, PUNTSCH 1990, SCHAUFELBÜEL 1993, SKUPY 1993).

Auch wer dabei etwas unbeholfen vorgeht, kann noch darauf vertrauen, daß dies keineswegs von allen Zuhörern bemerkt wird und daß daher auch diese Art des Zitierens durchaus ihren Zweck erfüllen kann.

Wenn jedoch ein wirklich hochgebildeter Mitbürger solche Unbeholfenheit erkennt, wird er sie zwar mit einem leichten (inneren Schmunzeln) registrieren, aber (das hoffe ich zumindest) dessenungeachtet verständnisvoll und tolerant als redliches Bemühen dieses leider nicht so naturbegabten oder geschulten Redners hinnehmen. Menschen mit Bildung, Verstand und „innerer Größe" haben es nicht nötig, sich aus solchen Anlässen parvenühaft über weniger Versierte zu erheben, die unter weniger günstigen Sternen aufgewachsen sind.

Aber auch geübte Redner mit fundierter Allgemeinbildung greifen bisweilen gern auf Sammlungen von Zitaten oder Anekdoten etc. zurück. Sie nutzen diese Hilfsmittel nicht als Selbstwertstütze oder als Kitt für ansonsten mehr oder weniger beziehungslos nebeneinanderstehende Einzelaussagen, sondern um ihrer Rede als einem rhetorischen Kunstwerk noch einige entscheidende Glanzlichter aufzusetzen, die das Kunstwerk erst zum wahren Meisterwerk abrunden.

Unsere Überlegungen haben gezeigt, daß man offensichtlich Zitate mit sehr unterschiedlicher Zielsetzung und Perfektion verwenden kann. Einige weitere Aspekte sind in der folgenden Tabelle zusammengestellt:

Tab. 87 Sinn und Unsinn von Zitaten

Sinn:

- Der Redner kann eine exzellente Formulierung zitieren, weil sie den Sachverhalt exakt „auf den Punkt trifft".
- Der Redner kann ein allgemein bekanntes Zitat in Erinnerung rufen, um ohne unnötige Erläuterungen auf den Kern eines Themas zu kommen.
- Der Redner kann Zitate im exakten Wortlaut und im richtigen Zusammenhang im Rahmen der Beweisführung für eine eigene These verwenden.
- Die Zitierung von anerkannten Autoritäten kann die Durchschlagskraft der eigenen Argumentation verbessern.
- Der Redner kann Zitate kreativ verfremden und damit sich selbst und den Kennern ein besonderes intellektuelles Vergnügen bereiten.

Unsinn:

- Der Redner kann den exakten Wortlaut von Zitaten sinnentstellend vermurksen.
- Der Redner mißversteht Zitate in Unkenntnis des ursprünglichen Kontexts und bringt sie in objektiv falschen Zusammenhang.
- Der Redner benutzt Zitate zur Aufwertung seiner Rede und merkt dabei gar nicht, daß sie nicht zu seinem Thema passen.
- Der Redner schreibt Zitate irrtümlich falschen Verfassern zu.
- Der Beitrag des Redners besteht vorwiegend aus einer Ansammlung von Zitaten, so daß die Zuhörer seine eigene geistige Kreativität dabei vermissen.
- Der Redner verfügt nur über beschränkte Zitatkenntnis und verwendet die wenigen Zitate zum Leidwesen der Zuhörer immer wieder bei allen passenden bzw. unpassenden Gelegenheiten.

Wer kann zitiert werden?

Grundsätzlich jeder.

Beliebt sind Dichter und Schriftsteller, Politiker, Könige, Künstler, aber auch die Bibel, der Koran und andere weltanschauliche Grundlagenliteratur. Wer Lust dazu verspürt, kann natürlich auch seine bettlägerige Großmutter zitieren oder seine reiselustige Tante, freche oder liebe Kinder und Urenkel, den Herrn Pfarrer, kurzum jeden, der sich irgendwann einmal über irgendetwas geäußert hat:

- „Unser Herr Pfarrer warnte uns häufig mit den Worten: ‚Auge um Auge, Zahn um Zahn!'"
- „Meine Tante Klärchen hat damals, als ihr Mann einen Tag vor seinem 70. Geburtstag verstarb, gesagt: ‚Nun ist aus der Geburtstagstorte eine Beerdigungstorte geworden.'"

Fortsetzung

- „Der Bundeskanzler Kohl brachte bei solchen Gelegenheiten immer die Journalisten auf den richtigen Weg mit dem nachdrücklichen Hinweis: ‚So dürfen Sie diese Frage nicht stellen!' "
- „Ein altes Sprichwort sagt:
  ‚Was Hänschen nicht lernt, das lernt Hans nimmermehr.' "
- „Der Hauptabteilungsleiter kehrte dem Gruppenleiter den Rücken zu mit den Worten:
  ‚Leck mich am Arsch!' "
- „Ich selbst begegne meinen Kontrahenten immer mit Offenheit und Ehrlichkeit. Dabei beherzige ich, was schon mein Großvater zur Maxime seines Politikerlebens gemacht hatte:
  ‚Wer einmal lügt, dem glaubt man nicht, und wenn er auch die Wahrheit spricht.' "
- „Johann Wolfgang von Goethe schrieb in seinem ‚Faust':
  ‚Heinrich! Mir graut's vor dir.' "

Selbstverständlich gehören auch alle Arten von Sprichwörtern und und viele weitere Sentenzen zum Zitatenschatz des Volkes und seiner Redner. Sie stellen oftmals eine solche Pervertierung der Realität dar, daß sie sich schon von daher dazu eignen, die Aufmerksamkeit zu wecken oder sie vollends einzulullen:

- Aller Anfang ist schwer.
- Morgenstund hat Gold im Mund.
- Wenn zwei sich streiten, dann freut sich der Dritte.
- Müßiggang ist aller Laster Anfang.
- Wer lügt, der stiehlt auch.
- Bleibe im Lande und nähre dich redlich.
- Armut schändet nicht.
- Der Krug geht so lange zum Brunnen, bis er bricht.
- Man soll seine Perlen nicht vor die Säue werfen.

Neulich habe ich einen Redekünstler beim Versuch der Veranschaulichung dessen, was in ihm vorgeht, erlebt. Er schuf durch sinnreiche Verbindung verschiedener bildhafter Einzelfeststellungen („Der Krug geht so lange zum Brunnen, bis er bricht." „Das schlägt doch dem Faß den Boden aus." „Das ist wie ein Schlag ins Gesicht!") die folgende erschütternde Creation:

Der Krug geht so lange zum Brunnen,
bis es dem Faß den Boden ins Gesicht schlägt!

Wenn man sich nicht auf veröffentlichte Texte bezieht oder befürchten muß, daß die noch lebenden Personen den Redner der Lüge überführen könnten, sind die Möglichkeiten der kreativen Zitaterfindung natürlich nahezu unbegrenzt. Jemand muß das, was von ihm/ihr als Zitat berichtet wird, gar nicht tatsächlich gesagt haben. Es reicht schon aus, daß er/sie es hätte gesagt haben können. Hauptsache: das Zitat erfüllt den vom Redner ins Auge gefaßten Zweck.

Das Verfahren der Zitaterfindung ist übrigens keineswegs neu. Jeder Schriftsteller, der historischen Persönlichkeiten Worte in den Mund legt, deren Originaltext nicht zuverlässig überliefert ist, erfindet Monologe und Dialoge. Selbst in der Bibel werden „Worte Jesu“ oder „Berichte der Apostel“ überliefert, deren Authentizität von der Wissenschaft nicht nur diskutiert, sondern angezweifelt wird und für zahlreiche Textstellen auch bereits falsifiziert worden ist.

DE MORTUIS NIL NISI BENE.

Gewisse Grenzen von Anstand und Moral sollten jedoch verständlicherweise bei jeder Art freischaffender Zitaterfindung beachtet werden. Die Kreativität sollte zumindest dort ihre Grenze finden, wo sich die Zitierten, wenn sie von dem ihnen zugedachten Zitat Kenntnis bekämen, wegen Verleumdung, ehrenrühriger Unterstellung, fachlicher Verunglimpfung etc. energisch gegen ein solches Zitat zur Wehr setzen und gegebenenfalls sogar gerichtliche Schritte gegen den „Erfinder“ einleiten würden.

REDEN IST SILBER, SCHWEIGEN IST GOLD!

5.3.3.1.3 Zuhörer einbeziehen

Was kann der Redner tun, damit seine Zuhörer nicht nur still vor ihm sitzen und ihn reden hören, sondern damit sie ihm aktiv zuhören, mitdenken, sich von dem Inhalt anregen und gegebenenfalls durch die Appelle des Redners zur Überprüfung der eigenen Meinung bzw. zu ihrer Änderung und eventuell sogar zum Handeln mitreißen lassen?

Die Zuhörer so intensiv an der Erarbeitung des Themas beteiligen, wie unter den gegebenen Umständen möglich.

Dazu gibt es in der Praxis genug Beispiele und Gelegenheiten:

Wenn man die Redner-Tätigkeit eines Pfarrers oder Priesters nicht nur auf den Predigtteil im Gottesdienst beschränkt sieht, sondern den Gottesdienst insgesamt betrachtet, dann zeigt sich die Einbeziehung der Zuhörer z. B. darin, daß sie aufgerufen werden:

- sich zum Gebet zu erheben (und danach wieder hinzusetzen),
- laut mitzubeten (bisweilen auch still zu beten),
- im Gesangbuch Lieder aufzuschlagen und diese zu singen,
- zum Abendmahl bzw. zur Kommunion vor den Altar zu treten,
- Geld zu spenden (Kollekten während des Gottesdienstes und am Ausgang),
- sich wechselseitig die Hand zur Versöhnung zu reichen,
- bei Taufen den Täufling über das Taufbecken zu halten,
- bei Beerdigungen, Blumen und Erde auf den Sarg zu werfen.

Auch das Fernsehen kann die Zuhörer zu Hause am Geschehen beteiligen. So aktiviert z. B. ein Koch die Hausfrau zum Mitschreiben des Kochrezepts und zum Nachkochen des Gerichts. Eine Aerobic-Trainerin motiviert die Damen und Herren in ihren Wohnzimmern zum Mitmachen der demonstrierten Übungen. Moderatoren lassen Zuschauer über Vorschläge abstimmen, Entscheidungen treffen oder beteiligen sie sogar unmittelbar am Spielgeschehen, indem sie sie zur telefonischen Kontaktaufnahme während der laufenden Sendung ermuntern („Der goldene Schuß" etc.).

Diese Beispiele zeigen schon, daß man Mitmenschen durchaus zu Aktivitäten motivieren kann, wenn diese daran ihre Freude haben oder wenn sie sie für nützlich erachten.

Wie kann aber nun ein Redner seine Zuhörer einbeziehen?

Die folgende Übersicht enthält dazu einige Beispiele und Anregungen für verschiedene Rede-Situationen:

Tab. 88 Einbeziehung der Zuhörer durch den Redner

Statement:

- Den Zuhörer mit einem konkreten Handlungsvorschlag zu eigener Aktivität auffordern.
  Beispiel: „Überweisen Sie bitte Ihre dringend benötigten Spenden auf das Konto ..."

Fachvortrag:

- Den Zuhörern rhetorische Fragen stellen, die sie zum Mitdenken anregen.
  Beispiel: „Welche Lösungsmöglichkeiten sehen Sie denn bei dieser schwierigen Sachlage?"
- Die Zuhörer zu Fragen während des Vortrags (und auf jeden Fall in einer anschließenden Diskussion) ermuntern.
  Beispiele:
  - „Bitte unterbrechen Sie mich sofort auch während des Vortrags, wenn meine Ausführungen Fragen aufwerfen. Ich kann dann sofort darauf eingehen."
  - „Sie haben im Anschluß an meinen Vortrag Gelegenheit, Ihre Fragen zu stellen. Das schwierige Thema bietet dafür sicherlich reichlich Anlaß."

Festrede:

- Den Zuhörern rhetorische Fragen stellen oder an ihre persönlichen Beziehungen zum Jubilar, dem Verstorbenen oder dem zu feiernden Ereignis (z. B. Gründung, Einweihung, Jahrestag) erinnern.
  Beispiele:
  - „Wie lange haben wir doch alle auf diesen Tag gewartet. Haben wir nun unser Ziel erreicht?"
  - „Heute sind seit jenem denkwürdigen 50. Geburtstag schon wieder 10 Jahre vergangen. Was hat sich in dieser Zeit alles ereignet? Was werden die nächsten 10 Jahre bringen?"
  - „Welches Vermächtnis hat uns der Verstorbene hinterlassen?"
  - „Heute weihen wir dieses neue Gebäude ein. Was wird es uns in 10 Jahren erzählen können?"

Seminar/Unterricht:

- Themen nicht als Monolog vortragen, sondern mit den Teilnehmern gemeinsam erarbeiten oder zumindest den Referat-Stil in Form des Lehrgesprächs abmildern. Zu diesem Zweck nicht nur rhetorische, sondern echte Fragen stellen, Thesen und Fakten diskutieren sowie gegebenenfalls zum Handeln auffordern (z. B. Berechnungen an der Tafel vorführen, instruktive Manipulationen an einem Modell vornehmen, einen fremdsprachlichen Text übersetzen und erläutern).

Fortsetzung Tab. 88

Beispiele:
- „Welche Schlußfolgerungen sind aus diesen Versuchsergebnissen zu ziehen?“
- „Wer zeigt uns einmal, wie dieser Ansatz systematisch fortgesetzt werden muß?“
- „Herr/Frau X, bitte führen Sie uns doch den Ablauf einmal an diesem Modell vor!“
- „Herr/Frau X, können Sie diese Textstelle bitte einmal übersetzen?!“

Zuhörer können also auf sehr unterschiedliche Art und Weise in das Geschehen einbezogen werden. Der Kreativität des Redners sind dabei kaum Grenzen gesetzt. Entscheidend ist, durch die Einbeziehung des Zuhörers zu erreichen:

- daß er nicht mit seinen Gedanken abschweift oder gar einschläft,
- daß er den Ausführungen des Redners aufmerksam, interessiert oder sogar gespannt folgt,
- daß er durch Anregung zum Mitdenken oder durch Aufruf zu eigener Aktivität möglichst intensiv am Kommunikationsprozeß beteiligt wird,
- daß der Redner mit seinem Anliegen vom Zuhörer akzeptiert wird.

5.3.3.2 Spannung erzeugen

Dem letzten Bild haben Sie sicherlich schon entnommen, daß es diesem Redner nicht gelungen ist, bei seinen Zuhörern Spannung zu erzeugen, Interesse zu wecken und ihre Aufmerksamkeit zu fesseln.

Wie erzeugt man Spannung?

Ein erprobtes Mittel, die Zuhörer „bei der Stange zu halten", ist das Erzeugen von Spannung. Wie bei einem Krimi sind sie dann darauf gespannt, wie der Redner sie durch ein Thema führen, zu welchem Ergebnis er möglicherweise kommen wird und welche Konsequenzen sich unter Umständen für ihn, für die Zuhörer oder für andere Menschen ergeben.

Im alltäglichen Sprachgebrauch ist die Spannung vielfach gegenwärtig:

- „Ich bin gespannt darauf, wie das Buch ausgeht."
- „Ich bin gespannt darauf, wie die Bundestagswahl ausgehen wird."
- „Ich bin gespannt darauf, wie das Essen schmeckt."
- „Ich bin gespannt darauf, was für ein Hotel uns am Urlaubsort erwartet."
- „Ich bin gespannt darauf, wann der Handwerker endlich kommen wird."
- „Ich bin gespannt darauf, wann ich endlich die längst versprochene Gehaltserhöhung bekommen werde."

Allen diesen Situationen ist eins gemeinsam:
eine Erwartungsspannung, die daraus resultiert,
daß jemand das Ergebnis noch nicht kennt.

Logischerweise vermasselt ein Redner natürlich immer dann die Erwartungsspannung der Zuhörer, wenn er das Ergebnis schon zu Beginn seiner Rede verrät oder wenn das, was er zu sagen beabsichtigt, schon erfahrungsgemäß (!) zu dem für alle vorhersehbaren Ende führen wird.

Besonders begabte Redner können allerdings auch dann noch Spannung erzeugen, wenn Anfang und Ende bereits bekannt sind. Das Publikum ist dann gespannt, auf welchen verschlungenen und überraschungsreichen Wegen er diesmal dorthin gelangen wird.

Wie in einer bereits allen Zuschauern aus vielen Aufführungen bekannten Oper liegt der Reiz jeder neuen Aufführung dann vor allem darin, wie sie inszeniert wird: Wie ist das Bühnenbild gestaltet? Welche Künstler sind für die verschiedenen Rollen engagiert? Wie werden sie bestimmte Stellen des Stückes sängerisch und schauspielerisch interpretieren? Die Erwartungsspannung kann sich auch auf die Interpretation ganz bestimmter „Ohrwürmer" richten, z. B. auf bekannte Arien, Duette, Terzette, Chorgesänge.

Begabten Erzählern gelingt es immer wieder, Fragen aufzuwerfen, zunächst nur Teilinformationen zu geben, Hindernisse und das schnelle Vorankommen hemmende Barrieren aufzubauen, sich auf anscheinend themenferne Exkurse zu begeben, Umwege zu machen, aus einer Verzweigung wieder zurückzugehen, um von einem bereits bekannten Punkt wieder neu zu starten, Katastrophen als potentielle Gefahr vor Augen zu führen, um dann doch noch im letzten Moment einen Ausweg zu zeigen oder zu finden.

Bei der Schilderung von Menschenschicksalen – z. B. bei Jubiläumsfeiern – folgen Redner bisweilen dem Modell „vom Tellerwäscher zum Millionär". Der Millionär steht vor uns. Ihn kennen wir. Der Redner verrät den Startpunkt der Karriere: Tellerwäscher. Die Spannung ergibt sich dann aus der Frage: „Donnerwetter, das ist aber eine tolle Leistung. Wie hat er das denn bloß gemacht?!" Der geschickte Redner beantwortet diese Frage, indem er das Auditorium mit viel Geschick und spannungsreich über die verschlungenen Pfade eines bewegten Menschenlebens führt.

Aber Spannung ergibt sich nicht nur aus dem geschickten Aufbau einer Rede. Für das Entstehen von Spannung ist insbesondere die Art und Weise des Rede-, Erzähl- bzw. Vortragsstils wesentlich – kurz – die rhetorische Darbietung des Gesamtkunstwerks.

Dazu gehört die der jeweiligen Thematik angemessene Stimmführung (Lautstärke, Sprechtempo, Tonlage, Modulation), Mimik und Gestik. „Kunstpausen" an der richtigen Stelle können – wie beim Erzählen eines Witzes – die Erwartungsspannung erhöhen, die sich dann, wenn der Paukenschlag, die Pointe, folgt, mehr oder weniger spektakulär entlädt.

Beim Witz entlädt sich diese Spannung bisweilen – nach dem Aha-Erlebnis der Zuhörer – in wieherndem Gelächter. Beim Fachvortrag entspannt sich der Zuhörer bei der Erkenntnis: „Ja, jetzt habe ich es verstanden!" Und bei der Jubiläumsrede treten den Zuhörern vor Rührung die Tränen in die Augen.

Ich kenne allerdings auch „Nieten in Nadelstreifen" (OGGER 1992), denen es trotz jahrelangen Trainings nie gelungen ist, ihr Image als Langweiler zu verlieren. Sie kennen ihren schon hundertmal wiederholten Text und leiern ihn auswendig oder beim eintönigen Verlesen eines oft nicht einmal von ihnen selbst verfaßten Manuskripts herunter. Selbst eingestreute Bonmots erzielen nicht die gewünschte Wirkung, weil sie für solche Redner kein Highlight ihrer Rede sind, sondern weil sie in einem Rhetorik-Lehrgang gesagt bekommen haben, man solle so etwas zur Auflockerung von Zeit zu Zeit einstreuen. Und so wirkt das dann auch auf das Auditorium: gekünstelt, spannungslos, schlaff und insgesamt keineswegs erheiternd oder gar aufmunternd.

Beneidenswert sind rhetorische „Naturtalente", aus denen perfekte Reden nur so herauszusprudeln scheinen. Ein gewisses Talent ist sicher nützlich und auch eine wichtige Voraussetzung. Aber, was am Ende so leicht aussieht, ist oftmals das Ergebnis harter Arbeit und zwar – das sollten wir nicht übersehen – nicht nur am Thema, an der Sprache, der Mimik, Gestik und Körpersprache, sondern vor allem an der eigenen Persönlichkeit des Redners. Denn wer sich in der Sache souverän fühlt, wer nicht nur karrieresüchtig zwanghaft auf sich selbst fixiert ist, sondern sich mit einem echten Kommunikationsbedürfnis an seine Mitmenschen richtet, der wird leichter den richtigen Ton treffen und dort auch positive Resonanz erzeugen können.

Deshalb:

Versuchen Sie nicht nur, spannend zu erzählen, sondern seien Sie vor allem auch selbst spannend!

5.3.3.2.1 Strukturierung

Die inhaltliche und zeitliche Strukturierung von Reden und Vorträgen ist schon in den Abschnitten 4.5.2 und 4.5.6 behandelt worden.

Welche Bedeutung hat nun die Strukturierung für die Zuhörer-**Motivation**?

Die überschaubare und systematische Strukturierung einer Rede erleichtert es zunächst dem Redner selbst, sein Thema mit oder ohne Stichwortzettel bzw. Manuskript in den Griff zu bekommen und zu behalten. Das gibt ihm freie gedankliche Kapazität für das gezielte Eingehen auf die Zuhörer, für die Wahrnehmung der Zuhörerreaktionen und schließlich für die wirkungsvolle inhaltliche und rhetorische Gestaltung und Abstimmung seiner Rede auf diese Gegebenheiten.

Je mehr der Zuhörer spürt, daß sich der Redner auf ihn, seine Interessen und Erwartungen einstellt, desto mehr ist er motiviert, ihm aufmerksam zuzuhören. Der Grund liegt vor allen darin, daß er sich einen persönlichen Nutzen vom Zuhören versprechen kann. Er darf nämlich aus gutem Grund annehmen, daß ein solcher Redner weder an ihm vorbei noch über seinen Kopf hinweg reden wird.

Gewinnt er andererseits z. B. infolge mangelhafter Strukturierung den Eindruck, der Redner wisse selbst nicht so genau, was er sagen wolle, außerdem gebe es wohl keinerlei zwingenden Zusammenhang zwischen den einzelnen Teilen der Rede, diese seien vielmehr eine weitgehend regellose Ansammmlung von Augenblickseinfällen, dann wird der Zuhörer leicht demotiviert.

> Wenn einer seine schöne Rede
> nicht vorher ordnet und nicht gliedert,
> dann wendet sich das Publikum
> ab von ihm und ist angewidert.

Denn die Ausführungen erscheinen ihm nicht wichtig, für ihn selbst kaum bedeutsam, und außerdem hätte er Schwierigkeiten, die unstrukturiert regellosen Informationen überhaupt in seinem Gedächtnis zu speichern. Dafür müßte er erst wieder ein eigenes Ordnungssystem als Behaltenshilfe entwickeln. Den meisten ist das einfach zu mühsam und zu anstrengend. Sie hören dann kurzerhand nicht mehr zu und warten auf das Ende – d. h. auf die Pause, den nächsten Redner, das Mittagessen oder sogar auf das abendliche Ende der Veranstaltung.

Andererseits erleichtert die Struktur den Zuhörern das Zuhören, das Erfassen und Behalten des Gesagten.

Der Zuhörer merkt, daß sich der Redner Mühe mit der Vorbereitung seines Beitrages gegeben hat. Er hat sich offensichtlich Gedanken gemacht über den Inhalt, über die Erwartungen der Zuhörer und vor allem auch darüber, auf welche Weise er dem Auditorium seine Gedanken präsentieren sollte, um dessen Interesse zu wecken, die Aufmerksamkeit zu erregen, ihm die Auffassung und das

Behalten der wesentlichen Aspekte durch eine logisch nachvollziehbare Strukturierung zu erleichtern.

5.3.3.2.2 Anschaulichkeit

Das Problem der Anschaulichkeit beginnt nicht erst bei der Vorführung von Filmen, Diapositiven oder Vortragsfolien, es beginnt bereits beim gesprochenen Wort.

Gute Redner drücken sich anschaulich und bildhaft aus, schlechte überfordern das Vorstellungsvermögen der Zuhörer leicht durch das Aneinanderreihen abstrakter Begriffe, die Verwendung zahlreicher Fremdwörter und durch umständliche Grammatik (z. B. Konstruktion von Passivsätzen):

> *„Die Erde ist rund, wie eine Apfelsine."*
>
> erweckt beim Zuhörer eine konkreter bildhafte Vorstellung als die Beschreibung:
>
> *„Die Erdengestalt wird als ein sphärisches Gestirn realisiert."*

Bildhafte Ausdrucksweise sollte andererseits nicht zur Manie werden, bei der die Bilder dem Redner entgleiten und/oder zu Abstrusitäten führen:

- „Der Krug geht so lange zum Brunnen, bis der Ofen aus ist."
- „Die Dame hat einen Hintern, wie ein Brauereigaul."
- „Mit Bienenfleiß arbeitete er sich hoch wie ein Maulwurf."

Besonders anschaulich wird es für den Zuhörer meistens dann, wenn der Redner an Ereignissen oder Gegenständen aus dessen Erfahrungsbereich anknüpft. Dann kann der nämlich von ihm Bekanntem ausgehen und schafft leichter den Transfer zu Neuem oder zu ihm bisher Unbekanntem aus anderen Lebens- und Arbeitswelten.

Je weniger sprachgewandt und ausdrucksfähig ein Redner ist, desto mehr sollte er sich einschlägiger Hilfsmittel zur Veranschaulichung des Inhalts seiner Rede bedienen. Bei Vorträgen, die früher allenfalls im abgedunkelten Raum durch die Projektion von Diapositiven etwas aufgelockert werden konnten, haben daher schon seit Jahren nicht ganz von ungefähr die Projektionsfolien für Overhead-Projektoren ihren Siegeszug angetreten (s. dazu z. B. AVI 1984, JÜNGER 1992, WEYEL 1988, 1993, WILL 1991, 1993).

In Seminaren und bei Schulungen können auch mit Erfolg Modelle (z. B. von Motoren, Geräten, Maschinen) oder sogar die Objekte selbst gezeigt werden. Insbesondere Bewegungen von Maschinen oder Lebewesen können niemals durch noch so geschickte Schilderung des Redners einen so realitätsnahen Eindruck vermitteln, wie die Demonstration der Lebewesen (z. B. Küken, Igel, Maikäfer, Pferd) oder der Maschinen (z. B. Otto-Motor, Druckluftbremse, Drehleiter, Turmdrehkran) selbst.

Anschaulich werden Inhalte auch für Schüler bzw. Studenten, wenn sie sich diese mit Unterstützung ihrer Lehrer bzw. Dozenten selbst erarbeiten. Der Tafelanschrieb, die Notierung wesentlicher Stichworte auf dem Flipchart oder die Dokumentation und Strukturierung von Brainstorming-Resultaten mit Metaplan-Technik auf Pin-Wänden sind ebenfalls erprobte Veranschaulichungsmethoden.

Zur Veranschaulichung verbaler Ausführungen trägt aber auch die Mimik, Gestik und Körpersprache des Redners (s. auch Abschnitt 5.3.2) wesentlich mit bei. Erkennen kann man die Wirkung sehr gut bei Pantomimen. Ohne auch nur ein einziges Wort zu sagen, vermag der Pantomime allein durch Körperbewegung, Mimik und Gestik ganze Geschichten zu erzählen. Redner, die auf diese Kommunikationsmöglichkeiten mit ihren Zuhörern verzichten, begeben sich damit zugleich der Möglichkeiten einer oft wünschenswerten oder sogar notwendigen Wirkungs-Intensivierung.

Ein Bild sagt oft mehr als tausend Worte.

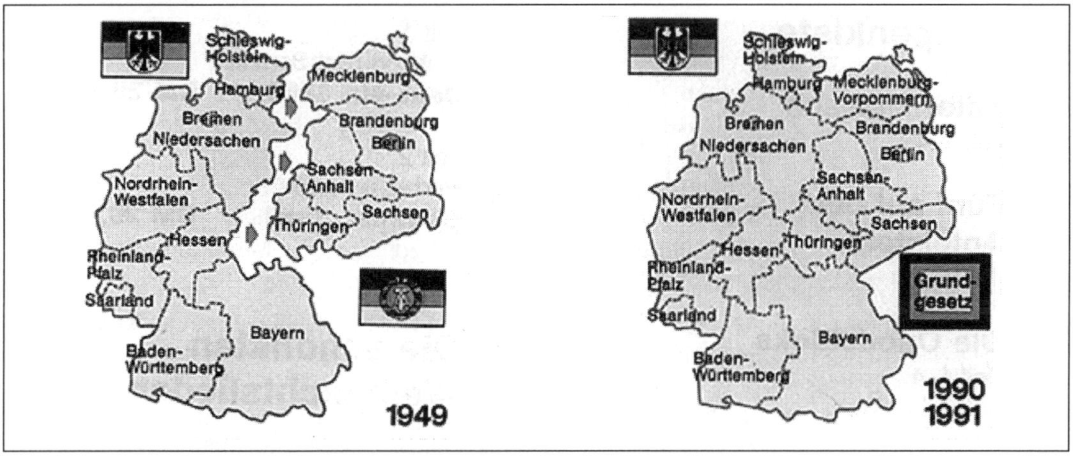

5.3.3.2.3 Überzeugungskraft

Wer hat nicht schon einmal unter einem jener kraft- und saftlosen Redner gelitten, die ihr Pensum „abspulen" und denen man schon, wenn sie den Mund bloß aufmachen, anmerkt, daß sie nicht einmal selbst von dem überzeugt sind, was sie da gerade sagen!

Besonders augenfällig wird dieses Manko bei Pastoren und Priestern, denen der Glaube abhanden gekommen ist oder die ihn noch nie hatten, weil sie ihren Beruf schon von vornherein weniger als Beruf und mehr als Job zum bloßen Geldverdienen aufgefaßt haben. Aber auch Funktionäre von politischen Parteien oder Vertreter von weltanschaulich orientierten Institutionen ebenso wie entnervte Lehrer, Dozenten, Professoren ohne Lust und Liebe zu Unterricht und Lehre – sie alle langweilen sich selbst und ihre Zuhörer.

Wem selbst die Überzeugung fehlt,
der kann auch andere nicht überzeugen!

Deshalb ist es besonders wichtig, daß man sich rechtzeitig vor einer Rede zunächst einmal mit Ziel und Inhalt seiner geplanten Ausführungen und vor allem auch mit sich selbst auseinandersetzt. Erst auf der Grundlage einer solcherart gefestigten eigenen Überzeugung wird der Redner dann selbstbewußt das Wort ergreifen können und dann auch glaubwürdig auf andere wirken und Überzeugungskraft ausstrahlen.

Wenn ein Redner nicht weiß, wie er Überzeugungskraft erreichen oder bereits vorhandene noch verbessern kann, dann sollte er sich vielleicht einmal vor Augen führen, wodurch sie erfahrungsgemäß schnell verloren geht.

Ich erinnere in diesem Zusammenhang an die dem Bundeskanzler Kohl unter anderem von der SPD vorgeworfene „Steuerlüge". Nach der Vereinigung von DDR und BRD hatte der Kanzler erklärt, als Folge der Vereinigung und zu deren Finanzierung werde es keine Steuererhöhungen geben. Angesichts des akuten Bedarfs von Geldmitteln konnte aber auf zusätzliche Einnahmen nicht verzichtet werden.

Um die Diskrepanz zwischen dem Versprechen des Kanzlers und den dann tatsächlich folgenden Finanzierungsaktivitäten der Regierung nicht allzu augenfällig werden zu lassen, wurden „Steuer"-Erhöhungen dann zunächst rein formal dadurch vermieden, daß die Steuern nicht „Steuern" genannt wurden, sondern „Abgaben". Kurze Zeit später wurden dann aber – erwartungsgemäß – dennoch alle möglichen Steuern erhöht bzw. Steuervergünstigungen gekürzt (d. h. indirekte Steuererhöhungen verfügt), um das zunehmende Milliardendefizit im Bundeshaushalt zu beseitigen.

Für die mangelnde Überzeugungskraft solcher Politikerreden ist es nun allerdings nebensächlich, ob der Bundeskanzler damals schlichtweg (und zwar wider besseres Wissen) nicht die Wahrheit gesagt hat, um Wahlen zu gewinnen, oder ob er unzureichend informiert war oder gar zu naiv gewesen ist, um den tatsächlichen Finanzbedarf und die Möglichkeiten seiner Beschaffung sachgerecht einschätzen und vorhersehen zu können. Zu solchen Politikern verliert der Wähler das Vertrauen, ihnen glaubt er künftig nicht mehr – aus welchem Grunde auch immer.

Überzeugungskraft büßt ein:
- wer lügt,
- wer mangelhaft oder falsch informiert ist und deshalb auch andere falsch informiert,
- wer Sachverhalte infolge mangelnder Intelligenz nicht richtig einschätzen und bewerten kann.

Deshalb sollte sich jeder Redner wohl überlegen, ob es sich für ihn (und die Sache) am Ende tatsächlich auszahlt, wenn er in seinen Reden nachprüfbar von den Tatsachen und der Wahrheit abweicht. Vielleicht erreicht er durch eine dreiste Lüge heute einen momentanen Vorteil, verliert dadurch aber auf lange Zeit oder sogar für immer seine Glaubwürdigkeit und Überzeugungskraft. Selbst

„Ehrenworte“ und Falscheide können Lügner oftmals nicht mehr vor dem Sturz bewahren, und schon mancher hat den letzten Ausweg dann nur noch im Selbstmord gesehen.

Für mich ist ein Redner nur dann überzeugend, wenn ich ihm das, was er sagt, auch glauben kann, ohne sofort befürchten zu müssen, daß er sich nicht nur eventuell einmal geirrt haben könnte, sondern daß er ständig mit voller Absicht lügt, um ungerechtfertigte Vorteile für sich, seine Familie und/oder die von ihm vertretene Interessengruppe herauszuschinden.

Dem trägt auch schon das altbekannte Sprichwort Rechnung:

Wer einmal lügt,
dem glaubt man nicht,
und wenn er auch die Wahrheit spricht.

5.3.3.3 Ermüdung und Langeweile vorbeugen

Wer selbst müde und langweilig ist, überträgt diese Stimmung leicht auch auf sein Auditorium.

Das ist sehr schön im Schulunterricht zu beobachten. Bei manchen Lehrern arbeiten die Schüler auch noch nach einem anstrengenden Schulvormittag interessiert, aufmerksam und konzentriert im Unterricht mit, während sie bei anderen schon am frühen Morgen müde und gelangweilt auf ihren Stühlen hängen.

Müdigkeit und Langeweile sind in diesen Fällen keine Zeichen eines körperlichen Erschöpfungszustandes, sondern Ausdruck einer geistig-seelischen Befindlichkeit.

Vergleichbare Beobachtungen kann man in den Hörsälen der Hochschulen machen, in Kongreßsälen oder bei Festreden.

Wodurch erreichen Redner derart gegenteilige Effekte?

Im Abschnitt 5.3.3.2 sind schon verschiedene Möglichkeiten der Erzeugung von Spannung angesprochen worden. Wenn es einem Redner gelingt, bei seinen Zuhörern schon vor seiner Rede oder seinem Vortrag Spannung zu erzeugen und diese dann auch durchgängig zu erhalten, dann wird keine Müdigkeit oder Langeweile aufkommen.

Deshalb wird ein geschickter Redner schon bei der Auswahl (oder Übernahme) eines Themas darauf achten, daß nicht bereits dadurch die Langeweile bis zu einem gewissen Grad vorprogrammiert ist. Das geschieht nämlich leicht bei schon „voll ausgelutschten“ Themen: „Was kann da wohl noch Neues kommen?“

Allerdings: Wenn das Publikum gerade von **diesem** Redner noch neue, vielleicht sogar besonders pikante Aspekte eines bereits sattsam erörterten Themas erwartet oder darauf gespannt ist, in welcher mokanten Weise er sich gerade heute damit auseinandersetzen wird, dann wird er trotzdem vor einem hellwachen und genußbereiten Auditorium stehen.

Wer jedoch das Image eines Langweilers hat, der wird auch beim spannendsten und aktuellsten Thema auf ein einschlafbereites Publikum stoßen. Das allerdings nur dann, wenn die Leute aus irgendwelchen Gründen gezwungen sind, zu diesem unerquicklichen Ereignis zu erscheinen oder wenn die Möglichkeit fehlt, sich klammheimlich davonzustehlen.

Genau das habe ich erst kürzlich bei einem Tagesseminar in Berlin erlebt, wo nach dem Mittagsimbiß, der im Vestibül eingenommen wurde, wie bei Haydns Abschiedssinfonie die Musiker, hier ein Zuhörer nach dem anderen den Saal verließ, bis am Ende – in diesem Fall – fast nur noch der Redner mit einigen anderen Referenten und Organisatoren in den drei vorderen Saalreihen übrigblieben. Das Ende der Veranstaltung habe auch ich nicht mehr miterlebt.

> Wundervoller Redner, du,
> redest ohne Rast noch Ruh
> und schläferst alle ein.
>
> Keiner hört dir zu,
> keiner ruft mehr „Buh",
> denn keiner ist mehr wach,
> du liebe Güte, ach!

5.3.3.4 Aktionsbereitschaft wecken

Die Aktionsbereitschaft der Zuhörer kann ein Redner wecken, wenn er ihnen klarmacht, daß eine Sache völlig verfahren ist, daß Gefahr im Verzuge ist und daß nur gemeinsames Engagement aller noch zu einer Wende führen kann (z. B. zunehmende Vergrößerung des Ozonlochs mit der Gefahr vermehrter Hautkrebserkrankungen, Asylrechts- und Einwanderungsregelung, Hungerhilfe in Äthiopien, Winterhilfe in Rußland).

Besonders erfolgreich sind solche Aufrufe dann, wenn die Zuhörer durch das geschilderte Problem auch persönlich betroffen sind (z. B. Gesetzesinitiativen zur Regelung des Umweltschutzes, der Abtreibung, einer Pflegeversicherung, Bau einer Mülldeponie in der Nachbarschaft, Dioxine auf Kinderspiel- und Sportplätzen).

Wesentlich ist die möglichst anschauliche Schilderung des Problems und das einprägsame Aufzeigen der vorhersehbar dramatischen Konsequenzen, wenn alles so weiterläuft und niemand bremsend eingreift oder sonstwie hilft.

Ein probates Mittel ist es, beim Zuhörer Schuldgefühle zu wecken. Das gelingt leicht, wenn er selbst als wohlhabend Wohlbeleibter ins Blickfeld rückt, der Mühe hat, seine angefutterten Kilos wieder loszuwerden, während in anderen Teilen der Welt täglich Zigtausende – und vor allem Kinder! – an Hunger sterben. Der Zuhörer muß sich richtig schäbig vorkommen. Er muß geradezu körperlich empfinden, wie alle diese armen Hungernden – und natürlich auch die ganze zivilisierte Welt – mit Fingern auf ihn zeigt, weil er das alles so tatenlos mit ansieht und nicht hilft. Er muß in Tränen ausbrechen, sein Portemonnaie – noch besser:

einen größeren Scheck – aus der Tasche ziehen oder von seinem gut gefüllten Bankkonto eine vorzeigbare Geldüberweisung auf das Spenden-Sonderkonto tätigen.

Manche lassen sich auch dadurch motivieren, daß sie als Spender mit Angabe der Höhe des Spendenbetrags in einer in der Tageszeitung abgedruckten Spenderliste aufgeführt werden. Diese öffentliche Bekanntgabe ihrer Großzügigkeit tut diesen Mitmenschen wohl und gibt wieder Gesprächsstoff für die nächste Party.

Manche Kirchen und Glaubensgemeinschaften motivieren ihre Gläubigen vor allem dadurch, daß sie kurzerhand alle zu Sündern erklären. Wer ein Sünder ist, der muß Buße tun. Und wie das zu geschehen hat, dafür geben die „Manager" laufend nachdrücklich Hinweise. Der Lohn der Buße liegt im Himmel, die Strafe für unterlassene Buße führt die Gläubigen in das Fegefeuer und in die Hölle. Aber wer möchte dort schon für ewige Zeiten in der Gluthitze schmoren, wo es doch schon so furchtbar weh tut, wenn man sich nur beim Anzünden eines Streichholzes die Fingerkuppe ein wenig ansengt.

Häufig genügen auch schon ganz einfache Aufforderungen, um Aktivitäten zu entfachen, wie z. B.: „Laßt uns beten." „Wir singen jetzt das Lied ...." Bei der Bundeswehr ist diese Aufforderung eher ein Befehl: „Ein Lied ... 3 ... 4!" Bei Parteiversammlungen erklingt nach Schluß der Rednerliste, je nach Ausrichtung, die Internationale, das Deutschlandlied etc.

Aktionsbereitschaft von Zuhörern läßt sich also vor allem dann leicht wecken, wenn:

- das schlechte Gewissen der Zuhörer angerührt wird,
- bei (weiterer) Inaktivität Strafen oder objektiv negative Konsequenzen für die Betroffenen zu befürchten sind,
- humanitäre Gefühle der Hilfsbereitschaft geweckt werden,
- den Zuhörern ein für sie motivierender ideeller oder materieller Nutzen in Aussicht gestellt wird,
- an ihr Pflichtgefühl appelliert wird (sich z. B. regel- bzw. gesetzeskonform zu verhalten),
- sie zu einer stimmungsfördernden Aktivität ohne große Anstrengung und Kosten animiert werden (z. B. singen, beten),
- sie in Angst versetzt werden.

Wenn es demnach sehr unterschiedliche Möglichkeiten gibt, um Menschen zu bestimmten Handlungen zu motivieren, so bedeutet das allerdings keineswegs, daß diese auch mit den ethischen und moralischen Überzeugungen aller Beteiligten in Einklang stehen. Denn ein Demagoge kann sie ebenso für seine zweifelhaften Ziele nutzen wie ein tatsächlicher „Helfer der Menschheit".

5.3.3.5 Nutzen für den Zuhörer bewußtmachen

„Was nützt mir das?"

Diese Frage steht wohl – ausgesprochen oder unausgesprochen – im Hintergrund aller unserer Aktivitäten.

Deshalb sollte sich auch jeder Redner diese Frage stellen – für sich selbst, aber auch aus der Perspektive seiner Zuhörer.

Denn wäre der subjektiv empfundene Nutzen einer Rede oder eines Vortrags für den Redner geringer als die ihm dadurch entstehenden Nachteile, dann würde er die Rede bzw. den Vortrag nicht halten.

In analoger Weise erwarten auch die Zuhörer, daß der Nutzen des Zuhörens (z. B. Informationsgewinn, Unterhaltung) die Nachteile (Anreise zum Vortragsort, Zeitbedarf, Verzicht auf andere interessante Aktivitäten im gleichen Zeitraum, Konzentration auf ein schwieriges Thema statt Entspannung, unbequemes Sitzen) übertrifft.

Wäre es dagegen umgekehrt – d. h. die Nachteile würden den Nutzen übersteigen –, dann – da bin ich sicher – würde der Redner auf seinen Auftritt verzichten, und die möglichen Zuhörer würden zu Hause bleiben oder zumindest etwas für sie Nützlicheres unternehmen.

Erst die positive Antwort auf die Frage:

„Was nützt mir die Rede bzw. der Vortrag?“

schafft für Redner und Auditorium eine beide Seiten motivierende Kommunikationsgrundlage. Erst der subjektiv empfundene oder zumindest erwartete persönliche Nutzen motiviert den Zuhörer zum aufmerksamen Zuhören und gegebenenfalls sogar zum Befolgen der Vor- oder Ratschläge des Redners.

Welchen Nutzen können die Zuhörer für sich erwarten?

Tab. 89 Nutzen-Erwartungen der Zuhörer

Der Zuhörer erwartet je nach den Umständen:
- neue Informationen und dadurch eine Erweiterung des schon vorhandenen Wissens,
- angenehme, spannende, interessante Unterhaltung,
- die Beantwortung seiner bezüglich des betreffenden Themas bzw. Problems bestehenden Fragen,
- den Redner und seine persönlichen Auffassungen kennenzulernen,
- sein Ansehen durch Anwesenheit und Gesehenwerden zu mehren,
- besondere Beachtung und Angesprochenwerden durch den Redner,
- die Gelegenheit, in der Diskussion den Redner durch kritische Fragen in Verlegenheit zu bringen,
- einige Anregungen durch Beobachtung von erfahrenen Rednern für seine eigene Rednertätigkeit zu bekommen,
- dem Jubilar (dem Verstorbenen etc.) durch Anwesenheit seine Referenz zu erweisen.

Häufig wird der Redner ein hinsichtlich der Interessen und Nutzen-Erwartungen sehr heterogenes Publikum vor sich haben. Wer sich dann vor allem auf den Inhalt und die Sachaussagen konzentriert, dabei aber das Eingehen auf die übrigen Erwartungen und Eitelkeiten der Zuhörer vergißt, wird einige unzufriedene Zuhörer zurücklassen.

Fehler kann er schon begehen, wenn er bei einer Laudatio nicht alle wichtigen geladenen und erschienenen Gäste persönlich vom Rednerpult herab begrüßt. Sie fühlen sich dann nicht ausreichend beachtet, vielleicht sogar angesichts ihrer persönlich als besonders herausragend empfundenen Stellung dupiert.

Möglicherweise sind sie sogar vor allem deshalb erschienen, um hier öffentlich als bedeutende Vertreter einer Institution und als „Minister, Professor, Doktor, Präsident und Vorsitzender" unter allen anderen Gästen hervorgehoben zu werden, bevor sie sich dann mit Hingabe dem kalten Buffet und lächelndem Smalltalk zu widmen gedenken.

Ein erfahrener Redner wird daher sein Auditorium rechtzeitig hinsichtlich der Nutzen-Erwartungen aller Anwesenden einzuschätzen versuchen und sich dann im Rahmen seiner Möglichkeiten darum bemühen, jeden – zumindest ein wenig – auf seine Kosten kommen zu lassen.

Die Zuhörer erwarten einen persönlichen Nutzen für sich, und der motiviert sie zum Zuhören.

5.4 Organisatorische Maßnahmen

Rhetorik und Vortragstechnik können häufig erst dann ihre optimale Wirkung erreichen, wenn der organisatorische Rahmen stimmt.

Der Redner merkt das oft erst dann, wenn Probleme auftreten. Gerade deshalb sollte er sich rechtzeitig und ausreichend mit den üblichen Hilfsmitteln vertraut machen, zu denen vor allem Rednerpulte, Dia- oder Overhead-Projektoren zählen, aber auch die ihm nur nach besonderer Anforderung zur Verfügung stehenden, wie z. B. Panaboard, Pin-Wände oder Großbild-Projektion.

Ich habe Redner erlebt, die unter freiem Himmel, ohne Mikrofon, ohne Manuskript, ohne Dias oder Overhead-Folien fantastisch packende Reden gehalten haben. Andererseits habe ich auch welche gesehen, die trotz beträchtlichen Aufwands an Technik und Vorbereitung nur mittelmäßige oder gar klägliche Auftritte hatten. Es kann also letztlich nicht von der Verfügbarkeit einer möglichst großen Zahl von technischen und organisatorischen Hilfsmitteln abhängen, ob ein Redner gut ist und ob seine Rede ein Erfolg wird.

Am Ende bringen beide – wenn sie gut sind – eine erfolgreiche Rede zustande; wenn sie aber schlecht sind, wird auch durch noch so aufwendig eingesetzte Hilfsmittel aus einer Stümperei kein Kunstwerk.

Aber vorhandene Hilfsmittel und organisatorische Unterstützung sollte jeder Redner bedenkenlos in Anspruch nehmen. Er sollte dies nur nicht kritiklos tun, sondern dabei Ziel und Zweck seiner Rede und den Nutzen für sein Publikum sorgfältig im Auge behalten und sich bei der Vorbereitung stets folgende Fragen stellen:

1. Was benötige ich selbst, um mit meiner Rede beim Auditorium eine optimale Wirkung zu erzielen?
2. Was ist nötig für die Zuhörer, damit sie von meiner Rede einen optimalen Nutzen haben?

Allgemeinverbindliche Empfehlungen sind hier problematisch. Denn was im einen Fall zweckmäßig und nützlich sein kann (z. B. die Verstärkung einer schwachen Stimme durch Lautsprecher), um alle Zuhörer in einem größeren Raum bequem zu erreichen, kann im anderen Fall unzweckmäßig und schädlich sein, etwa weil es die intime Stimmung einer Feier stören würde.

Deshalb sollte der Redner auch prüfen, welche der von ihm aus irgendwelchen Gründen ins Auge gefaßten Hilfsmittel eventuell unerwünschte Nebenwirkungen auf ihn selbst oder auf das Auditorium haben könnten. Er wird dann die Vor- und Nachteile des Benutzens gegenüber dem Weglassen situationsabhängig einzuschätzen und dementsprechend zu entscheiden haben.

Die Rhetorik, diese Kunst,
die hat mancher schon verhunzt
der schwafelt und der stottert,
wodurch sie ganz verlottert.

Wer immer schnattert, wie 'ne Gans,
der ist ein alter Laberhans,
der redet ohne Gliederung
und produziert nur Redner-Dung.

Die Mimik und die Gestik,
sie sind des Hörers Lichtblick.
Mit Overhead und Körpersprache
dient der Redner seiner Sache.

Dann sind die Hörer motiviert
und lernen es ganz ungeniert,
was so ein Redner sagt;
und keiner klagt!

6 VORTRAGSPROBLEME UND IHRE ÜBERWINDUNG

Die meisten Menschen haben kaum Schwierigkeiten, sich mit anderen „normal" zu unterhalten. Diese Art von Kommunikation, bei der eine Person einer anderen etwas mitteilt, klappt durchweg ganz gut. Zumindest glauben das viele.

Woran kann das liegen?

Vielleicht fühlen sich Menschen normalerweise ihren Gesprächspartnern gleichrangig („geistig gewachsen") oder sogar etwas überlegen und haben deshalb keine Angst, mit ihnen zu reden.

Dabei haben wir einen einzelnen Gesprächspartner sicher leichter „im Griff" als mehrere, weil wir uns voll und ganz auf ihn, auf seine Aufnahmebereitschaft und seine Reaktionen konzentrieren können.

Probleme können aber auch in solchen Gesprächssituationen schon auftreten, wenn der eine Gesprächspartner (oder sogar beide) aus irgendwelchen Gründen gehemmt sind.

Gründe dafür können beispielsweise Gefühle der geistigen, körperlichen oder sozialen Unterlegenheit, ja sogar der Minderwertigkeit oder zumindest der respektvollen Unterordnung unter eine Autorität sein (z. B. strafende Eltern, Leistung fordernde Lehrer, Erklärungszwang gegenüber Amtspersonen, Reaktion auf Kritik durch Vorgesetzte, Respekt vor den Leistungen oder Machtbefugnissen bedeutender Persönlichkeiten des öffentlichen Lebens).

Es scheint mir, daß derartige Probleme verstärkt auftreten, wenn jemand nicht nur mit einem oder einigen wenigen Gesprächspartnern zu sprechen hat, sondern wenn er vor einer größeren Gruppe von Zuhörern steht, deren Interessen, Zu- oder Abneigungen und eventuelle aggressive Reaktionen er nicht mehr ohne weiteres überblicken und sachgerecht einschätzen kann.

Ein weiterer Aspekt kommt noch hinzu: Der Redner erhebt sich selbst aus einer Position der Gleichordnung (primus inter pares) oder sogar der Unterordnung, die im Verlaufe der individuellen Sozialisation in der Gruppe gelernt worden ist, empor. Er tritt mit der persönlichen oder fachlichen Autorität des Redners aus der Gleichrangigkeit der Gruppe heraus und muß nun den aus dieser neuen Rolle resultierenden neuen und höheren Erwartungen des Auditoriums gerecht werden.

Wer zum ersten Mal in dieser Rolle öffentlich auftritt oder wer vor einem ihm unbekannten Publikum oder mit einem neuen Thema auftritt, der darf sich folglich schon die Frage stellen, ob er der Aufgabe gewachsen sein wird. Die daraus entstehende Verunsicherung muß jeweils erst überwunden werden.

Ein Redner sollte niemals vor seiner eigenen Rede in Ohnmacht fallen. Überlassen Sie das anderen!

Viele Redner-Probleme liegen vor allem in der Person des jeweiligen Redners. Mit ihnen wird er am besten dann fertig, wenn er nicht nur an seinem Vortragsthema arbeitet, sondern auch an sich selbst.

Auch trainierte, erfahrene und in sich gefestigte Redner werden folglich in neuen Redesituationen immer wieder erwartet oder unerwartet vor Probleme gestellt, die sich aus der Eigenart des jeweiligen Auditoriums ergeben können oder aber aus den organisatorischen Rahmenbedingungen der Rede (z. B. Saalbeschaffenheit, technische Ausstattung und Funktionstüchtigkeit, Störungen, Zusammensetzung des Auditoriums).

Anfänger wie Profis stehen daher immer wieder vor der Frage:

„Wie werde ich bloß damit fertig?"

6.1 Orientierungsprobleme

Wer nicht in ihm bereits bekannten Räumen als Redner auftritt, hat oftmals das Problem, überhaupt erst einmal den Veranstaltungs-Ort, das richtige Gebäude und den Vortrags-Raum zu finden.

Ich orientiere mich deshalb in solchen Fällen rechtzeitig im Stadtplan (den ich mir notfalls noch in der betreffenden Stadt – z. B. am Bahnhofskiosk – kaufe) über die genaue Lage des Veranstaltungsortes.

Beim Abschätzen des Zeitbedarfs für die Anreise berücksichtige ich, wenn ich mit dem Auto komme, z. B. Einbahnstraßen, vermutliche Verkehrsdichte und mögliche Umleitungen. Ich kalkuliere auch ein, daß ich mich eventuell verfahre, weil ich auf die falsche Fahrspur komme und nicht mehr rechtzeitig abbiegen kann. Auf jeden Fall plane ich außerdem genügend Zeit für die Parkplatzsuche(rei) ein.

Bei Anreise mit Flugzeug oder Bahn rechne ich mit betriebsbedingten Verspätungen. Ich überschlage auch den Zeitbedarf für eine Taxifahrt unter den zu diesem Zeitpunkt zu erwartenden Verkehrsbedingungen. Schließlich stelle ich mich auch noch auf den üblicherweise erforderlichen Fußweg zum Veranstaltungsgebäude und innerhalb des Gebäudes bis zum Vortragssaal ein.

Die Benutzung der öffentlichen Verkehrsmittel erfordert meistens viel Erfahrung oder zumindest ein beträchtliches Maß an organisatorischer, technischer und planerischer Begabung. Das Problem beginnt meistens mit dem Suchen der richtigen Bahn- oder Buslinie, dem Erforschen der Umsteigenotwendigkeiten, der Beschaffung einer (richtigen!) Fahrkarte (dabei sind meistens umfangreiche Betriebsanleitungen von Fahrkartenautomaten zu lesen und zu dechiffrieren, und außerdem fehlen mir in der Regel entweder die benötigten Münzen, oder sie werden vom Automaten nicht angenommen), dem Einsteigen in der richtigen Fahrtrichtung und – nicht zuletzt – mit dem Aussteigen an der richtigen Haltestelle.

Besonders hinterhältig war ein Automat in Hamburg, der sogar meinen 20-DM-Schein freundlich schluckte, mir den korrekten Wechselgeldbetrag auszahlte, allerdings keine Fahrkarte ausgab. Welchem Bahnkontrolleur wollen Sie das erklären, wenn Sie ohne Fahrkarte vor ihm stehen? Ich habe also an einem anderen Automaten, der glücklicherweise in der Nähe stand, eine neue Karte gelöst und bin dann – nachdem mir ein Zug bereits vor der Nase weggefahren war – mit der nächsten S-Bahn (somit zum doppelten Fahrpreis!) gefahren.

Da ich schon ziemlich ungünstig gebaute und wenig hilfreich ausgeschilderte Gebäude erlebt habe, rechne ich auch hier mit einigen zeitaufwendigen „Fehltritten".

Kurz gesagt: Ich kalkuliere meine Reise- und Anfahrtzeit durchweg großzügig und nehme es gegebenenfalls lieber in Kauf, eine oder zwei Stunden zu früh am Ort zu sein, als erst auf die letzte Sekunde abgehetzt oder gar zu spät zu erscheinen.

Als besonders hilfreich empfinde ich es immer, wenn mir der Veranstalter schon mit der Einladung einen Anfahrt- und Lageplan mit dem Veranstaltungsprogramm zuschickt. Davon kann ich allerdings nur optimal profitieren, wenn ich vor Ort nicht nur auf mein Gedächtnis angewiesen bin (weil ich nämlich vor 14 Tagen die Unterlagen durchgesehen und auf dem Schreibtisch liegen gelassen habe), sondern wenn ich sie auch jetzt griffbereit bei mir habe und mich am Ort danach orientieren kann.

Wer orientierungslos ist,
sollte nicht Redner werden!

6.2 Lampenfieber und Nervosität

Lampenfieber und Nervosität kennen vor allem leistungsorientierte Menschen, wenn sie sich und ihre Leistung der Kritik anderer Menschen aussetzen (müssen).

Wer also nichts leistet bzw. zu leisten beabsichtigt und sich nicht der Kritik anderer aussetzt, der wird kaum Lampenfieber bekommen und auch nicht nervös werden. Warum sollte er auch?

Lampenfieber kennen daher z. B. Schauspieler, Künstler, Politiker, Führungskräfte, Leistungssportler, aber natürlich auch Schüler und Studenten, Menschen in Fahrschulausbildung, Auszubildende, wenn sie sich beispielsweise auf eine Prüfung vorbereiten und dabei ihr Bestes geben wollen.

Wer als Redner auftritt und dabei Lampenfieber verspürt, der befindet sich damit in bester Gesellschaft.

Die nach meiner Auffassung wichtigste Maßnahme gegen Lampenfieber ist daher das Bewußtmachen der Normalität dieses Zustandes in solchen Lebenssituationen.

Wer nämlich begriffen hat, daß es sich dabei nicht um einen bejammernswerten Ausnahmezustand eines Unfähigen handelt, sondern um ein wichtiges Anzeichen einer ausgeprägten Leistungsbereitschaft, der wird nicht mehr angstvoll seinen unmittelbar bevorstehenden Zusammenbruch fürchten, sondern sich gespannt und voller Optimismus auf das bevorstehende Ereignis (z. B. den öffentlichen Auftritt, den Prüfungserfolg, den sportlichen Sieg) freuen können.

Wer sich darauf angemessen vorbereitet hat, darf auch optimistisch sein bezüglich des eintretenden Erfolgs.

Berechtigte Nervosität als Folge unzureichender Vorbereitung und dadurch begründeter Versagensangst ist demgegenüber kein Anlaß zum optimistischen Blick in die Zukunft. Aber wer solche Nervosität (zu Recht) vermeiden will, der sollte sich ausreichend auf seine Leistung vorbereiten und vor allem solche Herausforderungen meiden, denen er von vornherein nicht gewachsen ist und bei denen er deshalb vorhersehbar scheitern muß.

Bezüglich ihres Umgangs mit Lampenfieber berichten Redner unterschiedliche Vorgehensweisen:

- manche setzen sich in eine ruhige Ecke und entspannen sich,
- andere beginnen ein Gespräch mit den schon anwesenden Zuhörern, dem Veranstalter oder dem Moderator,
- einige vertiefen sich noch einmal in ihr Manuskript und tragen letzte Korrekturen ein, die aus der vorgefundenen Situation naheliegen,
- mancher sucht vorher noch einmal die Toilette auf, um auch in dieser Hinsicht optimale körperliche Voraussetzungen zu schaffen,
- einige nehmen vorher ein alkoholisches Getränk zu sich, um sich Mut zu machen,
- mancher schwört auf bestimmte Beruhigungspillen,

Fortsetzung

- einige haben schon so viel Erfahrung mit ihrem Lampenfieber, daß sie es kaum noch bemerken, weil es für sie einfach zu einer guten Rede dazugehört.

Aus meiner Sicht nicht zu empfehlen ist das Schlucken von Beruhigungspillen, da diese meistens nicht nur das Lampenfieber reduzieren, sondern auch die Stimmungslage des Redners dämpfen und seine Reaktionsfähigkeit unkontrollierbar beeinträchtigen können.

Bisweilen schießt ein psychopharmakologisch aktivierter Redner über das Ziel hinaus:

So mußte einmal ein junger Pastor seine erste Predigt halten. Da er sehr aufgeregt war, empfahl ihm sein Vorgänger, vorher ein Glas Cognac zu trinken.

Das tat der junge Mann dann auch. Weil er jedoch keine Wirkung verspürte, trank er noch ein zweites, dann ein drittes Glas, und schließlich leerte er die ganze Flasche.

Nach dem Gottesdienst nahm ihn dann der alte Pastor ein wenig beiseite und bemerkte:

„Mein junger Freund, Ihre Predigt war gar nicht schlecht – bis auf ein paar Kleinigkeiten: Erstens ist Jesus nicht in Mexiko gestorben, zweitens wurde er nicht erschossen, sondern gekreuzigt, und drittens heißt es am Schluß ‚Amen' und nicht ‚Prost'".

Auch ein durch die Wirkung von Beruhigungstabletten abgeschlafft und müde erscheinender Redner hinterläßt durchweg beim Auditorium einen ungünstigeren Eindruck als jemand, der etwas aufgeregt wirkt. Denn für den Aufgeregten haben die Zuhörer Verständnis, weil viele diese Situation aus eigener Erfahrung kennen. Ein schlaffer Auftritt eines Redners wird aber leicht als Mißachtung des Publikums verstanden, weil der Eindruck entsteht, der Redner sei nicht richtig ausgeschlafen und glaube, bei diesem Auditorium reiche auch eine mit halber Kraft erbrachte Leistung aus.

Wer vor einer Rede kein Lampenfieber hat, der sollte einmal darüber nachdenken, was er möglicherweise falsch macht!

6.3 Probleme mit dem Moderator

Nach meiner Erfahrung können vor allem die folgenden drei Probleme mit dem Moderator auftreten:

1. Es gibt gar keinen Moderator, oder er ist zu Beginn des Vortrags nicht anwesend.
2. Er ist seiner Aufgabe nicht gewachsen.
3. Der Redner hat sich mit dem Moderator unzureichend abgestimmt.

In jedem Fall bin ich darauf vorbereitet, meinen Vortrag notfalls selbst zu moderieren. Deshalb entstehen mir zumindest schon einmal keine Schwierigkeiten, wenn wider Erwarten kein Moderator anwesend ist.

Normalerweise sollte der Moderator:
- für Ruhe im Saal sorgen, damit ich mit meinem Vortrag anfangen kann,
- mich dem Publikum vorstellen (Name, Funktion, Qualifikation)
- mein Thema ankündigen,
- die Vorführung meiner Dias ermöglichen bzw. dabei assistieren,
- mich bei Zwischenfragen aus dem Saal unterstützen,
- die Diskussion im Anschluß an meinen Vortrag eröffnen, leiten und abschließen.

Ich bereite mich deshalb nicht nur auf meine Rede bzw. meinen Vortrag vor, sondern auch auf die Moderation, damit ich meinen Beitrag gegebenenfalls selbst moderieren kann. Der Erfolg hängt dabei im wesentlichen davon ab, wie gut ich mich einerseits vorbereitet habe und wie sachgerecht, flexibel und kreativ ich andererseits – von meiner bisherigen Vortrags- und Moderationserfahrung profitierend – in der aktuellen Situation zu agieren und zu reagieren in der Lage bin.

Unangenehm kann es für mich werden, wenn ich auf einen Moderator treffe, der seiner Aufgabe nicht gewachsen ist. Davon kann ich überrascht werden, wenn ich ihn nicht schon persönlich oder aus der Moderation des bereits bei der Tagung abgelaufenen Programms kenne. In diesem Fall suche ich stets eine Gelegenheit zu einem Small-talk mit ihm (bzw. ihr, der Moderatorin nämlich) noch rechtzeitig vor Beginn meines Vortrags, um mich selbst über die Art der zu erwartenden Moderation zu informieren und notfalls Eigeninitiativen zu entwickeln.

Sind mir bereits besondere Schwächen des Moderators bekannt, entwickle ich eine Strategie, um deren negative Auswirkung auf meinen Vortrag bzw. auf dessen Akzeptanz durch das Publikum zu neutralisieren. Dort, wo ich dies beeinflussen kann, sorge ich notfalls auch rechtzeitig vor einer Veranstaltung dafür, daß ein unfähiger Moderator ersetzt wird.

In einem Tagesseminar mit einer von mehreren Referenten gestalteten Vortragsfolge hatte ich mir als Veranstalter zur Gewohnheit gemacht, das Auditorium zur intensiven Diskussion mit den Referenten zu animieren, um gute Akzeptanz der Veranstaltung und bleibende Lerneffekte zu erreichen – und zwar etwa mit folgenden Worten:

„Meine Damen und Herren,

wir führen dieses Seminar nicht aus bloßer Langeweile durch, um ansonsten arbeitslose Referenten zu beschäftigen. Vielmehr geht es uns vor allem darum, daß **Sie** aus diesem Seminar für sich selbst und für Ihr Unternehmen den größtmöglichen Gewinn ziehen.

Die Referenten sind gern bereit, alle Ihre Fragen zu beantworten. Deshalb haben Sie bitte keine Hemmungen, sie zu stellen. Sie können die Referenten jederzeit sofort während ihres Vortrags unterbrechen.

Fortsetzung

Wenn dann heute abend jemand aus diesem Saal geht, ohne daß seine Fragen beantwortet worden sind, dann hat der selbst Schuld, weil er sie nicht gestellt hat.

Also nutzen Sie die Gelegenheit – auch in den Seminarpausen und gegebenenfalls noch nach dem offiziellen Ende des Seminars!"

Peinlicherweise versuchte ein Moderator im Rahmen seiner Begrüßung und Einführung wiederholt, den Zuhörern einzuschärfen, daß das Seminar einem exakten Zeitplan folge, daß diese Zeiten ganz genau eingehalten werden müßten und daß auch sie sich mit ihren Fragen an diesen Rahmen zu halten hätten.

In solchen Fällen habe ich keine Hemmungen, selbst noch einmal das Wort zu ergreifen, um die tatsächlichen Zielsetzungen in das Blickfeld des Auditoriums zu rücken und die von mir gewünschten Akzente zu setzen. Wenn auch möglichst taktvoll, so riskiere ich doch lieber, daß dadurch der unfähige Moderator kompromittiert wird, als daß durch solche Pannen der Erfolg des Seminars gefährdet wird.

Erfolgreiche Pannen-Prophylaxe ermöglicht normalerweise jedoch vor allem die rechtzeitige Absprache aller wichtigen Details mit dem Moderator. Er braucht für eine sachgerechte Moderation die dafür erforderlichen Informationen.

Deshalb empfehle ich, nach Möglichkeit je nach Situationserfordernis folgende Details mit dem Moderator persönlich abzustimmen:

Tab. 90 Abstimmung mit dem Moderator einer Veranstaltung

- Angaben zur **Vorstellung meiner Person**:
  - Name, Vorname
  - ggf. Titel (Professor, Doktor, Präsident, Leiter von ...)
  - Berufstätigkeit, berufliche Funktion
  - besondere Qualifikationen (speziell im Zusammenhang mit dem Vortragsthema)
- Regelungen zur Benutzung der **technischen Einrichtungen**
  - Funktion des Overhead-Projektors
  - Vorführung von Dias, Filmen (Wer führt was wann vor?)
  - Benutzung der Lautsprecheranlage (Einschaltung des Mikrofons)
  - Raumverdunkelung und Raumbeleuchtung
- **Vortrags-Thema**
  - Das Thema exakt angeben (ggf. zum Ablesen auf einen Zettel schreiben)
  - Ggf. Kurzinformation über den Zusammenhang meines Themas mit vorangegangenen und nachfolgenden Themen der Veranstaltung
- Regelung des **Vortragsablaufs**
  - Welche Zeit steht zur Verfügung (besonders wichtig, wenn der Vorredner seine Zeit überzogen hat und ich erst verspätet anfangen kann)?
  - Wann und wie werde ich auf den Ablauf der Vortragszeit aufmerksam gemacht (Klingel, mündlicher Hinweis, rote Karte etc.)?
- Regelung der **Diskussion**
  - Will ich Zwischenfragen während des Vortrags zulassen?
  - Wieviel Zeit steht für die Diskussion nach dem Vortrag zur Verfügung?

Falls ich den Moderator für überfordert oder sonstwie für nicht optimal organisiert halte, biete ich ihm nach Möglichkeit an, daß ich mich zu seiner Entlastung selbst vorstellen und mein Thema ankündigen könnte.

Dann kann er sich darauf beschränken, mich mit meinem Namen als den nächsten Referenten anzukündigen. Wenn er es schafft, meinen Namen zu behalten und ihn auch noch einigermaßen richtig auszusprechen, dann kann das in solchen Fällen schon als erster Erfolg gewertet werden.

Wenn mich allerdings Moderatoren falsch ankündigen, dann stelle ich das (möglichst taktvoll) richtig. Auch wenn sich der Moderator anschicken sollte, die von Zuhörern an mich gerichteten Fragen zur eigenen Imagepflege selbst zu beantworten, dann greife ich ebenfalls ein. Dazu gehört meistens etwas Erfahrung und Geschick.

Am leichtesten fällt dieser Eingriff, wenn man spätestens bei der zweiten Frage schneller ist als der Moderator. Um schnell zu sein, verzichtet man am besten auf sofortiges inhaltlich konkretes Eingehen auf die jeweilige Frage. Denn man müßte erst die Frage analysieren, über die Antwort kurz nachdenken, und das kostet Zeit!

Schneller ist man im Vergleich mit dem Moderator, wenn man couragiert dessen Denkzeit nutzt, um erst einmal überhaupt das Wort zu ergreifen. Dazu bieten sich gute Möglichkeiten mit folgenden Sofortreaktionen:

- „Vielen Dank für diese Frage."
- „Diese Frage ist sehr (oder: besonders) interessant."
- „Ich möchte auf diese Frage antworten."
- „Jawohl. Diese Frage habe ich mir auch schon gestellt."

Solche und ähnliche Reaktionen erfordern kein Nachdenken, sie sind für alle derartigen Gelegenheiten vorformuliert, daher jederzeit präsent und können sofort – wie aus der Pistole geschossen – lückenlos an die Frage des Zuhörers angefügt werden. Das setzt den Moderator erst einmal matt. Bis er sich erholt hat, dürfte Ihnen dann auch noch eine inhaltlich konkrete Ergänzung Ihres rasanten Auftakts eingefallen sein.

Die beste Moderation ist im Zweifelsfalle die Selbstmoderation!

6.4 Probleme mit der Technik und dem Rednerpult

Wer sich nur vor seine Zuhörer stellt und erzählt, der wird kaum Probleme mit der Seminartechnik haben. Trotzdem kann es auch ihm passieren, daß plötzlich das Licht im Saal ausgeht, und er steht mit seinem Auditorium im Dunkeln. Dann erheben sich nahezu automatisch die Fragen:

- Weshalb ist das Licht plötzlich ausgegangen?
- Wo kann man es wieder einschalten?
- Was kann oder muß man tun, damit es wieder hell wird und damit ich meine Zuhörer sehen kann?

Erfahrungsgemäß haben alle Redner irgendwann einmal Probleme mit der Technik: entweder die benötigte Technik ist nicht vorhanden oder sie funktioniert anders, als der Redner gedacht hat, oder sie ist einfach kaputt.

Und das passiert leider nicht nur Anfängern, sondern auch alten, erfahrenen Routiniers!

Der Redner kann zwar mancher Panne durch gute Vorbereitung vorbeugen, auch auftretende Pannen bewältigt er mit etwas Erfahrung und innerer Gelassenheit meistens leichter als in der hektischen Aufregung eines Anfänger-Auftritts, aber gefeit ist gegen technische Pannen letztlich niemand.

Nun sind die meisten technischen Pannen, Gott sei Dank, nicht so gravierend, daß der Redner deshalb sein Rede-Vorhaben aufgeben müßte. Aber ärgerlich, nervenaufreibend, lästig, unangenehm sind solche Pannen allemal, und die Qualität einer Rede oder eines Vortrags können sie auch nachhaltig beeinträchtigen.

Denken Sie nur einmal an die rührenden Versuche von Fernsehjournalisten und Studioredakteuren, in Live-Sendungen den Auslands-Korrespondenten bei aktuellen Ereignissen in Washington, Rom oder London in Bild und Ton auf den Bildschirm zu bekommen: „Guten Tag, Herr . . . , können Sie mich verstehen?"

Natürlich nicht. Er kann ihn schon deshalb nicht verstehen, weil er ihn wegen der schlechten oder unterbrochenen Leitung nicht einmal hört. Ja, ja, die Technik!

Was tut der solcherart Geplagte? Er informiert die Zuschauer noch einmal über das, was sie eben schon live miterlebt haben: „Die Leitung ist leider unterbrochen. Wir versuchen es gleich noch einmal. Jetzt aber erst einmal weitere Nachrichten: . . ."

So einfach ist das:

Die Tatsache der Störung feststellen,
sich gegebenenfalls bei dem Publikum für die Panne entschuldigen
und dann einfach – wie geplant – weitermachen.

Wer solche Pannen souverän managt, wer nicht in Hektik oder gar Panik gerät und die Übersicht verliert, den akzeptiert das Publikum.

Ärgerlich wird es allerdings dann zu Recht, wenn sich die Pannen häufen und wenn die technischen Versager offensichtlich auf Nachlässigkeit, Schlampigkeit und unverantwortlichen Dilettantismus zurückzuführen sind.

Das gilt auch für andere Redner-Auftritte. Wer gut vorbereitet ist, wird normalerweise auch durch unvorhersehbare technische Pannen weit weniger irritiert werden als jemand, dessen ohnehin äußerst schwaches Konzept dadurch vollends zusammenbricht.

Manche Pannen treten in der Praxis häufiger auf als andere. Einige können Redner in arge Verlegenheit bringen.

Was ist zu tun?

6.4.1 Probleme mit Projektoren

Bei der Benutzung von Projektoren (Overhead-, Dia-, Film-Projektoren) wird der Redner dann am besten mit auftretenden Problemen fertig, wenn er die Geräte kennt und weiß, wie sie zu bedienen sind.

Das kann man lernen. Dazu gehört das Lesen der Bedienungsanleitungen der Geräte und die Probevorführung. Falls dann irgendwann einmal Störungen auftreten, wird der Redner ihre möglichen Ursachen leichter diagnostizieren und eventuell sogar beheben können.

Auf welche Probleme kann der Redner bei der Verwendung von **Overhead-Projektoren** stoßen?

Tab. 91 Probleme mit Overhead-Projektoren

Problem	**Maßnahme**
– Der Projektor ist nicht eingeschaltet.	Kabelverbindung zur Steckdose herstellen. Einschalt-Schalter am Gerät betätigen.
– Das projizierte Bild ist zu klein bzw. zu groß.	Den Projektor weiter von der Leinwand abrücken (das Bild wird größer) bzw. näher heranrücken (das Bild wird kleiner).
– Die Projektionslampe im Projektor brennt während der Vorführung durch.	Mit dem Schalter am Projektor auf die Reservelampe umschalten.
– Das Bild ist unscharf.	Bildschärfe am Projektor regulieren.
– Die Projektion ist trapezförmig verzerrt.	Die Projektionsfläche schräg stellen.
– Die Projektion geht gegen die Decke oder nach unten.	Den Reflektor am Projektor entsprechend verstellen.

Wer kein Risiko eingehen will, kann seinen eigenen transportablen Overhead-Projektor jeweils mitbringen oder ihn zumindest für Notfälle als Reserve im Kofferraum seines Autos bereithalten.

Solche Vorsichtsmaßnahmen sollten vor allem diejenigen Redner treffen,

- die nicht davon ausgehen können, daß am Vortragsort notfalls schnell ein Ersatz-Projektor beschafft werden kann (z. B. aus einem anderen Saal in einem Schulungs- oder Tagungszentrum);
- die ihren Vortrag unter keinen Umständen ohne Overhead-Projektor halten könnten;
- deren Vortrag mit Präsentationsfolien so wichtig oder (im Hinblick auf Honorar- und Reisekosten) so teuer bzw. so aktualitätsgebunden ist, daß er kaum auf einen späteren Termin verlegt werden kann.

Auch die Benutzung von **Dia-Projektoren** kann zu Schwierigkeiten führen, die teilweise ähnliche Ursachen haben, wie beim Overhead-Projektor und auch vergleichbare Maßnahmen erfordern:

Tab. 92 Probleme mit Dia-Projektoren

Problem	Maßnahme
– Der Projektor ist nicht eingeschaltet	Kabelverbindung zur Steckdose herstellen. Einschalt-Schalter am Gerät betätigen.
– Das projizierte Bild ist zu klein bzw. zu groß.	Den Projektor weiter von der Leinwand abrücken (das Bild wird größer) bzw. näher heranrücken (das Bild wird kleiner).
– Die Projektionslampe im Projektor brennt während der Vorführung durch.	Reservelampe bereithalten und einsetzen.
– Das Bild ist unscharf.	Bildschärfe am Projektor oder mit der Fernbedienung regulieren.
– Die Fernbedienung funktioniert nicht.	Batterie wechseln. Eventuell gehört die Fernbedienung auch zu einem anderen Gerät.
– Die Projektion ist trapezförmig verzerrt.	Die Projektionsfläche schräg stellen oder den Projektor leicht kippen.
– Ein bereits gezeigtes Dia soll noch einmal gezeigt werden.	Mit der Fernsteuerung auf Rücklauf umschalten und transportieren, bis das gewünschte Dia erscheint. Dann wieder umschalten etc.
– Dias sind seitenverkehrt oder stehen auf dem Kopf.	Cassette aus dem Projektor nehmen und die Dias entsprechend herumdrehen (meistens mit der Rückseite nach vorn und auf dem Kopf einsortieren).
– Die Cassette mit den Dias paßt nicht in den Projektor	Entweder schon vorher die Dias in einer passenden Cassette mitbringen oder sie rechtzeitig umsortieren.

Wenn Dias nicht kontrastreich genug auf der Projektionsfläche erscheinen, kann das daran liegen, daß der Raum nicht hinreichend verdunkelt ist. Im Gegensatz zur Projektion mit Overhead-Projektoren, die auch „Tageslicht-Projektoren" genannt werden, muß bei Dia- oder Filmprojektion der Projektionsraum möglichst gut verdunkelt und auch Streulicht von nicht dicht schließenden Jalousien vermieden werden.

Die Probleme mit **Film-Projektoren** sind vergleichbar zu lösen. Wenn der Film nicht richtig transportiert oder der Ton nicht übertragen wird, ist meistens der Film nicht richtig eingefädelt, gerade dieser Film zur Projektion mit diesem Projektor nicht geeignet, oder der Projektor ist defekt und muß repariert werden.

6.4.2 Probleme mit der Raumtechnik

Die Raumtechnik wird vielen Rednern gar nicht bewußt – zumindest nicht, solange sie einwandfrei funktioniert.

Fängt aber der Redner selbst an zu schwitzen, zieht es ihm teuflisch im Nacken oder meckern die Zuhörer an der funzeligen Beleuchtung oder dem durch die

Klimaanlage entstehenden kalten Luftzug herum, dann werden Mängel der Raumtechnik bewußt, bzw. es entsteht das Bedürfnis, den aktuellen Funktionszustand zu ändern.

Aber wie?

Jeder Redner sollte sich nicht einfach gedankenlos darauf verlassen, daß schon alles funktionieren wird und daß notfalls eine helfende Hand zur Stelle sein wird. Er sollte es sich – wie schon mehrfach nachdrücklich hervorgehoben – vielmehr zur Gewohnheit machen, sich im Rahmen der Möglichkeiten rechtzeitig vor Beginn seiner Rede, seines Vortrags oder Seminars mit den wichtigsten technischen Funktionen vertraut zu machen und deren Funktionstüchtigkeit selbst zu kontrollieren.

Tab. 93 Kontrolle der Raumtechnik

- Welche Art von Raumbeleuchtung ist vorhanden (dimmbare Deckenbeleuchtung, Beleuchtungsgruppen, Tafelbeleuchtung, Fensterbeleuchtung, Bühnenbeleuchtung etc.)?
- Wie kann ich den Raum insgesamt und partiell verdunkeln und wieder erhellen?
- Wie kann ich die Lüftung, Klimaanlage regulieren bzw. welche Fenster lassen sich wie öffnen und schließen?
- Wo befinden sich jeweils die entsprechenden Knöpfe und Schalter, mit denen ich die gewünschte Wirkung erzielen kann (z. B. Licht ein- und ausschalten oder dimmen; Innen- oder Außenjalousien bewegen, Luftstrom verstärken oder abschwächen, Raumtemperatur regeln), und wie müssen sie betätigt werden?

Erfahrene Redner nutzen übrigens in solchen Fällen die Gelegenheit, sich der technischen Assistenz von kooperationswilligen Hausmeistern, Veranstaltern, Seminarleitern oder von technisch bewanderten Zuhörern zu versichern. Dadurch können sie sich mehr auf ihre Rede konzentrieren und werden weniger durch das Bedienen der Technik und durch die Beseitigung eventueller technischer Mängel und Störungen abgelenkt.

Auch dies ist zweckmäßigerweise bereits vor der Veranstaltung vom Redner vorausschauend zu planen bzw. zu organisieren.

Denn erst dann, wenn man mit Mängeln rechnet, wird man sich überhaupt zur Vorsorge veranlaßt sehen. „Alte Hasen" betreten einen Saal, blicken sich einmal um, gehen einmal bis zum Rednerpult oder zur Projektionseinrichtung – und dann wissen sie schon Bescheid. Aus Erfahrung wissen sie, was wie arrangiert sein muß, damit sie plangemäß arbeiten können. Sie stellen gewissermaßen mit einem Blick fest, wo Probleme vorhanden sind oder entstehen können, und dann ergreifen sie sofort Maßnahmen zur Beseitigung der Mängel bzw. zur Vorbeugung gegen zu erwartende Störungen.

Gehen Sie nach dem Motto vor: „Selbst ist der Mann (bzw. die Frau)“ und bedenken Sie stets:

Vertrauen ist gut; aber Kontrolle ist besser!

Scheuen Sie auch als Profi in solchen Situationen keineswegs davor zurück, auch nicht angesichts der treuherzigen Versicherung aller Anwesenden, alles sei bestens in Ordnung, noch einmal selbst kurz die wichtigsten Funktionen zu überprüfen.

Nach meiner Erfahrung kann man bei solchen Überprüfungen bisweilen sein blaues Wunder erleben!

Aber selbst dann, wenn man einen nicht oder zumindest nicht kurzfristig abstellbaren Mangel bei dieser Gelegenheit entdeckt, hat sich die Mühe schon gelohnt. Man wird nämlich davon nicht später während der Rede oder beim Vortrag überrascht, sondern kann sich rechtzeitig darauf einstellen und notfalls Gegenmaßnahmen treffen (z. B. den Vortragssaal wechseln, wenn der Saal überheizt, tiefgefroren oder nicht verdunkelbar ist).

6.4.3 Probleme mit der Verstärkeranlage

Wenn es im Saal keine Verstärkeranlage gibt, hat man auch keine Probleme mit ihr – allenfalls mit sich selbst und seiner eigenen, zu leisen Stimme oder mit der Heiserkeit nach längerem Schreien.

Ist sie aber vorhanden – die Lautsprecheranlage und das Mikrofon zum Hineinsprechen –, dann geht es auch meistens schon los mit den Problemen.

Ein Glück ist es für den Redner, wenn der Veranstalter oder der Saaltechniker die Anlage einschaltet, die Lautstärke situationsgerecht regelt und bei Fehlfunktionen (z. B. Rauschen, Pfeifen, Brummen, falsche Lautstärke, Totalausfall) die Initiative ergreift.

Fehlt jedoch diese Unterstützung, dann ist der technische Verstand des Redners gefordert:

Er muß nämlich erst einmal herausfinden, wo und wie die Anlage eingeschaltet und wie die Lautstärke geregelt wird. Das geschieht meistens nach dem Prinzip von Versuch und Irrtum, wobei nacheinander alle zugänglichen Hebelchen, Knöpfchen und Schalter betätigt und gleichzeitig die Funktion der Anlage durch dezentes Hüsteln oder Räuspern, von mutigeren Rednern aber auch durch lautes Zählen „1 ... 2 ... 3 ... 4 ... 5 ...“ überprüft wird.

Solange der Redner von dort, wo er die Lautsprecher sieht oder hinter der abgehängten Decke vermutet, nichts hört, nimmt er an, daß er noch nicht den richtigen Knopf, Hebel oder Schalter betätigt hat. Glaubt er aber schließlich, ein dem von ihm probeweise verursachten Geräusch ähnliches aus dem Lautsprecher zu vernehmen, hellt sich meistens seine sorgenvolle Miene abrupt auf. Nun kann es losgehen.

Sorgenfalten bilden sich allerdings schnell wieder, wenn er nicht nur sein Prüfgeräusch hört, sondern ein mehr oder weniger durchdringendes Pfeifen. Erfahrene erkennen dann sofort als wahrscheinliche Ursache die Rückkoppelung. Manche versuchen dann, diese durch Hin- und Herbewegen des Mikrofons oder durch Herstellung einer größeren Distanz zwischen mehreren vorhandenen Mikrofonen und damit zugleich den nervtötenden Pfeifton wegzukriegen.

Gelingt das nicht, versuchen sie oftmals, nacheinander so viele von den vorhandenen Mikrofonen oder Verstärkereinheiten abzuschalten, bis der Erfolg eintritt – die Ruhe. Kein Erfolg war der Aktion beschieden, wenn das Pfeifen erst nach dem Abschalten des letzten Mikrofons oder Verstärkers verschwindet, da dann die Anlage insgesamt abgeschaltet ist und verständlicherweise auch die Sprache des Redners nicht mehr technisch verstärkt wird.

Der Redner muß in solchen Fällen dann doch wieder notgedrungen zur Selfmade-Methode greifen und die Weiten des Saales durch maximale Aktivierung seiner persönlichen (im eigenen Hals eingebauten) Lautsprecheinrichtung zu durchdringen versuchen, um die Ohren der Zuhörer und damit zugleich auch diese selbst zu erreichen.

Aber auch, wenn er über eine normal oder mit List und Tücke funktionsfähig gemachte Lautsprecheranlage verfügt, kann es ihm passieren, daß die Zuhörer ihn trotzdem nicht optimal hören können.

Diese leidige Komplikation tritt auf, wenn die Anlage technisch unzureichend ist und bei stärkerem Aufdrehen laut brummt, rauscht oder scheppert. Anhören können Sie sich solche Technik regelmäßig in Flugzeugen („Hier spricht der Kapitän. Wir fliegen ...“), aber auch auf Flughäfen („Die Maschine aus Mallorca hat 8 Stunden Verspätung ...“) bzw. auf den Bahnhöfen („Der ICE *Gott sei bei uns* hält heute nicht auf Bahnsteig 3, sondern 18 ...“).

Nach solchen Durchsagen fragt meistens einer der Reisenden den anderen leicht irritiert: „Was hat er gesagt?“

Wenn die Anlage im Vortragssaal ähnlich gut funktioniert, dann können Sie in etwa abschätzen, was die Zuhörer von Ihrem Vortrag verstehen und welche lückenhaften Erkenntnisse sie mit an Sicherheit grenzender Wahrscheinlichkeit nach Hause nehmen werden.

Vielleicht haben Sie aber auch ein Richtmikrofon vor der Nase. Wenn Sie dann seitlich an den Overhead-Projektor treten, um eine Folie aufzulegen, wird man Sie nur noch ganz leise und aus der Ferne hören – etwa so, wie das schwache Echo aus dem Tal von Zermatt, wenn Sie oben vom Matterhorn herunter „Guten Morgen!“ rufen. Denselben Effekt erreichen Sie natürlich auch bei allen anderen rednerischen Aktivitäten, bei denen Sie sich mehr als die zulässigen 20–50 cm mit Ihrem Mund vom Mikrofon entfernen. Genau deshalb wird allen Interviewpartnern im Fernsehen das Mikrofon immer direkt vor die Nase gehalten – sogar bei Playback!

Übrigens kann in solchen Fällen auch jeder Laie unschwer Asthma-Diagnosen stellen – das Geräusch ist bei solcher Verstärkung unüberhörbar. Allerdings wirken oftmals auch völlig Gesunde wie Schwerkranke, wenn sie nur dicht genug an das Mikrofon herangehen und dann bloß ganz normal ein- oder ausatmen. Besonders schwergewichtige Redner verunsichern ihr Auditorium unbeabsichtigt, wenn sie etwas zu hektisch die Stufen hochstürmen, um zu dem auf einer erhöhten Bühne aufgestellten Rednerpult zu gelangen. Das durch das Mikrofon in den Saal übertragene Keuchen kann bei sensiblen Zuhörern Anlaß zu den schlimmsten Befürchtungen geben.

Besondere Effekte können Sie auch erzielen, wenn Sie zufälligerweise ein Mikrofon mit Kugelcharakteristik vor sich haben. Dann können die Zuhörer auch noch deutlich hören, wenn Ihre Schuhe quietschen, wenn der Magen knurrt oder wenn ein anderer Körperteil irgendwelche Geräusche von sich gibt.

Manche dieser Probleme umgehen Sie, wenn Sie ein Mikroport benutzen – ein Mikrofon zum Umhängen oder Anstecken. Dabei kann das Umhängen problematisch werden bei Damen mit starken Oberkörperwölbungen (das Mikrofon kann beim Sprechen rhythmisch zu pendeln anfangen), aber auch bei unzweckmäßiger Bekleidung (das Mikrofon verhakt sich in Rüschen, rutscht in den Ausschnitt etc.). Auch beim Anstecken sind allzu große glatte Hautflächen eine Erschwernis. Besser eignet sich das Jackenrevers bei den Herren oder die Kravatte.

Außerdem muß irgendwo auch der Sender untergebracht werden. Eine Halterung läßt es zu, das Gerät am Hosenbund einzuhaken. Wer keinen Hosenbund hat, kann vergleichbare Möglichkeiten, notfalls auch Jackentaschen nutzen. Daß jemand das Gerät während einer Rede selbst in der Hand gehalten oder sich von einem eigens dafür angestellten Träger hätte halten oder nachtragen lassen, habe ich bisher noch nicht erlebt.

Kritisch bleibt natürlich nach wie vor der Moment, wo das Gerät vom Redner eingeschaltet werden muß. Die Schalter sind oft winzig, schwer zugänglich und so schwer beweglich, daß Ungeübten beim Betätigungsversuch leicht die Fingernägel abbrechen.

Wer aus einer solchen Erfahrung oder Angst heraus nach dem Gebrauch auf das Abschalten verzichtet, bringt leicht den nächsten Redner in die verzweifelte Lage, daß er das Gerät einschalten will, dies auch richtig tut, aber keinerlei positiven Effekt erzielt, weil inzwischen die eingelegte Batterie leer ist.

Genau dieses Problem kann auch bei der Benutzung von Standmikrofonen entstehen. Wenn der Redner vergißt, durch zusätzliche Betätigung des eingebauten Schalters das Mikrofon selbst einzuschalten, funktioniert es nicht. Das ist auch der Fall, wenn die eingebaute Batterie inzwischen entladen ist, weil der letzte Redner oder der Veranstalter sie am Abend des Vortages nicht abgeschaltet oder die Batterie nicht erneuert hat.

Im Laufe der Jahre habe ich eine Reihe von im übrigen durchaus selbstbewußten Führungskräften erlebt, die auch durch intensivstes Zureden nicht dazu zu bewegen waren, bei ihren Berichten vor Mitglie-

> Vielleicht ist das auch der Hauptgrund, weshalb so viele Redner Schwierigkeiten mit den Verstärkeranlagen haben:
>
> Die Technik ist reichlich kompliziert und birgt viele und auf den ersten Blick oft nicht leicht erkennbare Probleme.

derversammlungen in großen Sälen ein Mikrofon zu benutzen. Aus lauter Angst vor dem Umgang mit der „komplizierten Technik“ ertrugen sie lieber Jahr für Jahr die wiederholten Ermunterungen aus dem Auditorium:

„Bitte etwas lauter!!!“

6.4.4 Probleme mit dem Rednerpult

Wenn man ein Rednerpult (im Stehen oder Sitzen) benutzen will, sollte man beim Veranstalter rechtzeitig nachfragen, ob eins vorhanden sein wird, da man es andernfalls dann gleich bestellen kann.

Für Notfälle können Profis natürlich auch ein Tischpult im Auto mitnehmen und dann bei Bedarf auf irgendeinen vor dem Auditorium plazierten Tisch setzen.

Wenn man zum Pult gelangen will, sollte man stets erst mit einem schnellen Blick die Fußbodenverhältnisse daraufhin prüfen, ob auf dem Weg aufsteigende oder hinunterführende Stufen zu bewältigen sind, ob sich elektrische Leitungen als Fußangeln entpuppen könnten oder ob vor dem Pult ein Fußbänkchen für Kleinredner steht, das man – je nach Körpergröße – besteigen oder weit genug wegschieben sollte, um Fußraum zu gewinnen.

Ist für einen kleinen Redner keine Fußbank vorhanden, sollte er auch dafür beim Veranstalter rechtzeitig Vorsorge treffen lassen oder notfalls sogar selbst eine mitbringen. Allerdings sollte er sie schon rechtzeitig vor Beginn der Veranstaltung hinter dem Pult aufstellen oder aufstellen lassen. Denn es würde etwas merkwürdig und sicher erheiternd auf das Publikum wirken, wenn er selbst beim Betreten des Podiums in der einen Hand sein Manuskript und in der anderen sein Fußbänkchen trüge.

Besser sind Pulte, die man in der Höhe verstellen kann. Aber auch das sollte vor Beginn der Rede geschehen, zumal dann meistens auch noch die Position des Mikrofons an die neue Pulthöhe angepaßt werden muß.

Wenn der Redner dann am Pult angelangt ist und dort sein Manuskript ablegen will, sollte er sich erst noch vergewissern, daß das Pult an der Auflagefläche über eine genügend hohe untere Kante verfügt, da er sich sonst sofort wieder – bevor er sein Auditorium überhaupt richtig zu Gesicht bekommen hat – tief bücken und hinter dem Pult verschwinden muß, um seine heruntergerutschten Manuskriptblätter erst einmal wieder vom Boden aufzusammeln.

Dann beginnt das Neuordnen der so unerwartet durcheinandergeratenen Blätter, und jeder Redner kann sich in solchen Situationen glücklich schätzen, wenn die Blätter numeriert sind. Auf jeden Fall gerät ein sorgfältig geplanter Auftritt durch solche Mißgeschicke schnell außer Kontrolle. Besonders bei ernsten Anlässen fühlen einige Frohnaturen im Publikum sich dann leicht zu einem mehr oder weniger taktvoll oder sogar krampfhaft unterdrückten Glucksen oder Kichern provoziert, was einer ernsten Stimmung sehr abträglich sein kann.

Wer auf sein Manuskript angewiesen ist, sollte noch vor dem Ausschalten der Raumbeleuchtung (z. B. bei Dia- oder Filmprojektion) feststellen, ob eine Pultbeleuchtung vorhanden ist, und er sollte sie rechtzeitig vorher einschalten, um nicht auch plötzlich selbst vollends im Dunkeln zu stehen.

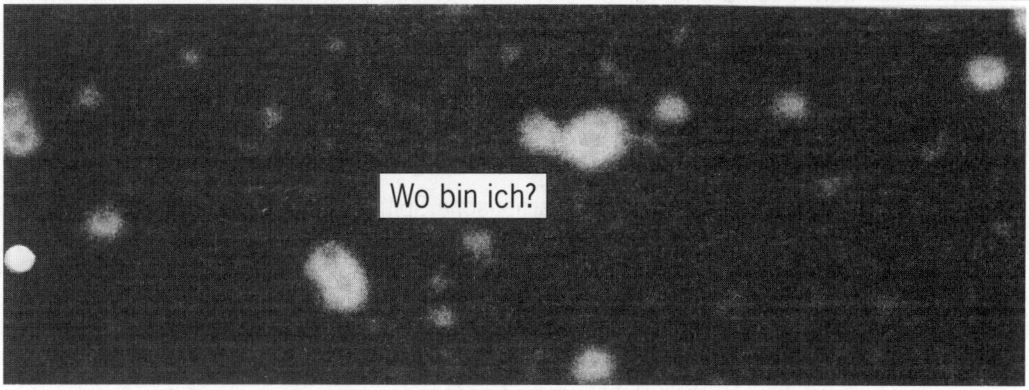

Bei höhenverstellbaren Tischpulten sollte der Redner beachten, daß er sich auf diese meistens nicht so bedenkenlos aufstützen darf, wie auf massive Stehpulte. Wer bei großen Gesten zu viel Schwung nimmt, riskiert unter Umständen, mitsamt seinem sich zusammenfaltenden Pult in einem Wirbel von Manuskriptblättern über den Tisch und in die erste Publikumsreihe zu poltern.

Erfahrene Könner der Szene beherrschen aber auch solche Situationen eines mißglückten Absprungs bravourös, indem sie die akrobatische Einlage spontan, sachgerecht und überzeugend in ihr rhetorisches Gesamtkunstwerk integrieren. Das ist aber – wie Sie sich sicher gut vorstellen können – durchaus nicht jedermanns Sache. Gerade deshalb ist hier eine gewisse Vorsicht und Zurückhaltung geboten.

Abschließend ist noch darauf hinzuweisen, daß das Pult im Saal sowohl für den Redner als auch für die Zuhörer möglichst günstig plaziert sein sollte. Der Redner sollte nicht zum Auflegen jeder Vortragsfolie einmal quer über die Bühne laufen müssen, er sollte mit dem Pult nicht mitten in der Projektion stehen (zumal er dann auch selbst vom Projektor geblendet würde), und das Pult sollte nicht so weit seitlich in der Kulisse stehen, daß der Redner sein Auditorium nicht mehr komplett überblickt bzw. daß zahlreiche Zuhörer ihn nicht mehr sehen können.

Obwohl: manchmal wäre das vielleicht gar nicht so schlecht!

6.5 Probleme mit Manuskript und Bildmaterial

Der Kampf des Redners mit seinem Manuskript und – bei Vorträgen – auch mit dem Bildmaterial (d. h. Dias, Vortragsfolien, Filmen, Video-Cassetten etc.) gehört zu den Erlebnishöhepunkten der Zuhörer.

Leider sind in dieser Hinsicht manche Redner glatte Versager und Enttäuschungen. Sie benutzen entweder vorsichtigerweise weder Manuskript noch Bildmaterial oder sie können damit so routiniert umgehen, daß die Zuhörer auf irgendwelche belustigenden Happenings völlig vergeblich warten.

Aber es gibt natürlich auch artistische Spitzenleistungen auf diesem Gebiet. Da klatscht das Publikum dann am Schluß, wie nach einer gelungenen Opernpremiere oder nach dem Abgang des Kabarettisten und fordert Zugaben – z. B. daß der Redner noch einmal in allen Jacken-, Hosen- und Aktentaschen nach seinem Manuskript sucht oder daß er es noch einmal so schön auf den Boden fallen läßt, die verstreuten Blätter in der tiefen Hocke aufsammelt und vor dem erwartungsfrohen Publikum neu ordnet.

Das sind einfach unvergeßliche Höhepunkte!

6.5.1 Probleme mit dem Manuskript

Hauptsache ist zunächst, daß das Manuskript termingemäß fertiggestellt ist. Dafür ist eine ausreichende Vorplanung nützlich und nötig. Ist es nicht fertig, sollte sich der Redner zumindest einen ausreichend nach Haupt- und Nebenstichworten strukturierten Stichwortzettel als Rede-Ablaufplan zusammenstellen (s. Kapitel 4.4 und Tab. 28). Das bietet eine gewisse Gewähr dafür, daß alle wichtigen Punkte angesprochen werden und daß der Redner sie in für die Zuhörer logisch nachvollziehbarer Reihenfolge abhandelt.

Sowohl das Manuskript als auch der Stichwortzettel nützen aber wenig, wenn der Redner vergißt, sie einzustecken oder wenn er sie nicht findet, wenn er mit seiner Rede beginnen will. Bewährt hat sich für solche Fälle eine gewisse Pingeligkeit bzw. – netter gesagt – Ordnungsliebe:

Entwickeln Sie am besten für die Aufbewahrung und den Transport von Manuskripten feste Gewohnheiten.

So kann es sich der Redner zur Gewohnheit machen, jedes Manuskript immer in ein bestimmtes Fach seiner ständig mitgeführten Aktentasche zu legen oder Manuskripte immer in eine bestimmte Jackentasche zu stecken. Beim Kontrollblick in die Aktentasche bzw. beim Kontrollgriff in die betreffende Jackentasche kann er dann jederzeit feststellen, ob das Manuskript (noch) griffbereit vorhanden ist.

Mit zu stark gefalteten Manuskriptblättern haben Redner bisweilen Mühe, sie auf dem Rednerpult so abzulegen, daß sie gerade liegenbleiben und sich nicht von selbst wieder zusammenfalten oder wegen der nicht rutschfesten Unterlage von dort heruntergleiten.

Manche stellen auch erst während des Vortragens fest, daß einzelne Blätter an der falschen Stelle einsortiert sind oder daß sie gar vollständig fehlen. Auch solchen Überraschungen kann die rechtzeitige Vollständigkeitskontrolle vor Beginn der Rede (möglichst noch am häuslichen Schreibtisch) vorbeugen.

Manuskriptblätter sollten auch während des Vortrags so sorgfältig und geordnet auf einem Stapel abgelegt werden, daß ein Referent z. B. in der anschließenden Diskussion notfalls schnell bestimmte Blätter und Textstellen wieder auffinden kann.

Dasselbe gilt natürlich auch für Vortragsfolien, wenn der Vortragende statt eines üblichen Text-Manuskripts seinen Vortrag frei auf der Grundlage der nacheinander präsentierten Vortragsfolien hält. Gerade in diesen Fällen möchten Zuhörer häufig in der Diskussion noch einmal eine bestimmte Abbildung sehen, oder der Referent möchte sich selbst noch einmal auf eine Tabelle oder ein Diagramm beziehen und benötigt dafür die betreffende Folie.

Je ordentlicher die Blätter auf dem Pult oder Tisch abgelegt werden, desto weniger Probleme hat der Redner in derartigen Situationen beim Suchen.

Manche Redner haben ihr Manuskript inhaltlich erst einmal „auf Verdacht" konzipiert und planen ein, es vor Ort noch zu überarbeiten, um den Text den tatsächlichen aktuellen Gegebenheiten anzupassen. Das kann z. B. sinnvoll oder sogar nötig sein, wenn ein Vorredner konträre Behauptungen aufgestellt oder im eigenen Manuskript noch nicht berücksichtigte Informationen gegeben hat.

Ergänzungen erfordert unter Umständen auch eine vom Veranstalter zwischenzeitlich geänderte Rednerliste, das plötzliche Auftreten ursprünglich nicht erwarteter oder das Wegbleiben eingeladener Redner oder Honoratioren. Auch spezielle Zusammensetzungen eines Auditoriums, beachtenswerte Stimmungen im Publikum, Streitereien etc. können Manuskriptkorrekturen bzw. -ergänzungen nahelegen.

Möglicherweise gibt es auch kurzfristige Veränderungen des eingeplanten Zeitrahmens. Wenn andere Redner ihre Redezeit beträchtlich überziehen oder wenn organisatorische Überraschungen zu unvorhergesehenen Zeitverzögerungen geführt haben, muß ein Redner seinen Beitrag unter Umständen mehr oder weniger stark kürzen. Auch auf dieses Erfordernis sollte er sich rechtzeitig einstellen und schon bei der Manuskripterstellung überlegen, welche eher nebensächlichen Passagen gegebenenfalls entfallen könnten.

Umgekehrt sollte der Redner auch darauf eingestellt sein, daß ein anderer Redner mit einem angekündigten Vortrag ausfällt und daß er daher selbst mehr Vortragszeit eingeräumt bekommt oder eine ausführlichere Diskussion führen kann. Dazu benötigt er aber zusätzlichen Vortrags- bzw. Diskussionsstoff. Hilfreich ist es in solchen Fällen, wenn er – wie ein Sänger oder ein Kabarettist – „Zugaben" vorbereitet hat, die er dann ergänzend einbringen kann.

Probleme kann ein Redner auch dann bekommen, wenn er zwar sein Manuskript dabeihat, aber nicht seine Lesebrille. Das sollte er jedoch zumindest noch so rechtzeitig bemerken, daß er sich notfalls von einem ähnlich kurz- oder weitsichtigen Mitmenschen eine brauchbare Ersatzbrille ausleihen kann.

In der Bredouille befinden sich manchmal auch Redner, deren Vortragstext in kleiner Schrift platzsparend auf einer geringen Anzahl von Manuskriptblättern geschrieben ist. Empfehlenswert ist demgegenüber eine größere Schrift, die man bei Bedarf auch aus etwas größerer Entfernung noch gut lesen kann, damit man nicht aus lauter Verzweiflung die Manuskriptblätter direkt vor seine Nase halten muß und deshalb keinen Blickkontakt mehr zu den Zuhörern bekommt.

Mancher Redner ist mit seinem Manuskript schon in Schwierigkeiten geraten, wenn er sich mit rhetorischem Enthusiasmus vom Text gelöst hatte und dann den Textanschluß nicht mehr finden konnte. Es können aber auch Probleme mit einem passenden Übergang entstehen, wenn der Redner keine gedankliche Verbindung zwischen seinem freien Exkurs und dem sorgfältig schriftlich ausgearbeiteten Text herzustellen vermag.

Nach jeder Rede (bzw. Diskussion) sollte sich der Redner noch einmal am Tisch oder Pult umsehen und sich vergewissern, daß er auch alle Manuskriptblätter und eventuelle noch auf dem Overhead-Projektor liegende Vortrags-Folien wieder eingesteckt hat. Vielleicht möchte er nicht, daß andere Einblick in seine persönlichen Notizen, Regieanweisungen etc. nehmen, oder er benötigt das Rede- bzw. Vortragsmanuskript und die Folien noch einmal bei einem späteren Auftritt zum gleichen Thema.

Redner sollten jedoch trotz aller Sorgfalt einplanen, daß ihnen das Manuskript einmal verlorengeht. Deshalb sollten Sie in jedem Fall eine Kopie in Reserve haben.

> Mit dem Manuskript ist es, wie mit einem Auto:
>
> Man hat eins und fährt gut,
> oder man hat keins
> und muß dann zusehen, wie man auch ohne ans Ziel kommt!

6.5.2 Probleme mit dem Bildmaterial

Wenn bei einem **Dia-Vortrag** zum Thema „Umweltschutzmaßnahmen zur Rettung der Alpen" das erste Dia auf der Projektionsfläche erscheint und dem Publikum von dort (aus der Familien-Pornoserie) das nackte Hinterteil des Redners entgegenleuchtet, der gerade ..., dann erzielt das sowohl beim Publikum als auch beim Redner selbst eine Wirkung.

Gehen wir davon aus, daß der Redner entweder seine Dia-Cassetten beim Einpacken verwechselt hat oder daß nur ein einzelnes falsches Dia in die Cassette mit den Umweltschutz-Dias hineingeraten war, dann hat das Saalpublikum den Spaß, und der Redner hat ein Problem, mindestens eins.

Geistesgegenwärtig könnte er die Situation durch eine markante Bemerkung zu diesem eher peinlichen Vorkommnis zu retten versuchen:

> „Meine Damen und Herren,
>
> dieses Motivationsfoto zeige ich nur zur Ermunterung.
> Wir brauchen nämlich hellwache Umweltschützer! – – –
> Auf dem nächsten Foto sehen Sie bereits einen dramatischen Bergrutsch, dessen Ursache ..."

Bei derartigen Einfällen sollte sich der Redner allerdings zumindest einigermaßen sicher sein, daß dann tatsächlich der Erdrutsch erscheint und nicht eine weitere Pornoszene.

Bei Dias muß der Redner ansonsten vor allem damit rechnen, daß sie nicht in der richtigen Reihenfolge geordnet sind, daß sie seitenverkehrt projiziert werden oder daß die Abbildung auf dem Kopf steht. Insbesondere wenn mehrere Referenten dieselbe Dia-Reihe bei ihren Vorträgen benutzen, sollte sich der Redner jeweils bei der Übernahme der Cassette erneut persönlich davon überzeugen, daß derartige Probleme nicht bestehen. Ein Schnelldurchlauf vermittelt die beste Übersicht, um notfalls noch die erforderlichen Umstellungen vornehmen zu können.

Bei ungünstigen Projektionsbedingungen stellen bisweilen die Referenten den Dia-Projektor sehr schräg, um über die Köpfe der Zuhörer hinweg projizieren zu können. Betätigt der Referent dann allerdings versehentlich schon beim ersten Dia den Rücklaufknopf an der Fernbedienung, kann es passieren, daß die ganze Cassette wieder hinten aus dem Projektor rutscht, auf den Fußboden fällt und dort die Dias verstreut. Zweckmäßigerweise wird ein erfahrener Referent deshalb den korrekten Durchlauf der ersten Dias, selbst unmittelbar neben dem Projektor stehend, überwachen oder durch einen Assistenten überwachen lassen, um ein solches Malheur zu verhindern. Vorsorglich sollte er außerdem seine Dias numerieren.

Dias können beim Transport im Projektor auch klemmen. Dann sind sie oftmals falsch gerahmt, beschädigt, im falschen Format oder zu dünn und können von der Mechanik nicht richtig erfaßt werden. Deshalb sollte man ein einheitliches Herstellungs- oder Rahmungsverfahren verwenden und heterogen zusammengesetzte Dia-Serien vor der Projektion auf derartige Fehlermöglichkeiten hin kontrollieren.

Bisweilen werden Redner davon überrascht, daß man ihre „wunderschönen" Dias auf der Leinwand nur als verschwommene Nebelschwaden ohne scharfe Konturen sieht. Das kann daran liegen, daß er die Scharfeinstellung vergessen hat. Er kann die Bildschärfe entweder am Projektor oder auch mit Hilfe der Fernbedienung regulieren. Möglicherweise ist aber auch der Raum noch zu hell. Dann sollte weiter abgedunkelt oder die noch brennende Raumbeleuchtung weiter gedimmt bzw. ganz ausgeschaltet werden.

Um das Interesse des Publikums nicht erlahmen zu lassen, sollte der Redner nur die aus sachlichen Gründen notwendigen Dias zeigen, auf redundante Wiederholungen oder Varianten weitgehend verzichten und vor allem nicht zu viele Bilder vorführen. Wer mit Interesse 20 oder 40 Aufnahmen betrachtet, der sieht nicht unbedingt gerne 200 oder 400 Dias.

Manche Bilder mögen zwar für sich sprechen, aber eine Dia-Vorführung sollte sich trotzdem nicht auf die bloße Vorführung beschränken, sondern von einem Dia-Vortrag begleitet sein. Die Erläuterungen sollten dem Auditorium zusätzliche Informationen geben, die nicht ohne weiteres schon aus der Betrachtung des Bildes zu entnehmen sind.

Deshalb sind Erklärungen wenig hilfreich, wenn sie diese Funktion nicht erfüllen, wie z. B.: „Hier ist das nächste Dia." oder auch: „Das ist ein Haus." Der Zuhörer möchte im ersten Fall wissen, was auf dem Dia zu sehen ist und welche Informationen er ihm entnehmen soll und im zweiten Fall wenigstens, was für ein Haus das ist und welche Geschichte sich damit verbindet, die dem Redner wichtig genug erscheint, um das Dia überhaupt zu zeigen.

Außerdem gilt auch für Dias, was für alle Arten von Abbildungen gilt: sie dürfen nicht zu schnell gezeigt und gewechselt werden. Die Zuschauer brauchen Zeit, um die relevanten Details zu erkennen und den Bildinhalt mit dem Vortragstext in Einklang zu bringen.

Im Hinblick auf die Präsentationsgeschwindigkeit habe ich einen Trainer einmal warnen hören: „Lassen Sie Ihren Zuhörern Zeit genug zum Betrachten eines jeden Bildes. ... Wenn Sie zu schnell wechseln, denken Sie bitte daran: 16 Bilder pro Minute ergeben einen Film!"

Auch bei der Vorführung von **Filmen** können Probleme auftreten. Die technischen Aspekte sind schon weiter oben angesprochen worden. Im übrigen sind grundsätzlich ähnliche Überlegungen anzustellen, wie bei Dia-Vorträgen. Bei Stumm-Filmen wird vom Redner eine angemessene Kommentierung erwartet, bei der er sich allerdings auf die Laufgeschwindigkeit des Films einzustellen hat und sich deshalb ziemlich kurz fassen muß. Das erfordert eine besonders gründliche Vorbereitung und besonders knappe und prägnante Texte.

Die Einsatzmöglichkeiten von **Präsentations-Folien** sind fast ebenso vielfältig, wie die Probleme, die dabei auftreten können. In der folgenden Tabelle werden deshalb zusammenfassend einige Hinweise zur Vermeidung solcher Probleme gegeben:

Tab. 94 Probleme mit Präsentations-Folien vermeiden

- Möglichst große Folienbeschriftung wählen, damit die Zuhörer die Texte auch wirklich lesen können;
- kleine Abbildungen auf DIN-A-4-Format vergrößern und ggf. farbig strukturieren, um die Erfassung der wichtigen Details zu erleichtern;

Fortsetzung Tab. 94

- Grafiken, Tabellen etc. so vollständig beschriften, daß die Zuhörer sie notfalls auch ohne Erläuterungen verstehen könnten;
- nur Abbildungen in guter Qualität zeigen (Bildschärfe, Aktualität, informativ, erkennbar), um den Verständnisprozeß zu erleichtern und Unmutsäußerungen zuvorzukommen;
- die Anzahl der zur Präsentation vorgesehenen Folien auf die insgesamt verfügbare Vortragszeit abstimmen (d. h. nicht zu viele Folien);
- Folien vor dem Vortrag sortieren und in der richtigen Reihenfolge ordnen, um sich nicht während des Vortrags zu verheddern;
- bereits gezeigte Folien ordentlich auf dem Tisch ablegen, um ggf. in der anschließenden Diskussion bestimmte Folien schnell wiederfinden zu können;
- nach dem Auflegen der Folie auf dem Projektor kontrollieren, ob die Abbildung korrekt auf der Projektionsfläche erscheint (nicht seitenverkehrt, nicht auf dem Kopf, über den Rand hinaus);
- sich so am Projektor aufstellen, daß nicht durch Kopf oder Schulter des Referenten ein Teil der Abbildung abgedeckt wird;
- mit einem Folien-Pointer auf der Projektorplatte jeweils die Stelle anzeigen, über die der Referent gerade spricht, damit die Zuhörer permanent orientiert sind;
- falls keine Folien zur Hand sind, ggf. auf dem auf der Projektorplatte aufliegenden Folienband schreiben;
- für Folienbeschriftung oder -ergänzung während des Vortrags rechtzeitig Folienstifte in gewünschter Farbe und Strichstärke bereitlegen.

Hast du Probleme mit den Bildern
und ist dein Manuskript perdu,
mußt du den Inhalt ohne schildern;
sei bloß flexibel, gibt dir Müh'!

Ein Redekünstler nie verzagt,
hat er's im Kopfe, was er sagt.

6.6 Störungen aus dem Publikum und Nebengeräusche

Störungen durch das Publikum können vielfältiger Art sein und auf sehr unterschiedliche Ursachen zurückgehen. Eines ist jedoch allen gemeinsam:

STÖRUNGEN KÖNNEN REDNER AUS DEM KONZEPT BRINGEN.

Und genau das gilt es zu vermeiden.

Da ein Redner nicht vorbeugend alle denkbaren Störungen verhindern kann, sollte er sich rechtzeitig darauf einstellen, damit er nicht von ihnen völlig überrascht wird, dann dementsprechend hilflos dasteht, unnötigerweise in Panik gerät, selbst ausfällig oder unangemessen aggressiv reagiert.

Was vom Redner und/oder seinen Zuhörern als Störung empfunden wird, unterliegt in hohem Grade der subjektiven Bewertung. Wer sich z. B. gut auf eine

Sache konzentrieren kann, den werden möglicherweise Baustellengeräusche vom Nachbargrundstück, Geräusche vom vor dem Gebäude vorbeifließenden Verkehr, das Getuschel von Zuhörern, das Rauschen einer Klimaanlage, das Geschirrklappern beim Kaffee-Service während eines Vortrags etc. nicht oder nur wenig stören, während Menschen mit Konzentrationsschwierigkeiten dadurch sofort abgelenkt werden und in ihrer Vortragstätigkeit oder in ihrer Aufnahmebereitschaft als Zuhörer stark gestört sind.

Redner sollten sich daher nach Möglichkeit schon vorbeugend ruhige Säle und Plätze suchen, wo sie ihre Reden oder Vorträge halten wollen. Dadurch können sie sich selbst manche Schwierigkeiten und dem Auditorium viel Ärger ersparen.

Bei Fernseh-Statements erleben wir oft, daß die Reporter diese Problematik noch nicht hinreichend erkannt haben oder daß sie sie ganz anders bewerten. Sie stellen ihre Interviewpartner z. B. an einer belebten Straßenkreuzung auf, in einer lärmerfüllten Fabrikhalle oder vor einem geräuschvoll arbeitenden Aggregat und bemerken anscheinend gar nicht, daß der Interviewpartner gegen diesen Lärm anschreien muß und daß trotzdem die Zuschauer die Äußerung oftmals nur mit Mühe oder teilweise auch gar nicht verstehen können.

Bei der Abwägung der Live-Charakter-Vorteile und der Lärm-Nachteile würde ich mich in der Mehrzahl solcher Fälle für die Alternative „ruhiger Interviewplatz und instruktives Dokumentarfoto als Hintergrund oder Ergänzung“ entscheiden.

Beliebt sind bei Reportern auch Interviews von Politikern – z. B. an Wahltagen –, die mitten im Gedränge eines Wahlstudios stehen oder die sich gerade mit Unterstützung von Helfern durch eine drängelnde Menschenmenge hindurchzuzwängen versuchen. Vielleicht sind ihre Statements gerade deshalb meistens so nichtssagend, trivial oder geradezu peinlich, weil die Befragten sich so bedrängt, geschubst und gequetscht fühlen, daß sie in solchen Situationen zu vernünftigem Denken gar nicht mehr fähig sind (vorausgesetzt, sie wären es in anderen Situationen).

Personen des öffentlichen Lebens (neben Politikern auch Sportler, Künstler, Verbrecher etc.) geraten bei Interviews und Statements, aber auch bei öffentlichen Ansprachen bisweilen in die Schußlinien eines vom Publikum oder zumindest unzufriedenen Teilgruppen wohlvorbereiteten Bombardements von Eiern, Tomaten, Farbbeuteln, Steinen etc. und müssen gelegentlich sogar Attentate (durch Bomben, Schüsse aus Pistolen, Gewehren oder Messerstiche) fürchten, wenn sie ein „Bad in der Menge“ nehmen oder einen Auftritt auf einer Rednertribüne haben.

Sie versuchen sich gegen solche Störungen zu schützen, indem sie in gepanzerten Fahrzeugen vorfahren, schußsichere Westen anlegen oder sich hinter einer Phalanx von Plastikschilden einer Polizeieskorte aufstellen. Das beeinträchtigt erfahrungsgemäß die rednerische Entfaltung beträchtlich. Auch Sprechchöre und die Betätigung von durch Demonstranten mitgebrachten Geräuschinstrumenten oder die Benutzung von Handlautsprechern durch die Störer kann einem solchen Redner das Leben schwer machen.

Wenn die Situation zu gefährlich wird, wenn er sich gegen die Geräuschkulisse auch mit der ihm zur Verfügung stehenden Lautsprecheranlage kein ausreichendes Gehör mehr verschaffen kann oder wenn durch die Art der beim Publikum feststellbaren Ablehnung und Aggression das Erreichen des rednerischen Ziels ausgeschlossen erscheint, wird er sich sinnvollerweise erst einmal zurückziehen und dann gegebenenfalls auf eine günstigere Gelegenheit warten, um sein Anliegen doch noch unter die Menschen zu bringen.

Aber so dramatisch geht es bei den meisten Reden glücklicherweise nicht zu. Trotzdem ist auch dort mit vorsätzlichen, in der Mehrzahl der Fälle jedoch erfahrungsgemäß eher mit unabsichtlichen Störungen zu rechnen.

Wie kann der Redner damit umgehen?

Wegen der Vielfalt möglicher Störungen sind in der folgenden Tabelle nur einige häufiger vorkommende Situationen exemplarisch zusammengestellt. Sie sollen dem Redner verdeutlichen, daß von ihm immer ein waches Auge, eine gewisse Sensibilität für Störungen und das zweckgerichtet erfolgreiche Eingehen darauf sowie ein beträchtliches Maß an Kreativität bei der sachgerechten Reaktion in derartigen Situationen erwartet wird:

Tab. 95 Umgang mit Störungen aus dem Publikum und durch Nebengeräusche

- Wenn Zuhörer zu spät kommen oder zu früh gehen, wird der Redner davon kaum Notiz nehmen. Werden jedoch vorhersehbar zahlreiche Zuhörer erst verspätet eintreffen, wird der Redner – soweit möglich – mit einer entsprechenden Erklärung für die bereits Anwesenden auch erst später anfangen oder zumindest die Rede so umstellen, daß die wichtigsten Passagen auch den später eintreffenden Zuhörern nicht verlorengehen.
  Verlassen zahlreiche Zuhörer vorzeitig den Saal, sollte der Redner daraus Konsequenzen ziehen, denn sein Vortrag ist dann höchstwahrscheinlich zu langweilig, zu lang oder sonstwie ein Ärgernis. Er sollte dann möglichst schnell nach einer entsprechenden Vorankündigung geordnet zum Schluß kommen.
- Anders kann das für den Lehrer im Schulunterricht oder für den Hochschuldozenten im Seminar aussehen, wo Anwesenheit der Schüler/Studenten Pflicht ist. Er wird normalerweise schon aus disziplinarischen Gründen pünktlich anfangen und schließen. Wer Lernstoff versäumt, wird ihn nacharbeiten müssen, um die nächste Klausur oder Prüfung zu bestehen.
- Wenn sich Zuhörer während einer Rede oder eines Vortrags miteinander unterhalten, wird es von der Lautstärke, der Dauer und dem Störungseffekt abhängen, ob der Redner oder eine andere Person diese zur Ruhe ermahnen wird.
  Der Redner sollte die Ursache dafür zu erkennen versuchen. Handelt es sich um eine Störung im Saal (z. B. Ohnmachts- oder epileptischer Anfall eines Zuhörers), kann er kurz unterbrechen, bis die Störung beseitigt ist. Sind seine eigenen Ausführungen aber Anlaß für die Unterhaltung oder Erregung, wird er zweckmäßigerweise darauf eingehen (z. B. Mißverständnis aufklären, unverstandene Information wiederholen, eine ärgerliche Aussage besser verständlich machen oder einfach nach der Ursache für die Unruhe fragen).
- Anders sieht es unter Umständen bei provokativer Störung aus, wenn ein Zuhörer demonstrativ Zeitung liest, über Walkman Musik hört, Hustenanfälle markiert, Gegenstände auf den Boden wirft, im Saal herumläuft etc. Dann ist es für den Redner hilfreich, wenn ein Assistent oder Saalordner etc. dezent und möglichst unauffällig für Ruhe sorgt.

Fortsetzung Tab. 95

- Dringen Geräusche durch geöffnete Fenster, ist meistens durch Schließen dieser Fenster schnell Abhilfe zu schaffen. Ärger kann es jedoch geben, wenn die Saalbelüftung schlecht ist und die Zuhörer deshalb das Öffnen der Fenster für erforderlich halten. In solchen Fällen kann man trotz geschlossener Fenster durch häufigere Pausen zum kurzen Durchlüften oftmals ein erträgliches Klima schaffen.
- Geräuschvolle Klimaanlagen lassen sich manchmal auf eine langsamere und zugleich leisere Stufe zurückschalten. Eventuell kann man die Lüftung in Pausen oder bei längeren Vorträgen kurzzeitig hochschalten, um dem Erstickungstod vorzubeugen.
- Quietschende, rasselnde oder röhrende Projektoren sollten möglichst schon vor Beginn der Veranstaltung ausgetauscht und notfalls auch während eines längeren Vortrags ersetzt werden. Das kann man beim Veranstalter, einem anwesenden Saaltechniker, dem Moderator veranlassen oder einen bereitwilligen Zuhörer darum bitten.
- Bei Zwischenrufen ist abzuschätzen, ob sie z. B. für das Thema oder die Dynamik der Rede nützlich sind (dann wird ein geschickter Redner sie sofort dankbar aufgreifen) oder ob sie nicht integrierbar stören. Kurze und sporadische Zwischenrufe können dann übergangen werden, wenn diese Zurückhaltung nicht zu aggressiveren Störungen ermutigt.
  Am günstigsten ist die Wirkung oft, wenn es dem Redner gelingt, die ihm wohlgesonnene und interessierte Zuhörergruppe mit sich und gegen die Störer zu solidarisieren (z. B. durch Klärung der Frage, ob er seine Ausführungen fortsetzen oder aufhören solle).
- Sind wegen der Brisanz des Themas Störungen von seiten der Zuhörer zu erwarten, sollten Saalordner verfügbar sein. Bisweilen stehen solche Veranstaltungen auch unter Polizeischutz. Allerdings kann zu frühes oder ungeschicktes Eingreifen in solchen Situationen mehr zur Eskalation der Probleme als zur Beruhigung beitragen.
  Besser ist es dann oftmals, wenn der Redner die Verärgerung der Zuhörer erst einmal ernst nimmt, auf das kritische Thema eingeht und erst nach Klärung solcher Differenzen und einer gewissen emotionalen Beruhigung zu seinem eigentlichen Thema kommt.

Grundsätzlich gilt nach meiner Erfahrung, daß man Störungen aus dem Kreise seiner Zuhörer nicht unbeachtet lassen sollte, denn sie haben Ursachen.

Sind es Ursachen, die das Verständnis oder die Akzeptanz der Ausführungen durch die Zuhörer beeinträchtigen, sollten sie im Rahmen der vorhandenen Möglichkeiten beseitigt oder zumindest auf ein erträgliches Maß reduziert werden.

Handelt es sich dagegen um positiv zu bewertende Ursachen, weil sie Ausdruck des besonderen Zuhörerinteresses, des gedanklichen und/oder emotionalen Mitgehens sind, dann sollten sie vom Redner dankbar und geschickt genutzt werden, um das Ziel der Rede umso wirkungsvoller zu erreichen und um das Ereignis selbst und die möglichen Ergebnisse nachhaltig im Gedächtnis des Auditoriums zu verankern.

Für den Erfolg von Maßnahmen ist die richtige Diagnose der Ursachen von Störungen entscheidend:

Tab. 96 Mögliche Ursachen von Störungen

Welche Ursache hat die „Störung" eines Zuhörers?

Ist die Störung das Symptom:
- eines Informations-Defizits bzw. Mißverständnisses,
- einer besonderen gedanklichen/emotionalen Beteiligung am Thema,
- einer Aversion gegen den Redner,
- einer Sabotage-Absicht aus politisch-weltanschaulichen Motiven,
- ungünstiger äußerer Rahmenbedingungen?

6.7 Probleme mit der Redezeit

DIE REDEZEIT IST IMMER ZU KURZ!

Wenn Sie das einmal begriffen haben, werden Sie kaum noch Probleme mit ihrer Redezeit haben.

Im Abschnitt 4.5.6 finden Sie einige Hinweise für eine zweckmäßige zeitliche Strukturierung Ihrer Reden bzw. Vorträge. Je sorgfältiger Sie dabei vorgehen, desto weniger ernsthafte Probleme werden Sie dann später bei der praktischen Ausführung selbst haben.

Um zu prüfen, ob die von Ihnen geplante zeitliche Strukturierung auch realitätsnah ist, sollten Sie Ihre Rede bzw. den Vortrag erst einmal unter Ausschluß der Öffentlichkeit oder in Anwesenheit von Familienmitgliedern oder guten Freunden zur Probe halten. Dabei werden Sie vermutlich sehr schnell feststellen, daß Sie immer noch zu viel Stoff in den Zeitrahmen hineingepackt haben oder daß Sie den Zeitbedarf für die Präsentation und Erläuterung von Vortragsfolien beträchtlich unterschätzt hatten.

Ziehen Sie unnachsichtig die erforderlichen Konsequenzen: straffen Sie Ihre Ausführungen, indem Sie sich noch weiter auf das Wesentliche konzentrieren und sich von Unwesentlichem trennen.

Es gibt mehr Unwesentliches, als Sie glauben!

Sie sollten sich selbst und Ihre Rede in jedem Fall an den Antworten auf die folgenden Fragen orientieren:

Fragen Sie nicht:
„Wie kann ich alles, was ich zu sagen habe, in den mir vorgegebenen, viel zu knappen Zeitrahmen hineinpressen?"

Sondern prüfen Sie:
„Wie präsentiere ich mein zentrales Anliegen optimal in diesem vorgegebenen Zeitrahmen?"
bzw.
„Welche von meinen Zuhörern erwarteten oder benötigten Informationen kann ich im vorgegebenen Zeitrahmen geben?"

Vorträge und Reden haben einen Rahmen wie gemalte Bilder. Ist das Bild vorgegeben, benötige ich dazu einen passenden Rahmen. Ist mir aber der Rahmen durch die z. B. auf einer Wand verfügbare Bildfläche vorgegeben, muß ich das Bild diesem vorgegebenen Rahmen entsprechend gestalten.

Wenn beides nicht zusammenpaßt, dann kann das unbefriedigende Ergebnis beispielsweise so aussehen:

Objekt zu groß — Objekt und Rahmen abgestimmt — Objekt zu klein

Abb. 10 Objekt und Rahmen

Für den in Bildmitte vorgegebenen Rahmen ist das Objekt im linken Bildteil zu groß (es reicht über den Bildrand hinaus), das im rechten zu klein geraten (es füllt den Rahmen nicht aus).

Trotz bester Vorbereitung kann jedoch jeder Redner unverhofft und ohne eigenes Verschulden in Zeitnot geraten.

Was ist dann zu tun?

Die folgenden Beispiele repräsentieren einige häufiger auftretende Problemsituationen:

Tab. 97 Bewältigung von Redezeit-Problemen

- Trotz gründlicher Vorbereitung merkt der Redner im Verlaufe seines Vortrags, daß er mit der Zeit nicht auskommen wird. In solchen Fällen kann er konsequent auf alle weiteren Exkurse verzichten, Ausführungen zu Nebenstichworten weglassen, die Hauptgedanken einiger Textabsätze kurz und knapp zusammengefaßt referieren, weniger wichtige Vortragsfolien oder Dias überspringen, notfalls sogar das Sprechtempo etwas erhöhen und gewohnt lange Sprechpausen leicht verkürzen.
- Hat ein Vorredner die Zeit überzogen, sollte der Redner mit dem Moderator oder Veranstalter klären, ob sich seine Vortragszeit nun nur verschiebt oder ob und ggf. um wieviel sie gekürzt wird.
  Er wird dann nach Möglichkeit schon vor Beginn des Vortrags entscheiden, welche Passagen er ohne große Probleme kürzen oder weglassen kann. Dabei sollte er eher großzügig streichen, um nicht schließlich später doch noch unter Zeitdruck zu geraten.
- Muß eine Rede oder ein Vortrag aus aktuellem Anlaß oder wegen einer Störung abgebrochen werden (z. B. Durchsage einer Katastrophe, eines alle berührenden Ereignisses, Stromausfall, nicht beherrschbare Störer im Saal), dann sollte der Redner möglichst schnell zu einem kurzen und prägnan-

Fortsetzung

ten Schluß kommen. Er kann dann gegebenenfalls noch selbst zu dem Ereignis Stellung nehmen oder einem dazu Befugten Platz machen.

- Peinlich kann es werden, wenn der Redner sich nicht um die Begrenzung der Redezeit kümmert und trotz Mahnungen des Moderators unbeeindruckt und munter weiterspricht.
  Er riskiert dann, daß entweder die Zuhörer unter Protest den Saal verlassen oder daß ihm der Moderator – sozusagen mit Gewalt – das Wort entzieht. Auf Kongressen und bei Großveranstaltungen kann das leicht dadurch geschehen, daß das Rednermikrofon abgeschaltet wird.
- Unerfahrene Redner geraten bisweilen dadurch unter Zeitdruck, daß sie großzügig Wortmeldungen während ihres Vortrags zulassen und mit den Fragern diskutieren.
  Zweckmäßiger ist es demgegenüber meistens, erst den Vortrag in der vorgegebenen Zeit zu Ende zu bringen und die Diskussion dann anzuschließen.
  In Parlamenten versuchen hinterlistige Abgeordnete, durch Zwischenfragen den Redner von seinem Thema abzulenken, ihn durch aggressive Fragen zu emotionalisieren und zu Ausfälligkeiten zu verleiten und ihm dadurch einen Teil seiner Redezeit zu stehlen.
- Bei Live-Interviews kann der Redner durch den Reporter von vornherein unter Zeitdruck gesetzt werden, indem dieser ihm mitteilt, für sein Statement stünden nur 20 Sekunden oder 60 Sekunden zur Verfügung.
  Bei längeren Ausführungen wird dann einfach ausgeblendet, oder Aufzeichnungen werden anschließend so geschnitten, daß sie zwar in den Zeitrahmen passen, aber unter Umständen durch die Kürzung einen ganz falschen Eindruck vermitteln.
  Deshalb erfordern gerade solche Statements vom Redner ein außerordentlich hohes Maß an Konzentration, an Erfahrung und prägnanter Formulierungskunst.
  Soweit möglich, sollte der Redner sich hinsichtlich Inhalt und Formulierung vorher auf das Statement vorbereiten. Wo das nicht möglich ist, kommt es leider häufig und nahezu zwangsläufig zu den sattsam bekannten nichtssagenden und in der Sache ausweichenden Standardformulierungen von Politikern.

Wenn Zeit so knapp ist, warum wird sie dann bloß so selten sinnvoll genutzt?

Hat der Redner zu viel Zeit,
spricht er überflüssig breit.
Aber ist sie ihm zu kurz,
ist das manchem auch nur schnurz.

Doch gute Reden sind exakt
in den Rahmen reingepackt!

6.8 Sprech- und Sprachprobleme

Unter **Sprachproblemen** verstehe ich mangelhafte Beherrschung einer Sprache (z. B. durch einen Ausländer).

Wer in einer ihm nicht als Muttersprache geläufigen Fremdsprache eine Rede oder einen Vortrag halten soll, der hat meistens auch nach jahrelanger Übung – zumindest hin und wieder – noch Schwierigkeiten im Vergleich mit dem Muttersprachler.

Diese Probleme zeigen sich bisweilen in Unsicherheiten im idiomatischen Sprachgebrauch, aber auch bei der Suche nach den prägnantesten Begriffen für die Darstellung bestimmter Sachverhalte. Schließlich fällt es Ausländern meistens schwer, feinere Sprachnuancen und mitschwingende Emotionen sicher zu erfassen oder diese selbst zielsicher zum Ausdruck zu bringen.

Probleme können sich auch bei Diskussionen ergeben, wo der Redner vom Diskutanten dargestellte Sachverhalte und gegebenenfalls beteiligte Emotionen zu erfassen hat, eventuell auch unterschwelligen Humor, Sarkasmus, Zynismus oder diplomatisch kaschierte Attacken zu erkennen hat.

Im Rahmen der zunehmenden Internationalisierung geraten Vertreter der verschiedensten Berufssparten immer häufiger in Situationen, in denen sie sich in einer Fremdsprache äußern müssen. Dazu zählen nicht nur Politiker im europäischen Parlament, Wissenschaftler auf internationalen Fachkongressen, Manager bei internationalen Vertragsverhandlungen, sondern auch Mitglieder und Funktionäre eines Sportvereins, wenn sie im Ausland auf die Begrüßungsansprache des Gastgebers antworten müssen, oder Sportler, wenn sie vor ausländischen Mikrofonen ein Interview zu geben haben.

Reden in einer Fremdsprache erfordern daher besonders intensive Vorbereitung. Weniger Geübte werden ihre Rede in ihrer Muttersprache halten und sich rechtzeitig einen Übersetzer beschaffen. Das entlastet sie zwar von der eigenen Umsetzung ihrer Gedanken in die Fremdsprache, erfordert aber eine Sprechtechnik, die den Text sinnvoll strukturiert und dabei dem Übersetzer durch Einlegen häufiger Wartepausen immer genügend Zeit läßt für die Übersetzung. Außerdem dürfen die einzelnen Textkomplexe nicht zu lang sein, damit der Übersetzer nichts Wichtiges vergißt.

Wer in einer Fremdsprache vorträgt, wird insbesondere bei geringer Erfahrung und Übung zweckmäßigerweise den gesamten Text aufschreiben und ablesen, um keine unnötigen Fehler zu machen. Erfahrene Redner lassen solche selbstgefertigten Reden vorher noch zur Kontrolle der Wortwahl und der Idiomatik durch einen Muttersprachler gegenlesen und gegebenenfalls durchkorrigieren.

Dieses Verfahren ermöglicht es dem Redner auf jeden Fall, zumindest wenn er die Aussprache einigermaßen beherrscht, eine verständliche und sachlich verwertbare Rede bzw. einen Vortrag zu halten. Wenn er dann in einer anschließenden Diskussion sprachlich nicht mehr so ganz fit sein sollte, wird man ihm das leicht nachsehen, wenn die wesentlichen Inhalte erst einmal verständlich gewesen sind.

Auf jeden Fall sollte sich ein solcher Redner möglichst gut mit seinem fachspezifischen fremdsprachlichen Wortschatz vertraut machen. Dazu hilft die Lektüre entsprechender Fachliteratur (Bücher, Zeitschriften, Vertragstexte, Geschäftsbriefe etc.; und natürlich Wörterbücher: z. B. OXFORD-DUDEN 1979, PONS 1992).

Aber auch die Lektüre von Tageszeitungen, das Anhören fremdsprachlicher Radio- und das Ansehen von Fernsehsendungen (vor allem zum Training des Sprachverständnisses) und nicht zuletzt die Teilnahme an Sprachkursen im In-

und Ausland sind geeignete Mittel, um die aktive und passive Sprachbeherrschung zu verbessern und dem Redner mehr Sicherheit zu geben.

Sprechprobleme (nämlich Schwierigkeiten mit der korrekten Artikulation) können nicht nur ein Problem sein bei der Benutzung einer Fremdsprache, sondern auch bei der Benutzung der Muttersprache.

Dabei sind krankhafte Sprechstörungen (z. B. Rachen- oder Lippenspalte, neurotisches Stottern, Lispeln; auch Behinderung durch schlecht sitzende Zahnprothese) zu unterscheiden von solchen, die sich aus Nervosität (z. B. Stottern vor Aufregung, trockener Hals) oder falscher Sprechweise ergeben (z. B. Heiserkeit).

Bei Sprechstörungen mit organischer oder psycho-neurotischer Ursache sollten entsprechende Fachärzte, Sprach- oder Psychotherapeuten zur Behandlung konsultiert werden.

Über Nervosität und Lampenfieber finden sich bereits einige Hinweise zu Möglichkeiten der Beruhigung im Kapitel 6.2, während im Kapitel 5.3.1.2.6 auf die richtige Atemtechnik hingewiesen wird. Im nächsten Kapitel werden noch einige Bemerkungen zu Rede-Angst und zu Möglichkeiten der Vorbeugung bzw. des sachgerechten Umgangs mit solchen Ängsten folgen.

Durch Nervosität bedingte Sprechstörungen reduzieren sich ohne besondere Maßnahmen erfahrungsgemäß bei den meisten Rednern mit zunehmender Vortragserfahrung. Wer mehr Sicherheit durch Übung und Erfahrung gewinnt, der verliert Ängste und gewinnt an persönlicher Souveränität.

In die gleiche Richtung geht der Zuwachs an fachlicher Kompetenz. Wer bereits berufliche Leistungen vollbracht hat und über einen breiten Wissensfundus verfügt, der verliert viel von seiner anfänglichen fachlichen Unsicherheit und der damit verbundenen Nervosität. Auch im Verlaufe dieser Entwicklung schwächen sich anfängliche Sprechprobleme oftmals schnell ab und verlieren sich schließlich ganz.

Wer jedoch häufiger beim Sprechen vor einem Auditorium einen trockenen Hals bekommt und eventuell sogar zur Heiserkeit neigt, der kann sich ein Glas Wasser auf das Rednerpult stellen und von Zeit zu Zeit einen Schluck zum Anfeuchten nehmen. Wem das unangenehm oder zu umständlich ist, der sollte häufiger Pausen machen oder diese zumindest dazu nutzen, um etwas zu trinken (z. B. auch Kaffee, Tee) und dadurch seinen trockenen Hals wieder etwas zu befeuchten.

Auch wer gerade an einer Erkältung oder Halsentzündung leidet, sollte Vorsorge treffen (Taschentücher, um jeweils rechtzeitig die verstopfte Nase zu befreien; Hustenbonbons, um nicht bei Hustenanfällen auf offener Bühne zu ersticken).

Bisweilen entstehen Sprechprobleme aber auch einfach dadurch, daß Redner nicht vorher ordentlich darüber nachdenken, was sie sagen und wie sie dies zum Ausdruck bringen wollen. Sie setzen dann intuitiv zum Sprechen an, entwickeln parallel zum Sprechen neue Gedanken und verheddern sich dann. Diese

Probleme verschwinden, wenn der Redner nicht frei spricht, sondern sich seinen Text erst überlegt, dann aufschreibt und schließlich vorliest.

Auch ein zu hohes Sprechtempo kann die Ursache sein für häufige Versprecher, für Stottern und andere Sprechprobleme. Diese Redner sollten sich zu langsamerem Sprechen zwingen und dies notfalls durch gezielte Leseübungen (Einhaltung einer mit Stoppuhr kontrollierten Lesezeit pro Textzeile) trainieren.

Wer Schwierigkeiten bei seiner Vorlesung hat, sollte eventuell den korrekten Sitz und die Stärke seiner Brillengläser einmal durch einen Fachmann kontrollieren lassen. Auf das Naheliegende kommt mancher Leidgeplagte nämlich bisweilen gar nicht. Deshalb sind hier auch Trivialitäten notiert, die ich mich nur deshalb aufzuschreiben getraut habe, weil ich die Situationen erstaunlicherweise schon in der Praxis erlebt habe.

Wer als Redner zum Stottern neigt,
sollte schon allein deshalb damit aufhören,
weil es unnötig viel von seiner wertvollen Redezeit kostet!

6.9 Rede-Angst

Rede-Angst entsteht angesichts einer bevorstehenden Rede-Aufgabe im wesentlichen aus der vom Redner subjektiv wahrgenommenen Diskrepanz zwischen den vermuteten (bzw. objektiven) Leistungsanforderungen und seinen subjektiv wahrgenommenen (bzw. tatsächlich vorhandenen) Fähigkeiten.

Wie in einer Prüfungssituation, findet sich der Redner gewissermaßen vor den Augen seines Publikums auf den Prüfstand gestellt, und er bekommt Angst zu versagen. Dabei spielt selbstverständlich seine Leistungsmotivation eine nicht ganz unwesentliche Rolle. Denn je stärker er leistungs- und erfolgsmotiviert ist, desto stärker wird ihn sein Versagen treffen.

Erstaunlicherweise führt zunehmende Leistungs-**Motivation** nicht auch unbegrenzt zu tatsächlich besseren **Leistungen**. Eine zu starke Motivation kann geradezu leistungsblockierend wirken, wie dies die nebenstehende Abbildung veranschaulicht.

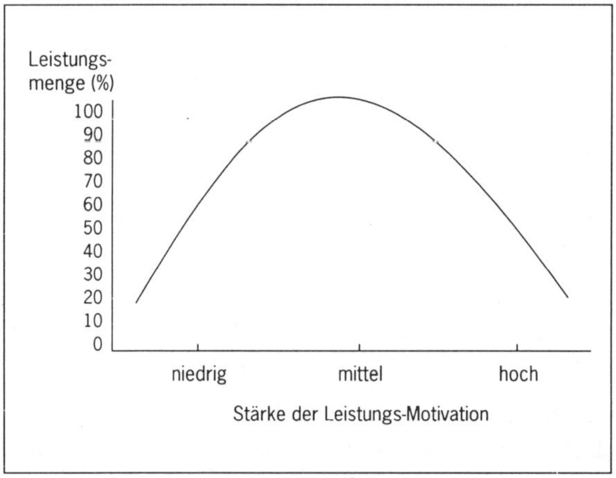

Abb. 11 Motivation und Leistung

Die optimale Leistung wird demnach eher bei einer mittleren Leistungsmotivation erreicht: sie bewirkt zwar eine gewisse Anspannung und Aktivität, fixiert den Menschen aber nicht so sehr auf den unabdingbaren Leistungserfolg, daß er in seiner Aktivität dadurch blockiert würde.

Deshalb gilt auch für Redner: **im Rahmen der Leistungsmotivation das individuell richtige Maß an Anspannung und Lockerheit zu finden.**

Im Gegensatz zu einem unter vier Augen mit einem Gesprächspartner geführten Dialog verursachen erfahrungsgemäß besonders Reden vor einem größeren Zuhörerkreis Ängste (KNIGHT & BORDEN 1979). Der Redner fühlt sich offenbar bei seiner Redetätigkeit der laufenden Kontrolle einer Vielzahl von aufmerksam-kritischen Zuhörern ausgesetzt, deren Anforderungs- und Bewertungskriterien er nicht genau kennt. Das macht ihn unsicher.

Er kann den Grad der positiven oder negativen Beurteilung seiner Leistung durch die Zuhörer nur schwer abschätzen. Diese Unsicherheit verursacht schon vor Beginn des Rednerauftritts Lampenfieber (s. Abschnitt 6.2) und schwächt sich meistens erst dann ab, wenn der Redner aus positiven Zuhörerreaktionen (zu Recht oder sogar bloß irrtümlich) entnehmen zu können glaubt, daß er mit seinen Ausführungen akzeptiert und nicht abgelehnt wird.

Rede-Angst kann sich auf sehr unterschiedliche Art und Weise äußern:

Tab. 98 Auswirkungen von Rede-Angst

- Mancher Redner fühlt beim Sprechen „einen Kloß im Hals".
- Es gibt Redner, die sich nur deshalb nicht „in die Hose machen", weil sie noch rechtzeitig vor Beginn ihrer Rede oder ihres Vortrags einmal oder mehrfach die Toilette aufsuchen.
- Vortragende berichten darüber, daß ihnen „der kalte Schweiß ausbricht", wenn sie zum Rednerpult gehen.
- Manchem zittern die Knie.
- Einige treten mit hochrotem Kopf vor ihr Auditorium.
- Vielfach verlieren Redner aus lauter Angst den Überblick über das, was und wie sie es sagen wollen und verheddern sich dadurch laufend; sie können sich nicht mehr konzentrieren.
- Bisweilen sagen Redner ihren Auftritt ab aus Angst vor Versagen vor dem Publikum, oder sie erscheinen einfach unentschuldigt nicht.
- Besonders ängstliche Menschen lehnen jeden Rede-Auftrag von vornherein ab, um sich gar nicht erst der für sie beängstigenden Situation auszusetzen.
- Bisweilen können Redner aus Angst vor der Konfrontation mit dem Gegenüber ihren Blick nicht vom Manuskript lösen und ihr Auditorium ansehen.
- Aus lauter Angst rattern manche Redner ihren Text nur so herunter, um ja keine Pause aufkommen zu lassen und diese unangenehme Situation möglichst schnell hinter sich zu bringen.

Die z. T. sehr unterschiedlichen körperlichen Angst-Symptome lassen sich durch die von SELYE (1954, 1974) entwickelte und von anderen (z. B. GRAY 1971, NITSCH 1981, VESTER 1992) aufgegriffene Streß-Theorie verständlich machen.

Dabei kann die im Menschen entstehende Angst als ein Streß-Reiz aufgefaßt werden. Ein durch äußere Wahrnehmung oder im Gehirn entstehender Angst-

Gedanke aktiviert hierbei über den Hypothalamus (Entstehung von Angstemotionen) und die Hypophyse (Ausschüttung des Adrenocorticotropen Hormons ACTH) die Nebennierenrinde (Adrenalin-Ausstoß). Dadurch wird der gesamte Organismus in höchste Alarmbereitschaft (d. h. Flucht- oder Kampfbereitschaft) versetzt.

Das komplizierte Zusammenspiel im vegetativen bzw. autonomen Nervensystem, bei dem die Aktivität von Sympathicus und Parasympathicus eine Reihe von körperlichen Veränderungen bewirkt, die sich in entsprechenden Symptomen (für gestreßte Redner manchmal sehr unangenehm) bemerkbar machen. Die folgende Abbildung zeigt stark vereinfacht, welche Auswirkungen die Aktivierung von Sympathicus bzw. Parasympathicus in diesen Streßsituationen im einzelnen haben können:

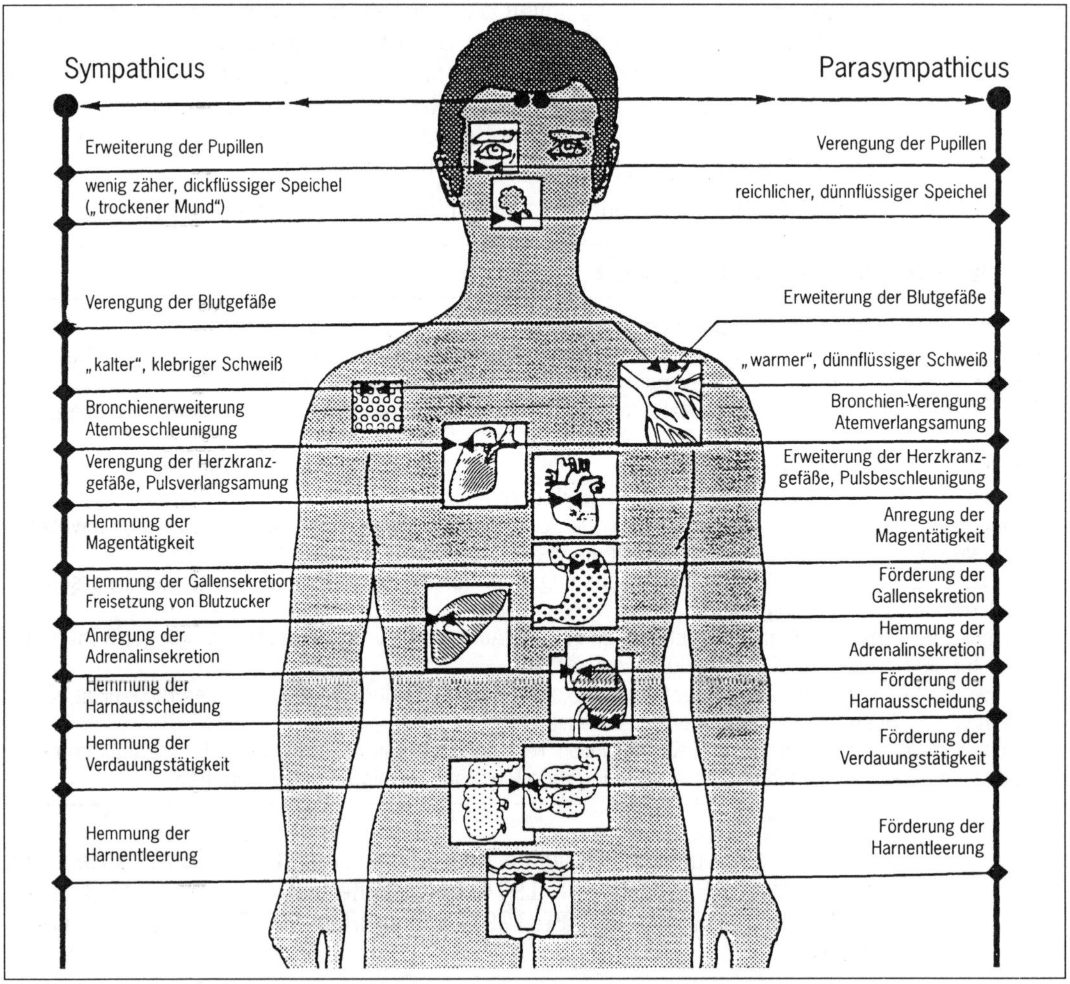

Abb. 12 Körperliche Auswirkungen von Streß-Reizen

Was ängstliche Redner also bei sich normalerweise an Symptomen beobachten, braucht sie deshalb grundsätzlich nicht zu beunruhigen, da es sich um natürliche körperliche Reaktionen auf einen Streßreiz – in diesem Fall die Rede-Angst – handelt.

Was kann er dagegen tun?

Einerseits natürlich der Angst und der dadurch induzierten Streßreaktion seines Körpers vorbeugen. Wer durch Lebens- oder Berufserfahrung, dazu gehört auch Rede- und Vortragserfahrung, an Selbstsicherheit gewinnt, der wird – wie bereits erwähnt – automatisch weniger Angst vor solchen Rede-Situationen haben und daher weniger oder vielleicht am Ende überhaupt nicht mehr unter lästigen Streß-Symptomen zu leiden haben.

Bei überstarken oder sogar neurotisch fixierten Ängsten wird der Redner nicht gern auf die Segnungen einer irgendwann einmal entwicklungsbedingt zu erwartenden Lebenserfahrung und Abgeklärtheit warten wollen. In solchen Fällen können psychotherapeutische Maßnahmen – wie z. B. Selbstsicherheitstrainings und Entspannungsübungen – oftmals schnell spürbare Erleichterung bringen.

Wer unter gravierenden Rede- und Prüfungsängsten leidet, kann sich über erfolgversprechende Möglichkeiten zur Selbstbehandlung in der einschlägigen Fachliteratur orientieren (z. B. BORKOVEC & O'BRIEN 1977, OELKERS & TUNNER 1977, RUDDIES 1980).

Wenn der Redner gern selbst etwas gegen seine unnützen und für ihn und seinen Redner-Erfolg hinderlichen Ängste unternehmen will, kann er auch durch gezielte Selbstbeobachtung und -analyse herauszufinden versuchen, woher seine Ängste kommen.

Denkbar sind zahlreiche Möglichkeiten. Im Einzelfall sind neben der genetischen Disposition vor allem die individuellen lebensgeschichtlichen Erfahrungen des Redners von ausschlaggebender Bedeutung. Dazu einige Beispiele:

Tab. 99 Mögliche Ursachen von Rede-Ängsten

Auf die Person des Redners bezogene Rede-Ängste:

- Reicht meine Fachkompetenz für die Darstellung dieses Themas vor diesem Auditorium aus?
- Mache ich als bisher weitgehend unbekannte Person einen hinreichend professionellen und erfahrenen Eindruck?
- Werde ich das Thema rhetorisch bewältigen?
- Werde ich mit der vorgegebenen Zeit auskommen?
- Bin ich für diese Gelegenheit richtig angezogen und frisiert?
- Ist meine Garderobe in Ordnung (oder steht der Hosenschlitz offen)?
- Habe ich meine richtige Lesebrille dabei?
- Werde ich trotz meines Schnupfens, meiner Halsentzündung ... einigermaßen sprechen und durchhalten können?

Angst vor Zuhörern:

- Was für Zuhörer mögen wohl zu meinem Vortrag kommen?

Fortsetzung Tab. 99

- Werden im Auditorium Zuhörer sitzen, die über das Thema besser Bescheid wissen als ich?
- Sind Gegner meiner fachlichen Auffassung unter den Zuhörern?
- Werde ich aggressiven Fragen aus dem Auditorium gewachsen sein?
- Hoffentlich fallen mir auf kritische Fragen richtige bzw. diplomatische Antworten ein.
- Wenn nur ganz wenig Zuhörer kämen, wäre das für mich sehr peinlich. Ich müßte dann annehmen, daß sie an meinem Thema nicht interessiert sind oder daß sie mich nicht als Experten akzeptieren.

Angst vor dem Moderator/Diskussionsleiter/Veranstalter:

- Hoffentlich bin ich dem mir noch unbekannten Moderator sympathisch.
- Ich weiß nicht, wie ich es verhindern kann, daß der Moderator, der auch Experte auf diesem Fachgebiet ist, an meiner Stelle die Fragen der Zuhörer beantwortet.
- Hoffentlich stellt mir der Diskussionsleiter keine peinlichen Fragen, die ich nicht beantworten kann.
- Ich fürchte, daß der Moderator mir notfalls kategorisch das Wort entziehen wird, wenn ich die Redezeit überschreite.
- Wenn der Saal nicht voll wird, wird mich der Veranstalter nie wieder engagieren.

Probleme mit Manuskript und Demonstrationsmaterial:

- Habe ich mein Manuskript bei mir? Habe ich das richtige Manuskript eingesteckt?
- Hoffentlich geraten mir meine Manuskriptblätter nicht durcheinander.
- Hoffentlich komme ich mit dem Verlesen meines Manuskripts in dem engen Zeitrahmen durch.
- Habe ich auch die richtigen Präsentations-Folien dabei?
- Sind meine Dias richtig geordnet? Werden sie nicht seitenverkehrt oder auf dem Kopf stehen?

Angst vor der Technik:

- Hoffentlich finde ich rechtzeitig den richtigen Vortragssaal.
- Ich weiß überhaupt nicht, wie man diesen Projektor in Gang bringen kann. Was mache ich nur?
- Wie kann man denn nur diesen Saal verdunkeln? Ohne Verdunkelung wird keiner meine Bilder erkennen können!
- Mit dem kleinen Zeigestock komme ich nicht dort oben an die Projektionswand. Wie soll ich denn jetzt die Details in den Abbildungen zeigen?
- Ich fürchte, daß ich wieder mit dem Mikrofon nicht zurechtkommen werde. Wie schaltet man das ein? Wird es wieder pfeifen? Wird man mich im Saal verstehen können?
- Wenn hinter dem Rednerpult keine Fußbank steht, kann ich nicht mehr über den Rand gucken!
- Wenn kein Techniker anwesend ist, kann ich meine Dias nicht zeigen, denn ich kann nicht gleichzeitig vorn stehen und die Bilder erklären und hinten, um die Dias im Projektor zu transportieren.

Angst vor den Konsequenzen der Rede:

- Werde ich vielleicht mit falscher Tendenz in den Medien zitiert werden?
- Werden meine Äußerungen mir nachträglich Ärger einbringen ... bei den Betroffenen, bei meinen Vorgesetzten, bei Behörden, bei Gerichten ...?
- Werden meine politischen Gegner oder Vertreter anderer wissenschaftlicher Auffassungen mich attackieren?
- Wenn die Rede ein Flop wird, werde ich nie wieder engagiert und kann stempeln gehen.
- Wenn dieser Vortrag „in den Teich geht“, werde ich diesen guten Job nicht bekommen.
- Wenn jemand meine mühsam erarbeiteten Thesen widerlegt, war meine jahrelange Arbeit umsonst.

Für eine ganze Reihe der hier aufgeführten Beispiele möglicher Angstursachen sind in diesem Buch an den verschiedenen Stellen Anregungen gegeben worden, wie ein Redner schon prophylaktisch das Entstehen echter Probleme während einer Rede oder eines Vortrags verhindern kann bzw. wie sie zu bewältigen sind, wenn sie trotzdem unerwartet auftreten.

Schon allein die Kenntnis von Möglichkeiten zur Vorbeugung gegen Probleme einerseits und andererseits zum sachgerechten Umgang mit tatsächlich auftretenden Schwierigkeiten kann angstdämpfend wirken und zugleich die Selbstsicherheit des Redners stärken.

Er weiß jetzt, daß er solchen Problemsituationen nicht hilflos ausgesetzt sein muß, sondern daß er mit Aussicht auf Erfolg etwas Vernünftiges dagegen tun kann. Schon diese Erkenntnis verstärkt erfahrungsgemäß das Gefühl der Sicherheit und reduziert die Rede-Angst.

> Bisweilen trügt der Schein:
> Mancher Redner, der besonders forsch auftritt, hat die Hosen bereits voll.

7 SCHLUSSWORT: WAS NUN?

Nachdem Sie sich nun (fast) bis ans Ende dieses Buches auf einem Weg zum guten Redner vorgearbeitet haben, werden Sie vielleicht sich selbst und mich kritisch fragen:

Was nützen mir alle diese Informationen, Erkenntnisse und Selbstreflexionen über meine Schwächen als Redner oder Vortragskünstler?

Wenn ich es jetzt auch noch schwarz auf weiß habe, daß das Halten einer Rede oder eines Fachvortrags eine ausgesprochen schwierige Aufgabe ist, um nicht zu sagen eine Kunst (!), verbessert das meine bisher schwachen Leistungen auf diesen Gebieten keineswegs.

Ich bin kein Rede-Künstler und kein Vortrags-Genie!

Das mag wohl sein. Aber eine bereits aus vielen Lebensbereichen bekannte und eigentlich triviale Tatsache könnte Ihnen als Redner für die Zukunft doch etwas mehr Selbstbewußtsein geben und auf dieser neuen Grundlage zu etwas mehr Vortrags-Souveränität führen:

NOBODY IS PERFECT !

Und das gilt natürlich auch für Redner.

Oder kennen Sie einen perfekten Redner?

Wenn Sie das glauben, sind Sie vermutlich noch dem Vorurteil verhaftet, das manchem schon nach „Liebe auf den ersten Blick“ bei näherem Kennenlernen herbe Überraschungen beschert hat. Jeder Mensch – und das gilt selbstverständlich auch für dessen Qualifikation als Redner – hat nicht nur Stärken, sondern (meist auch beträchtliche) Schwächen.

Angesichts vordergründiger Schwächen übersieht man leicht (mehr oder weniger verborgene) Stärken. Dann wird unter Umständen auch ein insgesamt Qualifizierter leichtfertig als „schlechter Redner“ eingeordnet. Hat es ein Redner aber verstanden, seine Schwächen gut zu tarnen, sind wir oft etwas voreilig geneigt, ihn für ein Genie zu halten – nicht nur als Redner, sondern sogar als Fachmann auf dem Gebiet, über das er gerade so locker parliert.

Bei genauerem Hinsehen werden Sie aber meistens bald erkennen, daß auch das vermeintliche Genie keineswegs so genial ist, wie es Ihnen auf den ersten Blick erschienen war. Auch dieses Genie wird sich bei näherem Kennenlernen als Mensch entpuppen, der trotz allen Fleißes und allen Engagements durchaus nicht immer perfekte Leistungen vollbringt – auch keine rhetorischen.

Gerade diese Erkenntnis finde ich besonders tröstlich für jeden, der Reden, Vorträge oder Ansprachen halten bzw. Statements in der Öffentlichkeit abgeben muß oder möchte, sich jedoch selbstkritisch weder als Vortrags-Genie einordnet, noch von seinen Zuhörern als solches angesehen wird.

Auch wer kein Genie ist, kann für andere Menschen ein begehrter Redner sein. Denn:

> Jeder, der etwas weiß,
> das für andere Menschen von Interesse ist,
> ist ein potentiell begehrter Redner!

Warum?

Weil wir alle darauf angewiesen sind, daß andere Menschen uns Informationen geben, Kenntnisse und Wissen vermitteln, das wir täglich brauchen: für unsere Berufstätigkeit als Verkäufer, Schreiner, Friseur, Arzt, Rechtsanwalt etc., um auf einem PC einen Text zu schreiben, um richtig Tennis spielen oder Auto fahren zu können.

Dabei ist es uns letzten Endes relativ gleichgültig, ob uns jemand die für uns im Augenblick dringend benötigten Informationen rhetorisch perfekt und mit professioneller Eloquenz serviert, oder ob er das Wichtige hinnuschelt, herausstottert oder sonstwie hervorstammelt.

> Hauptsache: Wir haben die richtige Information!

Was für einen rhetorischen Dilettantismus würden wir doch alle gern hinnehmen, wenn uns nur irgendjemand – und habe er sich seit Wochen nicht gewaschen, hinge sein Hemd in schmutzigen Fetzen an ihm herab, habe er einen häßlichen Ausschlag im Gesicht, eine Gestalt wie der Glöckner von Notre Dame und stotterte und stammelte er in vulgärem Kauderwelsch die richtigen Worte: 13, 19, 22, 23, 28, 33 – die Glückszahlen für „6 Richtige im Lotto"!

Wir würden ihm die Information geradezu entreißen, wir würden die Zahlen sofort auf den Lottoschein schreiben, ihn zur Annahmestelle bringen – und in Bälde die Millionen kassieren. Wunderbar. Verzichten würden wir dabei auf rhetorische Finesse, auf modische Garderobe des Informanten, auf sonst obligate Literaturkenntnisse über Goethe und Shakespeare und auf ein gewinnend charmantes Lächeln. Hauptsache, die Zahlen stimmen, und der Millionengewinn wird uns so bald wie möglich ausgezahlt.

So denke ich, daß es am wichtigsten ist, überhaupt etwas für andere Menschen Interessantes zu sagen zu haben!

Wer wirklich etwas zu sagen hat, der wird auch Interesse und Akzeptanz bei seinen Zuhörern finden.

Aber „wer immer strebend sich bemüht", der wird seine Rede oder seinen Vortrag noch weiterentwickeln können vom bloß handwerklich korrekt gefertigten „Werk" zu einem meisterhaft gestalteten „Kunstwerk". Redner und Auditorium werden daran in gleicher Weise ihre Freude haben.

Doch nur, wer sich auf den Weg macht, ein guter Redner zu werden, der hat auch eine reelle Chance, dieses Ziel zu erreichen.

UND SIE SIND OFFENBAR BEREITS AUF DEM WEG!

DIE 4 HAUPTSTUFEN DES REDNERISCHEN ERFOLGS:

1. Das niedrigste Niveau liegt dort vor,
   wo der Redner sich selbst versteht
   und seine Zuhörer ihn.

2. Ein höheres Niveau besteht dort,
   wo zwar der Redner sich selbst versteht,
   aber die Zuhörer ihn nicht.

3. Noch höher ist das Niveau,
   wenn weder der Redner sich selbst,
   noch die Zuhörer ihn verstehen.

4. Aber das höchste Niveau ist erst dann erreicht,
   wenn der Redner sich selbst nicht versteht,
   dafür aber die Zuhörer genau wissen, worum es geht!

8 LITERATUR

ALTENEDER, A. (1988[7]): Fachvorträge vorbereiten und durchführen. München (Siemens AG, Abt. Verl.).

ARISTOTELES: Rhetorik.

ATKINSON, J. W. (1975): Einführung in die Motivationsforschung. Stuttgart (Klett).

AVI-STUDIO (1984): Für Ihre Präsentationen und Vorträge. Hannover.

AVI-STUDIO (o. J.): Hauptkatalog. Erfolgs-Systeme für Ihre Präsentationen, Konferenzen, Schulungen. Hannover.

BÄUMLER, C. E. (1991): Lernen mit dem Computer. Weinheim, Basel (Beltz).

BAIER, S. (1992): Sprache: Dem Geheimnis der Pause auf der Spur. Psychologie heute, Sept. 1992, S. 45–46.

BALLSTAEDT, St.-P. (1991): Lerntexte und Teilnehmerunterlagen. Weinheim, Basel (Beltz).

BARTZ, W. J. (Hrsg.; 1988): Weiterbildung für Ingenieure – Investition in die Zukunft. Bd. 2. Technische Akademie Esslingen, Ostfildern.

BATAILLARD, V. (1984): Pinwand-Moderations-Technik. Zürich (Organisator).

BAUER, G. (1993[2]): Rhetorik. Eine Anleitung für Rede, Gespräch, Verhandlung, Diskussion. Ludwigshafen (Kiehl).

BERCKHAN, B., C. KRAUSE & U. RÖDER (1993): Schreck laß nach. Was Frauen gegen Redeangst und Lampenfieber tun können. München (Kösel).

BERNSTEIN, D. (1991[2]): Die Kunst der Präsentation. Wie Sie einen Vortrag ausarbeiten und überzeugend darbieten. Frankfurt/M., New York (Campus).

BIEHLE, H. (1961): Redetechnik. Einführung in die Rhetorik. Sammlung Göschen, Band 61. Berlin (W. de Gruyter).

BILSOM INTERNATIONAL GMBH (o. J.): Der Schutz unseres Gehörs. Lübeck, Wien, Billesholm.

BIRKENBIHL, M. (1992[10]): Train the Trainer. Kleines Handbuch für Ausbilder und Dozenten. München (moderne industrie).

BIRKENBIHL, V. (1992[4]): Fragetechnik schnell trainiert. Das Trainingsprogramm für Ihre erfolgreiche Gesprächsführung. Weiterbildungsseminar. München (mvg).

BIRKENBIHL, V. (1992): Seminare richtig vor- und nachbereiten. Manager Seminare Nr. 9, S. 86.

BLOCK, C. H. (1992): So stellen Sie ansprechende Tageslichtfolien her. Assistenz, H. 1, S. 4–6.

BLUM, K. (1991[3]): Rhetorik für Führungskräfte. Techniken, Konzepte, Musterreden. Landsberg a. Lech (moderne industrie).

BÖHMER, S. (1993): Visualisierung von Daten mit dem PC. Assistenz 2/1993, S. 18–20.

BOHLEN, F. N. (1992): Mit qualifizierter Rhetorik begeistern. Sekretariat 6/92, S. 38–39.

BORKOVEC, T. D. & G. T. O'BRIEN (1977): Relation of autonomic perception and its manipulation to the maintenance and reduction of fear. J. abnorm. Psychol. 86, 163–171.

BORN, J. (1992): Reden und Ansprachen von A–Z. Planegg/München (WRS).

BOYLAN, B. (1991): Bring's auf den Punkt. Professionelle Vortragstechnik schnell trainiert. München (mvg).

BREDEMEIER, K. (1990): Wenn Manager vor der Fernseh-Kamera „geknackt" werden. Deutscher Vertriebs- und Verkaufsanzeiger. 3. Jg., Nr. 24, S. 1–2.

BREDEMEIER, K. (1991): Tageslichtprojektor: Tips und Tricks für die tägliche Praxis. Weiterbildung 2, S. 48–49.

BROCKHAUS (1977 ff.): Großer Brockhaus. Bde. 1–12. Wiesbaden (Brockhaus).

BRÜLLMANN, R. (1989); Luther-Zitate von A–Z: 1000 Zitate zu 330 Begriffen. Moers (Bredow).

BÜCHMANN, G. (1991[38]): Geflügelte Worte. Der Zitatenschatz des deutschen Volkes. Frankfurt/M., Berlin (Ullstein).

BÜRSCH, M. (1980): Protokoll und Etikette. Wie Sie die Form wahren. In: RENTROP (Hrsg; 1980): Kap. 2.2.

DACHRODT, H.-G. (1992[2]): Erfolgreiche Reden und Ansprachen. Mit zahlreichen Musterreden für fast jeden Anlaß. Köln (BUND-Verl.).

DITKO, P. (Hrsg.; 1993): Reden und Rhetorik von A–Z. Das Kommunikationslexikon für Unternehmer und Manager. Köln (Verlagsgruppe Deutscher Wirtschaftsdienst).

ELERTSEN, H. & W. HARTIG (1986[10]): Moderne Rhetorik. Rede und Gespräch im technischen Zeitalter. Heidelberg (Sauer).

ENKELMANN, N. B. (o. J.): Rhetorik. Überzeugen – aber wie? ABC der Beeinflussungskunst. Wiesbaden (Panorama).

FELS, E. (1975): Vorträge, Reden, Diskussionen. Stuttgart (Taylorix).

FEUERBACHER, B. (1990[2]): Fachwissen prägnant vortragen. Heidelberg (Sauer).

FEY, H. (1993): Sicher und überzeugend präsentieren. Rhetorik, Didaktik, Medieneinsatz für Kurzvortrag, Referat, Verkaufspräsentation. Berlin, Bonn, Regensburg (Walhalla).

FLEISCHER, G. (1986): Dia-Vorträge. Planung, Gestaltung, Durchführung. Stuttgart (Thieme).

FRANK, M. (1992²): Wie Sie in einer halben Minute Ihren Standpunkt vertreten. Das 30-Sekunden-System. München, Landsberg/L. (mgv).

FRANKEN, F. & I. SCHADE (1992): Redevorbereitung – „Reden zur Sache". Checkliste. In. RENTROP, N. (Hrsg.; 1992): Kap. 2.1, S. 49–54.

GAST, W. (1992²): Juristische Rhetorik. Auslegung, Begründung, Subsumtion. Heidelberg (v. Decker's & Schenk).

GEORG, G. (1991): Reden im Verein. Musteransprachen für viele Gelegenheiten. Niedernhausen/Ts. (Falken).

GRASS, G. (1986): Musterreden für Bürgermeister. Kissing (WEKA).

GRASS, G. (1990): Mustergrußworte für Bürgermeister. Kissing (WEKA).

GRAUMANN, C. F. (1969): Motivation. Frankfurt, Bern (Huber).

GRAY, J. A. (1971): Angst und Streß. München (Kindler).

GREIFF, C. (Hrsg.; 1988): 9000 Zitate aus 3 Jahrtausenden. Herrsching (Pawlah).

GUDJONS, H., R. TESKE & R. WINKEL (Hrsg.; 1981): Didaktische Theorien. Braunschweig (Westermann).

HARTIG, W. (1993¹²): Moderne Rhetorik und Dialogik. Heidelberg (Sauer).

HECKHAUSEN, H. (1980): Motivation und Handeln. Lehrbuch der Motivationspsychologie. Berlin, Heidelberg, New York (Springer).

HELLWIG, G. (1990): Das große Buch der Zitate. München (Orbis).

HERRMANN, P. (1992): Reden wie ein Profi. Rhetorik im Alltag. München (Orbis).

HIERHOLD, E. (1992²): Sicher präsentieren – wirksamer vortragen. Wien (Ueberreuter).

HILLER, E. (1970): Vortragstechnik. Manuskript, Darbietung, Lernerfolg. Stuttgart (Deutsche Verlags-Anstalt).

HIRSCH, G. (1991): Die Kunst der freien Rede. Niedernhausen/Ts. (Falken).

HOLZHEU, H. (1992³): Natürliche Rhetorik. Düsseldorf, Wien, New York, Moskau (Econ).

JAHNCKE, R. (1988): Sprechtechnik und Redekunst. Ein Lehrgang für sicheres Auftreten und freies Reden. München, Basel (Reinhardt).

JOHN, J. (1992): Reclams Zitaten-Lexikon. Stuttgart (Reclam).

JÜNGER (1992): Audio visuell. Gesamtkatalog. Offenbach (Jünger).

KELLER, J. A. (1981): Grundlagen der Motivation. München, Wien, Baltimore (Urban & Schwarzenberg).

KIRCHNER, B. (1993): Rhetorik für Führende. Rede als Ausdruck der Persönlichkeit. Wiesbaden (Gabler).

KITTELBERGER, R. & I. FREISLEBEN (1991): Lernen mit Video und Film. Weinheim, Basel (Beltz).

KLEBERT, K., E. SCHRADER & W. G. STRAUB (1985): Kurz Moderation. Hamburg (Windmühle).

KLEBERT, K., E. SCHRADER & W. G. STRAUB (1987): Moderations-Methode. Hamburg (Windmühle).

KNIGHT, M. L. & R. J. BORDEN (1979): Autonomic and affective reactions of high and low socially-anxious individuals awaiting public performance. Psychophysiol. 16, 209–213.

KÖHL, K. (1982): Warum Vorträge halten, wenn man den Stoff auch nachlesen kann? CONGRESS & SEMINAR 9, S. 28–32.

KOSTER, M. (1983): Großes Handbuch der Zitate, Sprichwörter und Redensarten. Köln (Naumann und Göbel).

KRATZ, H.-J. (1989): Rhetorik. Schlüssel zum Erfolg. Wiesbaden (Modul).

KRIEBEL, H. (1992): „Ich habe ständig das Falsche gesagt ...“ prmagazin 12/92, S. 18–19.

LAMPARTNER, D. H. (1990): Die Macht des Wortes. Management Wissen 1, S. 80–89.

LANGER, J., F. SCHULZ v. THUN, R. TAUSCH (1974): Verständlichkeit. (Die vier Seiten der Nachricht.) München (Hanser), A. 18–51.

LANGNER-GEISSLER, T. & U. LIPP (1991): Pinwand, Flipchart und Tafel. Weinheim, Basel (Beltz).

LAUTENBACH, E. (1986): Goethe-Zitate. Redensarten, Sprichwörter. Hanau (Dausien).

LEMMERMANN, H. (1962, 1992[4]): Lehrbuch der Rhetorik. München, Wien (G. Olzog) bzw. München (mgv).

LORIOT (1993): Sehr verehrte Damen und Herren . . . Reden und Ähnliches. Zürich (Diogenes).

MARAS, R. (1979): Das Tafelbild im Unterricht. München (Lurz).

MASLOW, A. H. (1954, 1980[2]): Motivation and personality. New York (Harper & Row); dt. 1977, Freiburg.

McCLELLAND, D. C. (1971): Assessing human motivation. New York (General Learning Press).

McCLELLAND, D. C. (1972): What is the effect of achievement motivation training in the schools? Teachers College Record 74, 129–145.

MEIER, H.-K. (1980): Vortragstechnik für Naturwissenschaftler und Techniker. Karlsruhe (C.F. Müller).

MEYERS GROSSES TASCHENLEXIKON in 24 Bänden (1992). Mannheim, Leipzig, Wien, Zürich (B. I.-Taschenbuchverlag).

MOEWIG (1992): Das Hausbuch der Zitate und Weisheiten. Rastatt (Verlagsunion E. Pabel-Arthur Moewig KG).

MOHLER, A. (1989²): Die 100 Gesetze überzeugender Rhetorik. München (Wirtschaftsverl. Langen-Müller/Herbig).

MONKA, M. & W. VOSS (1990): Standardsoftware Präsentationsgrafik HARVARD GRAPHICS. Eine strukturierte Einführung. rororo 8171. Reinbek (Rowohlt).

NEULAND GMBH (Hrsg.; 1992): Katalog '92/2. Produkte für lebendiges Lernen. Eichenzell (Neuland GmbH).

NIEMANN, P. (1992): Treffend zitiert. 2222 Zitate für alle Gelegenheiten. München (Wirtschaftsverl. Langen-Müller/Herbig).

NITSCH, J. R. (1981): Streß, Theorien, Untersuchungen, Maßnahmen. Stuttgart, Wien (Huber).

NITSCHKE, H. (1992): Erfolgreiche Vorträge und Seminare: Planung, Vorbereitung, Durchführung. Ehningen (expert), Stuttgart (Taylorix).

NIX, U. H. (1992): Zuhören. Die wichtigste Eigenschaft erfolgreicher Redner. Düsseldorf, Wien (Econ).

OELKERS, S. C. & W. TUNNER (1977): Experimentelle Untersuchung zur Angstbehandlung durch Selbstregulation. Z. klin. Psychol. Psychother. 25, 314–337.

OGGER, G. (1992): Nieten in Nadelstreifen. München (Droemer Knaur).

OXFORD-DUDEN (1979): Bildwörterbuch. Deutsch und Englisch. Mannheim (Duden).

PELTZER, K. & R. v. NORMANN (1992¹⁰): Das treffende Zitat. Gedankengut aus drei Jahrtausenden und fünf Kontinenten. Thun (Ott).

PLATON: Gorgias (Rhetorik).

POENICKE, K. & I. WODKE-REPPLINGER (1977): Wie verfaßt man wissenschaftliche Arbeiten? Mannheim, Wien, Zürich (Dudenverlag).

POHL, R. (1990): Beobachtungen und Vorschläge zur Gestaltung und Verwendung von Folien in Vorträgen. Psychologische Rundschau, 41. Jg., H. 3, S. 155–158.

PONS (1992): Bildwörterbuch. Stuttgart (Klett).

PORTNER, D. (1990): Musterreden für Offiziere. Kissing (WEKA).

PROST, W. (1992): Erfolgreiche Musterreden für Führungskräfte. Kissing (WEKA).

PUNTSCH, E. (1990): Witze, Fabeln, Anekdoten. Handbuch für Politiker, Journalisten, Schriftsteller, Manager, Korrespondenten. Augsburg (Weltbild Verlag).

QUERNHEIM, P. v. (1992): Überzeugen können. Der Königsweg der Rhetorik und Didaktik. München (Langen-Müller/Herbig).

RENTROP, N. (Hrsg.; 1980 ff.): Der Reden-Berater. Handbuch für erfolgreiche Reden im Betrieb, in der Öffentlichkeit und im Privatleben. Bonn (Verl. N. Rentrop).

RISCHAR, K. (1977): Rhetorik und Kinesik für Ausbilder. München (moderne industrie).

RUDDIES, G. H. (1980): Nie mehr Prüfungsangst. Ein Ratgeber in allen Prüfungslagen. Düsseldorf, Wien (Econ).

RÜDENAUER, M. (1985[2]): Erfolgreiche Musterreden für Führungskräfte. 6 Bände, Kissing (WEKA); 1991[3] von ST. HEILIGTAG.

RUHBACH (Hrsg.; 1990–93): Meditative Zugänge zu Gottesdienst und Predigt. Predigttext-Reihe 1–4. Göttingen (Vandenhoeck & Ruprecht).

RUHLEDER, R. (1992[11]): Rhetorik, Kinesik, Dialektik. Bonn (Rentrop).

RUHLEDER, R. (1986): Hilfe ich verliere den Faden! 10 Tips gegen die Mattscheibe. Assistenz 2, S. 25.

RUHLEDER, R. (1992): Kurze Rede, lange Vorbereitung. prmagazin 11, S. 48–49.

SARNOFF, D. (1992): Auftreten ohne Lampenfieber. Reden, Interviews, Fernsehauftritte, Konferenzen, Präsentationen. Frankfurt/M., New York (Campus).

SCHANZE, H. (Hrsg.; 1974): Rhetorik. Frankfurt/M. (Athenäum Fischer).

SCHLÜTER-KISKE, B. (1987[4]): Rhetorik für Frauen. Wir sprechen für uns. München (Wirtschaftsverl. Langen-Müller/Herbig).

SCHAUFELBÜEL, A. (1993[3]): Treffende Redensarten, viersprachig. Thun (Ott).

SCHMEDEMANN, H. (1993): Die besten Reden für Verkaufsleiter. Musterreden zu jedem Anlaß im Geschäftsleben. München (NM Norbert Müller).

SCHNEIDER, D. W. & W. RECHTIEN (1991): Die Macht des Arguments. Sicher auftreten, klar formulieren, mit Überzeugung gewinnen. Wiesbaden (Gabler).

SCHNELLE-CÖLLN, T. (1976): Visualisierung. Quickborn (Metaplan).

SCHORKOPF, H. (1990[6]): Reden frei-verständlich-wirksam. Freiburg i. Br. (Haufe).

SELYE, H. (1957): Streß beherrscht unser Leben. Düsseldorf (Econ).

SELYE, H. (1974): Stress without Distress. Philadelphia; New York (Lippincott).

SICKER, F. (Hrsg.; 1993): Moderne Reden & Ansprachen. Niederhausen/Ts. (Falken).

SKUPY, H.-H. (1993): Das große Handbuch der Zitate von A–Z. Gütersloh (Bertelsmann).

THIELE, A. (1991): Rhetorik. Sicher auftreten – überzeugend argumentieren beim Chef, vor Besuchern, am Telefon. Wiesbaden (Gabler).

THOMAE, H. (Hrsg.; 1965): Motivation. Handbuch der Psychologie, Band 2. Göttingen (Hogrefe).

THOMAE, H. (Hrsg.; 1983): Theorien und Formen der Motivation. Enzyklopädie der Psychologie: Motivation und Emotion. Band 1. Göttingen, Toronto, Zürich (Hogrefe).

TILLNER, CHR. & N. FRANCK (1990): Selbstsicher reden. Ein Leitfaden für Frauen. München (Mosaik Verl.).

TODT, E. (Hrsg.; 1977): Motivation. Eine Einführung in Probleme, Ergebnisse und Anwendungen. Heidelberg (Quelle & Meyer).

TUSCHE, W. (1988): Reden und überzeugen. Rhetorik im Alltag. Köln (BUND-Verl.).

WEBER, D. & M. POPP (1989): Das Management als Sprechtheater. Management Wissen 7, S. 67–78.

WEIDENMANN, B. (1991): Lernen mit Bildmedien. Weinheim, Basel (Beltz).

WEINER, B. (1972): Theories of motivation. Chicago (Rand McNally).

WEYEL (Hrsg.; 1988): Für visuelle Kommunikation. Haiger (Weyel KG).

WEYEL INTERNATIONAL (Hrsg.; 1993): AVE Systeme. Produktkatalog. Haiger (Wyel KG).

WILL, H. (1991): Arbeitsprojektor und Folien. Weinheim, Basel (Beltz).

WILL, H. (1993): Mini-Handbuch Vortrag und Präsentation. Für Ihren nächsten Auftritt vor Publikum. München (WuP).

WUNDER AV-VERLAG (Hrsg.; 1984): Visu-Quick für minutenschnelles Erstellen von Originalen zur Übertragung auf OHP-Folien mit Thermokopierern und Kopierautomaten. Set I: Grafische Grunddarstellungen. Set II: Motiv-Entwicklung. Kaarst (Wunder).

ZACH, CHR. (1992): Vortrag ohne Pannen: Flipcharts, Dias, Videos. Sekretariat 11, S. 46–47.

ZACH, CHR.(1993): Visitenkarte jeder Tagung: die Unterlagen. Sekretariat 1/93, S. 42–44.

ZUSCHLAG, B. (1988): Seminare, Workshops, Praktika anstelle konventioneller Vorträge. In: BARTZ (1988): S. 15.4–1–8.

ZUSCHLAG, B. (1992[2]): Konfliktsituationen im Alltag. Göttingen, Stuttgart (Verl. f. Angewandte Psychologie).

ZUSCHLAG, B. (1995, in Vorb.): Vortrags-Technik. Methodik, Didaktik, technische Hilfsmittel, lernpsychologische Grundlagen. Göttingen (Verl. f. Angewandte Psychologie).

9 INDEX

R

S

T

U

V

W

X/Y/Z

10 VERZEICHNIS DER TABELLEN UND ABBILDUNGEN

Tabellen (inkl. Checklisten)

Abbildungen